Les larmes de la lune

Du même auteur aux Éditions J'ai lu :

Les illusionnistes (n° 3608)
Un secret trop précieux (n° 3932)
Ennemies (n° 4080)
L'impossible mensonge (n° 4275)
Meurtres au Montana (n° 4374)
Question de choix (n° 5053)
La rivale (n° 5438)
Ce soir et à jamais (n° 5532)
Comme une ombre dans la nuit (n° 6224)
La villa (n°6449)
Par une nuit sans mémoire (n° 6640)
La fortune des Sullivan (n° 6664)
Bayou (n° 7394)
Un dangereux secret (n° 7808)
Les diamants du passé (n° 8058)
Les lumières du Nord (n° 8162)
Coup de cœur (n° 8332)
Les feux de la vengeance (n° 8822)
Le refuge de l'ange (n° 9067)
La maison aux souvenirs (n° 9497)
Si tu m'abandonnes (n° 9136)
La maison aux souvenirs (n°9497)
Si je te retrouvais (n°9966)

Lieutenant Eve Dallas :
Lieutenant Eve Dallas (n° 4428)
Crimes pour l'exemple (n° 4454)
Au bénéfice du crime (n° 4481)
Crimes en cascade (n° 4711)
Cérémonie du crime (n° 4756)
Au cœur du crime (n° 4918)
Les bijoux du crime (n° 5981)
Conspiration du crime (n° 6027)
Candidat au crime (n° 6855)
Témoin du crime (n° 7323)
La loi du crime (n° 7334)
Au nom du crime (n° 7393)
Fascination du crime (n° 7575)
Réunion du crime (n° 7606)
Pureté du crime (n° 7797)
Portrait du crime (n° 7953)
Imitation du crime (n° 8024)
Division du crime (n° 8128)
Visions du crime (n° 8172)
Sauvée du crime (n° 8259)
Aux sources du crime (n° 8441)
Souvenir du crime (n° 8471)
Naissance du crime (n° 8583)
Candeur du crime (n° 8685)
L'art du crime (n° 8871)
Scandale du crime (n° 9037)
L'autel du crime (n° 9183)
Promesses du crime (n° 9370)
Filiation du crime (n°9370)
Fantaisie du crime (n°9703)
Addiction au crime (n°9853)
Perfidie du crime (n° 10096)
Crimes de New York à Dallas (n° 10271)

Les trois sœurs :
Maggie la rebelle (n° 4102)
Douce Brianna (n° 4147)
Shannon apprivoisée (n° 4371)

Trois rêves :
Orgueilleuse Margo (n° 4560)
Kate l'indomptable (n° 4584)
La blessure de Laura (n° 4585)

Les frères Quinn :
Dans l'océan de tes yeux (n° 5106)
Sables mouvants (n° 5215)
À l'abri des tempêtes (n° 5306)
Les rivages de l'amour (n° 6444)

Magie irlandaise :
Les joyaux du soleil (n° 6144)
Les larmes de la lune (n° 6232)
Le cœur de la mer (n° 6357)

L'île des trois sœurs :
Nell (n° 6533)
Ripley (n° 6654)
Mia (n° 8693)

Les trois clés :
La quête de Malory (n° 7535)
La quête de Dana (n° 7617)
La quête de Zoé (n° 7855)

Le secret des fleurs :
Le dahlia bleu (n° 8388)
La rose noire (n° 8389)
Le lys pourpre (n° 8390)

Le cercle blanc :
La croix de Morrigan (n° 8905)
La danse des dieux (n° 8980)
La vallée du silence (n° 9014)

Le cycle des sept :
Le serment (n° 9211)
Le rituel (n° 9270)
La Pierre Païenne (n° 9317)

Quatre saisons de fiançailles :
Rêves en blanc (n° 10095)
Rêves en bleu (n° 10173)
Rêves en rose (n° 10211)

En grand format

L'hôtel des souvenirs :
Un parfum de chèvrefeuille
Comme par magie

NORA ROBERTS

Magie irlandaise - 2

Les larmes de la lune

Traduit de l'anglais (États-Unis) par Béatrice Pierre

J'AI LU

Titre original
TEARS OF THE MOON
A Jove book, published by arrangement of the author

Éditeur original
The Berkley Publishing Group,
a division of Penguin Putnam, New York

Chère lectrice,

Les rêveurs embellissent le monde, tout comme l'art et la musique, les contes et l'âme. L'Irlande aime ses rêveurs. Néanmoins, si les Irlandais possèdent leur lot de poètes et d'artistes, ils peuvent aussi être pragmatiques. D'une main, ils se cramponnent au merveilleux, de l'autre, ils travaillent avec énergie.

Dans Les Larmes de la lune, *j'ai fait se rencontrer ces deux tendances, avec Shawn Gallagher le rêveur et la dynamique Brenna O'Toole. Carrick, le prince des fées, s'efforce de les réunir afin de rompre le sort qui le tient éloigné de sa bien-aimée et de son destin.*

Le plus difficile n'est pas d'accepter le cadeau qu'il leur destine, mais de s'accepter l'un l'autre. L'amour et la générosité doivent l'emporter sur la fierté et l'ambition. Enfin, après des années d'amitié, un jeune homme et une jeune femme devront apprendre à se regarder différemment.

Au-dessus du joli village d'Ardmore, sur une falaise balayée par le vent, il y a de la magie et de la musique dans l'air. Asseyez-vous là et écoutez.

Nora ROBERTS

À Bruce, mon homme à tout faire personnel

Ah, embrasse-moi, mon amour,
Attends-moi, mon amour,
Et sèche tes larmes amères.

Chant populaire irlandais

1

L'Irlande est une terre de poètes et de légendes, de rêveurs et de rebelles. Ceux qui y vivent ont tous la musique chevillée au corps : des airs pour danser ou pour pleurer, pour se battre ou pour s'aimer. Autrefois, les harpistes voyageaient de village en village et jouaient en échange du gîte, du couvert et de quelques pièces. Les musiciens et les *seanachais* – les conteurs – étaient les bienvenus dans les fermes et les auberges, ou autour d'un simple feu de camp. Ils sillonnaient le pays, offrant à tous leurs talents, lesquels étaient prisés jusque dans les palais des fées bâtis sous les collines verdoyantes.

Et il en est toujours ainsi.

Voici quelque temps, une conteuse était arrivée dans un petit village paisible du bord de mer, et on l'y avait bien accueillie. Elle y avait trouvé l'amour et le bonheur. Dans ce village demeurait aussi un jeune homme rêveur qui, lui, n'avait pas encore rencontré l'âme sœur. La musique l'habitait, tantôt douce et lente, tel le murmure d'un amoureux, tantôt gaie et vibrante, tel un rire ou l'appel d'un vieil ami qui vous invite au pub pour vous offrir une pinte de bière. Les mélodies qui résonnaient dans sa tête pouvaient être tendres ou sauvages, ou encore pleines des larmes du désespoir.

Shawn Gallagher était satisfait de sa vie. Certains attribuaient ce contentement placide au fait qu'il sortait rarement de ses rêveries pour regarder ce qui se passait dans le monde, opinion à laquelle il se rangeait sans sourciller. Son univers se limitait à sa musique, à sa famille, à sa maison et à ses amis. Il ne voyait pas pourquoi il aurait dû se tracasser pour autre chose.

Sa famille vivait à Ardmore, dans le comté de Waterford. Depuis des générations, les Gallagher y tenaient un pub, établissement convivial où l'on pouvait boire, manger et discuter agréablement au coin du feu.

Quelques années plus tôt, les parents de Shawn s'étaient installés à Boston, laissant à Aidan, leur fils aîné, le soin de gérer l'établissement. Cette décision n'avait en rien froissé Shawn, qui admettait volontiers qu'il n'avait aucun sens des affaires. Faire la cuisine suffisait à son bonheur.

Tandis qu'il préparait les commandes ou qu'il établissait le menu du jour, il écoutait la musique en provenance de la salle du pub ou, tout simplement, songeait aux mélodies qui couraient dans sa tête.

Bien sûr, il arrivait que sa sœur Darcy, qui avait hérité d'une bonne part de l'énergie et de l'ambition familiales, vienne l'embêter alors qu'il était en train de confectionner un ragoût ou des sandwiches. Mais cela ne faisait qu'ajouter un peu de piquant au quotidien.

Il donnait volontiers un coup de main pour le service, surtout s'il y avait des musiciens ou si l'on dansait. Et il nettoyait sans rechigner après la fermeture, car les Gallagher mettaient un point d'honneur à garder leur établissement impeccable.

Shawn aimait Ardmore, ses falaises abruptes qui dominaient l'océan, ses collines vertes qui ondulaient jusqu'à la ligne sombre des montagnes. La vie au village, lente et paisible, lui convenait. Il n'avait aucun goût pour les voyages, contrairement aux autres Gallagher. Son frère Aidan avait parcouru le monde, et Darcy rêvait de l'imiter, mais lui se sentait solidement enraciné dans le sol sablonneux d'Ardmore. Tout ce dont il avait besoin se trouvait à portée de main, et il n'éprouvait pas l'envie de découvrir d'autres horizons.

D'ailleurs, il avait déjà tout vu, d'une certaine manière.

Quand il contemplait l'étendue infinie de la mer, il avait l'impression que le monde entier s'étalait devant lui. Il lui suffisait d'ouvrir la fenêtre de sa chambre, et la mer était là, devant lui, léchant le rivage de sa frange d'écume, parsemée de bateaux, tantôt agitée, tantôt placide. Matin après matin, elle emplissait ses poumons de son parfum iodé… Enfin, c'était encore le cas quelques mois plus tôt. Car, à l'automne précédent, quand son frère avait épousé Jude Frances Murray, la jolie Américaine, il avait semblé normal de procéder à quelques ajustements.

Selon la tradition des Gallagher, c'était au premier enfant marié que revenait la maison familiale. Dès leur retour de Venise, où ils avaient passé leur lune de miel, Jude et Aidan avaient donc emménagé dans la bâtisse pleine de coins et de recoins qui se dressait au bout du village.

Darcy avait eu le choix entre les chambres situées au-dessus du pub et le cottage qui appartenait à la branche Fitzgerald de la famille de Jude. Sans hésiter, elle avait choisi les premières. Elle avait embobiné Shawn et joué de son charme auprès de divers représentants de la gent masculine pour qu'ils manient truelles et pinceaux, jusqu'à ce que l'appartement spartiate dont s'était contenté Aidan soit transformé en un véritable petit palais.

Shawn avait volontiers accepté cet arrangement. Il aimait le cottage de la colline aux fées, sa vue sur les falaises, son jardin et le calme qui y régnait. Et il ne craignait pas le fantôme qui le hantait.

Il n'avait jamais vu Lady Gwen, mais il savait qu'elle était là. Trois cents ans auparavant, la jeune femme avait vécu dans ce même cottage, sur cette même colline. Depuis sa mort, elle pleurait l'amoureux qu'elle avait éconduit et attendait que soit rompu le sort qui les maintenait séparés.

Carrick, le prince des fées, était tombé amoureux d'elle mais, au lieu de le lui dire tout simplement et de lui offrir son cœur, il avait essayé de l'impressionner.

Trois fois, il lui avait apporté un sac en argent rempli de pierreries : d'abord des diamants taillés dans le feu du soleil, puis des perles façonnées dans la lumière de la lune, enfin des saphirs arrachés au cœur de la mer.

Lady Gwen, qui doutait de son amour pour elle, avait refusé de venir avec lui et repoussé ses présents. Et, selon la légende, les joyaux qu'il avait répandus à ses pieds, devant le cottage, s'étaient transformés en fleurs, celles-là mêmes qui dormaient à présent, enfouies dans la terre pour se protéger du vent froid de l'hiver. Quant aux falaises où, disait-on, Lady Gwen aimait à se promener, elles semblaient austères et nues sous le ciel gris et menaçant.

Ce matin-là, l'air était vif. Le vent hurlait à la fenêtre et se faufilait par tous les interstices à l'intérieur de la maison. Shawn avait allumé un feu dans la cuisine et s'était servi un thé bien chaud, si bien que le vent ne le gênait pas le moins du monde. Son souffle arrogant l'accompagnait, tandis qu'il grignotait des biscuits en réfléchissant aux paroles d'une nouvelle chanson.

On n'avait pas besoin de lui au pub avant une bonne heure. Mais, à titre de précaution, il avait réglé le minuteur du four, ainsi que son réveil. Car, sans personne pour le sortir de ses pensées, il avait tendance à oublier l'heure.

Ses retards irritaient Aidan et donnaient à Darcy d'excellents prétextes pour lui casser du sucre sur le dos, aussi faisait-il de son mieux pour arriver à l'heure. Hélas, il était parfois tellement absorbé par sa musique qu'il n'entendait ni le bourdonnement du minuteur ni la sonnerie du réveil.

En ce moment, il était en train de composer une chanson d'amour, un amour de jeunesse, intrépide et délicieux, mais forcément inconstant. Ce serait un air de danse, décida-t-il, propice au flirt. Il jouerait sa chanson au pub quand il l'aurait fignolée et tenterait de convaincre Darcy de la chanter. La voix de sa sœur conviendrait parfaitement à la mélodie.

Trop confortablement installé pour se lever et aller s'asseoir devant le vieux piano qui encombrait son minuscule salon, il scandait le rythme du pied et cherchait les paroles. Perdu dans ses rêveries, il n'entendit pas les coups frappés à la porte d'entrée, ni le bruit de bottes dans le couloir ni le juron étouffé qui suivit.

C'était tout lui, ça, songea Brenna. Elle se demandait d'ailleurs pourquoi elle avait pris la peine de frapper, alors que Shawn n'entendait jamais rien et que, depuis leur enfance, ils passaient leur temps à aller l'un chez l'autre.

Mais, justement, ils n'étaient plus des enfants, aussi préférait-elle s'annoncer plutôt que de s'exposer à une scène embarrassante. Shawn aurait pu se trouver en galante compagnie. Pour ce qu'elle en savait, il attirait les femmes comme le sirop attire les guêpes.

Seigneur, qu'il était beau ! Brenna refoula immédiatement cette pensée. Mais il fallait reconnaître qu'il était difficile de ne pas succomber au charme du poète d'Ardmore.

Il avait des cheveux noirs et drus, souvent trop longs, car il oubliait d'aller chez le coiffeur. Ses yeux étaient d'un bleu calme et rêveur, sauf quand on l'énervait ou qu'on le mettait en colère. Alors, ils pouvaient lancer des flammes ou vous glacer jusqu'aux os. Les quatre sœurs de Brenna se seraient damnées pour avoir des cils aussi longs que lui, et sa bouche charnue et ferme devait se prêter parfaitement aux longs baisers et aux mots tendres... Non qu'elle le sût d'expérience, mais elle l'avait entendu dire.

Son nez fin était légèrement busqué, résultat d'une balle malencontreuse qu'elle lui avait elle-même envoyée lors d'une partie de base-ball, plus de dix ans auparavant.

Bref, il avait la tête d'un prince de conte de fées, d'un chevalier en quête du Graal, ou encore d'un ange déchu un peu dépenaillé. Et à ce visage de rêve s'ajoutaient un corps élancé, de superbes mains aux larges paumes et aux longs doigts d'artiste et une voix chaude.

Ce n'était pas qu'il l'intéressait particulièrement, seulement qu'elle appréciait les choses bien faites.

« Mary Brenna O'Toole, quelle menteuse tu fais ! » se dit-elle.

La vérité, c'était qu'elle en avait pincé pour lui avant même de lui fracasser le nez – et, à ce moment-là, elle n'avait que quatorze ans, et lui dix-neuf. Puis, avec les années, ce béguin d'enfant s'était changé en quelque chose de plus ardent. Mais Shawn ne l'avait jamais regardée que comme une copine.

De toute façon, c'était mieux ainsi, songea-t-elle. Elle n'avait pas de temps à perdre en roucoulades et autres mièvreries. Elle avait du boulot, elle.

Un sourire moqueur sur les lèvres, elle laissa tomber sa boîte à outils sur le sol et le vit sursauter comme un lapin qui entend un coup de fusil.

— Seigneur Dieu !

Il pivota sur sa chaise et pressa la main sur sa poitrine, comme pour remettre son cœur en marche.

— Qu'est-ce qui se passe ?

— Rien du tout, répondit-elle en s'esclaffant. Ma boîte à outils m'a échappé des mains. Je t'ai fait peur ?

— Tu as bien failli me tuer, oui.

— J'ai frappé, mais tu n'es pas venu m'ouvrir.

— Je ne t'ai pas entendue.

Il respira à fond, rejeta ses cheveux en arrière et fronça les sourcils.

— Bon ! Voilà la O'Toole qui me rend visite. Y aurait-il quelque chose de cassé dans cette maison ?

— Tu as l'esprit rouillé comme une vieille bassine, commenta Brenna en posant sa veste sur le dossier d'une chaise. Ça fait une semaine que ton four ne marche plus. Je viens de recevoir la pièce que j'avais commandée. Alors, je me mets au boulot, oui ou non ?

Shawn émit un son qui pouvait passer pour un assentiment.

— Des gâteaux secs ? s'écria-t-elle en jetant un coup d'œil à la table. En voilà un petit déjeuner pour un grand garçon !

— Ils avaient l'avantage d'être là, dit-il avec un sourire indolent et charmeur. La plupart du temps, j'ai la flemme de faire la cuisine rien que pour moi. Mais si tu as faim, je peux nous préparer quelque chose.

— Non, merci, j'ai déjà pris mon petit déjeuner.

Elle posa sa boîte à outils sur le carrelage, l'ouvrit et commença à fouiller dedans.

— Tu sais que maman prépare toujours trop à manger, reprit-elle. Elle serait très contente de t'offrir un petit déjeuner décent.

— La prochaine fois qu'elle fait des crêpes, lâche une fusée pour me prévenir. Tu veux une tasse de thé ? Il est encore chaud.

— D'accord.

Accroupie devant sa boîte à outils, Brenna regarda les pieds de Shawn aller et venir dans la cuisine.

— Qu'est-ce que tu faisais ? Tu composais quelque chose ?

— Je cherchais des paroles pour une chanson, répondit-il distraitement.

Il se tourna vers la fenêtre et vit un oiseau noir et brillant passer dans le ciel gris comme de l'étain.

— Ça a l'air de pincer, aujourd'hui, remarqua-t-il.

— Ouais, et en plus, il fait humide. L'hiver vient de commencer, et je voudrais déjà qu'il soit fini.

— Tiens, réchauffe-toi un peu.

Il s'accroupit et lui tendit un bol de thé préparé comme elle l'aimait, fort et très sucré. Elle le prit et sentit la chaleur se communiquer aussitôt à ses mains.

Ils sirotèrent leur thé ainsi, accroupis l'un en face de l'autre. Dès que l'un d'eux bougeait, leurs genoux se cognaient.

— Alors, comment comptes-tu réparer ce tas de ferraille ?

— Qu'est-ce que ça peut te faire, du moment que ça marche ?

Il haussa les sourcils.

— Si tu m'expliques comment tu t'y prends, peut-être que je saurai le remettre en état moi-même, la prochaine fois.

À cette idée, Brenna se mit à rire si fort qu'elle dut s'asseoir par terre pour ne pas tomber.

— Toi ? Shawn, si tu te cassais un ongle, tu ne saurais même pas quoi faire !

— Bien sûr que si.

Il fit semblant de se ronger un ongle, ce qui lui arracha un nouvel éclat de rire.

— Ne t'occupe pas de ce que je fabrique dans les entrailles de ton four. Je ne fourre pas mon nez dans tes casseroles, moi. Chacun son truc.

— Ce n'est pas comme si je n'avais jamais utilisé un tournevis, protesta-t-il.

— Et moi, j'ai déjà utilisé une cuillère en bois, mais je sais ce que mes doigts manient le mieux.

Elle prit un tournevis dans sa boîte à outils et plongea la tête dans le four ouvert.

Shawn l'observa. Elle avait de petites mains, qu'on aurait qualifiées de délicates si on avait ignoré ce dont elles étaient capables. Il les avait vues enfoncer des clous, percer des trous, hisser du bois de construction, déboucher des tuyaux. Ces petites mains étaient plus souvent qu'à leur tour égratignées, écorchées ou couvertes de bleus.

C'était vraiment une femme minuscule, qui ne semblait pas du tout faite pour le travail qu'elle avait choisi, songea-t-il en se redressant. Mais le père de Brenna était un bricoleur dans l'âme, un homme capable de tout réparer, et sa fille aînée tenait de lui. De la même façon, Shawn tenait de sa mère, à qui il arrivait régulièrement de laisser brûler le dîner lorsqu'elle jouait du piano.

Les fesses de Brenna se tortillèrent tandis que, penchée en avant, elle dévissait un boulon. Shawn haussa les sourcils et regarda avec attention cette partie de son corps. Intérêt absolument normal de la part d'un mâle, se dit-il. Après tout, elle avait un joli petit corps bien proportionné, sur lequel n'importe quel homme normalement constitué aurait eu envie de porter la main. Mais Brenna O'Toole aurait étalé par terre quiconque se serait permis un tel geste, conclut-il.

Cette idée le fit sourire. De toute façon, il préférait regarder son visage. C'était un beau sujet d'étude. Brenna avait un regard vif, d'un vert profond, sous des sourcils bien dessinés, juste un peu plus sombres que ses cheveux roux. Sa bouche était toujours en mouvement, souriante, moqueuse ou irritée selon les moments, mais rarement pourvue de rouge à lèvres. Brenna et Darcy avaient beau s'entendre comme larrons en foire, l'une ne se maquillait quasiment jamais, tandis que l'autre passait au moins une heure à se pomponner avant de sortir de chez elle.

Brenna avait un petit nez pointu comme celui d'un lutin, qu'elle fronçait pour manifester son désaccord ou son dédain. En général, elle rassemblait ses cheveux sous une casquette ornée d'une broche qui représentait une petite fée. C'était lui qui lui avait offert ce bijou, des années plus tôt, il ne savait plus à quelle occasion. Quand elle ôtait sa casquette, des kilomètres de cheveux d'un roux vif et soyeux jaillissaient en boucles indisciplinées, et cela lui allait vraiment bien.

Désireux de contempler une dernière fois ce charmant visage avant de partir pour le pub, Shawn s'adossa négligemment au plan de travail.

— Alors, il paraît que tu sors avec Jack Brennan, ces temps-ci ?

Brenna releva si promptement la tête qu'elle se cogna contre la paroi du four. Prudent, Shawn réprima un gloussement.

— N'importe quoi !

Comme il l'avait espéré, Brenna s'extirpa du four, une trace de suie sur le nez. Elle se frotta le crâne, repoussant involontairement sa casquette en arrière.

— Qui est-ce qui raconte ça ?

L'air faussement innocent, Shawn se contenta de hausser les épaules et termina son thé.

— Personne en particulier. J'ai dû entendre ça quelque part, je suppose.

— Tu m'en diras tant ! Tu n'entends jamais rien. De toute façon, je ne sors avec personne. Je n'ai pas de temps à perdre avec ce genre de bêtise.

Agacée, elle replongea la tête dans le four.

— J'ai dû mal comprendre. Mais comme on ne parle plus que de fiançailles, de mariages et de bébés, dans ce village…

— Au moins, tu les énumères dans le bon ordre.

Shawn eut un petit rire et revint s'accroupir à côté d'elle. Il posa une main amicale sur les fesses de Brenna et l'y laissa un instant, sans remarquer que la jeune femme s'était immobilisée.

— Aidan et Jude sont déjà en train de choisir des prénoms, alors que ça fait à peine deux mois qu'elle est enceinte. C'est touchant, tu ne trouves pas ?

— Ouais.

Brenna avait la bouche sèche. Bon sang, pourquoi fallait-il qu'elle ait le béguin pour Shawn Gallagher ?

— Ça fait plaisir de les voir aussi heureux, reprit-elle. Jude prétend que ce cottage a des pouvoirs magiques. C'est ici qu'elle est tombée amoureuse d'Aidan, qu'elle a commencé sa nouvelle vie et qu'elle a écrit son livre. Tout ce dont elle n'osait même pas rêver autrefois lui est arrivé quand elle s'est installée entre ces quatre murs.

— C'est vrai que cette maison est spéciale, dit Shawn d'un ton rêveur. Je le sens à certains moments, lorsque je suis sur le point de m'endormir ou que je me réveille. C'est comme s'il y avait quelque chose en suspens…

Brenna termina d'installer la pièce neuve et sortit la tête du four. La main de Shawn remonta nonchalamment le long de son dos, puis retomba.

— Tu as vu Lady Gwen ? demanda-t-elle.

— Non. Quelquefois, il y a comme un frémissement dans l'air, à peine perceptible, puis plus rien... Peut-être que je ne l'intéresse pas, conclut-il en se relevant.

— Ça m'étonnerait. Qui mieux que toi saurait consoler un fantôme au cœur brisé ?

Shawn parut surpris, et elle se détourna.

— Bon, ça devrait marcher, maintenant, déclara-t-elle en tournant un bouton. On va voir si ça chauffe.

— Tu veux bien t'en occuper toute seule ? dit Shawn, comme le minuteur se mettait à bourdonner. Il faut que j'y aille.

— C'est ça, ton système d'alarme ?

— Oui, en partie.

Il leva un doigt et, au même instant, la sonnerie de son réveil carillonna joyeusement.

— Voici l'autre partie. Ne t'inquiète pas, il va s'arrêter tout seul dans une minute. Inutile de courir lui donner une claque.

— Tu n'es pas si bête que ça, on dirait.

— Ça dépend des jours. Le chat est dehors, poursuivit-il en décrochant sa veste de la patère. S'il gratte à la porte, n'aie aucune pitié. Buth savait ce qu'il faisait quand il a insisté pour emménager ici avec moi.

— Tu le nourris, au moins ?

— Je ne suis pas complètement idiot.

Il enroula son écharpe autour de son cou.

— Je lui donne bien assez à manger, reprit-il. D'ailleurs, si j'oubliais, il irait miauler près de la cuisine de ta mère. Ce qu'il fait de toute façon, juste pour que j'aie honte... On se voit au pub tout à l'heure ? acheva-t-il en mettant sa casquette.

— C'est plus que probable.

Brenna ne s'autorisa à soupirer qu'après avoir entendu la porte se refermer.

S'enticher de Shawn Gallagher était absurde. Jamais il n'envisagerait de sortir avec elle. Il pensait à elle comme à une sœur. Pire, comme à un frère d'élection.

D'ailleurs, c'était un peu sa faute, admit-elle en regardant son vieux pantalon de travail et ses bottes au cuir éraflé. Shawn aimait les filles féminines, et « féminine » n'était pas vraiment le qualificatif qui lui convenait le mieux. Mais peut-être pourrait-elle s'arranger un peu. Entre Darcy et ses sœurs, sans compter Jude, elle saurait à qui demander des conseils de beauté.

Mais, au-delà du temps et de l'ennui que ces efforts représenteraient, à quoi cela servirait-il ? Elle aurait beau se pomponner, se peinturlurer, se couvrir de fanfreluches, elle ne réussirait jamais à séduire Shawn. Si elle mettait du rouge à lèvres, une petite robe moulante et des talons hauts, il hurlerait de rire et lâcherait une remarque moqueuse qui ne lui laisserait pas d'autre choix que de lui décocher un coup de poing dans le ventre. Au temps pour la féminité !

Elle reporta son attention sur le four, le fit marcher à différentes températures et vérifia même le gril. Quand elle eut constaté que tout fonctionnait, elle éteignit l'appareil et rangea son matériel.

Elle avait tout d'abord eu l'intention de repartir aussitôt son travail terminé, mais le cottage était si douillet, si accueillant qu'elle s'y attarda un moment. Elle s'était toujours sentie chez elle dans cette maison. Lorsque la vieille Maud Fitzgerald l'habitait, elle lui avait souvent rendu visite. Puis Maud était morte, et Jude s'était installée sur la colline aux fées. Elle et Brenna étaient devenues amies, et cette dernière avait repris l'habitude de passer régulièrement au cottage.

Depuis que Shawn y vivait, elle s'efforçait de ne pas venir frapper à sa porte à tout bout de champ, mais c'était terriblement difficile. Elle aimait la tranquillité qui régnait au cottage, ainsi que les jolis objets que Maud avait disposés un peu partout. Ni Jude ni Shawn n'y avaient touché, si bien que le minuscule salon était encombré d'une multitude de bibelots, de flacons colorés et de statuettes d'enchanteurs et de fées, qui jonchaient toutes les surfaces disponibles et faisaient bon ménage avec les rayonnages de livres.

Bien sûr, maintenant que Shawn avait fourré un piano d'occasion dans la petite pièce, il y avait à peine la place de circuler. Mais cela ne faisait qu'ajouter au charme de cette maison de poupée.

Et puis, Maud aimait la musique, songea Brenna en passant le doigt sur le bois noir couvert de cicatrices. Cela lui aurait fait plaisir de savoir que quelqu'un jouait du piano et du violon dans son cottage.

Elle feuilleta négligemment les partitions que Shawn ne prenait jamais la peine de ranger. Il composait sans cesse de nouveaux airs ou en reprenait d'anciens pour y apporter des améliorations. Les sourcils froncés, elle tenta de déchiffrer les pattes de mouche de Shawn et de décrypter les notes d'une chanson. Elle n'était pas douée pour le solfège, contrairement à lui. Certes, elle était capable de chanter sans faire hurler les chiens à la mort, mais jouer du piano, c'était une autre paire de manches.

Toutefois, puisqu'elle était seule, elle décida de satisfaire sa curiosité. Elle posa sa boîte à outils, choisit une partition et s'assit. Après une brève hésitation, elle identifia le *do* au milieu du clavier. Puis, lentement, laborieusement, elle frappa d'un seul doigt toutes les notes.

C'était ravissant, comme toujours. Toutes les compositions de Shawn l'étaient, et même un jeu maladroit ne pouvait les enlaidir. Brenna s'interrompit, s'éclaircit la gorge et tenta de recommencer en chantant les paroles.

Quand je suis seul, la nuit, et que la lune répand ses larmes,

Je me dis que la vie serait belle si seulement tu étais là.

Sans toi, mon cœur est vide de tout, sauf des souvenirs qu'il chérit.

Toi seule demeures dans mon cœur, la nuit, tandis que pleure la lune.

Elle s'arrêta et soupira. Cette chanson l'émouvait encore plus que toutes les autres.

Les larmes de la lune, songea-t-elle. Des perles pour Lady Gwen, qui avait repoussé l'amour que Carrick lui offrait.

— Que c'est triste, Shawn ! murmura-t-elle. Qu'y a-t-il en toi qui te fait composer une telle musique ?

Elle avait beau le connaître depuis toujours, elle ignorait la réponse. Dieu sait pourtant qu'elle aurait voulu trouver la clé de son cœur ! Mais il n'était pas un moteur qu'on pouvait démonter pour en comprendre le fonctionnement. Les hommes étaient des machines plus compliquées et plus frustrantes.

Shawn avait en lui quelque chose d'inaccessible. Au plus profond de son âme se cachait la source de son talent. Tandis que son talent à elle… Elle baissa les yeux sur ses petites mains habiles. Son talent n'avait rien de mystérieux.

Au moins en faisait-elle bon usage et gagnait-elle sa vie grâce à lui, alors que Shawn Gallagher se contentait de rester assis et de rêvasser. S'il avait eu la moindre ambition, s'il avait été fier de son travail, il aurait vendu ses chansons, au lieu de les empiler n'importe comment. Ce garçon aurait eu besoin d'un bon coup de pied dans le derrière, pour le punir de gâcher le talent que Dieu lui avait donné.

Enfin, ce n'était pas son problème, après tout. Et puis, elle avait d'autres chats à fouetter. Le travail n'allait pas se faire tout seul.

Elle se leva et sentit un mouvement dans son dos. Elle se figea, mortifiée à l'idée que Shawn était revenu – il oubliait toujours quelque chose – et qu'il l'avait entendue jouer sa chanson.

Elle se retourna et resta sans voix. Ce n'était pas Shawn qui se tenait sur le seuil, mais une femme aux longs cheveux très blonds, vêtue d'une robe blanche qui descendait jusqu'au sol. Ses yeux étaient d'un vert très doux, et elle avait un sourire si triste qu'il vous brisait le cœur au premier coup d'œil.

Brenna comprit aussitôt de qui il s'agissait. Bouleversée, elle ouvrit la bouche, mais il n'en sortit qu'un faible soupir. Les battements de son cœur s'emballèrent, et ses genoux furent pris d'un tremblement incontrôlable.

Elle fit une nouvelle tentative.

— Lady Gwen…

Une larme brillante comme de l'argent coula sur la joue de la dame.

— Son cœur est dans sa chanson, déclara-t-elle, d'une voix plus douce que des pétales de roses.

Brenna se mit à trembler de plus belle. Ce n'était pas tous les jours qu'un fantôme vieux de trois cents ans vous parlait !

— Écoute-la, ajouta Lady Gwen.

— Qu'est-ce que vous…

Mais Lady Gwen disparut avant qu'elle ait eu le temps de finir sa phrase, laissant derrière elle un léger parfum de roses sauvages.

— Ça alors ! souffla Brenna en se rasseyant sur le tabouret du piano. Ça alors ! répéta-t-elle.

Elle dut respirer à fond une dizaine de fois avant que son cœur ne reprenne un rythme normal.

Quelle histoire incroyable ! Il fallait qu'elle en parle à quelqu'un de sage, de raisonnable et de compréhensif. Seule sa mère lui parut remplir ces trois conditions.

Dès qu'elle estima que ses jambes étaient capables de la soutenir, elle quitta le cottage. Le court trajet lui permit de se calmer, et bientôt, la maison des O'Toole apparut.

La demeure familiale ressemblait à une sorte de puzzle biscornu, puzzle que Brenna avait d'ailleurs contribué à assembler. Chaque fois que son père avait émis l'idée d'ajouter une pièce, elle s'était ruée avec enthousiasme sur sa scie et son marteau. Quelques-uns de ses meilleurs souvenirs concernaient les travaux qu'elle avait effectués aux côtés de Michael O'Toole.

Elle se gara derrière la voiture de sa mère. Ce vieux tas de ferraille avait besoin d'un bon coup de peinture, se dit-elle pour la énième fois.

Une odeur de pain fraîchement cuit flottait dans la maison chaude et accueillante. Brenna trouva Mollie dans la cuisine, en train de sortir deux miches du four.

— Maman ?

— Mary Brenna ! Tu m'as fait peur.

Tout en riant, Mollie posa les plats sur la cuisinière et se tourna vers sa fille avec un sourire. Elle avait un joli visage, encore jeune et lisse. Ses cheveux, d'un roux presque aussi flamboyant que ceux de sa fille, étaient rassemblés en chignon.

— La musique est un peu forte, non ? dit Brenna.

— Ça me tient compagnie.

Mollie baissa le volume de la radio. Sous la table, Betty, leur chienne jaune, se retourna avec un grognement d'aise.

— Pourquoi rentres-tu si tôt ? Je croyais que tu avais du travail.

— J'en avais. Et j'en ai encore. Papa m'a demandé de venir l'aider au village, mais je me suis arrêtée au cottage pour réparer le four de Shawn.

— Mmm.

Mollie démoula les miches de pain et les mit à refroidir sur une planche.

— Il est parti avant que j'aie terminé, si bien que je suis restée seule un instant.

Pour toute réponse, Mollie émit un nouveau marmonnement distrait.

— Et puis, au moment où je m'en allais... j'ai vu Lady Gwen.

— Mmm... Quoi ?

Soudain attentive, Mollie jeta un coup d'œil à sa fille par-dessus son épaule.

— J'ai vu Lady Gwen, répéta Brenna. Je m'amusais à pianoter et, quand je me suis retournée, elle était là, sur le seuil du salon.

— Eh bien, ça a dû te faire un choc.

Brenna expira enfin l'air que retenaient ses poumons. Ouf ! Grâce à Dieu, sa mère la prenait au sérieux.

— J'ai failli en avaler ma langue. Elle est très jolie, exactement comme le disait Maud. Mais elle a l'air triste. Triste à fendre le cœur.

— J'ai toujours rêvé de la voir.

En femme pratique, Mollie jugea que deux tasses de thé s'imposaient.

— Mais elle ne m'est jamais apparue, ajouta-t-elle.

— Aidan raconte qu'il l'a aperçue à plusieurs reprises. Et Jude aussi l'a vue, quand elle a emménagé dans le cottage.

Rassérénée, Brenna s'assit à table.

— Bref, je venais justement de parler d'elle avec Shawn lorsqu'elle est apparue. Lui affirme qu'il ne l'a jamais vue. Il croit sentir sa présence, parfois, mais c'est tout. Et puis, voilà qu'elle se montre à moi. Tu penses qu'il y a une raison ?

— Je ne sais pas, chérie. Qu'est-ce que tu as ressenti ?

— À part une immense surprise, de la compassion. Et j'ai été très intriguée par ce qu'elle m'a dit.

— Elle t'a parlé ? s'écria Mollie en écarquillant les yeux. Je n'ai jamais entendu dire qu'elle avait adressé la parole à quelqu'un. Maud me l'aurait raconté, si elle lui avait parlé. Qu'est-ce qu'elle t'a dit ?

— Ses premières paroles ont été : « Son cœur est dans sa chanson. » Ensuite, elle m'a conseillé de l'écouter. Quand j'ai voulu lui demander ce que ça signifiait, elle n'était plus là.

— Puisque c'est Shawn qui habite le cottage, maintenant, et que tu jouais sur son piano, le message me paraît assez clair.

— Mais j'écoute tout le temps sa musique ! Je n'ai pas le choix, d'ailleurs. On ne peut pas passer cinq minutes avec lui sans qu'il fredonne ou qu'il compose quelque chose.

Mollie ouvrit la bouche, mais elle la referma sans rien dire et se contenta de poser sa main sur celle de sa fille. Sa chère petite Mary Brenna avait vraiment du mal à identifier ce qu'elle ne pouvait pas démonter et remonter, pensa-t-elle.

— Quand il sera temps que tu comprennes, tu comprendras.

— Elle semblait si malheureuse, maman, murmura Brenna. Elle m'a donné envie de l'aider.

— Tu es une gentille fille, Mary Brenna. L'aider, c'est peut-être ce que tu vas faire, finalement.

2

Comme l'air était vif et le vent mordant, Shawn décida de préparer le plat qu'on appelait « ragoût de mendiant ». Le pub n'était pas encore ouvert, et le silence régnait dans la cuisine. Il coupa les légumes et fit revenir les morceaux d'agneau en profitant de ce dernier moment de solitude.

Aidan arriverait bien assez tôt, pour demander si ceci avait été fait et si l'on avait vérifié cela. Puis les pieds de Darcy martèleraient le plancher au-dessus du pub, tandis qu'une musique gaie, triste ou furieuse, selon son humeur, déverserait ses échos dans tout le bâtiment.

Mais, pour l'instant, le *Gallagher's* était à lui.

Il n'avait jamais eu envie d'assumer la responsabilité de l'établissement – ça, c'était bon pour Aidan, et Shawn lui était reconnaissant d'être né avant lui –, mais il aimait ce pub, que les Gallagher se transmettaient de génération en génération. Il y avait plus d'un siècle et demi que le premier Shamus Gallagher l'avait bâti et qu'il avait ouvert ses lourdes portes aux habitants d'Ardmore, leur offrant l'hospitalité, un abri contre les intempéries et quelques bons verres de whisky.

En tant que fils de patron de pub, Shawn avait depuis longtemps compris que son travail consistait avant tout à fournir du réconfort à ceux qui s'arrêtaient au *Gallagher's*. Les gens venaient s'y réchauffer, au propre comme au figuré, et aussi, de plus en plus souvent, pour écouter de la musique. Des amateurs de musique traditionnelle se retrouvaient régulièrement au pub pour des *seisiuns*, rassemblements aussi informels que joyeux, mais on pouvait également assister à des concerts donnés par des professionnels venus de tous les coins du pays.

Shawn était né avec l'amour de la musique. Elle faisait partie de lui, au même titre que le bleu de ses yeux ou le dessin de son sourire. Il n'y avait rien qu'il aimait tant que travailler dans sa cuisine en écoutant les mélodies qui lui parvenaient par la porte battante. Parfois – souvent, même – il ne pouvait s'empêcher d'abandonner son travail et de se précipiter dans la salle pour se joindre aux musiciens. Mais il lui arrivait rarement de laisser brûler ou refroidir un plat, car il était très fier de ses talents de cuisinier.

Le ragoût commençait à épaissir, emplissant l'air d'une odeur alléchante. Shawn ajouta au mélange du basilic et du romarin frais, qu'il avait cueillis dans son carré d'herbes aromatiques. Cette plantation était l'une des innovations qu'il avait apportées au jardin du cottage, sur les conseils de Mollie O'Toole, qu'il tenait pour la meilleure cuisinière du village. Il prit ensuite de la marjolaine dans un pot et en parsema le ragoût. Il en planterait aussi, un de ces jours, et s'achèterait ce que Jude appelait « une lampe à faire pousser ». Enfin, quand l'assaisonnement lui parut correct, il entreprit de préparer la salade de chou.

Les premiers pas de Darcy ébranlèrent bientôt le plancher au-dessus de sa tête, suivis de notes de musique. Shawn reconnut avec plaisir une chanson d'Annie Lennox. Il fredonnait les paroles lorsque Aidan fit irruption dans la cuisine, vêtu d'un gros pull marin.

Plus large d'épaules et plus solidement bâti que son cadet, il avait les cheveux du même brun mordoré que le vieux comptoir en châtaignier du pub. Shawn avait les traits plus fins que lui et les yeux d'un bleu plus paisible, mais on reconnaissait aisément chez les deux hommes les gènes Gallagher.

Aidan haussa les sourcils en voyant son frère sourire.

— Qu'est-ce qui te fait rire ?

— Toi. Tu as l'air d'un homme heureux et satisfait.

— Et pourquoi ne le serais-je pas ?

— Pourquoi, effectivement ?

Shawn, qui préparait toujours du thé à son arrivée au pub, remplit deux tasses.

— Comment va notre Jude ?

— Encore un peu barbouillée au réveil, mais elle prend ça avec philosophie.

Aidan but une gorgée de thé et soupira.

— Je n'ai pas honte de dire que ça me tord les boyaux de la voir pâlir dès qu'elle se lève. Elle va mieux au bout d'une heure, mais pour moi, cette heure n'en finit pas.

Sa tasse à la main, Shawn s'adossa au plan de travail et commenta :

— Faudrait me payer cher pour être une femme. Tu veux que je lui apporte une assiette de ragoût, tout à l'heure ? J'ai aussi du bouillon de poule, si elle préfère quelque chose de plus léger.

— Plutôt du ragoût, à mon avis.

— Parfait. C'est le ragoût de mendiant, si tu veux écrire le menu, et j'avais dans l'idée de préparer du pudding. Note-le aussi.

Le téléphone sonna dans la salle, et Aidan leva les yeux au ciel.

— J'espère que ce n'est pas le distributeur qui nous annonce encore un problème. On est un peu juste en bière brune.

Comme Aidan quittait la pièce, Shawn songea que c'était précisément l'une des nombreuses raisons pour lesquelles il préférait laisser la gestion de l'établissement à son frère.

Tous ces comptes et ces commandes, quel ennui ! Le boulot d'Aidan ne se limitait pas à se tenir derrière le comptoir pour tirer des pintes de bière et écouter les histoires du vieux Riley. Il lui fallait aussi appeler toutes sortes d'entreprises, discuter, insister, exiger. À cela s'ajoutaient la tenue du livre de comptes, la paperasserie concernant les charges sociales et les impôts, la prévision des menus travaux d'entretien. Rien que d'y penser, Shawn avait mal à la tête.

Il souleva le couvercle de l'énorme marmite et remua le ragoût, puis il alla se planter au pied de l'escalier et cria à Darcy de se bouger les fesses. Comme à l'ordinaire, elle lui répondit par un juron.

Satisfait de la tournure que prenait la journée, Shawn passa dans la salle pour aider son frère à descendre les chaises empilées sur les tables. Le premier service n'allait pas tarder à commencer.

Aidan se tenait derrière le comptoir, les yeux perdus dans le vide, les sourcils froncés.

— Il y a un problème avec les livraisons ? s'enquit Shawn.

— Non, pas du tout. C'était un appel de New York, d'un certain Magee.

— New York ? Mais il n'est même pas 5 heures du matin, là-bas.

— Je sais, mais le type semblait réveillé et à jeun.

L'air perplexe, Aidan se gratta la tête.

— Il aimerait ouvrir une salle de spectacle à Ardmore, ajouta-t-il.

— Une salle de spectacle ? s'exclama Shawn en installant la première chaise. Un cinéma ?

— Non, une salle où l'on pourrait donner des concerts et des pièces de théâtre. Il a entendu dire que le *Gallagher's* était en train de devenir le centre musical de la région. Il voulait mon avis.

Shawn descendit une autre chaise.

— Et qu'est-ce que tu lui as répondu ?

— À vrai dire, sur le moment, j'ai été pris de court. Je lui ai demandé de me laisser un jour ou deux pour réfléchir. Il doit me rappeler en fin de semaine.

— Voyons, pourquoi est-ce qu'un type de New York voudrait construire une salle de spectacle ici, plutôt qu'à Dublin ou à Galway ?

— Bonne question, approuva son frère. Ardmore n'est qu'un petit village de pêcheurs. Bien sûr, les touristes viennent profiter des plages, et certains poussent l'enthousiasme jusqu'à monter voir les ruines de la cathédrale St. Declan et prendre des photos. Ils achètent deux ou trois souvenirs avant de repartir, d'accord, mais on ne peut pas dire que ça grouille de monde.

Aidan haussa les épaules et se joignit à son frère pour installer les chaises.

— Bref, je lui ai expliqué tout ça, ça l'a fait rigoler. Il m'a dit qu'il était au courant et qu'il désirait précisément un endroit petit et intime.

— Je vais te dire ce que j'en pense, moi.

Aidan lui adressa un regard interrogateur.

— Je ne sais pas si ça peut marcher, mais je trouve que c'est une bonne idée.

— Peut-être, mais il faut peser le pour et le contre, murmura Aidan. De toute façon, ce type va probablement se raviser et chercher un coin plus vivant.

— Tu n'en sais rien. Et s'il ne change pas d'avis, je pense qu'on devrait le convaincre de construire cette salle juste derrière le pub.

Suivant la routine établie, Shawn rassembla des cendriers et les répartit sur les tables.

— Ce terrain nous appartient, poursuivit-il, et si cette salle de spectacle ouvrait ses portes juste à côté du *Gallagher's*, on serait les premiers à en profiter.

Aidan disposa la dernière chaise, et un sourire se dessina lentement sur ses lèvres.

— Tout bien considéré, ça me paraît une bonne idée. Mais je suis surpris que tu penses au bénéfice qu'on pourrait en retirer, Shawn.

— Ça m'arrive de réfléchir, de temps en temps.

Les portes ne tardèrent pas à s'ouvrir pour laisser passer les clients, et Shawn oublia la salle de spectacle. Il s'offrit une petite engueulade rapide et distrayante avec Darcy, avant que celle-ci n'aille prendre les premières commandes, et eut le plaisir de la voir bondir hors de la cuisine en jurant ses grands dieux qu'elle ne lui parlerait plus jusqu'à ce qu'il soit six pieds sous terre. Il doutait malheureusement d'avoir cette chance.

Il remua de nouveau son ragoût, fit frire des filets de poisson et prépara d'épais sandwiches au jambon et au fromage. Le bourdonnement constant des voix dans la salle lui tenait compagnie. Pendant la première heure du service, Darcy mit sa menace à exécution. Elle entrait et sortait de la cuisine d'un pas furieux et gardait les yeux rivés au mur pour lui annoncer les commandes.

Cela l'amusa tellement que, lorsqu'elle rapporta des assiettes sales, il l'empoigna et l'embrassa bruyamment sur la bouche.

— Parle-moi, chérie. Tu me brises le cœur.

Elle tenta de le repousser, lui donna une claque sur les mains, puis céda au fou rire.

— D'accord, je vais te parler, abruti. Lâche-moi, maintenant.

— Seulement si tu promets de ne pas me défoncer le crâne avec un instrument quelconque.

Darcy rejeta sa crinière noire en arrière.

— Ce n'est pas l'envie qui me manque, mais si je t'assomme, Aidan me sucrera la moitié de ma paie, et je suis en train d'économiser pour m'acheter une robe.

— Bon, me voilà rassuré, répondit Shawn, en retournant un morceau de cabillaud qui grésillait dans une poêle.

— Il y a un couple de touristes allemands qui veulent de ton ragoût, avec du pain noir et de la salade de chou. Ils sont descendus au *bed and breakfast*, continua-t-elle, tandis que Shawn sortait du placard deux grandes assiettes. Ils m'ont dit qu'ils partaient pour le Kerry demain, puis qu'ils feraient un séjour dans le comté de Clare. À leur place, si j'avais des vacances en janvier, j'irais plutôt me réchauffer au soleil d'Espagne ou dans une île des tropiques, là où on n'a besoin que d'un bikini et d'une bonne crème solaire.

Tout en parlant, la ravissante jeune femme arpentait la cuisine. Ce matin-là, elle avait peint ses lèvres charnues et scandaleusement sensuelles d'un rouge écarlate destiné à lutter contre la morosité du temps. Ses yeux d'un bleu intense brillaient dans son visage à la peau laiteuse, et ses vêtements souples aux couleurs vives ne cachaient rien de ses formes si féminines.

La passion des Gallagher pour les voyages l'avait, elle aussi, contaminée, mais elle avait décidé de s'y livrer de la seule façon qui lui parût acceptable : dans le luxe. Ce jour-là n'étant pas encore arrivé, elle reprit son plateau. Elle s'apprêtait à regagner la salle lorsque Brenna entra dans la cuisine.

— D'où viens-tu ? demanda Darcy. Tu as la figure barbouillée de noir.

Brenna s'essuya le nez du revers de la main et renifla.

— Ça doit être de la suie. Papa et moi avons ramoné une cheminée. Mais j'ai presque tout enlevé, non ?

— Si tu crois ça, c'est que tu ne t'es pas regardée dans une glace.

Sur cette réplique, Darcy secoua la tête et quitta la pièce.

— Cette fille pourrait passer ses journées à s'examiner dans un miroir, commenta Shawn. Tu veux déjeuner ?

— On va prendre un peu de ton ragoût, papa et moi. Ça sent très bon.

Brenna s'approcha du fourneau pour se servir elle-même, mais Shawn lui coupa aussitôt la route.

— Je préfère le faire. Il te reste un peu de ce qui encombrait la cheminée sur le visage et sur les mains.

— Comme tu veux. On prendra aussi du thé… Ah ! Et il faudra que je te parle, tout à l'heure.

Il lui jeta un coup d'œil par-dessus son épaule.

— Pourquoi pas maintenant ? Nous sommes seuls.

— Je préfère attendre que ce soit plus tranquille. Je reviendrai après le déjeuner, si ça te va.

— Eh bien, tu sais où me trouver.

Il disposa les assiettes et le thé sur un plateau, qu'il tendit à Brenna.

— Tiens, papa, du ragoût tout droit sorti de la marmite, annonça celle-ci en rejoignant son père, qui s'était installé dans un coin de la salle.

— Et qui sent divinement bon !

Mick O'Toole était un petit homme fluet aux cheveux blonds et raides, dont le regard vif passait du bleu au vert, comme la mer. Son rire faisait penser au braiment d'un âne, ses mains étaient aussi agiles que celles d'un chirurgien, et les histoires romantiques lui mettaient la larme à l'œil. Brenna l'aimait de tout son cœur.

— Ça fait du bien de se retrouver au chaud, hein ? fit-il.

— C'est sûr.

Malgré le fumet appétissant du ragoût, Brenna résista à l'envie de se jeter dessus et prit le temps de souffler sur sa cuillère, pour éviter de se brûler la langue.

— Maintenant que nous sommes là, bien tranquilles et sur le point de nous remplir le ventre, si tu me disais ce qui ne va pas, Mary Brenna ?

Son père voyait tout, se dit-elle. Parfois, c'était réconfortant, mais cela pouvait se révéler franchement gênant.

— Ça n'a rien de dramatique. Tu te souviens de l'histoire que tu nous as racontée, à propos de la mort de ta grand-mère ?

— Bien sûr. J'étais ici, au *Gallagher's*, quand c'est arrivé. À l'époque, le père d'Aidan n'était pas encore parti pour l'Amérique, et c'était lui qui dirigeait le pub. Quant à toi, tu n'étais pas plus grande qu'un vœu dans mon cœur et un sourire dans les yeux de ta mère. Ce jour-là, je me trouvais à l'endroit où se tient le jeune Shawn en ce moment, c'est-à-dire dans la cuisine. Le vieux Gallagher avait fini par m'appeler pour réparer l'évier, qui fuyait depuis un certain temps.

Mick O'Toole s'interrompit, le temps de savourer une cuillerée de ragoût, puis de s'essuyer la bouche avec sa serviette, obéissant en cela à son épouse, laquelle était intraitable sur le chapitre des bonnes manières.

— Alors que j'étais assis par terre, j'ai levé les yeux et j'ai vu ma grand-mère, vêtue de sa robe à fleurs et de son tablier blanc. Elle m'a souri, mais quand j'ai essayé de lui parler, elle a fait non de la tête. Ensuite, elle a agité la main, comme pour me saluer, et elle a disparu. J'ai tout de suite compris qu'elle était morte et que son âme était venue me dire au revoir, parce que j'étais son préféré, conclut Mick en secouant tristement la tête.

— Excuse-moi, je ne voulais pas te faire de peine, murmura Brenna.

— C'était une femme merveilleuse, et elle a vécu une bonne et longue vie. Mais les morts manquent toujours à ceux qu'ils laissent derrière eux.

Brenna se rappelait le reste de l'histoire. Son père avait planté là son travail et couru jusqu'à la petite maison de sa grand-mère, où celle-ci vivait seule depuis le décès de son mari, deux ans plus tôt. Il l'avait trouvée assise à la table de la cuisine, habillée de sa robe à fleurs et de son tablier blanc, les traits paisibles. Elle était morte.

— Il arrive aussi que les défunts pleurent d'autres disparus, dit Brenna d'un ton hésitant. Ce matin, au cottage de la colline aux fées, j'ai vu Lady Gwen.

Mick rapprocha sa chaise de la sienne et hocha la tête pour l'encourager à continuer.

— Pauvre femme, dit-il quand Brenna eut fini son récit. Ça fait longtemps qu'elle attend que ses affaires s'arrangent.

— Elle n'est pas la seule à attendre. Il y en a aussi parmi nous qui doivent prendre leur mal en patience.

Les yeux de Brenna se posèrent sur Shawn, qui sortait de la cuisine avec un plateau chargé d'assiettes pleines.

— Je vais en parler à Shawn, reprit-elle. Mais il faut d'abord que j'aille jeter un coup d'œil à la salle de bains de Darcy. Elle dit que l'écoulement ne marche pas bien. Je m'en occuperai dès que nous aurons fini de déjeuner, puis je raconterai à Shawn ce que j'ai vu ce matin... Enfin, sauf si tu as encore besoin de moi aujourd'hui.

— Aujourd'hui, demain, peu importe, répondit Mick en haussant les épaules. Ce qu'on ne fait pas à un moment donné, on le fait à un autre. Je vais grimper à l'hôtel de la falaise et voir quelle chambre ils ont décidé de rénover en premier... Si ça se trouve, on va avoir de quoi bosser tout l'hiver au chaud et au sec, ajouta-t-il en décochant un clin d'œil à sa fille.

— Et tu pourras descendre de temps en temps dans les bureaux pour vérifier ce que fabrique Mary Kate avec son ordinateur.

Mick prit l'air penaud.

— Vérifier, c'est beaucoup dire. Je ne connais pas grand-chose à l'informatique. Quoi qu'il en soit, je suis content qu'elle soit venue travailler près de la maison, même si j'imagine qu'un jour ou l'autre, elle trouvera mieux à Dublin ou à Waterford. Mes poussins finiront tous par quitter le nid, conclut-il avec un soupir.

— Je suis toujours là. Et tu auras encore longtemps Alice Mae à la maison.

— Oui, mais je regrette l'époque où mes cinq filles se ruaient dans mes jambes quand je rentrais du travail. Maintenant, Maureen est mariée, et au printemps ça va être le tour de Patty. Je ne sais pas ce que je ferai quand tu t'accrocheras aux basques d'un homme et que tu me quitteras, ma chérie.

— T'en fais pas, tu m'as encore pour un bout de temps, assura Brenna.

Son assiette vide, elle repoussa sa chaise et croisa les jambes.

— Les hommes ne perdent pas la tête pour une femme comme moi, ajouta-t-elle.

— C'est le bon qui la perdra.

Brenna dut faire appel à toute sa volonté pour ne pas laisser son regard errer en direction de la cuisine.

— On verra bien, je ne suis pas pressée. Et puis, mari ou pas, je resterai toujours la deuxième O'Toole de O'Toole et O'Toole, dit-elle en souriant à son père.

« De toute façon, le mariage, ce n'est pas pour moi », songea Brenna en lavant son visage maculé de suie dans la salle de bains de Darcy.

Elle avait un travail qui lui plaisait, et elle tenait à sa liberté. Elle pouvait garder sa chambre dans la demeure familiale aussi longtemps qu'elle le voulait, et avec sa famille et ses amis, il n'y avait pas de risque qu'elle se sente seule. Elle laissait volontiers à ses sœurs Maureen et Patty les tracas d'un ménage et le soin de faire plaisir à un mari, de même qu'elle laissait à Kate le travail et les horaires de bureau.

Ses outils et sa camionnette, voilà tout ce dont elle avait besoin.

Quant à son béguin pour Shawn Gallagher, il ne lui apportait que frustration et amertume. Avec le temps, il finirait forcément par passer.

Connaissant l'obsession de Darcy pour la propreté, Brenna s'efforça de faire disparaître toute trace de saleté. Elle laissa le petit lavabo étincelant et utilisa ses propres chiffons pour se sécher le visage et les mains. À ses yeux, les minuscules essuie-mains brodés de son amie n'étaient là que pour faire joli, vu qu'aucun individu aux mains mouillées n'aurait osé s'en servir.

La vie aurait été plus simple si tout le monde avait acheté des serviettes noires, songea-t-elle. Cela aurait évité bien des cris et des jurons.

Changer la partie cassée du tuyau lui procura quelques minutes de travail paisible. Elle venait de terminer quand Darcy arriva.

— J'espérais bien que tu allais t'y atteler. Ça devenait agaçant.

Darcy mit ses pourboires dans la tirelire qu'elle appelait son « pot aux vœux ».

— Au fait, reprit-elle, Aidan et Jude voudraient que tu fasses je ne sais plus quoi dans la future chambre du bébé. Je vais voir Jude. Tu m'accompagnes ?

— J'ai une chose urgente à faire avant. Dis-lui que je passerai tout à l'heure.

— Oh, bon sang, Brenna ! Tu as laissé des traces de bottes partout.

Brenna tressaillit et s'empressa de ramasser ses outils.

— Désolée, Darcy, mais j'ai bien lavé le lavabo.

— Eh bien, il te reste à nettoyer le sol. Je ne vais pas passer mon temps à astiquer derrière toi. Pourquoi diable n'as-tu pas utilisé les toilettes du pub ? C'est au tour de Shawn de les laver, cette semaine.

— Calme-toi, je nettoierai avant de partir. Arrête de t'énerver pour rien et souviens-toi un peu de tous les travaux d'électricité que j'ai faits pour toi, à l'œil.

— D'accord, merci pour tout, fit Darcy, en enfilant la veste en cuir qu'elle avait eu l'extravagance de s'offrir pour Noël. Bon, on se voit chez Jude, alors ?

— Oui, sans doute, marmonna Brenna, qui renâclait à l'idée de devoir lessiver le carrelage de la salle de bains.

Elle bougonna tout le temps que dura cette corvée, puis jura abondamment en s'apercevant qu'elle avait aussi laissé des petits tas de boue dans le salon. Elle savait ce qu'il en coûtait de s'exposer à la colère de Darcy, aussi brancha-t-elle l'aspirateur et se remit-elle au travail.

Quand elle redescendit enfin, le pub était tout à fait calme, et Shawn avait presque fini la vaisselle.

— Darcy t'a embauchée pour faire le ménage ?

— J'avais mis de la boue partout, répondit Brenna en se servant sans vergogne une tasse de thé. Je ne pensais pas être aussi longue. Tu as un moment ?

— J'ai tout mon temps. Je n'ai rien de spécial à faire avant la réouverture. Mais je prendrais bien une bière. Le thé te suffit ?

— Pour l'instant, oui.

— Je vais me tirer une pinte. Il reste un peu de pudding, si tu veux.

Brenna n'avait pas du tout faim, mais la gourmandise l'emporta, et elle déposa quelques cuillerées de gâteau dans une assiette. Elle était confortablement attablée quand Shawn revint avec sa bière.

— Tim Riley dit que le temps devrait s'adoucir dès demain.

— Il a souvent raison.

— Mais, d'après lui, il risque de pleuvoir, ajouta Shawn en s'asseyant en face de la jeune femme. Alors, que voulais-tu me dire ?

— Voilà…

Brenna avait tourné et retourné dans sa tête une douzaine de versions des circonstances de sa rencontre avec Lady Gwen et, après réflexion, choisi celle qu'elle trouvait la plus plausible.

— Après ton départ, ce matin, je suis allée dans le salon pour jeter un coup d'œil à ta cheminée, commença-t-elle.

C'était un mensonge, bien sûr, et elle était prête à le reconnaître dans le secret du confessionnal. Mais elle préférait brûler dans les flammes de l'enfer plutôt que d'avouer à Shawn qu'elle avait joué l'une de ses compositions.

— Elle tire bien.

— Oui, admit-elle avec un haussement d'épaules, mais mieux vaut vérifier de temps en temps. Bref, quand je me suis retournée, elle était là, sur le seuil du salon.

— Qui ça, elle ?

— Lady Gwen.

— Tu l'as vue ? s'écria Shawn en posant brutalement sa pinte sur la table.

— Aussi nettement que je te vois maintenant. Elle se tenait debout devant moi, avec son sourire si triste, et…

Elle aurait préféré ne pas lui rapporter les paroles de Lady Gwen, mais elle s'y sentait obligée. C'était une chose de s'inventer une excuse, c'en était une autre de mentir sur un sujet aussi grave.

— Et quoi ?

Cette impatience, inhabituelle chez Shawn, agaça Brenna.

— Minute, papillon… Elle m'a parlé.

— Elle t'a parlé ?

Il se leva brusquement et se mit à marcher de long en large.

— Qu'est-ce qui te prend, Shawn ? fit Brenna, qui voyait rarement son ami faire preuve d'une telle agitation.

— C'est moi qui habite là-bas, pas vrai ? Est-ce qu'elle se montre à moi ? Est-ce qu'elle me parle ? Non. Elle attend que tu débarques pour réparer le four et tripoter la cheminée, et hop, la voilà qui se pointe.

— Écoute, je suis désolée que ton fantôme ait préféré s'adresser à moi plutôt qu'à toi, mais ce n'est pas moi qui suis allée la chercher !

Brenna remplit sa cuillère d'un gros morceau de pudding, qu'elle fourra dans sa bouche.

— D'accord, d'accord, ne crie pas, grommela-t-il en se rasseyant. Qu'est-ce qu'elle t'a dit ?

Le visage imperturbable, Brenna mâcha et avala sa bouchée avec application. Ignorant Shawn, qui lui faisait les gros yeux, elle prit sa tasse de thé et but délicatement une gorgée, le petit doigt en l'air.

— Excuse-moi, c'est à moi que tu parles ? dit-elle enfin. Ou bien y a-t-il quelqu'un d'autre ici que tu as décidé d'engueuler sans raison ?

— Pardon.

Il lui décocha un sourire désarmant.

— Tu veux bien me répéter ce qu'elle t'a dit ? insista-t-il.

— Ma foi, puisque tu le demandes si poliment… Elle a dit : « Son cœur est dans sa chanson. » J'ai cru qu'elle faisait allusion au prince des fées, mais d'après maman, à qui j'ai raconté la scène, Lady Gwen parlait de toi.

— Dans ce cas, je ne vois pas ce qu'elle a voulu dire.

— Moi non plus. Mais je me demandais si ça t'embêterait que je passe chez toi de temps en temps, au cas où...

— Ce n'est pas déjà ce que tu fais ? demanda-t-il.

Brenna s'agita nerveusement sur sa chaise.

— Si ça t'ennuie, dis-le carrément.

— Tu sais bien que non. Ce n'était pas du tout le sens de ma remarque. Je voulais seulement dire que ces visites n'auraient rien d'exceptionnel.

— Je pourrais venir aussi quand tu n'es pas là. Comme aujourd'hui. Juste au cas où elle reviendrait. J'en profiterais pour te débarrasser de quelques corvées.

— Tu n'as pas besoin de t'inventer du boulot pour venir. Tu es toujours la bienvenue.

Voyant qu'il semblait sincère, Brenna se radoucit.

— Je sais. Mais j'aime bien être occupée. Alors, c'est entendu ?

— Marché conclu. Passe quand tu veux. Mais si tu la revois, tu me le diras ?

— Tu seras le premier à l'apprendre, répondit-elle en déposant son assiette et sa tasse dans l'évier. Est-ce que tu crois...

Elle s'interrompit et secoua la tête.

— Quoi ?

— Non, non, rien. C'était idiot.

Il s'approcha d'elle et lui massa délicatement la nuque. Elle retint difficilement un ronronnement de plaisir.

— Alors, à quoi pensais-tu ? Vas-y, avoue.

— Je me demandais si l'amour pouvait réellement durer comme ça, par-delà le temps et la mort, dit Brenna.

— L'amour, c'est la seule chose qui dure vraiment.

— Tu as déjà été amoureux ?

— Pas assez pour que le sentiment prenne racine, et comme il n'a pas pris racine, je suppose que ce n'était pas de l'amour.

Brenna laissa échapper un soupir qui les surprit tous les deux.

— Si l'amour prend racine dans le cœur de l'un et pas dans celui de l'autre, ce doit être affreux, dit-elle.

Shawn sentit son cœur frémir et attribua cette sensation étrange à un élan de compassion.

— Dis donc, Brenna chérie, tu ne serais pas tombée amoureuse de moi, par hasard ?

Elle sursauta, se retourna et le regarda, bouche bée. Il la dévisageait avec une telle amitié, une telle gentillesse qu'elle faillit se jeter sur lui pour le rouer de coups. Au lieu de quoi, elle recula et s'empara de sa boîte à outils.

— Shawn Gallagher, tu es vraiment le plus grand idiot que je connaisse.

Le nez en l'air, elle sortit dignement, au son des outils qui s'entrechoquaient dans leur boîte.

Shawn secoua la tête et se dirigea vers l'évier. Le cœur toujours un peu frémissant, il se demanda sur qui la O'Toole avait jeté son dévolu.

En tout cas, le type en question avait intérêt à se montrer digne d'elle !

3

Lorsqu'elle franchit à grand fracas le seuil de la maison des Gallagher, Brenna n'était pas à prendre avec des pincettes. Elle ne frappa pas – en fait, cette pensée ne lui traversa même pas l'esprit. D'aussi loin qu'elle s'en souvînt, elle était toujours entrée sans frapper dans cette vieille maison, comme Darcy chez les O'Toole.

La demeure familiale des Gallagher avait un peu changé au fil des ans. N'était-ce pas O'Toole et O'Toole qui, cinq ans plus tôt, avaient posé le carrelage de la cuisine, d'un bleu aussi pur que celui du ciel d'été ? Et Brenna elle-même avait tapissé la chambre de Darcy d'un ravissant papier orné de boutons de roses, il n'y avait pas si longtemps. Mais ces ajustements et ces modifications n'avaient rien enlevé à l'âme de la maison. Elle restait telle que Brenna l'avait toujours connue : une demeure accueillante, dont les murs semblaient résonner de musique même quand personne n'en jouait.

Depuis qu'Aidan et Jude habitaient là, des vases, des coupes et des flacons étaient perpétuellement remplis de fleurs fraîchement coupées. Jude prévoyait d'ailleurs de faire de nouvelles plantations au printemps et avait demandé à Brenna de lui bâtir une tonnelle. Celle-ci y avait déjà réfléchi, et une vague idée avait germé dans sa tête. Une chose était sûre : il fallait quelque chose qui ne fasse pas trop neuf et qui s'accorde avec l'allure générale de la maison, ses vieilles pierres, ses carreaux en losanges et ses formes étranges.

Le rire de Darcy retentit dans la maison, et Brenna sourit malgré son humeur maussade. Les femmes étaient rudement plus faciles à vivre que les hommes, songea-t-elle en montant l'escalier. Que la plupart des hommes, en tout cas.

Elle trouva ses amies dans ce qui avait été la chambre de Shawn, où celui-ci n'avait laissé que son lit et une vieille commode. Les étagères chargées de partitions, le violon et le tambourin avaient pris le chemin du cottage de la colline aux fées. Shawn n'avait toutefois pas emporté le tapis marron sur lequel elle s'était assise un nombre incalculable de fois, en faisant semblant de s'ennuyer pendant qu'il lui jouait l'une de ses compositions.

C'était au son de la musique de Shawn Gallagher qu'elle était tombée amoureuse de lui. De quelle chanson s'agissait-il ? Quand cela s'était-il passé ? Elle ne s'en souvenait plus. Mais, avec les années et les chansons, ce sentiment s'était ancré en elle, avec la certitude que Shawn possédait un talent exceptionnel. Évidemment, elle ne le lui avait jamais dit. À son avis, on faisait bouger les gens plus vite à coups de badine qu'avec des caresses. Pourtant, jusqu'à présent, ni les uns ni les autres n'avaient réussi à obtenir de ce garçon qu'il cesse de gaspiller son talent.

Cet abruti devait montrer au monde entier quel bon musicien il était. Et Brenna était prête à lui forcer la main s'il le fallait.

Elle soupira et s'efforça de chasser ces pensées de son esprit. Ce n'était pas pour résoudre ce problème-là qu'elle était venue, mais pour s'attaquer à celui de Jude.

Les murs étaient en mauvais état, constata-t-elle en balayant rapidement la pièce du regard. Les tableaux et autres bricoles que Shawn avait décrochés avaient laissé des marques sombres sur la peinture pâlie par le soleil. Des douzaines de trous émaillaient les murs, étalant au grand jour l'incapacité de Shawn à manier un marteau.

Brenna s'appuya contre le chambranle de la porte et se mit à réfléchir aux moyens de transformer cet antre d'adolescent en une adorable chambre d'enfant, tout en observant ses amies campées devant la fenêtre.

La superbe chevelure noire de Darcy cascadait en vagues sauvages sur ses épaules, tandis que Jude avait soigneusement attaché ses cheveux d'un brun chaud sur sa nuque. Les deux jeunes femmes offraient un contraste saisissant. L'une flamboyait comme le soleil, alors que l'autre avait l'éclat subtil d'un rayon de lune. Néanmoins, elles avaient un point commun : toutes deux étaient de taille moyenne, songea Brenna, qui mesurait dix bons centimètres de moins que ses amies.

Darcy avait des formes plus généreuses que sa belle-sœur, une beauté plus évidente que la grâce timide de Jude, mais elles étaient aussi féminines l'une que l'autre. Quant à Brenna, elle se moquait pas mal d'avoir l'air féminine ou non, même si, de temps à autre, elle aurait bien aimé se sentir moins cruche lorsqu'elle se risquait à mettre une robe et des chaussures de fille.

Bon, encore un problème qu'il était inutile de ruminer maintenant, se dit-elle en fourrant les mains dans les poches de son vieux pantalon.

— Vous comptez passer la journée plantées devant la fenêtre ? lança-t-elle.

Jude se retourna, et un sourire éclaira son joli visage.

— On regardait Aidan et Finn sur la plage.

— À l'instant même où nous avons commencé à discuter tapisserie et peinture, ajouta Darcy, il s'est sauvé comme un lapin, sous prétexte que le chien avait besoin d'exercice.

Brenna s'approcha de la fenêtre et aperçut Aidan et le chiot, assis tous les deux sur la grève, face à la mer.

— Ça vaut le coup d'œil, en tout cas. Un bel homme costaud et un joli petit chien sur une plage en hiver…

Darcy lança un dernier regard affectueux à son frère, se retourna et planta les poings sur ses hanches.

— Il est sûrement plongé dans de profondes pensées sur sa future paternité. Et pendant qu'il est assis à philosopher, c'est à nous de régler les détails pratiques de l'événement.

Brenna donna une petite tape amicale sur le ventre encore plat de Jude.

— Alors, comment ça va ?

— Pas de problème. D'après le docteur, nous allons bien tous les deux.

— Il paraît que tu es barbouillée, le matin.

Jude leva au ciel ses grands yeux verts.

— Aidan fait une montagne d'un rien. À l'entendre, on dirait que je suis la première femme depuis Ève à porter un enfant. J'ai un peu mal au cœur au réveil, mais ça va passer.

— À ta place, je profiterais à fond de la situation, dit Darcy en s'affalant sur le vieux lit de son frère. Laisse-toi dorloter, Jude Frances, parce que après la naissance, tu seras tellement débordée que tu ne te souviendras même plus de ton nom. Tu te rappelles quand Betsy Duffy a eu son premier bébé, Brenna ? Durant deux mois, elle s'est endormie tous les dimanches à la messe. Pour le deuxième, elle restait assise, ahurie, les yeux écarquillés, incapable de parler, et lorsque le troisième est arrivé…

— D'accord, j'ai compris, fit Jude en s'esclaffant. Mais, pour l'instant, je ne vais avoir qu'un bébé, tu sais… Brenna, regarde ces murs !

— Oui, ce n'est pas joli à voir, répondit celle-ci en examinant un cratère grand comme une pièce d'un penny. Mais on peut facilement arranger ça. Il suffit de lessiver, de boucher les trous, puis de peindre proprement.

— J'avais d'abord pensé poser de la tapisserie, mais je crois en effet qu'il vaut mieux peindre. Ça me permettra d'accrocher des tableaux. Des illustrations de contes de fées, par exemple.

— Tu pourrais mettre tes propres dessins, suggéra Brenna.

— Oh, je ne dessine pas assez bien.

— Assez bien en tout cas pour vendre des contes que tu écris et illustres toi-même. Je trouve tes dessins adorables, et quand le bébé commencera à grandir, il sera tout fier de savoir que c'est sa maman qui les a faits.

— Tu crois ?

Jude posa un doigt sur ses lèvres, l'air pensif.

— Je pourrais en faire encadrer quelques-uns, pour voir ce que ça donne…

— Prends des cadres aux couleurs vives, précisa Brenna. Les bébés aiment les teintes éclatantes. Du moins, c'est ce que maman dit toujours.

— D'accord, fit Jude. Et pour le plancher ? Je n'ai pas envie de le recouvrir, mais il aurait besoin d'être poncé et reverni.

— Pas de problème. Il faudra aussi remplacer quelques plinthes. Je peux m'en charger. On ne verra pas la différence avec les autres.

— Parfait, approuva Jude. J'ai aussi eu une autre idée. Comme la pièce est grande, j'ai pensé qu'on pourrait prévoir un espace destiné aux jeux, avec des étagères sur ce mur pour ranger les jouets, expliqua-t-elle en désignant un coin de la chambre, ainsi qu'une petite table et une chaise sous la fenêtre.

— C'est possible. Mais si tu mets les étagères là-bas, dans l'angle, tu perdras moins de place, et le coin des jeux sera plus séparé du reste, si tu vois ce que je veux dire. Je te fabriquerai des étagères amovibles, afin que tu puisses modifier à volonté la disposition de la pièce.

— Dans l'angle… répéta Jude, les yeux mi-clos. Oui, ça me plaît. Qu'en penses-tu, Darcy ?

— J'en pense que vous vous débrouillez très bien toutes les deux pour aménager cette chambre. Par contre, c'est à moi de t'accompagner à Dublin pour t'acheter de beaux vêtements de femme enceinte.

Jude porta instinctivement la main à son ventre.

— On ne voit encore rien du tout, protesta-t-elle.

— Tu auras besoin de vêtements avant que le bébé n'ait besoin d'étagères, non ? rétorqua Darcy. Allons-y jeudi prochain, je ne travaille pas.

Elle omit de signaler qu'elle aurait aussi en poche la partie de son salaire qu'elle réservait à ses distractions.

— Ça te va, Brenna ?

Celle-ci était déjà en train de sortir son mètre de sa boîte à outils.

— Allez-y toutes seules. Moi, j'ai trop de travail pour consacrer une journée entière à faire les magasins et à piaffer pendant que vous vous extasiez sur la paire de chaussures sans laquelle vous ne pourriez plus survivre.

— Tu aurais bien besoin de nouvelles bottes, dit Darcy en baissant les yeux sur les pieds de son amie. Celles-ci ont l'air d'avoir marché jusqu'à Dublin et d'en être revenues.

— Elles sont encore très bien... Jude, tu demanderas à Shawn d'enlever son merdier d'ici, que je puisse attaquer cette chambre la semaine prochaine.

— C'est pas un merdier, protesta l'intéressé depuis le seuil de la pièce. J'ai passé plus d'une nuit heureuse dans le lit sur lequel Darcy se vautre.

— En tout cas, il va falloir débarrasser tout ça, rétorqua Brenna. À propos, j'aimerais savoir combien de fois tu dois taper sur un clou pour arriver à faire des trous de cette taille ? ajouta-t-elle avec un petit reniflement de mépris.

— Tout le monde se fiche de la taille des trous, une fois qu'il y a les tableaux par-dessus.

— Si c'est ce que tu penses et si tu as dans l'idée de suspendre quelque chose au cottage, je te conseille de faire appel à quelqu'un qui sache distinguer le manche de la tête d'un marteau. Interdis-lui de toucher aux murs, Jude, sans quoi le cottage ressemblera à un gruyère avant le printemps.

— Je boucherai ces saloperies de trous moi-même, si ça peut te faire taire.

Il ponctua ses propos par un sourire charmeur qui fit frémir le cœur de Brenna.

— Tu comptes les boucher comme tu as bouché l'évier du pub, le jour où j'ai dû patauger dans cinq centimètres d'eau pour réparer les dégâts ? répliqua-t-elle d'un ton sarcastique.

Darcy ricana, ce qui lui valut un regard glacial de son frère.

— J'enlèverai ce qui reste de mes affaires demain, Jude, si ça te convient.

Jude reconnut dans sa voix un accent de fierté mâle blessée et s'élança vers lui.

— Ça ne presse pas, Shawn, on venait juste…

Elle s'interrompit et vacilla.

Shawn bondit vers elle à une vitesse qui laissa Brenna bouche bée et rattrapa sa belle-sœur à bras-le-corps.

— Ce n'est rien, bredouilla Jude. J'ai eu un petit vertige, c'est tout. Ça m'arrive de temps en temps.

— Toi, je vais te mettre au lit, dit-il. Appelle Aidan, ordonna-t-il à Darcy par-dessus son épaule.

— Non, non, je vais bien. Shawn, ne…

— Appelle Aidan, répéta-t-il à sa sœur.

Mais Darcy dévalait déjà l'escalier.

Son mètre à la main, Brenna resta immobile un bref instant. Elle avait vu sa mère s'évanouir à plusieurs reprises lors de ses grossesses, aussi l'état de Jude ne l'inquiétait-il pas. En revanche, l'attitude de Shawn l'avait stupéfiée. Il avait réagi au quart de tour et soulevé Jude dans ses bras comme si elle ne pesait pas plus lourd qu'une plume.

Finalement, elle se ressaisit et se précipita dans la chambre à coucher, à temps pour voir Shawn déposer Jude délicatement sur le lit et la recouvrir d'une couverture.

— Shawn, c'est ridicule, je…

— Reste couchée.

Il pointa sur Jude un doigt autoritaire, et celle-ci obtempéra. Ahurie, Brenna écarquilla les yeux.

— J'appelle le médecin.

— Elle n'a pas besoin de médecin, protesta Brenna.

Shawn lui jeta un regard furieux, mais elle décela dans ses yeux une terreur typiquement masculine.

— Ça fait partie des inconvénients de la grossesse, voilà tout, expliqua-t-elle en s'approchant du lit pour s'asseoir à côté de Jude. Ma mère s'allongeait carrément sur le sol de la cuisine quand elle se sentait mal, surtout lorsqu'elle attendait Alice Mae.

— Je vais bien.

— Je sais. Mais un peu de repos ne te fera pas de mal. Va lui chercher un verre d'eau, Shawn.

— Je pense qu'elle devrait voir le médecin.

— Il est probable qu'Aidan va l'y obliger.

Brenna adressa un regard compatissant à Jude, que cette perspective semblait accabler.

— Ne t'inquiète pas. Maman m'a raconté que papa réagissait de la même façon quand elle m'attendait. Puis, à mesure que mes sœurs se sont annoncées, il s'est habitué. Un homme a le droit de paniquer, après tout. Il ne sait pas ce qui se passe dans ton ventre, contrairement à toi. Shawn, on peut l'avoir, ce verre d'eau ?

— D'accord. Mais empêche-la de se lever.

— Je vais bien, je vous le jure.

— C'est vrai, tu as repris des couleurs, dit Brenna en serrant la main de son amie dans la sienne. Tu veux que j'aille rassurer Aidan ?

— Oui, je…

Jude s'interrompit. La porte d'entrée venait de claquer comme un coup de fusil, et des pas grimpaient l'escalier quatre à quatre.

— Trop tard, fit-elle.

Brenna se leva et parvint à traverser la moitié de la pièce avant qu'Aidan ne fasse irruption.

— Elle va bien, elle a juste eu un petit étourdissement. Ça arrive à toutes les femmes enceintes. Elle…

Elle se tut et soupira tandis qu'Aidan la contournait à grandes enjambées.

— Ça va ? Tu t'es évanouie ? Quelqu'un a appelé le docteur ?

— À elle de le rassurer, dit Brenna, résignée.

Elle poussa Darcy sur le palier et referma la porte de la chambre.

— Tu es sûre qu'elle va bien ? demanda son amie. Elle était livide, tout à l'heure.

— Ne t'inquiète pas. De toute façon, Aidan va probablement l'obliger à rester au lit jusqu'à la fin de la journée, maintenant.

— Je ne suis pas près de faire un bébé, moi, grommela Darcy. Si c'est pour devenir grosse comme une vache, vomir tous les matins et m'évanouir sans crier gare, non, merci. Quand je pense à tout ce par quoi on doit passer, nous, les femmes, tandis que vous…

Elle pointa un doigt accusateur sur Shawn, qui revenait de la salle de bains, un verre d'eau à la main.

— Vous vous contentez de prendre votre plaisir, d'attendre tranquillement neuf mois et de distribuer des cigares puants à vos copains pour fêter la naissance.

— Ça tend simplement à prouver que Dieu est un homme, dit-il avec un petit sourire.

En voyant Darcy serrer les poings, Brenna crut qu'elle allait frapper Shawn pour le punir de son insolence, mais son amie parut réprimer sa colère et secoua la tête.

— Je vais préparer du thé et des toasts pour Jude, déclara-t-elle en s'éloignant.

Comme Shawn gardait les yeux rivés sur la porte de la chambre à coucher, Brenna s'approcha de lui et dit :

— Laissons-leur un peu d'intimité.

— Et le verre d'eau ?

— Tu n'as qu'à le boire.

Prise d'un brusque accès de tendresse, elle leva la main et lui caressa la joue.

— Tu es blanc comme un linge.

— Tu parles ! Elle m'a fichu une peur bleue.

— Ça se voit. Mais tu as fait drôlement vite pour la rattraper. Bravo.

Brenna regagna la chambre destinée au bébé et reprit son mètre.

— Il se passe des tas de choses dans son corps, et elle ne se repose sans doute pas autant qu'il le faudrait, ajouta-t-elle en étirant son mètre le long d'un mur. Sans compter qu'il y a eu beaucoup de changements dans sa vie en très peu de temps.

— C'est vrai.

Brenna continua à prendre des mesures.

— Tu te souviens de l'époque où ta mère attendait Darcy ? reprit-elle au bout d'un moment.

— Vaguement, répondit Shawn d'une voix un peu éraillée.

Il but une gorgée d'eau. Cet incident lui avait laissé la gorge sèche. Comment Brenna faisait-elle pour rester aussi calme ? Il l'observa plus attentivement. Malgré ses grosses bottes, elle se déplaçait avec grâce dans la pièce, tout en mesurant et en griffonnant des chiffres dans son carnet ou à même le mur. Des boucles rousses s'étaient échappées de sa casquette, sans doute quand elle s'était précipitée dans la chambre à coucher.

— De quoi est-ce que tu te souviens le mieux ?

— Hein ?

Il avait perdu le fil de la conversation. Son regard abandonna les boucles rousses qui caressaient l'épaule de Brenna et se posa sur son visage.

— Je parle de l'époque où ta mère était enceinte de Darcy, répondit-elle. Quels souvenirs en as-tu gardés ?

— J'appuyais ma tête sur son ventre, et je sentais des coups de pied et un remue-ménage pas possible, comme si Darcy avait hâte de sortir.

— C'est un joli souvenir.

Brenna rangea son mètre et son carnet et empoigna sa boîte à outils.

— Excuse-moi de t'avoir un peu bousculé, tout à l'heure. Je n'étais pas de très bonne humeur.

Il lui sourit et, d'une petite tape, inclina la visière de sa casquette sur ses yeux.

— Tu es de mauvaise humeur presque tous les jours, remarqua-t-il. Mais j'ai l'habitude, je sais que tu ne mords pas.

Le problème, c'était qu'elle avait justement envie de le mordre pour de vrai, là, près de la mâchoire, pour voir quel goût il avait. Mais, pour le coup, ce serait probablement lui qui s'évanouirait.

— Je ne commencerai pas cette chambre avant lundi ou mardi. Il n'y a donc pas le feu pour tes affaires, mais…

Elle leva un doigt et lui tapota la poitrine.

— Mais je ne plaisantais pas quand je parlais des dégâts que tu pourrais causer aux murs du cottage, reprit-elle.

Il rit de bon cœur.

— Eh bien, si l'envie me prend brusquement de tripoter un marteau…

Il s'interrompit, le temps de poser un petit baiser amical sur sa joue, ce qui ne fit qu'accroître la nervosité de Brenna.

— … je n'oublierai pas d'appeler la O'Toole, acheva-t-il.

— Oui, je crois que ça vaut mieux.

Elle s'apprêtait à sortir lorsque Aidan surgit dans la pièce, l'air désemparé.

— Elle va bien. Enfin, elle dit qu'elle va bien. J'ai appelé le docteur, et lui aussi dit qu'elle va bien, qu'elle doit seulement se reposer, les jambes surélevées.

— Darcy est en train de lui préparer du thé.

— Parfait. Jude est contrariée parce qu'elle avait prévu d'apporter des fleurs à tante Maud, cet après-midi. Je l'aurais bien fait moi-même, mais…

— Je m'en occupe, déclara Shawn. Tu te sentiras mieux si tu peux rester un moment avec elle. J'ai le temps d'aller au cimetière et de revenir à l'heure pour le pub.

Le visage d'Aidan reprit un peu de sérénité.

— Merci beaucoup… Merci pour tout, ajouta-t-il. Jude m'a raconté que tu l'avais attrapée au vol et que tu l'avais portée jusqu'au lit, puis que tu l'avais obligée à rester allongée.

— Dis-lui juste de ne plus s'évanouir devant moi. Mon cœur n'y résisterait pas.

Shawn apporta à Maud les pensées pourpre et jaune que Jude avait cueillies. Hormis Maud, les personnes enterrées sur la colline étaient mortes depuis bien longtemps, aussi n'avait-il aucun parent proche enseveli dans le vieux cimetière et s'y rendait-il rarement. Mais le cottage n'en était pas très éloigné, et il se promit de remplacer Jude jusqu'à ce que celle-ci soit suffisamment en forme pour grimper jusque-là.

Les défunts étaient enterrés près de la fontaine dans laquelle les pèlerins, autrefois, se lavaient les pieds et les mains au terme de leur long voyage. Trois croix en pierre gardaient ce lieu dédié à saint Declan et accueillaient ceux qui avaient escaladé la colline pour honorer leurs morts.

La vue était magnifique. La baie d'Ardmore s'étendait comme un champ gris sous le ciel menaçant. La mer palpitait jour et nuit, de la grève à l'horizon, et son battement sourd se mêlait au bruit du vent, formant une musique envoûtante qu'accompagnait le chant des oiseaux.

En ce milieu d'après-midi, la lumière du soleil était ténue et blanche, l'air humide et froid. Les herbes folles qui se frayaient un chemin à travers les pierres et le gravier étaient pâles et chétives. Mais l'hiver ne durait jamais longtemps dans cette région, et Shawn savait que de jeunes pousses d'un vert tendre surgiraient bientôt de terre, comme chaque année depuis des temps immémoriaux. Il trouvait d'ailleurs que ce cycle éternel avait quelque chose de réconfortant.

Il déposa les pensées sur la tombe de Maud Fitzgerald et s'assit sur le bord de la pierre. La stèle portait le nom de la défunte, ses dates de naissance et de mort et cette étrange épitaphe : « Femme de bien. »

La mère de Shawn était née Fitzgerald, si bien que Maud était une parente éloignée de la famille. Shawn se souvenait bien de cette petite femme maigre au regard perspicace, malgré le vert un peu brumeux de ses yeux. Elle le dévisageait parfois avec une insistance qui le mettait mal à l'aise. Pourtant, il l'aimait bien, et lorsqu'il était enfant, il prenait plaisir à s'asseoir à ses pieds et à l'écouter raconter des histoires, dont, des années plus tard, il avait tiré des chansons.

— C'est Jude qui vous envoie les fleurs, commença-t-il. Elle se repose parce qu'elle a eu un petit malaise à cause du bébé. Enfin, rassurez-vous, elle va bien, maintenant. Il n'y a pas de quoi s'inquiéter. Mais comme on préférait qu'elle reste couchée, j'ai proposé de vous apporter les fleurs qu'elle avait cueillies. J'espère que vous n'y voyez pas d'inconvénient.

Il garda le silence un moment et laissa son regard errer sur le cimetière.

— Je vis dans votre cottage depuis qu'Aidan et Jude ont emménagé dans la grande maison. C'est l'usage chez les Gallagher, je suis sûr que vous le savez. Votre cousine Agnès Murray, la grand-mère de Jude, lui a offert le cottage en cadeau de mariage, mais il aurait été trop petit pour un couple avec un bébé.

Shawn se déplaça pour s'installer plus confortablement et se mit à pianoter sur ses genoux, suivant inconsciemment la musique de la mer.

— Ça me plaît de vivre là-bas, dans le calme. Mais je me demande pourquoi je n'ai jamais vu Lady Gwen. Savez-vous qu'elle s'est montrée à Brenna O'Toole ? Vous vous souvenez de Brenna ? C'est l'aînée de Mick et de Mollie O'Toole, qui vivent un peu plus loin sur la route. Elle est rousse – c'est vrai que la plupart des filles O'Toole sont rousses – mais les cheveux de Brenna sont si flamboyants qu'on dirait qu'ils vont s'embraser par endroits. On a l'impression qu'on va se brûler en les touchant. Et, au lieu de ça, ils sont simplement chauds et doux.

Il fronça les sourcils et reprit :

— Bref, ça fait presque cinq mois que j'habite le cottage, et je n'ai pas vu Lady Gwen. Il m'est arrivé de sentir sa présence, mais je ne l'ai jamais vue. Et voilà que Brenna vient réparer le four, et non seulement Lady Gwen lui apparaît, mais en plus, elle lui parle.

— Les femmes sont des créatures perverses.

Le cœur de Shawn fit un bond.

Il tourna la tête et découvrit, assis sur un banc en pierre, un homme aux longs cheveux noirs, aux yeux d'un bleu perçant et au sourire malicieux.

Malgré les battements affolés de son cœur, Shawn réussit à répondre d'un ton posé :

— J'avoue que je l'ai parfois pensé moi-même.

— Malheureusement, il semble qu'on ne puisse pas se passer d'elles, n'est-ce pas ?

L'homme déplia sa haute silhouette et s'approcha de lui d'une démarche gracieuse, foulant de ses bottes en cuir souple l'herbe et les pierres tombales. Le vent froid jouait dans ses cheveux et faisait voleter la courte cape rouge jetée sur ses épaules.

La lumière, soudain plus forte, souligna le relief des stèles et aviva la couleur des fleurs. Au loin, des cornemuses et des flûtes s'ajoutèrent au vacarme de la mer et du vent.

— En tout cas, pas très longtemps, approuva Shawn qui, le regard fixe, s'efforçait de respirer calmement.

L'homme s'assit en face de lui. Son pourpoint et son haut-de-chausses couleur argent étaient brodés de fils d'or. Il posa les mains sur ses genoux, et Shawn vit un saphir étinceler à l'un de ses doigts.

— Tu sais qui je suis, n'est-ce pas, Shawn Gallagher ?

— J'ai vu des croquis de vous dans le livre de Jude. C'est très ressemblant.

— Elle va bien et elle est heureuse, non ? Mariée et bientôt mère de famille ?

— Oui, prince Carrick.

Une lueur amusée brilla dans les yeux de Carrick.

— Ça ne t'ennuie pas de discuter un peu avec le prince des fées, Gallagher ?

— Eh bien, non. Mais je n'ai pas envie de me retrouver prisonnier des fées pour un siècle ou deux. Les choses que j'ai à faire en ce monde me tentent plus.

Les mains toujours posées sur ses genoux, Carrick rejeta la tête en arrière et éclata d'un rire sonore.

— Certaines des dames de ma cour t'apprécieraient, j'en suis sûr, autant pour ton allure que pour tes talents de musicien. Mais j'ai une mission pour toi ici, chez les mortels. Je ne vais donc pas t'enlever, ne t'en fais pas.

Il s'interrompit brusquement et se pencha en avant.

— Tu prétends que Gwen a parlé à Brenna O'Toole. Que lui a-t-elle dit ?

— Vous l'ignorez ?

Carrick fut sur ses pieds sans que Shawn l'ait vu esquisser le moindre mouvement.

— Je n'ai pas le droit de pénétrer dans le cottage, ni de franchir les limites du jardin, bien que j'habite en dessous. Qu'a-t-elle dit ?

Le cœur de Shawn frémit de compassion. La question de Carrick sonnait plus comme une prière que comme un ordre.

— « Son cœur est dans sa chanson », voilà ses paroles.

— Je ne lui ai jamais offert de chanson, dit Carrick à mi-voix.

Il leva le bras, tourna le poignet, et un éclair frappa le cimetière.

— Des diamants tirés du feu du soleil, voilà ce que je lui ai offert. Je les ai déversés à ses pieds en lui demandant de me suivre. Mais elle s'est détournée sans les regarder, sans me regarder. Elle s'est détournée de son propre cœur. Sais-tu ce que c'est, Gallagher, de voir se détourner celle qu'on désire, la seule qu'on désirera jamais ?

— Non. Je ne crois pas avoir un jour désiré quelqu'un aussi fort.

— Eh bien, c'est dommage, car on ne vit vraiment que quand on connaît cette sensation.

Carrick leva l'autre main, plongeant le cimetière dans une obscurité striée de rayons argentés et d'étincelles. Une fine couche de brume rampait au niveau du sol.

— Ensuite, lorsqu'elle épousa un autre homme sur l'ordre de son père, j'ai ramassé des larmes tombées de la lune, je les ai transformées en perles et je les ai répandues à ses pieds. Mais elle m'a repoussé une nouvelle fois.

— Alors, les larmes de la lune sont devenues des fleurs, comme les diamants du soleil, dit Shawn. Des fleurs qu'elle a cultivées, année après année.

— Le temps ne représente rien pour moi, grommela Carrick, d'une voix qui vibrait d'impatience. Un an ou un siècle, qu'importe ?

— Une année est aussi longue qu'un siècle quand on attend l'amour.

Les yeux de Carrick s'emplirent d'émotion. Il ferma brièvement les paupières.

— Tu parles aussi bien que tu composes, et tu dis vrai.

Une fois de plus, il agita le poignet, et le pâle soleil d'hiver revint.

— Malgré tout, j'ai attendu, j'ai même attendu trop longtemps avant de retourner la voir. Cette fois-là, j'ai arraché le cœur de la mer, dont j'ai fait des centaines de saphirs. Ces pierres-là aussi, je les ai déversées à ses pieds. J'ai donné à ma Gwen tout ce que j'avais, et plus encore. Mais elle m'a répondu qu'elle était vieille et qu'il était trop tard. Pour la première fois, je l'ai vue pleurer. Les joues inondées de larmes, elle m'a dit que si je lui avais offert les mots qui me brûlaient le cœur, et non des bijoux, des promesses d'éternité et de richesse, elle aurait peut-être quitté son univers pour le mien et renoncé à son devoir pour suivre la voie de l'amour. Mais je ne l'ai pas crue.

— Vous étiez furieux.

Shawn avait entendu cette histoire d'innombrables fois. Quand il était petit garçon, il avait souvent rêvé du bouillant prince des fées et de son destrier blanc, qui s'envolaient vers le soleil, puis vers la lune, et plongeaient enfin au fond de la mer.

— Vous l'aimiez, mais vous ne saviez le lui dire qu'avec des présents.

— Qu'est-ce qu'un homme peut faire de plus ? demanda Carrick.

Shawn ne put retenir un sourire.

— Ça, je suis incapable de vous le dire, répondit-il. Mais jeter un sort qui vous condamnait tous les deux à des siècles d'attente n'était probablement pas la solution la plus sage.

— C'est que j'ai ma fierté, moi, riposta Carrick. Par trois fois, je lui ai demandé de me suivre, et par trois fois, elle a refusé. Maintenant, nous attendons que l'amour rencontre trois fois l'amour et accepte tout ce qui va avec : les défauts et les qualités, les joies et les tristesses. Tu es un homme de mots, Gallagher, ajouta Carrick avec un sourire en coin. J'espère que tu ne mettras pas aussi longtemps que ton frère à t'en servir.

— Mon frère ?

— Trois fois, répéta Carrick. Il en reste deux.

Shawn se leva brusquement et serra les poings.

— C'est d'Aidan et de Jude que vous parlez ? Êtes-vous en train de me dire, espèce de salaud, que vous leur avez jeté un sort ?

Les yeux de Carrick étincelèrent, et le tonnerre gronda au loin.

— Que les hommes sont bêtes ! Les sortilèges d'amour ne sont que des contes de bonne femme. Le cœur est plus puissant que n'importe quel enchantement. On peut déclencher une passion d'un clin d'œil, le désir d'un sourire. Mais l'amour est l'amour, et aucune magie n'a le pouvoir de le provoquer. Ce que ton frère et Jude Frances éprouvent l'un pour l'autre est aussi authentique que le soleil, la lune et la mer. Parole d'honneur.

Shawn se détendit.

— Je vous demande pardon.

— Un frère qui défend son frère, ça ne m'offense pas. Sinon, ajouta Carrick avec un sourire moqueur, tu serais déjà en train de braire comme un baudet. Tu peux en être sûr.

— Merci de vous être retenu, grommela Shawn. Mais je dois vous prévenir : si vous croyez que je vais moi aussi tomber amoureux et vous aider à retrouver votre bien-aimée, vous vous trompez de personne.

— Ne t'inquiète pas, je sais très bien que je ne me trompe pas, jeune Gallagher. C'est toi qui fais erreur. Mais, bientôt, tu y verras plus clair.

Carrick s'inclina poliment, puis disparut. Au même instant, une pluie violente s'abattit sur les collines.

— Il ne manquait plus que ça, soupira Shawn, partagé entre la perplexité et la colère. Sans compter que je vais encore arriver en retard au pub.

4

Shawn était homme à prendre son temps, à étudier les problèmes et à en mesurer les possibles conséquences. Il réfléchit donc, sans rien dire à personne de son entrevue avec Carrick.

Cette histoire l'ennuyait un peu. Oh, pas tellement la rencontre avec un prince des fées, car il était dans sa nature d'accepter l'existence du merveilleux. C'était le tour que la discussion avait pris qui l'ennuyait, ainsi que la façon dont elle s'était conclue.

Du diable s'il se voyait succomber aux charmes d'une femme et basculer dans l'amour juste pour se plier aux vœux de Carrick !

Il n'était pas du genre à se marier, comme Aidan. Il aimait les femmes, ça, oui. Il aimait leur odeur, leurs formes, leur chaleur. Et ce n'étaient pas les femmes qui manquaient par ici, toutes parfumées, rondes et chaudes.

Autant il aimait écrire sur l'amour, ses délices et ses tourments, autant il préférait se limiter à d'agréables histoires sans lendemain. Car le véritable amour, celui qui s'emparait totalement de votre cœur, comportait de sacrées responsabilités. Et Shawn n'avait pas besoin qu'un truc pareil vienne chambouler sa vie. Il était très heureux comme ça. Il avait sa musique et le pub, ses amis et sa famille, et maintenant, le petit cottage sur la colline pour lui tout seul.

Bon, pas vraiment pour lui tout seul, puisqu'il cohabitait avec un fantôme, même si celui-ci fuyait sa compagnie, songea-t-il, tout en vaquant à son travail. Il avait des filets de poisson à faire frire, des pommes de terre à émincer et un énorme gratin à surveiller dans le four. De l'autre côté de la porte, le brouhaha habituel du samedi soir s'intensifiait. Les musiciens qu'Aidan avait engagés pour la soirée avaient entonné une ballade, et le ténor faisait merveille.

Quant à Darcy, depuis qu'elle avait prévu une journée de shopping avec Jude, elle était d'une humeur exceptionnelle et pleine de bonne volonté. Elle lui annonçait les commandes sur un ton mélodieux et emportait les plats en dansant. Bref, ils n'avaient pas échangé un seul mot hargneux de la journée. Un record.

Quand il entendit la porte de la cuisine s'ouvrir en grand, laissant entrer un flot de musique, il fit glisser un filet de poisson bien doré sur une assiette.

— Ça y est, chérie, la dernière commande est prête. Et le gratin n'a besoin que de cinq petites minutes supplémentaires.

— J'en prendrai volontiers, quand il aura fini de cuire.

— Mary Kate ! s'écria-t-il en se retournant. Je croyais que c'était Darcy. Comment vas-tu, ma belle ?

— Très bien, dit-elle, tandis que la porte se refermait derrière elle. Et toi ?

— Très bien aussi.

Il égoutta les frites et les disposa sur l'assiette, tout en étudiant la jeune fille.

La quatrième fille des O'Toole s'était épanouie durant ses années d'université. Elle devait avoir dans les vingt ans, calcula-t-il, et elle était jolie comme un cœur. Ses cheveux étaient d'un roux plus doré que ceux de Brenna, et elle les coiffait en vagues souples qui lui arrivaient aux épaules. Une touche de gris nuançait le vert de ses yeux habilement maquillés. Elle était à peine plus grande que

Brenna, mais avait des formes plus pleines, que mettait en valeur sa robe vert sombre.

— Tu es splendide.

Il glissa l'assiette dans le chauffe-plat et s'adossa au plan de travail pour bavarder un instant.

— Depuis quand es-tu devenue aussi belle ? Tu dois briser des cœurs tous les jours, non ?

Mary Kate rit, s'appliquant à produire un rire adulte et féminin plutôt que le gloussement de gamine qui lui venait naturellement. Elle n'était tombée amoureuse de Shawn que très récemment, mais elle n'avait jamais rien éprouvé d'aussi fort.

— Oh, j'ai trop de boulot pour penser aux garçons, avec l'hôtel et tout ça.

— Ton travail te plaît ?

— Beaucoup. Tu devrais venir me voir là-bas, un jour.

Elle se rapprocha de lui, d'une démarche qu'elle espérait à la fois nonchalante et séduisante.

— Prends une journée de congé, et je t'inviterai à déjeuner, reprit-elle.

— Pourquoi pas ?

Il lui décocha un clin d'œil qui fit bondir le pouls de la jeune fille, puis se retourna pour ouvrir le four et examiner le gratin.

Elle s'approcha un peu plus.

— Mmm, ça sent bon ! Quand ils se retrouvent dans une cuisine, la plupart des hommes ne savent rien faire que s'agiter bêtement, mais toi, tu es vraiment doué.

— Lorsqu'un homme – ou une femme, d'ailleurs – s'agite bêtement dans une cuisine, c'est souvent parce qu'il se doute que quelqu'un va venir le virer pour faire le boulot à sa place, histoire d'économiser du temps et des problèmes.

— Ça, c'est bien vu, murmura-t-elle, fascinée par le bon sens de Shawn. Mais toi, même si tu es bon cuisinier, je parie que ça ne te déplairait pas que quelqu'un te prépare un repas de temps en temps.

— Je n'y verrais pas d'inconvénient, c'est sûr.

Quand Brenna poussa la porte de la cuisine, elle ne vit que deux choses : le sourire de Shawn Gallagher et le regard ébloui de sa sœur.

— Mary Kate ! lança-t-elle d'une voix aussi tranchante que la lanière d'un fouet. Qu'est-ce que tu fiches ici ?

— Je… j'étais juste en train de parler avec Shawn, bredouilla la jeune fille, les joues rouges.

— Tu n'as rien à faire dans la cuisine avec ta belle robe. Tu empêches Shawn de travailler.

— Elle ne me dérange pas.

Shawn, qui avait lui aussi eu son compte de rebuffades de la part de son aîné, tapota la joue de Mary Kate en un geste compatissant. Et, étant un homme, il ne vit pas ses yeux se remplir de nuages rêveurs.

Brenna, elle, le vit. Les dents serrées, elle se jeta sur sa cadette, la prit par le bras et la tira vers la porte.

L'humiliation effaça l'air mûr et sophistiqué que Mary Kate avait eu tant de mal à mettre au point.

— Lâche-moi, espèce de brute à cul de moucheron ! glapit-elle d'une voix aiguë.

Sur ces entrefaites, Darcy entra dans la cuisine et faillit se faire renverser par les deux sœurs.

— Qu'est-ce qui te prend ? reprit Mary Kate en se débattant en vain. Tu n'as aucun droit de me brutaliser. Je le dirai à maman.

— Très bien, dis-le-lui.

Sans ralentir, ni desserrer sa prise, Brenna entraîna sa sœur dans l'arrière-salle située derrière le comptoir et ferma la porte.

— Dis-le donc à maman, petite tête ! répéta-t-elle en lâchant sa sœur. Et je lui raconterai comment tu t'es jetée à la tête de Shawn Gallagher.

— C'est pas vrai !

Enfin délivrée, Mary Kate renifla, redressa le menton et lissa soigneusement les manches de sa robe.

— Tu étais quasiment en train de lui mordre le cou quand je suis entrée. Quelle mouche t'a piquée ? Il a presque trente ans, et toi à peine vingt. Tu sais à quoi tu t'exposes en frottant tes seins contre un homme de cette manière ?

Mary Kate baissa les yeux sur le pull informe de son aînée.

— Au moins, moi, j'ai des seins.

C'était un coup bas, car Brenna souffrait beaucoup d'être la moins gâtée de la famille sur ce plan. Toutes ses sœurs, y compris la jeune Alice Mae, avaient plus de poitrine qu'elle.

— Eh bien, ce n'est pas une raison pour les fourrer sous le nez du premier venu.

— Premièrement, je ne lui fourrais pas mes seins sous le nez, et deuxièmement, je ne suis plus une enfant à qui on fait la leçon, Mary Brenna O'Toole ! s'écria Mary Kate en rejetant les épaules en arrière. Je suis une adulte, maintenant. Je suis allée à l'université, moi. J'ai un métier.

— Oh, très bien ! Je suppose donc qu'il est grand temps que tu sautes sur le premier garçon qui te plaît, hein ?

— Ce ne serait pas le premier, riposta Mary Kate avec un sourire énigmatique. Mais Shawn me plaît, en effet. Et je ne vois pas pourquoi je le cacherais. C'est mon problème, Brenna, pas le tien.

— Oh, si, c'est mon problème ! Tu es toujours vierge, au moins ?

Le regard scandalisé de Mary Kate rassura sa sœur. Au moins, cette gamine ne s'était pas promenée toute nue dans les couloirs de l'université. Mais, avant qu'elle ait pu pousser un soupir de soulagement, sa sœur reprit :

— Pour qui te prends-tu, Mary Brenna ? Mes affaires de cœur ne regardent que moi. Tu n'es ni ma mère ni mon confesseur. Alors, mêle-toi de tes oignons.

— Mes oignons, comme tu dis, tu en fais partie, vu que tu es ma sœur.

— Cette histoire ne te concerne pas, Brenna. J'ai le droit de parler à Shawn, de sortir avec lui, de faire ce qui me chante. Et si tu cours tout rapporter à maman, je lui dirai que je vous ai surprises, Darcy et toi, en train de jouer au poker avec vos images pieuses.

— Pfff, c'était il y a des années.

Brenna sentit néanmoins une légère panique la gagner. Sa mère ne tiendrait aucun compte des années écoulées.

— C'étaient des bêtises inoffensives de gamines, poursuivit-elle, alors que ce que j'ai vu dans la cuisine, c'était bête, mais pas inoffensif. Si tu continues comme ça, tu finiras par souffrir, et je n'ai pas envie que ça arrive.

— Je peux prendre soin de moi toute seule, répliqua Mary Kate. Si tu es jalouse parce que je suis capable de séduire un homme au lieu de faire semblant d'en être un, c'est ton problème, pas le mien.

Brenna se figea. Elle ne comprit qu'elle souffrait que quand Mary Kate claqua la porte derrière elle. Alors, elle faillit s'effondrer dans l'un des vieux fauteuils qui meublaient l'arrière-salle et céder aux larmes qui lui brûlaient les yeux.

Mary Kate avait tort. Elle n'essayait pas de ressembler à un homme, elle essayait seulement d'être elle-même. Et elle avait simplement voulu mettre sa sœur en garde, l'arrêter avant qu'elle ait le cœur brisé ou qu'elle se ridiculise. Ou pire encore.

Tout ça, c'était la faute de Shawn, décida-t-elle, ignorant la petite voix dans sa tête qui lui chuchotait le contraire. Shawn avait attiré sa jeune et innocente sœur dans une amourette stupide. Il fallait y mettre un point final, et de toute urgence.

Lorsqu'elle sortit de l'arrière-salle, Aidan, qui tenait le bar, posa une main sur son bras et lui demanda ce qui n'allait pas, mais elle l'écarta et poursuivit son chemin. Quand elle poussa la porte de la cuisine, ses yeux lançaient des éclairs meurtriers.

— Ah, te revoilà ! Pourquoi as-tu emmené Mary Kate de force ? On était juste en train…

Mais la jeune femme se rua sur lui, lui coupant la parole. Ses bottes heurtèrent les siennes, et son doigt s'enfonça dans sa poitrine.

— Ne touche pas à ma sœur !

— De quoi parles-tu, bon Dieu ?

— Tu sais très bien de quoi je parle, espèce de sale coureur de jupons ! Elle a à peine vingt ans, c'est encore une petite fille.

— Quoi ? s'écria-t-il, en repoussant l'index de Brenna avant qu'il ne lui transperce le cœur. Qu'est-ce que tu racontes ?

— Si tu crois que je vais te regarder l'ajouter à ton tableau de chasse sans rien faire, tu te fourres le doigt dans l'œil.

— Mon tab... Mary Kate ?

L'idée lui fit l'effet d'une gifle. Puis il se rappela l'expression de la jeune fille – non, non, de la jeune femme –, ses mimiques, sa façon de battre des cils...

— Mary Kate, répéta-t-il d'un ton pensif, avec l'ombre d'un sourire.

Un brouillard rouge voila la vue de Brenna.

— Efface cette lueur de tes yeux, Shawn Gallagher, ou je jure que je te les crève tous les deux ! cria-t-elle, les poings dressés.

Il recula prudemment et leva les mains en signe de reddition. Il n'allait quand même pas se bagarrer avec elle. Ils n'étaient plus des enfants.

— Brenna, calme-toi. Je ne l'ai pas touchée. Je n'y ai même jamais songé. Je n'ai jamais pensé à elle au sens où tu l'entends. Pour l'amour de Dieu, je l'ai connue quand elle portait des couches !

— Je peux te dire qu'elle n'en porte plus.

— Non, ça, c'est sûr, elle n'en porte plus.

Sans doute avait-il approuvé avec trop de véhémence. Aussi le coup de poing dans l'estomac lui parut-il mérité.

— Écoute, Brenna, on ne peut pas reprocher à un homme de regarder une jolie fille.

— T'as qu'à regarder de loin. Si jamais tu t'approches d'elle, je n'hésiterai pas à te casser les deux jambes.

Shawn, fait rare, sentit qu'il était dangereusement près de perdre son sang-froid. Il glissa les mains sous les aisselles de Brenna et la souleva jusqu'à ce que leurs yeux soient à la même hauteur. Elle darda sur lui un regard ulcéré.

— Arrête tes menaces, dit-il. Si j'avais des pensées de cette nature envers Mary Kate, j'agirais en conséquence, et cela resterait entre elle et moi. Tu n'aurais rien à dire. Tu comprends ça ?

— C'est ma sœur… commença Brenna.

Il la secoua brutalement, ce qui la fit taire.

— Et alors ? Est-ce que ça te donne le droit de l'humilier et de me flanquer des coups de poing ? On s'est contentés de discuter dans la cuisine, Mary Kate et moi. Qu'est-ce qu'on fait d'autre, toi et moi, en ce moment ? On discute dans la cuisine, non ? Et on l'a fait des dizaines de fois. Est-ce que je t'ai jamais arraché tes vêtements ? Est-ce que je t'ai violée ?

Il la reposa sur ses pieds et lui tourna le dos.

— Tu devrais avoir honte d'imaginer des choses pareilles, conclut-il posément.

— Je…

Elle tenta sans grand succès de refouler ses larmes. Et, pour couronner le tout, Darcy fit irruption à cet instant précis.

— Il faut que je m'en aille, bredouilla Brenna en se sauvant par la porte de derrière.

— Shawn ? dit Darcy en déposant des assiettes sales dans l'évier. Qu'est-ce que tu as fait à Brenna pour qu'elle pleure ?

Les remords, la colère et une foule d'émotions qu'il ne désirait pas approfondir s'affrontèrent sauvagement dans sa tête.

— Fous-moi la paix ! aboya-t-il. J'en ai ma claque des bonnes femmes !

Brenna se sentait mortifiée et très malheureuse. Elle avait blessé, insulté et humilié deux personnes qu'elle aimait profondément. Et elle s'était mêlée de ce qui ne la regardait pas.

Non, ce n'était pas vrai. Ça la regardait. Mary Kate avait flirté de façon outrancière, et son petit manège avait totalement échappé à Shawn.

Mais il n'aurait pas mis longtemps à s'en rendre compte. Sa sœur était jeune, belle, douce et intelligente.

Brenna ne regrettait pas d'avoir voulu protéger sa cadette. Mais sa méthode avait été par trop maladroite... et carrément égoïste. Parce que – il fallait bien regarder les choses en face – elle s'était comportée en femelle jalouse.

Ce qui avait également échappé à Shawn.

Maintenant, il ne lui restait plus qu'à se raccommoder avec sa sœur.

Elle s'était octroyé une longue promenade sur la plage, pour pleurer tout son soûl, faire le tour de la question, se calmer. À présent, ses parents devaient être couchés. Elle pourrait donc parler à Mary Kate seule à seule.

Une lumière brillait sous le porche. Elle se garda de l'éteindre, car sa sœur Patty n'était sûrement pas encore rentrée de son rendez-vous du samedi soir.

Encore un mariage, songea Brenna en ôtant sa veste. Encore des embarras, des projets faits et refaits, des larmes et des lamentations à propos de fleurs et d'échantillons de tissu.

Elle ne comprenait pas qu'on prête tant d'attention à toutes ces idioties. Après avoir mis les nerfs de sa famille à rude épreuve pendant des mois, Maureen n'était plus qu'une épave lorsque Mick l'avait menée à l'autel, l'automne précédent.

Bien sûr, elle était ravissante, songea Brenna en se rappelant sa sœur fraîche et resplendissante dans sa robe blanche vaporeuse, coiffée du voile de dentelle que leur mère avait porté le jour de son propre mariage.

D'ailleurs, à la vue de sa sœur, qui rayonnait de bonheur et d'amour, Brenna avait, un court instant, cessé de se sentir complètement nunuche dans sa robe bleue de demoiselle d'honneur.

Mais si elle-même devait y passer – et comme elle voulait des enfants, il lui faudrait bien s'y résoudre – pas question de tralala. Un mariage à l'église, elle n'y voyait pas d'inconvénient. De toute façon, avec son père et sa mère, elle n'y couperait pas. Mais qu'elle soit damnée si elle passait des mois à courir les magasins, à éplucher des catalogues de robes de mariée et à se demander s'il valait mieux choisir un bouquet de roses ou de tulipes.

Elle porterait le voile et la robe de sa mère, et peut-être aussi des marguerites jaunes, ses fleurs préférées. Son père la mènerait à l'autel au son des cornemuses, et non d'un vieil harmonium asthmatique. Quant à la fête, elle aurait lieu ici, dans la maison familiale. Ce serait un grand et bruyant *ceili*, où les hommes dénoueraient leur cravate et où chacun se mettrait à l'aise.

Franchement, se dit-elle en arrivant devant la chambre que partageaient ses deux plus jeunes sœurs, Mary Kate et Alice Mae, c'était bien le moment de penser à des choses pareilles.

Elle poussa la porte et huma le parfum un peu sucré et typiquement féminin qui régnait dans la pièce. Elle attendit que ses yeux s'habituent à l'obscurité, puis elle avança vers le lit le plus proche de la fenêtre.

— Mary Kate, tu dors ? chuchota-t-elle.

— Non, elle ne dort pas.

Alice Mae dressa sa tête couverte de boucles désordonnées.

— Et je dois te dire qu'elle te déteste, qu'elle te haïra jusqu'à ce qu'elle quitte ce monde et qu'elle ne veut plus te parler.

— Dors.

— Comment veux-tu que j'y arrive, avec cette fille qui n'arrête pas de se plaindre et de te maudire ? C'est vrai que tu l'as insultée et virée de la cuisine du pub ?

— Mais non.

— Si, c'est vrai, corrigea Mary Kate d'une voix pincée. Alice Mae, sois gentille de lui dire de sortir ses fesses maigrichonnes de ma chambre.

— Elle dit que tu dois sortir tes…

— Ça va, j'ai compris, bon sang. Et je ne m'en irai pas.

— Eh bien, si elle ne part pas d'ici, c'est moi qui m'en vais.

Mary Kate fit mine de se lever et se retrouva clouée sur place.

Alertée par des bruits de coups et des jurons étouffés, Alice Mae alluma sa lampe de chevet pour profiter du spectacle.

— Tu ne gagneras jamais, Katie, tu te bats comme une fille, commenta-t-elle. Tu ne te souviens pas de ce que Brenna nous a appris ?

— Mais reste tranquille, espèce d'idiote ! chuchota celle-ci à Mary Kate. Comment veux-tu que je m'excuse, si tu me mords la main jusqu'au sang ?

— J'en ai rien à faire de tes excuses.

— Eh bien, tu les auras, même si je dois te les enfoncer dans la gorge.

Exaspérée, Brenna finit par s'asseoir sur sa sœur, mettant ainsi un terme à la bagarre.

— Oh, Brenna, tu as pleuré !

Alice Mae, le cœur le plus tendre de toute l'Irlande, sortit de son lit pour embrasser son aînée sur les deux joues.

— Voyons, ça ne peut pas être si grave que ça.

— Petite maman, murmura Brenna, qui refoula un nouvel accès de larmes.

Sa toute petite sœur n'était plus un bébé, mais une mince et jolie jeune fille sur le point de devenir femme. Ce qui, se dit-elle, n'allait pas tarder à poser d'autres problèmes.

— Retourne dans ton lit, mon petit chat. Tu vas avoir froid aux pieds.

— Je reste là, dit Alice Mae en s'installant sur les jambes de Mary Kate. Je vais t'aider à la faire tenir tranquille. Si tu as pleuré à cause d'elle, il faut qu'elle ait au moins la politesse de t'écouter.

— C'est elle qui m'a fait pleurer, protesta Mary Kate.

— Tes larmes étaient des larmes de colère, décréta Alice Mae, utilisant une expression de leur mère.

— Une partie des miennes aussi, je suppose, avoua Brenna dans un soupir.

Elle passa un bras autour des épaules d'Alice Mae.

— Elle avait tout à fait le droit d'être en colère contre moi. Katie, je regrette la façon dont je me suis comportée et les choses que j'ai dites.

— C'est vrai ?

— Oui, fit Brenna, de nouveau submergée par les larmes. C'est juste que je t'aime, tu comprends.

— Moi aussi, je t'aime, répondit Mary Kate en sanglotant. Et je suis désolée. J'ai dit des choses horribles, je ne les pensais pas.

— Ça ne fait rien, dit Brenna.

Elle libéra Mary Kate, qui vint se blottir dans ses bras.

— Je ne peux pas m'empêcher de m'inquiéter pour toi, murmura Brenna, le nez dans les cheveux de sa sœur. Je sais bien que tu es une grande personne, mais ce n'est pas facile de l'admettre. Avec Maureen et Patty, c'était plus simple. Maureen a à peine dix mois de moins que moi, et Patty est arrivée un an après elle. Mais avec vous deux…

Elle ouvrit les bras, de façon à y accueillir aussi Alice Mae.

— Je me souviens de vous bébés, alors c'est un peu différent.

— Mais je ne faisais rien de mal.

— Je sais, dit Brenna en fermant les yeux. Tu es très jolie, Katie. Et j'imagine qu'il faut bien que tu testes ton pouvoir de séduction. Je préférerais simplement que tu le testes sur des garçons de ton âge.

— Je l'ai fait, répondit Mary Kate avec un rire cristallin.

Elle releva la tête et regarda sa sœur.

— Je pensais que je pouvais monter d'un cran, expliqua-t-elle.

— Seigneur Dieu ! Dis-moi une chose, Katie. Es-tu amoureuse de Shawn ?

— Je ne sais pas, avoua Mary Kate avec un haussement d'épaules. C'est possible. Il est si beau ! Il fait penser à un chevalier de conte de fées ou à un poète romantique, tu ne trouves pas ? Et lui, il te regarde droit dans les yeux, alors que la plupart des garçons visent plus bas, si tu vois ce que je veux dire. Tu sais aussitôt qu'ils ne s'intéressent pas à toi, mais à ce qu'il y a sous ton chemisier. Tu as remarqué ses mains, Brenna ?

— Ses mains... murmura Brenna.

Elles étaient longues, minces, habiles. Superbes.

— Ce sont des mains d'artiste. Rien qu'à les regarder, tu devines ce que tu éprouverais si elles te caressaient.

— Oui, souffla Brenna

Elle poussa un long soupir, puis se reprit vivement.

— Je veux dire que je comprends qu'il puisse éveiller certaines... euh... envies, beau garçon comme il est. Je te demande juste de faire attention.

— Je ferai attention, promit Mary Kate.

— Bon, vous voilà réconciliées, déclara Alice Mae en les embrassant toutes les deux. Tu peux t'en aller, maintenant, Brenna, qu'on puisse dormir un peu ?

Brenna ne dormit guère, cette nuit-là, et son court sommeil fut peuplé de rêves bizarres et confus, mais entrecoupés d'images d'une précision incroyable.

Un cheval ailé transportait un cavalier vêtu d'argent à travers le ciel. Les longs cheveux noirs de l'homme voletaient autour de son beau visage finement dessiné. Il s'envolait dans la nuit, au milieu des étoiles scintillantes, et s'élevait toujours plus haut, en direction de la pleine lune, qui pleurait des larmes de lumière. Dès qu'elles furent à portée de main, le cavalier les recueillit et les glissa dans un sac en argent. Puis il se posa devant le cottage de la colline aux fées et déversa son butin aux pieds de Lady Gwen.

— Voici les larmes de la lune. Elles expriment le désir que tu m'inspires. Prends-les, et prends-moi avec.

Mais Lady Gwen refusa les présents du prince et se détourna de lui. Les perles qui brillaient dans l'herbe se transformèrent en fleurs de lune.

La nuit, Brenna les ramassa, au moment où leurs délicats pétales blancs s'ouvraient. Elle les déposa sur le perron du cottage et les laissa là pour Shawn, car elle n'avait pas le courage de les porter à l'intérieur et de les lui offrir.

Brenna se leva d'humeur mélancolique, l'esprit encore empli du rêve étrange qu'elle avait fait. Après la messe, elle tourna en rond, démonta le moteur de la vieille tondeuse à gazon et changea les bougies de sa camionnette, ce qui était parfaitement inutile.

Elle était allongée sous la guimbarde de sa mère quand elle vit approcher les bottes de son père.

— Ta mère m'a demandé d'intervenir avant que tu ne mettes sa voiture en morceaux.

— Je vérifie certaines choses qui en ont besoin.

— C'est ce que je vois.

Il s'accroupit et, avec un bruyant soupir, se glissa à côté d'elle.

— Donc, il n'y a rien qui t'embête.

— Ben, peut-être que si.

Brenna travailla un moment en silence, le temps de rassembler ses idées. Mick l'observa, heureux de constater que les mains de sa fille étaient rapides et efficaces.

— Est-ce que je peux te demander quelque chose ? dit-elle enfin.

— Bien sûr que tu peux.

— Qu'est-ce que ça cherche, un homme ? Je veux dire, dans la vie.

Mick pinça les lèvres.

— Eh bien, une bonne épouse, un travail régulier, un repas chaud et une pinte de bière à la fin de la journée. Pour la plupart d'entre nous, ça suffit.

— C'est la première partie qui m'intrigue. Qu'est-ce qu'un homme attend d'une femme ?

— Oh ! Alors, là…

Pris de panique, il se déroba.

— Je vais chercher ta mère, s'écria-t-il en tentant de se glisser hors de la voiture.

Brenna le rattrapa par la jambe. Il était sec et nerveux, mais elle avait une bonne prise.

— Non, c'est toi, l'homme, pas elle. Je voudrais savoir, de la bouche d'un homme, ce que toi et tes congénères cherchez chez une femme.

— Euh… du bon sens, répondit-il avec un peu trop d'empressement. Ça, c'est une qualité essentielle. Et de la patience. Un homme a besoin d'une femme patiente. Autrefois, il voulait aussi qu'elle lui arrange un joli petit foyer, mais dans le monde d'aujourd'hui – et comme j'ai cinq filles, il faut bien que je vive dans le monde d'aujourd'hui – je pense que les couples fonctionnent plutôt comme des camarades. Oui, c'est ça.

Il s'agrippa au mot comme à une corde jetée par une main secourable pour le sauver d'un bassin rempli de crocodiles.

— Un homme veut une camarade, une compagne pour la vie, ajouta-t-il.

Brenna abandonna son travail et s'assit dans l'herbe. Convaincue qu'il détalerait dès qu'il en aurait la possibilité, elle garda la main sur la cheville de son père.

— Nous savons tous les deux que ce n'est pas de bon sens, de patience ou de camaraderie qu'il s'agit.

La figure de Mick vira au rose, puis au blanc.

— Ne compte pas sur moi pour te parler de sexualité, Mary Brenna, sors-toi tout de suite cette idée-là de la tête. Je ne discuterai pas de ça avec ma fille.

— Pourquoi ? Tu as pratiqué la chose, non ? Sinon, je ne serais pas là.

— C'est bien possible, admit-il en se mordillant les lèvres.

— Si j'avais été un garçon, est-ce qu'on aurait pu en parler ?

— Tu n'es pas un garçon, donc on n'en parle pas. C'est tout, décréta-t-il en croisant les bras.

Dans cette position, il ressemblait à un de ces lutins courroucés que dessinait Jude, songea Brenna.

— Comment puis-je me faire une opinion d'une chose dont il est interdit de discuter ?

Refusant d'admettre la logique de cette remarque, Mick crut se tirer d'affaire en grommelant :

— Si tu veux absolument en parler, adresse-toi à ta mère.

— D'accord, d'accord. Tant pis.

Elle n'avait qu'à aborder la question sous un autre angle. N'était-ce pas son père lui-même qui lui avait appris qu'il y avait toujours plusieurs façons d'attaquer un travail ?

— J'ai une autre question à te poser.

— Sur un sujet différent ?

— Oui, en quelque sorte.

Elle lui tapota la jambe et sourit.

— Voilà, reprit-elle. Mettons qu'il y ait une chose que tu désires vraiment, et depuis longtemps. Comment t'y prendrais-tu pour l'obtenir ?

— Si je désire tellement cette chose, pourquoi ne l'ai-je pas déjà obtenue ?

— Disons que, jusqu'à présent, tu n'as pas fait l'effort suffisant.

— Et pourquoi ne l'ai-je pas fait, cet effort ? protesta-t-il en fronçant ses sourcils couleur de sable. Parce que je suis lent ou juste idiot ?

Brenna s'arrêta une fraction de seconde sur cette remarque et conclut que, si son père l'avait insultée, c'était sans le vouloir.

— Peut-être un peu des deux, dans ce cas-là. Alors, que ferais-tu ?

Soulagé de voir la conversation prendre un tour moins scabreux, Mick lui décocha un grand sourire.

— Eh bien, je cesserais de me comporter comme un idiot. Je me donnerais les moyens d'obtenir ce que je veux au lieu de traînasser. Parce que, quand un O'Toole se fixe un objectif, sacré bon Dieu, il l'atteint en plein dans le mille !

Ce qui, Brenna le savait, était vrai.

— D'accord, mais admettons que tu sois un peu inquiet, malgré tout, et pas très sûr de ton habileté dans ce domaine…

— Ma fille, si tu tergiverses sans cesse, tu n'obtiendras jamais ce que tu veux. Si tu ne poses pas la question, la réponse est forcément non. Si tu n'avances pas, tu fais du surplace.

— Tu as raison.

Elle le prit par les épaules, barbouillant au passage sa chemise de cambouis, et l'embrassa sur les deux joues.

— Tu as toujours raison, papa. C'est justement ce que j'avais besoin d'entendre.

— Oh, je n'ai fait que mon boulot de père, après tout.

— Ça t'ennuierait de finir à ma place ? demanda-t-elle en pointant le pouce vers le ventre de la guimbarde. Je n'aime pas laisser les choses en plan, mais j'ai un truc urgent à régler.

— Pas de problème.

Mick se glissa de nouveau sous la voiture et, enchanté d'avoir pu réconforter sa fille, se mit au travail en sifflotant.

5

Shawn se prépara un thé très fort et fit réchauffer des *scones* qu'il avait rapportés la veille du pub. Il lui restait une heure avant d'aller travailler, et il avait l'intention d'en profiter pour petit-déjeuner tranquillement en lisant son journal.

La radio posée sur le buffet jouait des airs gaéliques traditionnels, et un bon feu de tourbe crépitait dans la cheminée : la définition du paradis selon Shawn Gallagher.

D'ici peu, il serait en train de cuisiner pour la foule du dimanche, avec Darcy qui ne cesserait d'aller et venir entre la cuisine et la salle, tout en l'asticotant à propos de tout et n'importe quoi. Il ferait un brin de causette avec ses amis, s'il avait un moment de répit, et il veillerait à ce que Jude, qui passerait probablement au pub, mange un bon repas équilibré.

Rien de tout cela ne l'ennuyait, au contraire. Mais s'il ne s'offrait pas des plages de solitude de temps en temps, il avait l'impression que sa tête allait exploser. Il se voyait bien vivre au cottage jusqu'à la fin de ses jours, avec le chat grincheux couché au coin du feu, à jouir d'une suite sans fin de matinées silencieuses.

Il rêvassait ainsi au son des cornemuses et des flûtes que déversait la radio, tout en battant distraitement la mesure du pied, quand un choc sur la porte de derrière fit bondir son cœur.

Il se retourna. La langue pendante, une grande chienne jaune grimaçait, ses grosses pattes appuyées contre la vitre. Shawn alla lui ouvrir. Il aimait bien la Betty des O'Toole. C'était une compagne agréable, qui se contentait en général de quelques chatouillements et caresses, avant de se lover sur le sol et de s'absorber dans ses propres rêves.

Buth fit le gros dos et cracha, mais plus par habitude que par réel agacement. Comme la patiente Betty ne réagissait pas, le chat leva la queue et se remit à sa toilette.

— Alors, on se promène ? dit Shawn. Tu es la bienvenue. Viens partager notre feu et ne fais pas attention à ce diable noir.

Il s'apprêtait à refermer la porte lorsqu'il aperçut Brenna sur la route.

Il se sentit vaguement irrité, car la maîtresse de Betty n'était pas du genre à se contenter d'un chatouillement et d'une caresse. Il lui fallait de la conversation, et Shawn n'était pas vraiment d'humeur à bavarder.

Il tint la porte ouverte, laissant le vent froid pénétrer dans la maison, et regarda la jeune femme approcher. Quelques mèches de cheveux s'étaient échappées de sa casquette et voletaient autour de sa tête, rouges comme des rubis. Elle avait la bouche pincée, et il se demanda si quelqu'un l'avait énervée, d'une manière ou d'une autre – chose qui arrivait souvent. Pourtant, à bien y regarder, c'était une jolie bouche.

Pour une petite femme, elle avançait à grandes enjambées puissantes et décidées, comme si elle avait quelque chose de précis à faire et voulait s'en débarrasser rapidement. Et Shawn connaissait assez la O'Toole pour savoir qu'elle allait lui dire sans tarder de quoi il s'agissait.

Elle contourna le petit carré d'herbes aromatiques qu'il songeait à agrandir et transformer en un vrai jardin potager. Le vent avait fouetté son visage, si bien que, lorsqu'elle leva la tête pour le regarder, ses joues étaient toutes roses.

— Bonjour, Mary Brenna. Si tu es sortie pour promener ta chienne, j'ai l'impression qu'elle en a assez. Elle s'est installée sous la table de ma cuisine, et Buth fait semblant de l'ignorer.

— C'est elle qui a tenu à m'accompagner.

— Sûrement, mais si tu marchais au lieu de galoper, elle accepterait peut-être de se promener plus longtemps avec toi. Viens donc te mettre à l'abri du vent.

Il s'effaça pour la laisser entrer et renifla quand elle passa près de lui.

— Tu sens un mélange de fleurs et de cambouis, ou un truc de ce genre.

— C'est de l'huile de moteur, avec un reste du parfum qu'Alice Mae m'a mis ce matin.

— Ça fait une sacrée mixture.

Une mixture typique de Brenna O'Toole, ajouta-t-il en son for intérieur.

— Tu veux du thé ?

— Volontiers.

Elle se débarrassa de sa veste et l'accrocha à une patère. Puis, après une demi-seconde d'hésitation, elle parut se rappeler qu'elle portait une casquette et l'enleva aussi.

Lorsqu'il voyait les cheveux de Brenna se répandre sur ses épaules et dans son dos, Shawn avait toujours un coup au cœur. Réaction idiote, se dit-il en prenant la théière. Pourtant, il avait beau savoir que ses cheveux étaient là, cachés sous cette affreuse casquette, quelque chose en lui sursautait chaque fois qu'elle les laissait retomber.

— J'ai des *scones*.

— Non, merci.

Elle toussota pour s'éclaircir la gorge, qui lui paraissait plus sèche que le Sahara, puis elle s'assit devant la table, qu'elle repoussa légèrement du pied. Durant le trajet, elle avait réfléchi à l'attitude à adopter et avait finalement décidé de jouer la désinvolture.

— Tu ne voudrais pas que je jette un coup d'œil à ta voiture, cette semaine ? La dernière fois que j'ai entendu le moteur tourner, il faisait un bruit tristounet.

Shawn ne s'étonna pas de voir Buth s'approcher de Brenna, se frotter à sa jambe, puis sauter sur ses genoux. L'aînée des filles O'Toole était le seul être humain que le chat aimait. Sans doute reconnaissait-il en elle une créature aussi irascible que lui.

— Merci de ta proposition, mais est-ce que tu auras le temps ? Tu n'as pas trop de travail, avec la chambre du futur Gallagher ?

Brenna caressa le crâne de Buth, qui se mit à ronronner comme un train de marchandises.

— Je trouverai bien un moment.

Shawn s'assit en face de Brenna et tendit la moitié d'un *scone* à Betty, qui le fixait avec des yeux suppliants.

— Comment ça se passe, alors ?

Tout compte fait, songea-t-il, c'était plutôt agréable de discuter un peu avec Brenna dans cette cuisine bien chaude, Buth et Betty auprès d'eux.

— Ça va. C'est surtout du bricolage que veut Jude, pas des gros travaux. Mais maintenant, comme toutes les femmes, elle se dit que quand cette pièce sera faite, les autres auront l'air dégoûtantes. La voilà qui songe à redécorer sa chambre à coucher.

— Qu'est-ce qu'elle lui reproche ?

Brenna haussa les épaules.

— Moi, je la trouve très bien comme ça, mais Jude et Darcy ont déjà pensé à une douzaine de trucs : poser un nouveau papier peint, repeindre les plinthes, poncer le parquet… Et puis, j'ai eu la sottise de dire qu'on avait vraiment une jolie vue sur la mer, et aussitôt, Jude a déclaré qu'elle aimerait beaucoup avoir une banquette devant la fenêtre. Je lui ai dit que ce n'était pas grand-chose à faire, et avant que j'aie eu le temps de dire ouf, elle m'en a commandé une.

Machinalement, Brenna prit la seconde moitié du *scone* que Shawn avait découpé pour Betty et croqua dedans.

— Je parie que papa et moi allons nous déplacer de chambre en chambre et qu'on finira par refaire cette maison de la cave au grenier. Maintenant que Jude est lancée, je ne sais pas où elle va s'arrêter. Ça doit être une sorte de syndrome de nidification.

— Si ça lui fait plaisir et qu'Aidan n'y voit pas d'inconvénient…

Shawn s'interrompit. Ça ne dérangeait peut-être pas son frère de vivre au milieu des coups de marteau et des grincements de scie, mais lui, il aurait préféré se laisser rôtir à petit feu plutôt que d'endurer ça.

— Lui, y voir un inconvénient ? répéta Brenna en riant. Lorsqu'il surgit au milieu d'une de nos discussions, il se fige et nous écoute en souriant d'un air niais. Ce type est fou de Jude. Elle pourrait dire : « Demandons à Brenna de faire pivoter la maison à 180° » qu'il ne sourcillerait même pas… Mais c'est chouette de les voir si heureux ensemble, ajouta-t-elle avec un soupir.

— Elle est exactement la femme qu'il attendait.

Brenna parut sidérée.

— Il attendait quelque chose, insista-t-il en hochant la tête. Il n'y avait qu'à le regarder pour s'en apercevoir. Et, à l'instant même où Jude est entrée dans le pub, le premier soir, pouf, ça y était. Leurs vies ont basculé à partir de cette minute, bien qu'aucun d'eux n'en ait eu conscience.

— Mais toi, tu le savais ?

— Je ne peux pas dire que je le savais précisément, mais je me doutais que certaines choses allaient changer.

Brenna opina lentement du bonnet, puis se pencha en avant.

— Et toi, qu'est-ce que tu attends ?

— Moi ? fit-il en haussant les sourcils. Oh, pour moi, les choses sont bien comme elles sont.

— C'est ça, ton problème, Shawn, déclara-t-elle en pointant un doigt accusateur sur lui. Tu suis ton petit bonhomme de chemin jusqu'à ce qu'il se transforme en impasse, et tu ne t'en rends même pas compte parce que tu as la tête dans les nuages.

— Si c'est une impasse, c'est la mienne, et je m'y sens bien.

Brenna se souvint soudain des paroles de son père.

— Il faut que tu avances. Si tu n'avances pas, tu fais du surplace.

— Mais je n'ai pas envie de changer de chemin, protesta-t-il, l'air amusé.

— Moi, je suis prête à aller de l'avant.

Elle plissa les paupières et l'examina.

— Et je ne vois pas d'inconvénient à prendre les choses en main, s'il le faut.

— Et quelle sorte de choses envisages-tu de prendre en main ?

— Toi.

Sans se soucier du sourire en coin de Shawn, Brenna se recula sur sa chaise et le regarda siroter son thé.

— Je pense qu'on devrait coucher ensemble, lâcha-t-elle soudain.

Shawn s'étouffa, le nez dans sa tasse, et se mit à tousser violemment, projetant des gouttelettes de thé sur ses mains et sur la table. Avec un soupir agacé, Brenna chassa de ses genoux un Buth mécontent, se leva et alla taper énergiquement dans le dos de Shawn.

— L'idée est si horrible que ça ?

— Seigneur… parvint-il à balbutier. Doux Jésus…

Brenna se laissa retomber sur sa chaise. Les yeux pleins de larmes, il la regarda fixement.

— Qu'est-ce que tu as voulu dire par là ? demanda-t-il enfin.

— Eh bien, ça me paraît clair, répondit-elle, déterminée à ne céder ni à la colère ni à l'énervement. Il se trouve que j'ai envie de toi. Depuis un bout de temps.

La bouche de Shawn s'ouvrit toute grande, et son expression ahurie attisa dangereusement l'irritation naissante de Brenna.

— Quoi ? fit-elle. Tu penses peut-être qu'il n'y a que les hommes qui ont le droit de se gratter quand ça les démange ?

Non, ce n'était pas ce qu'il pensait. Bien sûr que non. Mais il ne pensait pas non plus qu'on pût débouler dans sa cuisine pour lui annoncer une chose pareille.

— Que dirait ta mère, si elle t'entendait ?

— Elle n'est pas là, n'est-ce pas ?

Il repoussa brutalement sa chaise. Surprise, Betty sauta sur ses pieds. Incapable de mettre en ordre les idées qui tournoyaient dans sa tête, il se leva et ouvrit la porte, dans l'espoir de recouvrer un semblant de calme.

— J'ai besoin de prendre l'air.

Brenna s'obligea à rester assise et s'ordonna de respirer lentement et profondément, de se comporter en femme raisonnable, mûre, lucide. Mais son tempérament volcanique reprit rapidement le dessus.

Ce type avait un sacré culot ! Était-elle donc une espèce de gargouille dont aucun homme ne pouvait avoir envie ? Fallait-il qu'elle se pavane en minijupe, la figure peinturlurée, pour que Shawn Gallagher la remarque enfin ? Merde, quoi !

Sans plus réfléchir, elle se rua dehors.

— Si tu n'es pas intéressé, tant pis. Dis-le, c'est tout, s'écria-t-elle en se plantant devant lui.

Il résolut ce problème en lui tournant le dos et en partant dans l'autre sens.

— Ne t'enfuis pas, espèce de lâche.

Il lui jeta un coup d'œil par-dessus son épaule.

— Tu devrais avoir honte, dit-il en s'éloignant.

Il était choqué. Et, que Dieu ait pitié de lui, il était aussi… ému. Très ému. Mais il refusait de penser à Brenna de cette façon. Il s'y était toujours refusé. D'accord, son esprit s'était peut-être égaré une fois ou deux dans cette direction, mais ne l'avait-il pas aussitôt rappelé à l'ordre ? Eh bien, c'était exactement ce qu'il allait faire maintenant.

— Je devrais avoir honte ?

Il s'immobilisa et se retourna.

— Non, mais ! Qui es-tu pour décréter que je devrais avoir honte ?

— Je suis le type à qui tu viens d'offrir ton corps aussi facilement qu'une pinte de bière et un paquet de chips.

Les paroles de Shawn la firent blêmir.

— C'est ce que tu penses ? s'écria-t-elle en se rapprochant de lui. Que ce n'est rien de plus ? Alors, c'est toi qui devrais avoir honte.

Le chagrin qu'il vit dans ses yeux ajouta encore à sa confusion.

— Brenna, on ne débarque pas chez un homme pour lui dire : « Couchons ensemble. » Ce n'est pas bien.

— Mais si un homme le fait, c'est bien ?

— Non. Évidemment que non. C'est un… Ça devrait… Bon sang, Brenna, je ne peux pas parler de ça avec toi. Tu fais quasiment partie de ma famille.

Puisque Brenna n'avait aucune pudeur, il en aurait pour deux.

— Pourquoi les hommes que je connais refusent-ils de parler de sexualité, alors que c'est une composante essentielle de la vie de tout être humain ? Et nous ne sommes pas parents, que je sache.

Shawn recula d'un pas.

— Ne t'approche pas.

— Si tu n'as pas envie de moi, tu n'as qu'à le dire.

— Je ne pense pas à toi de cette façon.

Il recula encore d'un pas et se retrouva au milieu du carré d'herbes aromatiques.

— Je te considère pratiquement comme ma sœur.

Elle fronça le nez, signe chez elle d'une colère imminente.

— Mais je ne suis pas ta sœur, si ?

Ses cheveux flottaient au vent. Il faillit les toucher, comme il l'avait fait des centaines de fois quand ce geste était inoffensif, mais se retint à temps. Et, à cet instant, il eut peur que tout change entre eux.

— Non, tu n'es pas ma sœur. Mais c'est comme ça que je t'ai toujours vue – enfin, que j'ai essayé de te voir. Et tout à coup, tu voudrais que… Non, je ne peux pas, conclut-il précipitamment, car il sentait son sang s'échauffer dangereusement. Ce ne serait pas bien.

— Si tu n'as pas envie de coucher avec moi, c'est ton affaire, dit-elle en opinant froidement du chef. Il y en a d'autres qui ne se feront pas prier.

Sur ce, elle tourna les talons et repartit d'un pas vif vers la route.

— Attends une minute, bon sang !

Quand la situation l'exigeait, Shawn était capable de se déplacer rapidement. Il rattrapa Brenna avant qu'elle n'ait parcouru trois mètres, la prit par un bras, la fit pivoter et empoigna solidement son autre bras.

— Si tu crois que je vais te laisser partir dans cet état, tu te trompes lourdement. Il n'est pas question que tu te jettes à la tête du premier venu, simplement parce que tu m'en veux à mort.

Le regard étincelant de Brenna aurait dû lui mettre la puce à l'oreille, mais sa voix était si calme, si neutre, qu'il ne se méfia pas.

— Tu te surestimes, Shawn Gallagher. Si je veux coucher avec un homme, je le ferai. Et tu n'auras rien à dire. Ça va peut-être te choquer, mais j'ai déjà fait l'amour et j'aime ça. Et je recommencerai chaque fois que j'en aurai envie.

Shawn eut l'impression qu'elle venait de lui enfoncer l'extrémité d'une pioche dans le ventre.

— Tu… Qui ça ?

— Ce ne sont pas tes affaires, répliqua-t-elle, l'air satisfait. Maintenant, lâche-moi, je n'ai plus rien à te dire.

— Moi, j'ai encore plein de choses à te dire.

Mais il était incapable de réfléchir. La seule image qui lui venait était celle de Brenna dans les bras d'un inconnu, et cette vision lui était insupportable.

Elle rejeta la tête en arrière et le regarda droit dans les yeux.

— Tu veux faire l'amour avec moi, oui ou non ?

Shawn hésita un instant, puis décida qu'il valait mieux mentir.

— Non.

— Alors, fin de l'histoire.

Humiliée et furieuse, elle recula brusquement. Puis, sur une impulsion, elle se ravisa et se rapprocha de Shawn.

D'un bond, elle fut dans ses bras, ses jambes s'enroulèrent autour de sa taille, et sa bouche s'écrasa sur la sienne. Elle crut entendre Betty aboyer – des aboiements successifs, comme si la chienne riait. Shawn chancela, mais elle s'agrippa à lui et lui mordilla la lèvre inférieure. L'un d'eux gémit – peu importait qui – et elle se livra tout entière à ce baiser passionné.

Elle l'avait pris par surprise. Voilà pourquoi il ne la repoussait pas. C'était l'unique raison. Étreindre ces petites fesses merveilleusement fermes, puis remonter les mains le long de son dos et les enfouir dans ses cheveux, tout cela n'était qu'une réaction instinctive. Et ce n'était pas sa faute si le parfum et le goût de Brenna lui faisaient tourner la tête et s'il n'arrivait pas à reprendre son souffle.

Il fallait qu'il s'arrête. Pour son bien à elle, il fallait qu'il s'arrête maintenant… bientôt. Tôt ou tard, il faudrait qu'il s'arrête.

Le vent lançait autour d'eux ses rubans glacés. Soudain, le soleil se cacha derrière les nuages, tandis qu'un léger crachin se mettait à tomber. Mais Shawn ne remarqua rien de tout cela. Il sentait la raison déserter son esprit, n'y laissant plus que l'envie d'entraîner Brenna dans la maison, de monter l'escalier et de la déposer sur le lit.

Brusquement, elle se dégagea et sauta à terre. Shawn resta pétrifié, la vue brouillée, incapable de dire un mot, mais il crut déceler sur son visage un sourire moqueur.

— J'ai pensé que je devais te donner un aperçu de ce que tu as refusé.

Elle brossa la manche de sa chemise et ajouta :

— Je jetterai un coup d'œil à ta voiture dès que j'aurai un moment de libre. Tu ferais mieux de descendre au village, maintenant. Tu vas être en retard au pub.

Toujours muet, il la regarda disparaître avec la chienne jaune derrière la haie.

— Tu es en retard, dit Aidan, comme Shawn poussait la porte de la cuisine.

— Et alors ? Tu vas me virer, c'est ça ?

Cette réponse bourrue surprit Aidan, qui regarda son frère ouvrir violemment le réfrigérateur et en sortir des œufs, du lait et de la viande.

— Ça me paraît difficile de mettre à la porte un type qui possède autant de parts que moi dans l'entreprise.

Shawn posa bruyamment une casserole sur le fourneau.

— T'as qu'à me racheter mes parts.

Lorsque Darcy entra à son tour dans la cuisine, Aidan leva une main et lui fit signe de sortir. Elle obéit à contrecœur.

— Qu'est-ce qui se passe ? demanda-t-il à son cadet.

— Rien du tout. Maintenant, si tu veux bien m'excuser, j'ai du boulot.

— Depuis quand es-tu incapable de travailler et de parler en même temps ?

— Je n'ai rien à dire, et j'ai des tourtes à la viande à préparer.

Shawn se détourna du fourneau, le temps de jeter un regard noir à son frère.

— Tu peux me dire ce qui ne tourne pas rond chez les femmes ? demanda-t-il. D'abord, elles veulent une chose, ensuite une autre, et tu ne sais jamais ce qu'elles vont t'inventer la fois suivante.

— Oh ! là là !

L'inquiétude d'Aidan laissa place à l'amusement. Il se servit une tasse de thé et s'adossa au plan de travail, tandis que Shawn s'affairait en marmonnant.

— On pourrait en parler toute la journée et la moitié de la nuit sans arriver à résoudre cette énigme. Mais il vaut mieux être avec une fille qui te pose des problèmes qu'être tout seul, tu ne crois pas ?

— Non, pas en ce moment.

— Et quelle est cette fille qui te perturbe ? demanda Aidan en riant.

— Personne en particulier. Laisse tomber, c'est ridicule.

Aidan but une gorgée de thé et réfléchit un instant.

— On dirait que c'est sérieux, commenta-t-il.

— C'est facile pour toi de sourire et de prendre un air compatissant, grommela son frère. Tu flottes sur un petit nuage, avec ta Jude.

— Ça, c'est vrai, approuva Aidan. Mais il n'en a pas toujours été ainsi, et tu m'as donné de bons conseils quand je ne savais plus à quel saint me vouer. Peut-être devrais-tu essayer de t'en donner à toi-même, si tu ne veux pas des miens.

— Je n'ai pas besoin d'une femme dans ma vie en ce moment, murmura Shawn. Surtout pas de celle-là. Elle ne me convient pas du tout.

Il s'efforça de ne pas penser au baiser sauvage de Brenna, ni à la façon dont son corps ferme s'était collé contre le sien.

— Pas du tout, répéta-t-il.

D'un rapide mouvement du poignet, il alluma le feu sous la casserole qui contenait la farce destinée aux tourtes.

— Je suppose que tu es la personne la mieux placée pour savoir ce qui te convient, répondit Aidan. Mais il arrive parfois qu'on agisse contre tout bon sens. Un homme peut se comporter en enfant quand une femme l'attire. Il a beau savoir qu'il ne devrait pas désirer cette femme-là, que ça risque d'avoir des conséquences qu'il ne se sent pas capable d'assumer, il plonge quand même, la tête la première. Ce n'est pas parce qu'une chose n'est pas bonne qu'on cesse de la désirer.

— Je ne lui conviendrais pas.

Un peu plus calme, Shawn sortit une jatte du placard pour préparer la pâte.

— Il y a des tas d'autres choses qui entrent en ligne de compte, mais même si ce n'était pas le cas, je ne lui conviendrais pas. Donc, c'est terminé.

Une fois la farine et l'eau mélangées en une pâte ferme, il recouvrit la jatte d'un torchon et la glissa dans le réfrigérateur.

— Je vais faire des quatre-quarts, annonça-t-il, tout en beurrant un moule. Et j'ai du fenouil frais que le jeune Brian Duffy a cueilli pour moi. Ça ira bien avec le saumon que tu as acheté ce matin. Dis à Jude de venir, que je lui prépare une assiette.

— D'accord, merci, répondit Aidan. Shawn…

Il s'interrompit. Darcy passait de nouveau la tête par l'entrebâillement de la porte, l'air irrité.

— Il faudrait savoir ce que tu veux, Aidan. Tu me demandes de descendre de bonne heure, puis tu me flanques dehors. Alors, si vous avez l'intention de rester ici pour échanger des petits secrets de mecs, je remonte me vernir les ongles. Je reviendrai dans une heure, quand le pub ouvrira.

— Laisse-moi te servir une tasse de thé, mon chou, pour m'excuser de t'avoir maltraitée.

Aidan lui tapota la joue et, avec une petite courbette, lui offrit une chaise.

— D'accord pour le thé, mais avec des biscuits.

Elle s'assit et soutint le regard de son frère.

— Va pour les biscuits, dit Aidan en posant une boîte métallique devant elle. Bon, j'ai un truc à vous dire à tous les deux. Ça concerne le pub.

— Il va falloir que tu parles pendant que je travaille, je n'ai pas le temps de m'arrêter, intervint Shawn en sortant la jatte du réfrigérateur.

— À qui la faute ? riposta son frère. Il s'agit de ce type de New York, Magee. L'idée de construire sa salle de spectacle derrière le pub lui plaît. Je voulais lui louer le terrain avec un bail à long terme, mais il préférerait l'acheter. Si on fait ça, on n'aura aucun contrôle sur l'affaire.

— Combien offre-t-il ? demanda Darcy, avant de mordre dans un biscuit.

— Pour le moment, nous n'avons fait que discuter vaguement, mais je pense que notre prix sera le sien. Il faut que j'en parle aux parents, mais puisque le pub et le terrain nous appartiennent, c'est à nous de prendre la décision.

— Si son offre est généreuse, on n'a qu'à vendre. Ce terrain ne nous sert à rien, déclara Darcy.

— Mais c'est notre terre. Elle a toujours été à nous, protesta Shawn.

Il jeta un coup d'œil à Darcy, tout en incorporant du beurre à sa pâte.

— Oui, mais ça représente beaucoup d'argent.

— J'ai pensé aux deux aspects de la chose, dit Aidan, sans cesser de remuer sa cuillère dans sa tasse. D'un côté, si nous refusons de vendre, Magee risque de chercher un autre coin pour son projet. D'un autre côté, le pub pourrait profiter de la proximité de la salle de spectacle. Ce type m'a l'air futé, et je préférerais discuter face à face avec lui plutôt qu'au téléphone. Mais il dit qu'il ne peut pas venir maintenant, parce qu'il a une autre affaire en cours.

— Alors, envoie-moi à New York, dit Darcy en battant des cils, et je le charmerai jusqu'à ce qu'il ouvre tout grand son portefeuille.

Aidan émit une sorte de bref hululement admiratif.

— Désolée, chérie, je doute que le charme marche avec ce genre de bonhomme. Pour lui, à mon avis, tout est une question de fric. Je pensais plutôt demander à papa de faire un tour à New York. Il est aussi futé que n'importe lequel de ces magouilleurs yankees. Mais, avant d'en arriver là, nous devons nous mettre d'accord, tous les trois, sur ce que nous voulons.

— Du profit, répondit immédiatement Darcy, avant d'engloutir ce qui restait de son biscuit.

— D'accord. Mais à long terme ?

— Sauvegarder notre réputation, dit Shawn d'une voix ferme. Nous travaillons depuis plusieurs années à faire du *Gallagher's* un centre musical réputé. Aujourd'hui, les guides recommandent notre pub pour la musique qu'on peut y écouter, pas seulement pour les plats ou les boissons qu'on y sert. Tu as tout le temps des orchestres ou des imprésarios qui t'appellent pour réserver des soirées, non ?

— C'est sûr qu'on se débrouille pas mal, approuva Aidan.

— Si ce Magee a l'intention d'attirer plus de touristes en augmentant le nombre de concerts, de bals et de festivals musicaux, ça ne peut que servir notre réputation.

Shawn remit la jatte dans le réfrigérateur.

— Mais à une condition : il faut que ce soit fait à la façon Gallagher, conclut-il.

Aidan s'appuya contre le dossier de sa chaise et observa attentivement son frère. Celui-ci sortit des pommes de terre du casier à légumes, les jeta dans l'évier et commença à les peler.

— Tu m'étonneras toujours, Shawn, déclara-t-il. Je suis d'accord avec toi : à la façon Gallagher ou rien. C'est-à-dire dans le respect de la tradition irlandaise et de l'esprit de notre pub. Nous ne voulons rien de clinquant, ni de vulgaire.

— Il faut le convaincre de travailler en partenariat avec nous, ajouta Shawn, parce que nous, nous connaissons Ardmore et Old Parish, contrairement à lui.

— Et, en échange de notre participation, on lui demandera un pourcentage sur la salle de spectacle.

C'était ça, mon idée, et c'est ce que je voudrais expliquer à papa, afin qu'il négocie avec Magee dans ce sens.

— En résumé, intervint Darcy, qui pianotait sur la table, on lui vend le terrain à bon prix ou on le lui loue à long terme, à condition qu'il nous accorde une participation dans le bâtiment, la programmation et les bénéfices.

— Voilà qui est dit simplement.

Aidan lui décocha un clin d'œil. « Elle a l'esprit froid et affûté d'une femme d'affaires, notre Darcy », se dit-il.

— Alors, tout le monde est d'accord ? demanda-t-il.

— Je suis d'accord, si ce Magee peut nous faire gagner de l'argent, assura Darcy en prenant un autre biscuit.

Shawn jeta les pommes de terre dans une casserole d'eau bouillante.

— Je suis d'accord, dit-il. Maintenant, vous deux, sortez de ma cuisine.

— Avec plaisir.

Darcy mima un baiser à l'adresse de Shawn et s'enfuit, rêvant déjà à la façon dont elle dépenserait l'argent du Yankee.

Comme Aidan semblait avoir les choses en main, Shawn ne pensa plus au terrain, à la salle de spectacle, ni aux bénéfices qu'Aidan, Darcy et lui pouvaient en tirer. Il s'absorba dans son travail, et lorsque vint l'heure d'ouvrir les portes du pub, des odeurs appétissantes flottaient dans la cuisine.

Comme d'habitude, il exécuta les commandes qu'on lui passait, mais la musique qui, d'ordinaire, lui emplissait la tête s'interrompait sans cesse. Il commençait un air et laissait les notes et le rythme se débrouiller tout seuls, tandis qu'il se retrouvait sous le crachin, Brenna enroulée autour de lui, avec pour seule mélodie le battement sourd de son cœur.

Non, non ! Il fallait qu'il chasse ce souvenir de son esprit.

Elle était son amie, et un homme ne devait pas penser de cette façon à une amie, surtout quand celle-ci était comme une deuxième sœur pour lui. Brenna et lui s'étaient déjà embrassés, bien sûr, mais ils n'avaient échangé que des baisers fraternels.

Comment diable revenir à ça, maintenant qu'il avait goûté à sa bouche délicieuse, qu'il avait découvert que leurs lèvres s'accordaient parfaitement, qu'il s'était frotté à la flamme qui habitait ce petit corps ? Et comment allait-il se débarrasser de ce désir qui lui brûlait les entrailles ?

Brenna n'était pas son type. Non, pas du tout. Lui, il aimait les filles douces et féminines. Et, bon Dieu, il aimait les filles qui attendaient qu'il fasse le premier pas. C'était lui, l'homme, non ? C'était l'homme qui était censé attirer la femme dans son lit, pas l'inverse ! Et un homme ne sautait pas sur une femme sous prétexte qu'elle avait – comment avait-elle dit ? – une démangeaison !

Du diable s'il acceptait de calmer la démangeaison de qui que ce soit !

Il lui fallait éviter Brenna O'Toole pendant quelque temps, décida-t-il. Et cesser de guetter son affreuse casquette ou son rire chaque fois qu'il passait de la cuisine à la salle du pub.

Mais, malgré lui, ses yeux scrutaient la foule, et ses oreilles étaient à l'affût. En vain, car elle ne se montra pas ce soir-là.

Il fit consciencieusement son travail, et ceux qui goûtèrent à ses plats rentrèrent chez eux satisfaits et le ventre plein. Une fois la cuisine rangée, il regagna le cottage, en proie à une faim dévorante que ni saumon ni pommes de terre n'avaient pu apaiser.

Il tenta d'oublier ses tracas dans la musique et passa deux heures au piano, mais les notes lui parurent aigres et les mélodies discordantes.

Soudain, tandis que ses doigts couraient sur le clavier et qu'il secouait la tête, déçu par ce qu'il entendait, l'air sembla frémir autour de lui. Il tourna la tête, mais ne vit rien d'autre que son petit salon et l'embrasure vide de la porte qui donnait sur l'entrée.

— Je sais que vous êtes là, dit-il doucement.

Il eut beau attendre, aucune réponse ne vint.

— Que voulez-vous me dire ?

Le silence se prolongea. Finalement, il se leva pour attiser le feu et écouter le murmure du vent. Puis, bien qu'il se sentît trop énervé pour dormir, il monta dans sa chambre et se coucha.

À peine eut-il posé la tête sur l'oreiller qu'il se mit à rêver. Dans le jardin du cottage se tenait une ravissante jeune femme, dont les cheveux très blonds brillaient sous la lumière argentée de la lune. Les ailes déployées, un cheval blanc se posa à côté d'elle. Son cavalier sauta à terre et s'inclina devant la jeune femme, avant de déverser à ses pieds des perles aussi blanches et pures que le clair de lune. Mais elle se détourna sans même admirer les joyaux, et derrière elle, les perles se transformèrent en fleurs qui se mirent à luire comme autant de petits fantômes dans la nuit.

Shawn se précipita vers la jeune femme. Aussitôt, ses cheveux blonds se changèrent en flammes, et toute douceur disparut de ses yeux couleur émeraude. Et ce fut Brenna qu'il attira à lui, Brenna qu'il enveloppa de ses bras.

Plongé dans le sommeil, où la raison et la logique n'avaient pas leur place, c'était Brenna qu'il dévorait de baisers.

6

— Passe-moi ma baguette magique, s'il te plaît, chérie.

Brenna ramassa le niveau de son père – Mick donnait des surnoms amicaux à chacun de ses outils – et le lui apporta.

Ils avaient bien travaillé, et Brenna voyait déjà dans cette pièce la chambre du bébé, et non plus celle de Shawn. Certaines personnes, incapables d'imaginer le résultat, considéraient avec horreur les outils, les plinthes arrachées, le sol recouvert d'une bâche tachée de peinture et le tapis neigeux de sciure. Elle-même aimait autant le spectacle du travail en cours que sa version achevée et rutilante.

Elle aimait les odeurs, les bruits et la bonne sueur saine qu'on attrapait en enfonçant des clous ou en soulevant un madrier. Tout en regardant son père manipuler le niveau pour contrôler l'horizontalité des étagères, elle se dit qu'elle appréciait aussi les multiples petites tâches de son métier. Mesurer, couper, vérifier et vérifier encore, jusqu'à ce qu'on ait réalisé exactement ce qu'on avait en tête.

— Parfait, dit Mick joyeusement, en repoussant le niveau sur le rayonnage.

Sans s'en rendre compte, le père et la fille se tenaient de la même façon, les mains sur les hanches, les jambes écartées, les pieds bien plantés dans le sol.

— Et comme c'est construit par O'Toole et O'Toole, c'est fait pour durer, commenta Brenna.

— Oui, ça m'en a l'air, approuva-t-il en lui tapotant affectueusement l'épaule. Eh bien, voilà une bonne matinée de travail qui s'achève. Si on allait faire un tour au pub pour déjeuner ? On finira cet après-midi.

— Non, merci, je n'ai pas faim, répondit Brenna en évitant son regard.

Elle se détourna et alla examiner les moulures qu'ils destinaient aux étagères.

— Vas-y tout seul, dit-elle. Moi, je vais terminer ça.

Mick se gratta la nuque.

— Ça fait presque une semaine que tu n'es pas allée au *Gallagher's*.

— Vraiment ? dit Brenna d'un ton faussement surpris.

Elle savait parfaitement qu'elle n'avait pas mis les pieds au pub depuis le samedi précédent. Et elle estimait qu'il lui fallait un jour ou deux de plus avant de pouvoir affronter Shawn. Pour l'instant, elle se sentait encore trop humiliée pour envisager de se retrouver en sa présence.

— Oui, vraiment. Lundi, c'était : « J'ai apporté à manger », mardi : « J'irai plus tard. » Hier, tu voulais absolument finir quelque chose et tu as promis de m'y rejoindre, ce que tu n'as pas fait.

Mick se rappela soudain que sa fille était une femme et que les femmes agissaient parfois bizarrement.

— Tu ne te serais pas disputée avec Darcy, par hasard ? demanda-t-il en lui jetant un regard en coin.

— Non. Je l'ai aperçue hier, quand elle a fait un saut ici. Tu étais déjà parti réparer la gouttière des Clooney.

Tout en s'efforçant de garder une voix et des gestes naturels, elle ramassa l'une des moulures.

— Je vais bosser encore un peu. J'ai hâte de terminer, qu'on voie à quoi ça ressemble. Vas-y, papa. De toute façon, j'ai pris un gros petit déjeuner. Si j'ai un creux tout à l'heure, je ferai une razzia dans la cuisine de Jude.

— Comme tu veux.

Ses filles, que Dieu les bénisse toutes, le laissaient souvent perplexe. Mais il n'arrivait pas à imaginer que sa Mary Brenna puisse avoir un problème. Il enfila sa veste et lui fit un clin d'œil.

— Ce soir, on s'accordera une pinte bien méritée, d'accord ?

— Je ne dis pas non, répondit Brenna, tout en songeant qu'elle n'aurait pas de mal à trouver une excuse pour rentrer à la maison.

Lorsque son père eut disparu, elle prit le pistolet à colle et fixa la première moulure, puis elle sortit un clou et un marteau de la ceinture à outils qu'elle portait à la taille. Elle ne déprimerait pas. Ça, elle se l'était juré. Et, avec le temps et le travail, ses sentiments pour Shawn s'effaceraient.

Il y avait tant de choses qu'elle désirait sans pouvoir les obtenir : un cœur bon et généreux comme Alice Mae, une nature ordonnée comme Maureen, la patience de leur mère. Et quelques foutus centimètres de plus, ajouta-t-elle en montant sur l'échelle pour ajuster le haut de la moulure.

Elle vivait sans cela, pas vrai ? Elle s'en passait très bien, même. Eh bien, elle se passerait aussi de Shawn. Et de tous les hommes, tant qu'à faire.

Un jour, elle construirait sa propre maison, et elle vivrait à sa manière. Elle aurait tout un troupeau de nièces et de neveux à gâter et personne pour lui gâcher la vie avec des exigences et des jérémiades.

Que demander de plus ? songea-t-elle en mettant en place la moulure suivante, dont elle prit soin de bien fixer les extrémités.

Elle ne souffrirait pas de son célibat, elle en était sûre. Après tout, elle ne s'était jamais sentie seule, il n'y avait pas de raison pour que ça commence maintenant. Elle avait son travail, ses amis et sa famille.

Bon sang, qu'est-ce qu'il lui manquait, cet abruti !

Il ne s'était pas écoulé une journée durant les vingt-quatre années de son existence sans qu'elle le rencontre au moins une fois, au pub, au village, chez elle ou chez lui. Ses taquineries, sa musique, sa silhouette, sa voix, tout lui manquait. Il fallait absolument qu'elle trouve le moyen d'étouffer ce béguin stupide, afin qu'ils puissent redevenir amis.

Tout cela était sa faute. Et elle réparerait son erreur. Avec un soupir, elle posa la joue contre la moulure. N'était-elle pas experte dans l'art de réparer les choses ?

En entendant des pas dans l'entrée, elle se redressa vivement et se mit à marteler avec ardeur.

— Oh… Brenna !

Jude pénétra dans la pièce et sourit de plaisir.

— Vous avez déjà fait un sacré travail, toi et ton père. C'est fantastique !

— Je pense que ça sera pas mal, admit Brenna.

Elle descendit de son échelle et prit une autre moulure.

— Papa vient de partir déjeuner, mais on aura terminé les rayonnages aujourd'hui. Je crois que ça se présente bien.

— Le bébé aussi se présente bien. Je l'ai senti bouger, hier soir.

— Oh ! s'écria Brenna en détournant son attention des étagères. C'est merveilleux, n'est-ce pas ?

Les yeux de Jude s'embrumèrent.

— Oh, oui ! Je n'aurais jamais cru pouvoir ressentir des choses pareilles, être aussi heureuse, être aimée par quelqu'un comme Aidan.

— Et pourquoi n'aurais-tu pas eu droit à ça, et à plus encore ?

— Je ne sais pas… Je pensais que je ne méritais pas un tel bonheur.

Une main sur son ventre, elle s'approcha de Brenna et passa un doigt sur la moulure.

— Avec le recul, je ne comprends pas pourquoi je me sentais si… comment dire… inadaptée, pas à la hauteur. Personne ne m'a mis cette idée dans la tête. Je suis la seule responsable. Mais je pense que, pas à pas, la vie me menait ici.

— Voilà une façon typiquement irlandaise de voir les choses.

— Le destin, fit Jude avec un petit rire. Parfois, je me réveille, la nuit, et dans le noir, tandis qu'Aidan dort à mes côtés, je me dis : « Ça alors, Jude Frances Murray… Jude Frances Gallagher, corrigea-t-elle, avec un sourire qui creusa des fossettes dans ses joues. Te voilà en Irlande, au bord de la mer, mariée, avec une vie qui grandit en toi. Ton livre va bientôt être publié, et tu es en train d'en écrire un autre. » Je reconnais à peine la femme que j'étais à Chicago. Je suis vraiment heureuse que la triste Jude Murray ait disparu.

— Elle fait encore partie de toi, sinon tu n'apprécierais pas autant ce que tu vis aujourd'hui.

— Tu as complètement raison ! s'écria Jude en haussant les sourcils. Tu aurais fait une bonne psychologue, tu sais.

— Tu crois ? De toute façon, je préfère de beaucoup cogner sur un morceau de bois que sur la tête d'autrui… Enfin, à quelques rares exceptions près, ajouta-t-elle en enfonçant un clou.

Jude s'engouffra dans la brèche.

— Est-ce que mon beau-frère ne figurerait pas en tête de liste, par hasard ?

Stupéfaite, Brenna sursauta violemment. Elle rata sa cible, et le marteau lui écrasa le pouce.

— Merde !

— Laisse-moi voir. Ça fait mal ?

Brenna serra les dents, tandis que Jude se précipitait vers elle.

— Non, ce n'est rien. Quelle idiote je suis !

— Descends dans la cuisine, on va mettre de la glace.

— C'est pas grand-chose, protesta Brenna en secouant la main.

— Descends, insista Jude en l'entraînant vers l'escalier. C'est ma faute, je t'ai distraite. La moindre des choses, c'est que je te soigne.

Brenna se laissa emmener dans la cuisine.

— Assieds-toi, je vais chercher de la glace.

— D'accord. De toute façon, ça ne me fera pas de mal de souffler une minute, admit Brenna.

Elle s'était toujours sentie bien dans la cuisine des Gallagher, laquelle n'avait guère changé depuis son enfance, bien que Jude ait ajouté quelques touches personnelles ici et là.

Les murs couleur crème offraient un contraste délicat avec le bois sombre des plinthes et des encadrements. Jude avait disposé des pots d'herbes aromatiques sur les rebords des fenêtres, afin que les plantes profitent du soleil. Elle avait également peint en vert pâle, une teinte fraîche et plutôt féminine, le vieux placard aux multiples tiroirs, autrefois d'un blanc grisâtre. Mais dans le buffet vitré se trouvait toujours la vaisselle que les Gallagher utilisaient lors des grandes occasions : des assiettes et des tasses blanches parsemées de petites violettes.

Un feu rougeoyait dans la cheminée en pierre, qu'ornait la statuette de fée que Brenna avait offerte à Jude pour ses trente ans. Cette pièce avait toujours été un foyer, songea la jeune fille. Un foyer chaleureux qui était à présent celui de Jude.

— Cette cuisine te ressemble, dit Brenna, tandis que Jude enveloppait son doigt blessé dans un linge rempli de glace.

— Je m'y sens bien, oui, approuva Jude. Je regrette seulement de ne pas savoir cuisiner.

— C'est faux. Tu te débrouilles très bien.

— Tu es gentille, mais je sais que je ne serai jamais un cordon-bleu. Je bénis Shawn tous les jours, ajouta Jude avec un petit rire.

Elle ouvrit le réfrigérateur et poursuivit, d'un ton qu'elle voulait désinvolte :

— Aidan a rapporté de la soupe du pub, hier soir. Céleris et pommes de terre. Je vais en réchauffer pour nous deux.

Brenna faillit refuser, mais comme son estomac protestait bruyamment, elle céda.

— Merci beaucoup.

Jude versa la soupe dans une casserole qu'elle posa sur le feu, puis elle sortit de la huche une miche épaisse que Brenna regarda avec envie.

— Le pain, c'est moi qui l'ai fait, alors je ne garantis rien.

— Du pain complet ? C'est celui que je préfère. Il a l'air délicieux.

— Je crois que j'ai attrapé le tour de main.

— Pourquoi est-ce que tu te fatigues, puisque tu peux en demander à Shawn ?

— J'aime faire mon pain moi-même. Mélanger, pétrir, laisser lever la pâte, répondit Jude en disposant des tranches sur un plat. J'en profite pour réfléchir.

— C'est aussi ce que dit ma mère. Moi, pour réfléchir, je préfère m'allonger, les pieds en l'air. On se donne tellement de mal pour cuisiner quelque chose, et puis…

Brenna s'empara d'une tranche de pain et mordit dedans.

— … hop, en une minute, c'est avalé, acheva-t-elle avec une grimace.

— Mais c'est agréable de voir les gens manger ce qu'on a préparé, déclara Jude en remuant la soupe.

Elle marqua une pause, puis ajouta à brûle-pourpoint :

— Tu t'es disputée avec Shawn, et ce n'était pas l'une de vos chamailleries habituelles.

— Je ne sais pas si c'était réellement une dispute, mais j'avoue qu'elle ne ressemblait pas à nos autres prises de bec. Mais ça passera, Jude. Ne t'inquiète pas.

— Si je t'en parle, c'est parce que ça me fait de la peine. Je vous aime tous les deux, tu sais.

— Oui, je sais. Mais ce n'est rien, je t'assure.

Jude disposa en silence les bols et les cuillères. Jusqu'où pouvait-on aller au nom de l'amitié ? se demandait-elle. Où se situait la limite à ne pas franchir ? Elle poussa un soupir et décida qu'il n'y en avait pas, tout simplement.

— Il ne t'est pas indifférent.

Le ton placide de Jude mit les nerfs de Brenna à vif.

— Bien sûr qu'il ne m'est pas indifférent. On ne s'est pas quittés depuis notre enfance. Je tiens beaucoup à lui, même si, parfois, il m'énerve tellement que j'ai envie de lui assener mon marteau sur la tête.

Elle sourit à Jude, qui demeura impassible.

— Ce que tu éprouves pour lui n'a rien à voir avec votre vieille amitié d'enfance, mais avec tout ce qu'éprouve une femme pour un homme.

Brenna sentit le rouge lui monter aux joues – la plaie des rousses.

— Euh… non, ce n'est…

Les mensonges s'accumulèrent sur sa langue, mais refusèrent de sortir.

— Oh, et puis, merde !

Elle se frotta le visage, puis s'arrêta brusquement et se cacha derrière sa main.

— Jésus, Marie, Joseph, ça se voit ?

Sans attendre que Jude réponde, elle se leva et se mit à faire les cent pas en se frappant la tête des deux mains.

— Je vais devoir partir, quitter ma famille. Je peux me réfugier dans les comtés de l'Ouest. À Galway, j'ai des parents du côté de ma mère. Non, non, ce n'est pas assez loin. Il faut que je quitte le pays. J'irai à Chicago et je m'installerai chez ta grand-mère en attendant que tout s'arrange. Elle acceptera de m'accueillir, non ?

Elle se retourna. Jude gloussait, tout en remplissant les bols de soupe.

— Tu trouves peut-être qu'il y a matière à rire, Jude Frances, mais pour moi, c'est grave. Je me suis ridiculisée devant une foule de gens qui me connaissent, tout ça parce que je me suis entichée d'un joli garçon sans cervelle.

— Tu ne t'es pas ridiculisée, et je suis désolée d'avoir ri. Mais si tu voyais ta tête…

Jude étouffa un autre gloussement et posa la main sur l'épaule de Brenna.

— Assieds-toi et respire profondément. Tu n'as pas du tout besoin de quitter le pays.

Comme Brenna s'obstinait à rester debout, Jude suivit son propre conseil et inspira profondément avant de poursuivre :

— Je ne pense pas que ça se voie. Ce n'est pas flagrant, en tout cas. Si je l'ai remarqué, c'est parce que j'ai l'habitude d'observer les gens, de les analyser. En plus, il me semble que quand on est amoureux, on perçoit mieux les émotions des autres. Lorsque toi et Shawn êtes ensemble dans la même pièce, il y a comme un frémissement dans l'air. Au bout d'un moment, je me suis rendu compte qu'il ne s'agissait pas de cet agacement affectueux qui existe parfois entre des amis proches ou des personnes de la même famille, mais de quelque chose de plus… comment dire… de plus sérieux.

Brenna leva la main pour la faire taire. Dans le discours de son amie, un seul point l'intéressait.

— Ça ne se voit pas, alors ?

— Non, sauf si on t'observe attentivement. Assieds-toi, maintenant.

— Bon, d'accord.

Avec un soupir, Brenna obtempéra.

— Si Darcy s'en était aperçue, elle n'aurait pas pu s'empêcher de m'asticoter. Si personne n'est au courant, à part toi et Shawn, j'y survivrai.

— Tu lui as dit ?

— Il était temps.

Brenna plongea sans entrain sa cuillère dans son bol. Elle avait perdu l'appétit.

— Il y a longtemps que j'éprouve ces pulsions, si on peut appeler ça comme ça. L'autre jour, je me suis dit que si je couchais avec lui une ou deux fois, ça me passerait.

Jude en laissa tomber sa cuillère.

— Tu lui as demandé de coucher avec toi ?

— Oui, et vu sa réaction, on aurait pu croire que je

venais de lui flanquer un coup de clé anglaise dans le bas-ventre. Voilà. Fin de l'histoire.

Jude croisa les mains et se pencha en avant.

— Maintenant, tu vas tout m'avouer.

Brenna fit la moue.

— Ah, bon ? Ce n'est pas déjà fait ?

— Oh, non ! Nous n'en sommes qu'au début. Qu'est-ce que tu lui as dit, exactement ?

— Je lui ai dit, très simplement, que nous devrions faire l'amour. Qu'est-ce qu'il y a de mal à ça ? Je croyais que les hommes détestaient les femmes compliquées. Je me suis montrée claire et honnête.

— Mmm... Si je comprends bien, Shawn n'a pas apprécié.

— Ça, non... Il m'a dit que j'étais comme une sœur pour lui et que je devrais avoir honte. Honte, répéta-t-elle avec colère. Ensuite, il a ajouté qu'il ne pensait pas à moi de cette façon. Alors, je lui ai sauté dessus.

— Tu...

Jude s'étrangla et reprit sa cuillère. Il fallait qu'elle avale quelque chose si elle voulait éviter la quinte de toux.

— Tu lui as sauté dessus, répéta-t-elle enfin.

— Parfaitement. Je lui ai donné un baiser qu'il n'est pas près d'oublier. Et on ne peut pas dire qu'il m'ait repoussée comme si sa vie en dépendait.

Brenna rompit une tranche de pain et en fourra la moitié dans sa bouche.

— Et quand j'ai eu fini, je l'ai planté là. Il avait l'air complètement traumatisé, tu peux me croire.

— J'imagine. Est-ce qu'il t'a rendu ton baiser ?

— Bien sûr qu'il me l'a rendu, répondit Brenna avec un haussement d'épaules. Mais ça, ce sont les hommes. Même si une femme ne leur plaît pas, ils refusent rarement de goûter à ce qu'elle leur propose. Tu n'es pas de mon avis ?

— Euh... si, je suppose.

Jude, qui n'avait rien d'une experte dans ce domaine, n'osa en dire plus.

— Bref, j'ai décidé de garder mes distances pendant un moment, reprit Brenna. Je n'arrive pas à savoir si je suis plus fâchée qu'embarrassée par cette histoire.

— Shawn s'est montré très distrait, ces derniers jours.

— Vraiment ?

— Et de mauvaise humeur.

Brenna sentit son appétit revenir.

— Ça me fait plaisir de l'apprendre. J'espère qu'il souffre, le chameau.

— Si un homme souffrait à cause de moi, je crois que je voudrais en être témoin… Mais bon, c'est personnel, ajouta Jude après une cuillerée de soupe.

— J'imagine que ça ne coûterait rien de faire une halte au pub après le travail. En tout cas, merci, dit Brenna en décochant à Jude un bref sourire malicieux.

— De rien.

Brenna sifflota jusqu'au soir. Ses mains avaient recouvré leur habileté, et son moral était remonté d'un cran. En fait, elle se sentait plus joyeuse qu'elle ne l'avait été depuis des jours. Se réjouir du chagrin d'autrui n'était peut-être pas très charitable, mais elle n'était qu'un être humain, après tout.

Lorsqu'elle poussa les portes du pub, il était tôt, et seules quelques tables étaient occupées. Encore fraîche et dispose, Darcy bavardait au comptoir avec le grand Jack Brennan.

— Va rejoindre tes amis, dit Brenna à son père, en désignant deux des compères de Mick installés au coin du feu devant des pintes de bière. Je vais m'asseoir au bar et discuter avec Darcy.

— D'accord. Demande-lui de m'apporter une pinte, s'il te plaît, ma chérie.

— Promis.

Brenna alla se jucher sur un tabouret, à côté de Jack. Sans rien lui demander, Aidan, qui connaissait les goûts de ses clients, disposa une pinte et un verre sous les robinets à bière.

— Tiens, voilà une étrangère, fit-il. Où te cachais-tu, Mary Brenna ?

— Dans ta propre maison. Quand tu rentreras chez toi, va jeter un coup d'œil dans la chambre du bébé. Tu me diras ce que tu en penses.

— Je n'y manquerai pas.

— On a laissé ta femme en train de pleurer de joie devant les étagères qu'on vient de finir.

Brenna se tourna vers son voisin.

— Et toi, Jack, comment vas-tu ? demanda-t-elle, sans cesser de surveiller la porte de la cuisine du coin de l'œil.

— Très bien, Brenna. Et toi ?

— Ça va. Tu n'es pas tombé amoureux de notre Darcy, j'espère ?

Son interlocuteur prit la teinte d'une betterave bien mûre. Jack Brennan avait une stature de rugbyman et des épaules aussi larges que le comté de Waterford, mais il rougissait comme un gamin quand on lui parlait de femmes.

— Pas si fou. Elle écraserait mon cœur comme un moucheron.

— Oui, mais tu mourrais heureux, riposta Darcy.

— Ne l'écoute pas, Jack, intervint Aidan, qui préparait une pinte de Guinness. Cette fille est frivole et volage. Une vraie calamité.

— Si tu le dis, approuva Darcy avec un rire insouciant. De toute façon, je me réserve pour un homme très riche, celui qui me mettra sur un piédestal et répandra des bijoux à mes pieds. Mais, en attendant…

Elle agita les doigts devant le visage écarlate de Jack.

— En attendant, reprit-elle, j'apprécie la compagnie des grands et beaux mecs.

— Va donc apporter sa pinte à mon père, avant que notre Jack ne perde tous ses moyens, dit Brenna. Avec moi, tu es en sécurité, mon grand Jack.

— Tu es aussi jolie qu'elle, Mary Brenna.

— Ne dis pas trop fort ce genre de chose. Elle serait capable de nous étriper tous les deux.

Mais, touchée par le compliment, elle l'embrassa sur la joue. Ce fut cet instant que Shawn choisit pour sortir de la cuisine.

Seule Brenna le vit s'arrêter brusquement, la fixer et recevoir la porte battante dans le dos. Elle trouva vraiment dommage que personne d'autre ne l'ait remarqué. Le spectacle avait été du plus haut comique.

Secrètement ravie, elle haussa les sourcils, tout en se gardant d'ôter sa main de l'épaule robuste de Jack.

— Bonsoir, Shawn.

— Salut.

Il se passait tellement de choses en lui qu'il n'arrivait pas à démêler le nœud que formaient ses émotions. Il était agacé, c'était sûr. Gêné, aussi. Et merde, il était ému. Et excité.

Brenna sirotait sa bière en le regardant par-dessus son verre.

— J'ai mangé un bol de ta soupe chez Jude, tout à l'heure. Elle était délicieuse.

— Ce soir, il y a de la potée au menu. Mme Laury a abattu plusieurs porcs, cette semaine.

— Ça, c'est un plat qui tient au corps. Pas vrai, Jack ?

— Sûr. Tu restes dîner ici, Brenna ?

— Non. Après ma bière, il faut que je rentre à la maison.

— Si tu changes d'avis, tu n'as qu'à dîner avec moi. J'ai un faible pour la potée, et celle de Shawn est excellente.

— Il est bon cuisinier, pas vrai ? remarqua-t-elle, avec un sourire que démentait son regard acerbe. Tu cuisines un peu, Jack ?

— Eh bien, je sais faire les saucisses et les œufs. Et aussi les pommes de terre bouillies.

Jack étant Jack, il prit la question très au sérieux, et son front se plissa tandis qu'il épluchait son répertoire culinaire.

— Je ne fais pas trop mal les sandwiches quand j'ai assez d'ingrédients, reprit-il. Mais on ne peut pas vraiment appeler ça de la cuisine, je suppose.

— C'est assez pour survivre, commenta Brenna en lui tapotant l'épaule. Mais toi et moi, on a intérêt à laisser la cuisine aux gens comme Shawn… Aidan, est-ce que tu auras besoin de moi, ce week-end ?

— Samedi soir, si tu peux t'arranger. L'orchestre qu'on a réservé est assez populaire, et Mary Kate a téléphoné pour dire qu'un groupe de touristes devait arriver à l'hôtel le samedi matin. Certains d'entre eux passeront probablement au *Gallagher's* dans la soirée.

— Je serai là à 18 heures.

Elle termina sa bière et descendit de son tabouret.

— Tu viendras au pub samedi, Jack ?

— Sûr. J'aime bien cet orchestre.

— À samedi, alors.

En se retournant, Brenna vit que son père était en grande conversation avec ses copains et estima qu'il en avait au moins pour une heure.

— Je rentre à la maison, papa, cria-t-elle. Je préviendrai maman que tu nous rejoindras plus tard. Darcy, peux-tu veiller à ce qu'il se mette en route d'ici une heure ?

— Je le flanquerai à la porte, répondit son amie, qui rapportait au comptoir un plateau chargé de verres sales. Dis donc, mardi prochain, j'ai rendez-vous avec un type de Dublin qui est passé ici, l'autre jour. Il m'emmène dîner à Waterford. Pourquoi est-ce que tu ne te trouverais pas un ami pour nous accompagner ?

— Pourquoi pas ?

— Non, attends, j'ai une meilleure idée. Je vais demander à mon Dublinois d'amener un copain.

— Parfait.

Brenna n'avait pas la moindre envie de dîner à Waterford avec des inconnus, mais organiser cette petite sortie devant Shawn était jubilatoire.

— Je dormirai chez toi, d'accord ? Ça risque de se terminer tard.

— Il vient me prendre à 18 heures pile, cria Darcy, comme Brenna ouvrait la porte. Alors, sois à l'heure et tâche d'avoir l'air d'une femme.

Jack soupira dans sa bière en regardant Brenna sortir.

— Elle sent la sciure de bois, dit-il, plus pour lui-même que pour ses voisins. Ça me plaît bien.

— Qu'est-ce que tu as à la renifler ? demanda Shawn.

— Quoi ?

— Je reviens dans une minute.

Shawn souleva l'abattant du comptoir et le laissa retomber derrière lui avec un « bang » qui fit jurer son frère. Puis il traversa la salle en courant et s'élança dans la rue.

— Attends un instant, Mary Brenna. Juste une petite minute.

Brenna s'arrêta à côté de sa camionnette et sentit, pour la première fois de sa vie, une vague de satisfaction purement féminine l'envahir. C'était une sensation bien agréable. Oui, vraiment très agréable.

Elle s'appliqua à prendre un air d'ennui poli et se retourna.

— Tu as un problème ?

— Toi, tu en as un. Depuis quand tu flirtes avec Jack Brennan ?

Les sourcils de Brenna se haussèrent sous la visière de sa casquette.

— Qu'est-ce que ça peut te faire ? J'aimerais bien le savoir.

— Il y a juste quelques jours, tu voulais coucher avec moi, et j'ai à peine le temps de me retourner que tu te frottes contre Jack et que tu projettes de dîner avec un type de Dublin.

Brenna laissa passer un battement de cœur, puis un autre.

— Et alors ?

Partagé entre le désarroi et la colère, Shawn la regarda fixement.

— Alors, ce n'est pas bien.

Elle haussa les épaules et lui tourna le dos pour ouvrir la portière de la camionnette.

— Ce n'est pas bien, répéta-t-il.

Il se rua sur elle et la fit pivoter face à lui.

— Je ne suis pas d'accord.

— Tu m'as déjà dit que tu n'étais pas d'accord. Très clairement.

— Je ne parle pas de ça.

— Ah, bon ? Eh bien, au cas où tu aurais finalement décidé de faire l'amour avec moi, sache que moi, j'ai changé d'avis.

— Je n'ai pas décidé…

Il s'interrompit, abasourdi.

— Tu as changé d'avis ? reprit-il.

— Oui. J'ai été un peu déçue par notre baiser. Tu avais raison depuis le début, c'était une idée stupide. Voilà, fin de l'histoire.

Elle lui tapota la joue, geste que Shawn trouva carrément insultant.

— C'est ce qu'on va voir, fit-il.

Il la plaqua contre la camionnette, et Brenna sentit monter en elle un mélange d'excitation et de colère.

— Si je te veux, je t'aurai. C'est ça, la fin de l'histoire. En attendant, je veillerai à ce que tu te tiennes correctement.

Brenna était incapable de parler, aussi fit-elle la seule chose qui lui vint à l'esprit. Elle lui envoya un coup de poing dans l'estomac.

Il en eut le souffle coupé et devint livide. Mais il tint bon. Le fait qu'il ne capitule pas, malgré le direct qu'elle venait de lui balancer, accrut l'excitation de la jeune femme.

— On en reparlera, Brenna. En privé.

— D'accord. J'ai plein de choses à te dire.

— Tu n'as qu'à passer au cottage demain, dans la matinée, suggéra-t-il en reculant.

Furieuse, elle grimpa dans la camionnette, claqua la portière et descendit sa vitre.

— Tu peux toujours courir, déclara-t-elle en démarrant. Je suis venue à toi une fois, et tu m'as repoussée. Je ne reviendrai pas.

Il recula un peu plus, de peur qu'elle ne lui roule sur les orteils. Si elle ne venait pas, pensa-t-il tandis que la camionnette s'éloignait, il trouverait un autre moyen de la coincer, afin de… de se réconcilier. Enfin, façon de parler.

7

À la voir, on aurait cru qu'elle ne lui avait jamais sauté dans les bras et qu'elle ne l'avait pas embrassé à lui en faire perdre la tête. Un autre type que lui aurait pu penser qu'il avait eu une hallucination et que Brenna ne s'était jamais assise en face de lui, dans sa propre cuisine, pour lui proposer tranquillement une partie de jambes en l'air.

Pourtant, elle avait bel et bien fait tout cela. Il en était sûr, car chaque fois qu'il s'approchait d'elle, les muscles de son ventre se nouaient.

Mais cette histoire n'avait aucune importance. D'ailleurs, il remarqua à peine la façon désinvolte dont Brenna se comporta le samedi soir suivant. Lorsqu'il sortait de la cuisine, pour une raison ou une autre, elle lui jetait ce regard qu'il connaissait si bien, à mi-chemin entre le ricanement et le sourire. Et il se demandait comment cette expression avait pu lui plaire, autrefois.

Brenna actionnait la batterie de robinets située à une extrémité du long comptoir en châtaignier, tandis qu'Aidan servait à l'autre bout du bar. Elle parlait avec les clients et riait avec le vieux M. Riley, lequel ne se lassait pas de proposer le mariage à toutes les belles jeunes filles qui croisaient son regard. Et lorsque les musiciens jouaient un air qu'elle aimait, elle chantait avec eux.

Bref, remarqua Shawn, elle faisait exactement ce qu'elle avait fait des centaines d'autres samedis soir, quand la musique était bonne et le pub bondé.

Il aurait dû être soulagé de la voir jouer cette scène familière – et il se disait qu'il l'était.

En réalité, cela l'irritait au plus haut point.

Brenna portait un jean et un pull trop grand qu'il avait dû voir au moins vingt fois. Alors, pourquoi n'avait-il jamais songé que ce vêtement informe cachait un joli petit corps mince ? Un corps agile et fort, avec des petits seins fermes comme des pêches à peine mûres... des seins qu'il se voyait maintenant caresser et couvrir de ses mains.

Distrait, il se brûla les doigts en sortant les frites et se traita de tous les noms.

C'était ça, le plan qu'elle avait ourdi, songea-t-il. Espèce de sorcière retorse ! Elle avait planté la graine du désir dans son cerveau en l'excitant délibérément, ce qui n'était pas difficile. Il n'était qu'un homme, après tout. Et maintenant, elle s'amusait à rester près de lui pour le tourmenter.

Eh bien, si elle voulait jouer à ce petit jeu, ils seraient deux.

Au lieu d'attendre que Darcy vienne chercher les commandes, il les apporta lui-même, histoire de montrer à Brenna O'Toole qu'elle ne le troublait pas du tout.

Tandis qu'il se faufilait dans la foule, la perverse créature ne lui jeta même pas un coup d'œil. Juste pour l'embêter, il en était sûr, elle continua à tirer des bières et à bavarder avec un couple de touristes comme s'ils étaient ses meilleurs amis. Sa queue-de-cheval maintenue par un ruban noir lançait des flammes dans la pénombre.

Il aurait bien voulu ne plus penser à ses cheveux.

Et il aurait bien voulu y plonger les mains.

Mary Kate le rattrapa au moment où il déposait un plat de frites devant la famille Clooney. Espérant qu'il apprécierait son nouveau parfum, la jeune fille s'approcha le plus près possible de lui.

— Salut, Shawn. Il y a du monde, ce soir.

— La musique est bonne, répondit-il. Il me semble que ton groupe de touristes est venu.

— Ils s'amusent bien, on dirait.

Elle s'efforçait de garder le ton voilé qu'elle pensait sexy, mais devait presque crier pour se faire entendre, car l'orchestre avait entonné une interprétation endiablée de *Maloney wants a drink*.

— Mais je préférerais que ce soit toi qui joues.

Il lui sourit et cala le plateau vide sous son bras.

— Tu peux m'entendre gratuitement quand tu veux. Et puis, ces types de Galway sont sacrément doués.

Il se tourna vers l'orchestre et observa le jeu du violoniste.

— Tu es venue en famille ?

L'orgueil de Mary Kate en prit un coup. Pourquoi pensait-il toujours à elle comme à l'une des filles O'Toole ? Elle était une adulte, maintenant.

— Non, je suis seule.

Ce n'était pas un mensonge, se dit-elle pour se rassurer. Elle avait franchi la porte avec ses parents et Alice Mae, mais n'était pas restée à leur table.

— Ça, c'est bien joué, murmura Shawn. C'est vif, brillant. Pas étonnant qu'ils se soient fait un nom. Le ténor a une voix puissante, mais il sait la maîtriser, si bien qu'elle s'harmonise avec les autres.

Captivé par la musique, il avait oublié la présence de la jeune fille. Il se demandait comment ce groupe interpréterait l'une de ses propres chansons quand Mary Kate lui toucha le bras, le tirant de ses pensées.

— Toi aussi, tu pourrais te faire un nom, dit-elle, les yeux rêveurs. Un nom encore plus grand que le leur.

C'était une chose à laquelle il n'avait vraiment pas envie de réfléchir, aussi évita-t-il de répondre.

— Tu es une fille adorable, Mary Kate, déclara-t-il en l'embrassant sur la joue. Excuse-moi, il faut que je retourne à la cuisine.

À peine la porte s'était-elle refermée derrière lui qu'elle se rouvrit brusquement, livrant passage à une Brenna en furie.

— Je croyais t'avoir dit de laisser ma sœur tranquille.

— Quoi ?

Elle se planta devant lui, prête à combattre.

— Est-ce que je ne t'ai pas demandé ici même de ne pas toucher à Mary Kate ?

Shawn devait admettre qu'il avait oublié cette conversation.

— Je me suis contenté de bavarder avec elle, Brenna, rien de plus. C'était aussi inoffensif que de chatouiller un bébé.

— Ce n'est pas un bébé, et tu l'as embrassée.

— Seigneur Jésus, je l'ai embrassée comme j'aurais embrassé ma mère !

— Les Allemands ont faim ! s'écria Darcy, qui apportait un plateau chargé d'assiettes et de bols sales. Ils ont repris trois fois du ragoût et deux fois du poisson. C'est à croire qu'ils n'ont rien mangé depuis qu'ils ont quitté leur pays.

Elle posa la vaisselle dans l'évier et soupesa la poche de son tablier.

— Mais, Dieu les bénisse, ils donnent de bons pourboires. Et je n'ai reçu qu'une seule tape sur les fesses.

Comprenant qu'elle risquait de s'attarder, Brenna inspira à fond.

— Darcy, ça t'ennuierait de revenir plus tard ? Il faut que je dise un mot à Shawn en privé.

Darcy regarda son frère et son amie. Elle pouvait presque voir des vagues de tension rouler de l'un à l'autre. Ces deux-là n'étaient heureux que quand ils se querellaient. Mais, cette fois-ci, c'était… différent.

— Il y a un problème ?

— La O'Toole pense que j'ai des vues sur Mary Kate, et elle veut me convaincre de laisser tomber.

Il ouvrit brusquement le réfrigérateur, en quête de poisson.

— Non, ce n'est pas ça, protesta Brenna.

Surpris par son ton posé, il se retourna.

— C'est elle qui a des vues sur toi, précisa-t-elle.

— Ça saute aux yeux qu'elle s'est entichée de lui, confirma Darcy, mais il ne s'en est même pas aperçu.

— Je n'ai fait que lui parler, bon sang !

Embarrassé par la pitié qu'il lisait dans le regard des deux jeunes femmes, Shawn leur tourna le dos et mit l'huile à chauffer.

— La prochaine fois, je l'enverrai balader et je passerai mon chemin. Ça vous va ?

Darcy soupira.

— Quelle andouille tu fais, Shawn !

Elle pressa le bras de Brenna en signe de compassion et les laissa.

— Excuse-moi d'avoir déboulé dans ta cuisine pour t'engueuler.

Les excuses sortaient rarement de la bouche de Brenna. Celles-ci n'en eurent que plus de prix.

— Tout est si nouveau pour Mary Kate, en ce moment, reprit-elle. Elle vient de terminer l'université, et elle commence tout juste à travailler. Et elle a sous les yeux Maureen, ravie d'être mariée, et Patty, excitée comme une puce par les préparatifs de ses noces…

Elle s'interrompit et leva les bras en signe d'impuissance. Les grands discours, ce n'était pas son fort.

— Elle se prend pour une grande personne, tu vois, et elle a hâte d'entamer sa vie d'adulte, poursuivit-elle. Mais son cœur est encore celui d'une petite fille : tendre, fragile et très romantique. Tu pourrais le meurtrir, Shawn.

— Je n'ai pas l'intention de lui briser le cœur.

— Je sais bien que tu ne le ferais pas exprès, dit-elle avec un sourire triste. Ça ne te ressemblerait pas.

— Je préfère quand tu es furieuse contre moi, Brenna. Je n'aime pas te voir malheureuse…

Il s'approcha d'elle et tendit la main vers ses cheveux. Mais elle secoua la tête et recula.

— Non. Tu vas dire quelque chose de gentil et de tendre qui va me faire perdre mes moyens. Et on a du pain sur la planche, tous les deux.

— Je pense à toi d'une façon différente, dit-il à mi-voix, comme elle s'apprêtait à sortir. Et souvent.

Brenna sentit son cœur chavirer et inspira à fond pour se calmer.

— Écoute, tu choisis un drôle de moment pour parler de ça. Mais bon, c'est vrai que tu n'as jamais su faire les choses au bon moment. Sauf tes chansons.

— Je pense à toi très souvent, insista-t-il en s'approchant un peu plus.

— Qu'est-ce que tu fais ? s'écria-t-elle avec inquiétude.

La nervosité la gagnait. Or, jamais aucun homme ne l'avait rendue nerveuse. En tout cas, pas Shawn. Elle pouvait toujours l'envoyer paître, bien sûr, et le planter là. Mais, bizarrement, ses jambes refusaient de la porter jusqu'à la porte.

Tiens, tiens, se dit-il en voyant le regard hagard et les joues rouges de Brenna.

— Avant, je n'aurais jamais pensé à faire ça.

Il glissa la main sous la nuque de la jeune femme, comme pour la cueillir, et l'attira à lui en la regardant dans les yeux.

— Maintenant, j'y pense tout le temps.

Il effleura la bouche de Brenna de ses lèvres, et ce frôlement la bouleversa.

Elle aurait dû se douter qu'il allait l'embrasser de cette façon, avec cette lenteur qui lui ôtait tout bon sens. Il accentua la pression de sa main sur sa nuque pour attirer son visage un peu plus près du sien. Le pouls de Brenna s'emballa, une vague de chaleur envahit sa gorge, ses seins, son ventre, et elle s'abandonna aux sensations que la bouche de Shawn faisait naître en elle.

Il la sentit trembler et voulut prolonger le baiser, mais elle posa la main sur son épaule et le força à s'écarter.

— Ton baiser m'a pris par surprise, la semaine dernière, dit-il, tandis que le regard de Brenna se durcissait. Je t'ai rendu la monnaie de ta pièce.

« Reprends-toi, ma fille », s'ordonna-t-elle.

— Alors, on est à un partout, lâcha-t-elle.

— C'est une compétition, Brenna ? s'écria-t-il, l'air agacé.

À la réflexion, elle préférait qu'il s'énerve plutôt qu'il l'embrasse. Cela la mettait moins mal à l'aise. Elle opina du chef.

— Peut-être bien, dit-elle. Mais, heureusement, sur ce terrain-là, on peut gagner tous les deux. Bon, j'ai des clients à servir.

Les lèvres encore brûlantes du baiser de Shawn, elle sortit de la cuisine.

— Peut-être qu'on gagnera tous les deux, murmura-t-il, mais je ne pense pas que je vais jouer à ce jeu en suivant tes règles, Brenna chérie.

Content de lui, il retourna à ses fourneaux et entreprit de satisfaire l'appétit des Allemands.

Ce dimanche-là, le soleil décida de briller dans un ciel bleu et dégagé. À en juger par les traces grises qui barbouillaient l'horizon à l'est, l'orage qui sévissait sur l'Angleterre avait toutes les chances de leur tomber dessus dans la soirée. Mais, pour l'instant, il faisait beau, et c'était une journée idéale pour se balader dans les collines.

Si le hasard l'entraînait du côté des O'Toole, on l'inviterait sûrement à prendre le thé et à manger quelques galettes. Il se demandait comment Brenna réagirait si elle le voyait assis dans sa cuisine, après ce qui s'était passé entre eux la veille. Ce serait forcément divertissant.

Il savait comment elle fonctionnait. C'était une fille qui aimait que les choses soient faites à sa manière, c'est-à-dire de façon méthodique et à vive allure. Pour une raison ou pour une autre, elle avait jeté son dévolu sur lui, et l'idée commençait à lui plaire. À lui plaire beaucoup, même.

Mais il avait sa propre façon de faire les choses. Aux lignes droites, il préférait les chemins plus sinueux. Les gens qui fonçaient tête baissée ne voyaient pas les détails de la route. Or il était homme à apprécier les détails :

l'appel strident d'une pie, le reflet du soleil sur un brin d'herbe ou, à cet instant précis, la majesté des falaises qui résistaient à l'assaut incessant de la mer.

Il pouvait se promener durant des heures, en perdant toute notion du temps. D'aucuns y voyaient un signe de paresse et souriaient avec indulgence. En réalité, c'était pendant ces moments-là qu'il réfléchissait le mieux et qu'il reprenait des forces.

Plongé dans ses pensées, il ne vit pas arriver Mary Kate. Elle le héla et courut vers lui.

— C'est une belle journée pour se promener, dit-il.

À titre de précaution, il fourra les mains dans ses poches.

— Il fait meilleur que ces derniers jours, approuva-t-elle, tout en vérifiant que sa course ne l'avait pas décoiffée. Je me disais justement que j'allais pousser jusque chez toi, et te voilà.

— Jusque chez moi ?

Elle n'avait pas mis sa belle robe, remarqua-t-il, mais elle arborait un pull neuf, des boucles d'oreilles, du rouge à lèvres, et elle n'avait pas lésiné sur le parfum. Bref, elle s'était parée de tous les leurres féminins.

Il eut soudain la certitude que Brenna et Darcy avaient vu juste, et cela le terrifia.

— Après ce que tu m'as dit hier soir, j'ai eu envie de te prendre au mot, poursuivit Mary Kate.

— Hier soir ?

— Oui. Tu as dit que je pouvais venir t'écouter jouer quand je voulais. J'adore les airs que tu composes.

— Ah… En fait, j'allais chez vous. J'ai un truc à dire à Brenna.

— Elle n'est pas à la maison.

Sentant qu'il avait besoin d'encouragement, Mary Kate glissa le bras sous celui de Shawn.

— Il y avait un truc à réparer chez Maureen, alors Brenna y est allée, avec maman et Patty.

— Dans ce cas, je discuterai un moment avec ton père…

— Il n'est pas là non plus. Il a emmené Alice Mae ramasser des coquillages sur la plage. Mais tu es le bienvenu.

Épatée par sa propre hardiesse, elle fit glisser sa main de bas en haut le long du bras de Shawn tandis qu'ils marchaient. Le contact de ses muscles – de vrais muscles d'homme – lui donna des frissons.

— Je serai ravie de te préparer du thé, proposa-t-elle.

— C'est gentil de ta part.

Il était foutu, songea Shawn, comme ils parvenaient au sommet de la colline.

La maison O'Toole apparut en contrebas. La cheminée fumait, mais le bâtiment semblait effectivement désert. La camionnette de Brenna n'était pas dans l'allée. Et, apparemment, même Betty l'avait abandonné au moment où il avait tant besoin de soutien.

Il ne lui restait qu'une solution : une prompte et lâche retraite.

— Oh ! Mais où ai-je donc la tête ? s'écria-t-il en se frappant le front. Je suis censé donner un coup de main à Aidan… chez lui. Ça m'était complètement sorti de l'esprit.

Il libéra son bras et tapota les doigts de Mary Kate, comme il l'aurait fait pour se débarrasser d'un chiot importun.

— J'oublie toujours tout ! Mais bon, Aidan est habitué à mes retards.

— Eh bien, retard pour retard…

Elle se rapprocha de lui, dans une attitude qui ne laissait pas place au doute, même pour un homme distrait comme lui.

— Non, non, il va me chercher.

Cette fois-ci, ce fut la tête de Mary Kate qu'il tapota, avec l'indulgence d'un père pour son enfant. En voyant la jeune fille faire la moue, il comprit qu'elle avait correctement interprété son geste.

— Je passerai prendre le thé une autre fois. Embrasse ta famille pour moi.

Il attendit d'être à vingt pas avant de pousser un soupir de soulagement. Quelle mouche piquait donc les filles O'Toole, en ce moment ? se demanda-t-il. Voilà qu'au lieu d'une promenade, voire d'une tasse de thé dans une cuisine accueillante et d'un peu de musique dans son cottage, il était obligé d'aller au village et de se trouver une occupation quelconque chez son frère aîné.

— Qu'est-ce que tu fais là ? lui demanda Aidan.

— Oh... C'est une histoire longue et compliquée, répondit Shawn en jetant un coup d'œil autour de lui. Jude est là ?

— Elle est en haut avec Darcy. Notre petite sœur n'arrive pas à choisir la tenue qui fera tourner la tête de son type de Dublin.

— Ça devrait les occuper un bout de temps. Tant mieux... J'en ai ma claque des bonnes femmes, en ce moment, expliqua-t-il devant l'air interrogateur de son frère. Ah, en voilà un beau chien !

Il se pencha pour gratter la tête de Finn.

— Il a bien grandi, dis donc.

— C'est vrai. Et il a bon caractère en plus, hein, mon chien ?

Finn tourna des yeux enamourés vers Aidan et agita la queue avec enthousiasme, fouettant les genoux de Shawn d'un côté et la table de l'autre.

— S'il continue à grandir, dit Shawn, il va balayer toutes les lampes. Il te reste une bière ?

— Il m'en reste même deux. Une pour toi, une pour moi, répondit Aidan en entraînant son frère dans la cuisine. Quant aux femmes, puisqu'on parlait d'elles, sache qu'elles te causeront toujours des problèmes. C'est la faute de ta belle gueule.

Amusé, Shawn s'assit, tandis qu'Aidan ouvrait deux bouteilles de Harp. Il posa machinalement la main sur la tête du chien, qui se collait à lui.

— Tu ne t'es pas trop mal débrouillé non plus, côté

femmes, si je me souviens bien. Pourtant, tu es loin d'être aussi beau garçon que moi.

— Ouais, mais je suis plus intelligent, riposta Aidan en tendant une bière à son frère. La preuve, j'ai mis le grappin sur la meilleure d'entre elles.

— Ce n'est pas moi qui te contredirai, admit Shawn.

Il trinqua avec Aidan et but une rasade.

— Ce n'est pas pour parler des femmes que je suis venu, mais plutôt pour m'en débarrasser.

— Si tu préfères parler boulot, j'ai ce qu'il te faut, dit Aidan.

Il sortit une boîte de biscuits salés d'un placard et la posa entre eux.

— Les parents m'ont appelé ce matin, déclara-t-il en s'asseyant. Ils t'embrassent. Ils comptaient d'ailleurs te téléphoner juste après.

— J'ai dû rater leur appel. J'étais sorti me promener.

— Bref, la dernière nouvelle, c'est que papa a rendez-vous avec Magee la semaine prochaine.

Profitant de l'absence de Jude, Aidan jeta un biscuit à Finn.

— Il veut sonder le bonhomme avant que nous ne fassions un pas de plus dans cette affaire.

— Personne n'est plus à même de jauger quelqu'un que papa, approuva Shawn.

— Exact. Autre chose : Magee a décidé d'envoyer un de ses collaborateurs ici pour examiner les choses de près. Il s'agit d'un dénommé Finkle, qui doit s'installer à l'hôtel de la falaise. Papa et moi, on s'est mis d'accord pour ne pas parler argent avec Finkle tant qu'on n'en saura pas plus sur ce Magee.

— Papa et toi êtes les plus qualifiés pour gérer ce genre de truc, mais…

— Mais ?

— Il me semble qu'il ne faut pas perdre de vue notre objectif, c'est-à-dire les bénéfices que nous pourrions tirer de ce projet : l'argent, bien sûr, mais aussi le prestige du pub.

— C'est vrai.

— Le mieux, ce serait qu'on obtienne le plus d'informations possible, sans trop en donner en échange, reprit Shawn après une gorgée de bière.

— C'est là-dessus que papa va travailler à New York.

— Ça ne nous empêche pas d'y travailler de notre côté.

Aussi attendri qu'Aidan par le regard suppliant du chien, Shawn lui lança un autre biscuit.

— Étudions un peu la composition de notre charmante petite famille. Tout d'abord, nous avons l'homme d'affaires. Toi, en l'occurrence.

— Mettons.

Shawn pointa un doigt vers le plafond.

— Là-haut, nous avons deux ravissantes jeunes femmes. L'une, gracieuse et timide, a des manières réservées qui masquent, pour ceux qui n'y regardent pas d'assez près, une cervelle bien faite et bien pleine. L'autre, belle et allumeuse, sait fort bien embobiner les hommes avant qu'ils n'aient le temps de réaliser qu'elle est dotée d'un sang-froid à toute épreuve.

— Continue, dit Aidan en hochant la tête.

— Ensuite, il y a moi, le cadet qui ne comprend rien aux affaires, le gentil garçon rêveur et désintéressé.

— C'est vrai que tu es gentil, Shawn, mais en ce qui concerne les affaires, tu t'y entends aussi bien que moi.

— Non, sûrement pas. Mais disons que j'en sais assez pour survivre. Et assez pour me douter que c'est surtout à toi que s'intéressera Finkle.

Il agita sa bouteille de bière en direction d'Aidan, sans cesser de réfléchir à haute voix.

— Pendant qu'il t'étudiera, nous trois, Jude, Darcy et moi, on s'arrangera pour lui tirer les vers du nez, chacun à notre façon. Et quand viendra le temps de conclure l'affaire, nous aurons appris tout ce que nous voulons savoir. Il ne te restera plus qu'à imposer tes conditions, et le *Gallagher's* deviendra le pub le plus renommé de tout le pays, l'endroit qu'on citera automatiquement lorsqu'on parlera de l'hospitalité et de la musique irlandaises.

Aidan se laissa aller contre le dossier de sa chaise.

— C'est bien ce que tu veux, Shawn ?

— C'est ce que tu veux, toi.

— Réponds à ma question.

Avant que son frère ait pu porter de nouveau sa bouteille à ses lèvres, Aidan lui agrippa le poignet. Shawn releva la tête, l'air interrogateur.

— C'est ce que tu veux ?

— Je tiens à ce que notre pub soit le meilleur établissement du pays.

Au bout d'un moment, Aidan le relâcha. Puis il se leva, trop agité pour rester assis.

— J'ai toujours pensé que tu finirais par partir.

— Pourquoi diable partirais-je ?

— Je me disais que, le jour où tu saurais ce que tu attends de la musique, tu t'en irais pour l'obtenir.

— Mais j'obtiens déjà ce que je veux de ma musique : du plaisir.

Comme plus personne ne pensait à lui offrir des biscuits, Finn s'installa sous la table, la truffe sur les pieds de Shawn.

— Pourquoi n'essaies-tu pas de vendre tes compositions ? Pourquoi ne pars-tu pas à Dublin, à Londres ou à New York, pour que d'autres gens puissent t'entendre ?

— Je ne suis pas prêt.

C'était une piètre excuse, mais il n'avait pas trouvé mieux. La suite, au moins, était pure vérité.

— Et je n'ai pas envie d'aller à Dublin, à Londres ou à New York, ni nulle part ailleurs. Ma place est ici. C'est ici qu'est mon cœur.

Il caressa machinalement le flanc de Finn de la pointe de sa botte.

— Je n'ai pas soif de vagabondages, contrairement à toi, Darcy ou les parents. Quand je me réveille le matin, j'aime voir un paysage connu et entendre des sons familiers. Ça me donne un équilibre, tu comprends, de connaître les noms des gens qui m'entourent et de me sentir chez moi où que mon regard se porte.

— Tu es le meilleur d'entre nous, déclara Aidan, ce qui surprit et embarrassa son frère.

— Alors ça, c'est une phrase pour la postérité, répondit-il en riant.

— C'est vrai. Ton âme s'inscrit dans ces paysages, dans la mer qu'on voit là-bas, dans l'air que nous respirons. Tu regardes tout cela avec respect et amour. Moi, il m'a fallu courir le monde, me rassasier d'un maximum de choses, avant de pouvoir apprécier ce que nous avons ici. Et quand je suis parti, Shawn, je ne pensais pas revenir. Pas pour rester, du moins.

— C'est pourtant ce que tu as fait.

— Parce que j'ai fini par comprendre ce que toi, tu as toujours su. Notre place sur terre est ici. Si l'on prenait en compte l'âme plutôt que le droit d'aînesse, ce serait à toi de diriger le pub.

— Et de le mener à la faillite en moins d'un an. Non, merci.

— Mais non. Tu te débrouillerais très bien.

Shawn adressa un clin d'œil au chien.

— Finn, mon vieux, combien de bouteilles ton patron a-t-il bues avant que j'arrive ?

— Je n'ai rien bu du tout, assura Aidan. Si je te dis tout ça, c'est parce que je veux que tu saches ce que je pense. Il faut que les choses soient claires entre nous, car tout risque de changer, si on fait cette affaire.

— Oui, mais c'est nous qui déciderons de la direction que ces changements prendront.

— Cela va demander du temps. Tu en as conscience, n'est-ce pas ?

— J'ai tout mon temps.

— Toi, oui, mais Darcy ?

— Les babioles et autres colifichets qu'elle pourra s'offrir avec les bénéfices la consoleront. De toute façon, elle soutiendra le *Gallagher's*, Aidan, affirma Shawn en regardant son aîné dans les yeux.

— Au moins jusqu'à ce qu'elle coince son milliardaire.

— Ensuite, quand elle daignera rendre visite à ceux d'entre nous qui seront restés des péquenauds, tu pourras toujours lui demander de mettre un tablier et de prendre un plateau.

— Pour qu'elle me le flanque à la tête ? fit Aidan. Mais non, tu as raison, ajouta-t-il. Elle nous prêtera main-forte en cas de besoin, je le sais.

— Ne prends pas tout le fardeau sur tes épaules – le contrat, les soucis et le travail que ça va représenter, dit Shawn. On est trois. Enfin, quatre, maintenant qu'on a notre Jude Frances. Le *Gallagher's*, c'est la famille. On va faire des merveilles avec cette affaire, Aidan. Je le sens.

— Je suis content que tu sois passé. J'y vois plus clair, maintenant.

— Alors, ça vaut bien une bière de plus avant que je…

Il s'interrompit en entendant des voix féminines dans l'escalier.

— Seigneur, souffla-t-il. Voilà les femmes. Je file par la porte de derrière.

— La prochaine fois, je te soûlerai, et tu finiras bien par avouer ce qui te fait si peur chez les femmes.

— Si je ne trouve pas rapidement une solution à mon problème, je te le dirai, promit Shawn.

Sur ce, il prit la fuite.

8

Un air joyeux trottait dans la tête de Shawn. Tandis que la vapeur montait de ses marmites et que l'huile grésillait dans ses poêles, il le laissa se développer, mesure après mesure, et changea de tonalité vers la fin, afin d'obtenir un petit effet dramatique. Il n'avait pas encore d'idée pour les paroles, mais cela ne tarderait pas à venir. C'était une mélodie estivale, pleine de lumière et d'allégresse, propre à chasser la mélancolie de l'hiver.

Depuis dimanche, il se sentait beaucoup mieux. La bière partagée avec son frère et leur conversation l'avaient rasséréné.

Il ne comprenait même plus ce qui l'avait perturbé. La petite Mary Kate était simplement en train de passer par la phase habituelle de romantisme et d'idéalisation, comme toutes les filles de son âge. Les garçons en souffraient aussi, d'ailleurs. Shawn se rappelait comme il avait soupiré après la jolie Colleen Brennan quand il avait dix-huit ans. Heureusement, il n'avait jamais pu aller au-delà des rêves et des soupirs, car Colleen Brennan, qui avait alors vingt-deux ans, s'était très rapidement fiancée à Tim Riley.

En quelques semaines, il avait surmonté son chagrin et s'était mis à soupirer après une autre jolie fille. Bien sûr, au bout d'un certain temps, il avait fait plus que soupirer, il avait découvert l'émerveillement d'avoir un corps de fille nu sous lui. Et ça, c'était fantastique.

Néanmoins, il veillait à ne pas s'attaquer à n'importe qui et s'arrangeait pour que chacun sorte satisfait et indemne de l'expérience. Faire l'amour n'était pas un acte qu'il prenait à la légère. Ce qui expliquait, sans doute, pourquoi il était chaste depuis déjà plusieurs mois.

Et c'était probablement pour cela que la O'Toole le mettait dans cet état. État auquel il n'était pas sûr de vouloir remédier. Brenna était une énigme qu'il valait peut-être mieux ne pas élucider. Avec un peu de temps et de bonne volonté, ils reviendraient tous les deux sur le terrain familier de l'amitié. Son esprit retrouverait sa tranquillité, et la vie reprendrait son cours normal.

Il lui suffisait d'oublier le contact émouvant et excitant de sa bouche sous la sienne.

Il vérifia la cuisson des *crubeens*, qui bouillaient avec des choux et des pommes de terre en robe des champs, et ajouta un peu de marjolaine pour relever le bouillon, un truc qu'il avait découvert par hasard.

Il aimait proposer ce plat quand il y avait des Yankees dans la salle. Leur réaction devant une assiette de pieds de porc le faisait toujours rigoler. C'était Jude qui assurait le service, ce soir-là, et il était sûr qu'elle leur en servirait d'office.

En attendant, il fallait qu'il prépare du poisson pour les deux randonneurs de Wexford. Il faisait glisser le haddock dans l'huile lorsqu'il entendit la porte s'ouvrir derrière lui.

Il jeta un coup d'œil par-dessus son épaule, et aussitôt, les muscles de son dos se crispèrent et une pelote de nœuds se forma dans son ventre.

— Ça sent bon, dit Brenna en reniflant. Est-ce que ce ne serait pas des *crubeens*, par hasard ? Ça m'étonnerait qu'on ait un tel festin à Waterford.

Elle s'était maquillée et avait mis des boucles d'oreilles étincelantes. Et, bon Dieu, elle portait une robe qui ne laissait pas grand-chose à imaginer et montrait la plus grande partie d'une paire de jambes minces et bien musclées.

— Qu'est-ce que tu fabriques, fagotée comme ça ?
— Je vais dîner avec Darcy et ses amis de Dublin.
Elle aurait préféré, et de beaucoup, s'asseoir devant une portion de *crubeens*, mais elle avait donné sa parole.
— Tu sors avec un type que tu n'as jamais vu ?
— Darcy l'a rencontré. Mais je ferais mieux d'aller l'arracher à son miroir, sinon elle va se pomponner pendant une heure, et adieu mon dîner.
— Bon sang, attends une minute ! ordonna-t-il d'un ton sec.
Avant même qu'elle ait eu le temps de se retourner, il l'empoigna par le bras.
— Eh bien, qu'est-ce qui t'arrive ?
— Et tu t'es parfumée, en plus ! s'écria-t-il en humant avec dégoût des effluves capiteux. J'aurais dû m'en douter. Bon, il ne te reste plus qu'à faire demi-tour et à rentrer chez toi. Je ne te laisserai pas sortir dans cette tenue.
Si elle n'avait pas été aussi stupéfaite, Brenna lui aurait envoyé un coup de poing bien mérité. Mais, sous le choc, elle ne put que répéter bêtement :
— Tu ne me laisseras pas sortir dans cette tenue ?
— Non, pas question. Et je n'en reviens pas que ta mère t'ait permis de t'habiller comme ça.
— Je te rappelle que j'ai vingt-quatre ans. Cela fait des années que ma mère a arrêté de me donner son avis sur ma façon de m'habiller. Et toi, en tout cas, ce n'est pas ton affaire.
— Eh bien, j'en fais mon affaire. Maintenant, rentre chez toi et lave-toi la figure.
— Tu peux toujours courir, répliqua Brenna, qui était un peu revenue de sa surprise.
Si elle s'était apprêtée ainsi, c'était uniquement pour éviter les critiques de Darcy. Mais elle ne voyait pas pourquoi elle l'aurait avoué à Shawn.
— Dans ce cas, je vais m'en charger moi-même, et tout de suite.
Sur ce, il la prit à bras-le-corps et l'entraîna vers l'évier, ignorant ses cris perçants et ses poings qui lui

martelaient le corps. Aveuglé par la fureur, il lui mit la tête sous le robinet d'eau froide.

Sur ces entrefaites, Jude pénétra dans la cuisine.

— Shawn !

Le ton atterré de sa belle-sœur l'arrêta.

— Tu as perdu la tête ? Qu'est-ce que tu fais ? Pose-la par terre immédiatement.

— Je fais ce qui doit être fait. Regarde comme elle s'est attifée, Jude, et tout ça pour sortir avec un inconnu. Ce n'est pas bien.

Entre deux jurons, Brenna tourna la tête pour lui mordre la poitrine, mais elle ne réussit qu'à arracher un morceau de flanelle. Elle recracha les débris de tissu et le menaça de faire subir à sa virilité un traitement si vicieux qu'il dut, par précaution, resserrer son étreinte.

Ça alors ! se dit Jude, qui s'efforçait de retenir un fou rire.

— Pose-la par terre, répéta-t-elle calmement. Tu devrais avoir honte de toi.

— Quoi ? Elle serait à poil qu'elle ne serait pas plus indécente, et c'est moi qui devrais avoir honte ?

— Brenna est ravissante dans cette tenue.

Comme il ne semblait pas décidé à lui obéir, Jude s'approcha et, tout en évitant les coups de pied de Brenna, attrapa son beau-frère par l'oreille.

— Lâche-la.

— Aïe, merde !

Jusqu'ici, une seule femme lui avait tiré l'oreille : sa mère. Et le résultat avait été identique.

— Je ne fais que veiller sur elle… Bon, d'accord, dit-il, comme Jude lui tordait l'oreille.

Il remit Brenna sur ses pieds et, l'air offensé, prit une profonde inspiration.

— Tu ne comprends pas la situation… commença-t-il.

Un coup de poêle à frire sur la tête le fit taire.

— Je ne suis pas ton petit chien, Shawn Gallagher, lança Brenna. Tâche de ne pas l'oublier.

Agrippé à l'évier, il vit trois Brenna disparaître dans l'escalier.

— Elle m'a assommé !

— Tu l'as bien cherché, dit Jude en l'entraînant vers la table. Assieds-toi. Tu as de la chance qu'elle n'ait pas pris la poêle en fonte.

— Je ne veux pas qu'elle sorte avec ce mec de Dublin.

Groggy, il se laissa pousser sur une chaise.

— Je ne veux pas qu'elle se promène dans cette tenue, ajouta-t-il.

— Pourquoi ?

— Parce que je ne veux pas.

Attendrie, Jude passa délicatement les doigts dans les cheveux de Shawn pour évaluer les dégâts.

— On n'a pas toujours ce qu'on veut, dans la vie... Tu ne saignes pas, mais tu vas avoir une belle bosse.

Jude lui releva le menton et, touchée par son air buté et malheureux, elle l'embrassa.

— Je ne m'étais pas rendu compte que tu avais la tête aussi dure. Si tu ne veux pas que Brenna sorte avec quelqu'un d'autre, pourquoi ne lui demandes-tu pas de sortir avec toi ?

Shawn se tortilla sur sa chaise.

— Ce n'est pas comme ça que ça doit se passer.

— Vraiment ? fit Jude en le gratifiant d'une petite tape sur la joue.

Elle le laissa à ses réflexions et alla éteindre le feu sous le poisson carbonisé.

— Je ne veux pas que ça se passe comme ça, insista-t-il.

Comme elle avait le dos tourné, Jude se permit un sourire.

— Je te le répète : on n'obtient pas toujours ce qu'on veut, répondit-elle en sortant de nouveaux filets de poisson du réfrigérateur.

— Moi, si. Car je me contente de désirer ce que je sais pouvoir obtenir.

Il se leva et attendit un instant que la pièce cesse de tourner.

— Moi aussi, j'étais comme ça. Et c'est parce que je me suis mise à désirer autre chose que je me suis retrouvée ici.

— Moi, je suis déjà là où j'ai envie d'être.

Un filet de poisson à la main, Jude lui lança un regard narquois.

— Tu as la tête sacrément dure, en effet.

— Si tu le dis... Non, laisse ça, je vais m'en occuper.

Il repoussa la poêle de poissons brûlés, en prit une autre et y versa de l'huile.

— Demande à Aidan de servir à mes frais une seconde pinte aux randonneurs, avec mes excuses pour le retard, tu veux bien, mon chou ?

— D'accord, répondit Jude en s'éloignant.

Une fois devant la porte, elle se retourna et ajouta :

— Shawn, peut-être es-tu très content de la vie que tu mènes. Mais, parfois, il faut faire un pas en avant ou en arrière pour s'en assurer. En faisant du surplace, tu te trahis, ainsi que Brenna.

— C'est la psychologue émérite qui parle ?

Il la vit tressaillir, puis baisser les yeux.

— Pardon, Jude. Je n'avais pas l'intention de te blesser. Tu as raison. Seulement, je ne sais pas encore quelle direction prendre, expliqua-t-il en farinant les filets de poisson. Brenna a essayé de me bousculer, et je déteste ça. Ça me donne envie de freiner des quatre fers.

— Je comprends, de même que je comprends que Brenna ait besoin de faire avancer les choses. Dans un sens ou dans l'autre.

Avec une grimace, Shawn palpa sa bosse.

— Ouais. Dans un sens ou dans l'autre.

— M'autorises-tu à te donner un dernier conseil ?

L'air amusé, il hocha la tête.

— Quand tu entendras Brenna redescendre l'escalier, tâche d'être occupé dans l'arrière-cuisine.

— Tu es une femme avisée, Jude Frances.

— Ça se passe bien, tu ne trouves pas ?

Darcy, qui se repoudrait le nez dans les toilettes du restaurant, croisa le regard de Brenna dans le miroir.

— La cuisine est excellente, approuva celle-ci.

— Oui, bien sûr, mais je parlais de la soirée en général. C'est agréable de sortir avec un homme un peu sophistiqué, pour une fois. Matthew a passé une année entière à Paris, tu sais. Je vais me débrouiller pour qu'il m'y emmène en week-end.

Brenna ne put s'empêcher de rire.

— Et tu lui feras croire que l'idée vient de lui, c'est ça ?

— Évidemment. Les hommes sont comme ça. Il faut les caresser dans le sens du poil. Quant à toi, tu as la cote avec Daniel.

— Il est plutôt mignon.

Brenna connaissait assez Darcy pour savoir qu'elle allait se pomponner durant une éternité avant de se trouver assez belle pour revenir à table, aussi sortit-elle son propre rouge à lèvres. Plus exactement, celui de Mary Kate, qu'elle avait fauché dans la salle de bains.

— Mignon ? Il est beau comme un dieu, oui, et riche comme Crésus. D'ailleurs, pourquoi ne l'inciterais-tu pas à t'emmener à Paris ? On passerait le week-end tous les quatre.

— Non, merci. Je n'ai pas envie de payer ce voyage au prix qu'un homme en exigerait.

— Tout ce que tu aurais à lui offrir, c'est du temps et le plaisir de ta compagnie, répliqua Darcy en faisant gonfler ses cheveux. Une femme intelligente s'arrange toujours pour ne pas avoir à payer la note, de quelque manière que ce soit. Moi, je n'ai pas l'intention de coucher avec Matthew.

— Je croyais que tu l'aimais bien.

— Oui, c'est vrai. Simplement, il ne m'attire pas. Mais ça peut changer, ajouta-t-elle joyeusement.

La bouche en cul de poule, Brenna se tartina les lèvres.

— Ça t'est déjà arrivé d'avoir envie de faire l'amour avec un homme qui ne te désirait pas ?

— Je n'ai jamais connu d'homme qui ne soit pas prêt à déboutonner sa braguette au moindre encouragement. Ils sont faits comme ça, on ne peut pas le leur reprocher.

— Mais mettons qu'un homme, dans des circonstances particulières, ne soit pas intéressé par une femme sur ce plan-là...

— Je suppose que chaque règle a ses exceptions. Mais ne t'inquiète pas, dit Darcy en tapotant amicalement l'épaule de Brenna. Daniel te trouve très jolie. Je suis sûre qu'il sera enchanté de coucher avec toi, si l'envie t'en prend.

Brenna laissa tomber le bâton de rouge dans son sac en soupirant.

— Ah, bon ? Eh bien, me voilà rassurée.

Elle avait passé une soirée délicieuse, une des meilleures de sa vie, et avec des gens civilisés, pour une fois.

En fait, elle s'était ennuyée à mourir, mais elle n'était pas près de l'admettre.

Cela dit, elle avait donné son numéro de téléphone à Daniel et s'était promis d'accepter de sortir de nouveau avec lui s'il lui téléphonait. Il s'était montré poli et amusant, se rappela-t-elle en repartant du pub, où elle avait laissé sa camionnette et où il l'avait déposée après le dîner. Il avait feint de s'intéresser à son travail et avait même fait l'effort de se trouver un intérêt commun avec elle : les vieux films noirs américains. Il en avait toute une collection en cassettes et avait invité Brenna à Dublin pour qu'ils se fassent leur propre petit festival.

Cela pourrait être plaisant, songea-t-elle, tout comme avait été plaisant leur baiser d'adieu. Daniel n'avait pas été trop entreprenant, ses mains ne s'étaient pas baladées où il ne fallait pas. Un type bien, quoi.

Maudit soit Shawn Gallagher, qui lui avait ôté l'envie de goûter à d'autres hommes ! songea Brenna, au moment même où le cottage apparaissait. Elle ralentit et laissa la camionnette s'arrêter toute seule au milieu d'une fine nappe de brouillard.

Ah, il était là, l'espèce de vipère... Il y avait de la lumière dans le salon. Il devait être en train de jouer du piano. Si la fenêtre avait été ouverte, les notes se seraient répandues dans la nuit, et elle aurait pu les entendre...

Refusant de céder à l'attendrissement, elle serra les poings. Elle eut brusquement envie d'enfoncer le portail, de grimper les marches du petit perron et de pousser la porte, histoire de lui faire savoir ce qu'elle pensait de son attitude. Le tout suivi d'un bon revers de main. Mais, chose inhabituelle, elle écouta la voix de la raison et se ravisa.

Comment avait-il osé jouer les pères outragés, alors que, quelques jours plus tôt, il l'avait embrassée comme s'il était prêt à passer le restant de ses jours les lèvres collées aux siennes ?

Il avait voulu lui laver la figure, vraiment !

Elle émit un reniflement de mépris et s'apprêta à repartir, mais s'immobilisa en voyant une forme bouger à la fenêtre du premier étage. Oh, non ! À tous les coups, Shawn l'avait surprise en train d'épier sa maison.

Mais le rouge de l'embarras n'eut pas le temps de lui monter aux joues. La silhouette d'une femme aux cheveux blonds venait d'apparaître dans la lumière ténue de la lune.

Brenna soupira. Elle descendit sa vitre et s'accouda au rebord de la portière, le menton dans les mains.

Combien de nuits la pauvre Lady Gwen s'était-elle tenue là, à pleurer par la faute d'un homme ?

— Pourquoi diable nous mettons-nous dans cet état à cause d'eux, Gwen ? Pourquoi les laisse-t-on prendre le contrôle de nos cœurs ? Ils sont tellement agaçants, quand on y réfléchit bien.

Son cœur est dans sa chanson.

Brenna entendit les mots comme s'ils avaient été murmurés directement dans son oreille.

Écoute-la. Elle te concerne.

Elle ferma les yeux et serra très fort les paupières.
— Non, non, j'en ai marre de cette histoire, et de lui aussi. Je n'accorderai plus une seule de mes pensées à ce type. J'ai déjà assez perdu de temps avec lui.
Elle enclencha violemment la première et se remit en route.

Shawn savait qu'il trouverait Brenna seule. Il s'en était assuré. Mick O'Toole travaillait à l'hôtel de la falaise, et Jude faisait des courses.
Il l'entendit cogner sur quelque chose tandis qu'il montait l'escalier. Elle était donc armée. Tant pis. Il était bien obligé de prendre ce risque.
Il avait passé la plus grande partie de la nuit à réfléchir à la situation – ce qui devenait une habitude et lui coûtait beaucoup d'heures de sommeil. Conclusion de ses réflexions : Jude avait raison, il était temps qu'il cesse de faire du surplace. Mais pour aller dans quelle direction ? Cela dépendrait probablement de la conversation qu'il s'apprêtait à avoir avec Brenna.
Les coups provenaient du placard, remarqua-t-il, une fois sur le seuil de la chambre du bébé. Suivant son impulsion, ce qui était rare chez lui, il verrouilla la porte et empocha la clé. Comme ça, Brenna ne pourrait pas le planter là avant qu'il n'ait fini.
Il fit quelques pas.

— Jude ? Tu es déjà rentrée ? Viens regarder ces étagères et dis-moi si elles te plaisent.

Debout sur la troisième marche de l'échelle, Brenna tourna la tête et découvrit Shawn.

Il attendit bravement l'explosion de rage qui n'allait pas manquer de suivre, mais, à sa grande surprise, elle se contenta de le fixer d'un air absent, puis se remit au travail.

Mauvais signe.

— Je voudrais te parler, commença-t-il.

— Je travaille. Je n'ai pas le temps de bavarder.

— Il faut absolument que je te parle.

Il s'approcha et posa une main sur la hanche de Brenna. En la voyant raffermir sa prise sur son marteau, il dut faire appel à tout son courage pour ne pas prendre la fuite.

— Tu ne veux pas lâcher ce truc ?

— Non.

Il était peut-être courageux, mais pas idiot. D'un geste preste, il lui arracha l'outil des mains.

— J'ai déjà une bosse de la taille d'une balle de golf sur la tête, et ça me suffit. Je voudrais seulement avoir une petite conversation avec toi, Brenna.

— Je n'ai rien à te dire, Shawn, et comme je tiens à notre vieille amitié, je te demande de me laisser tranquille.

La situation était grave, songea-t-il, tandis que la panique commençait à lui nouer la gorge.

— Je suis venu te présenter mes excuses.

Pour toute réponse, elle lui tourna le dos et sortit son mètre.

Sans plus réfléchir, il l'attrapa par les hanches, la souleva et la posa à terre. Elle pivota sur elle-même, et bien qu'il s'y fût attendu, il ne put éviter le coup de poing. Mais, auparavant, il eut le temps d'apercevoir des larmes dans les yeux de Brenna.

— Pardon, souffla-t-il. Ne pleure pas, s'il te plaît. Je ne supporte pas que tu pleures.

— Je ne pleure pas.

Elle aurait préféré que les larmes lui carbonisent les yeux plutôt que d'en laisser couler une seule devant lui.

— Je t'ai demandé de partir. Puisque tu ne veux pas t'en aller, c'est moi qui vais sortir.

Elle se dirigea vers la porte, abaissa la poignée et resta bouche bée.

— Tu as verrouillé la porte.

Elle fit volte-face et le regarda.

— Tu as perdu la tête ?

— Je te connais. Je savais que tu refuserais de m'écouter. Maintenant, tu n'as pas le choix.

Alarmé, il la vit jeter un coup d'œil à sa boîte à outils. Évaluait-elle la panoplie d'armes dont elle disposait ? Il avait beau être sincèrement désolé, il préférait éviter de se faire transpercer de trous de diverses tailles. Il s'interposa donc prestement entre Brenna et la tentation.

— Tu dis que tu tiens à notre amitié. Moi aussi, j'y tiens. Tu comptes beaucoup pour moi, Brenna.

— C'est pour ça que tu m'as traitée comme une traînée, hier soir ? demanda-t-elle d'une voix un peu tremblante.

— Je suppose que oui. Je n'ai pas l'habitude de te voir comme ça.

Exaspérée, elle leva les mains.

— Qu'est-ce que tu veux dire par « comme ça » ?

— Adorable.

Les yeux de Brenna s'arrondirent de surprise, et il en profita pour se rapprocher un peu.

— Tu avais l'air si élégante et si féminine…

— Mais je suis une fille, bon sang !

— Je sais, mais d'habitude, tu ne prends pas la peine de le montrer.

— Et alors ?

C'était un sujet douloureux, qu'elle n'aimait pas aborder.

— Sous prétexte que je sais enfoncer des clous et réparer un tuyau percé, il m'est défendu d'être féminine de temps en temps ? Et en quoi porter une robe et mettre du rouge à lèvres fait-il de moi une traînée ?

— Je reconnais que j'ai été idiot et maladroit. Et je le regrette.

Comme elle gardait le silence, il enfonça les mains dans ses poches, puis les ressortit aussitôt. Le mieux, se dit-il, était d'en finir une bonne fois.

— La vérité, c'est que quand j'ai vu que tu t'étais pomponnée pour sortir avec un autre homme, j'ai été jaloux. Je ne m'en suis pas rendu compte sur le moment, et je n'ai pas voulu l'admettre plus tard, lorsque ma colère est retombée. Je n'avais encore jamais été jaloux de ma vie. Et je déteste cette sensation.

Brenna se rasséréna un peu.

— J'ai cru que tu l'avais fait exprès pour m'énerver. Je veux dire, porter cette robe, libérer tes cheveux, mettre du rouge à lèvres, tout ça.

Brenna hocha la tête.

— C'est sûr que j'aurais pu le faire, si j'y avais pensé. Mais mon esprit ne fonctionne pas de façon aussi tortueuse.

— Non, tu es une fille droite. Je le sais.

Il se tut et pencha la tête sur le côté. Chaque fois qu'il avançait d'un pas, elle reculait d'autant.

— Pourquoi me fuis-tu ? C'est toi qui as commencé, non ?

— C'est vrai, mais ensuite, j'ai eu le temps d'y penser… Reste à distance pendant que je réfléchis, s'il te plaît.

Le regard narquois de Shawn n'était pas fait pour apaiser les nerfs d'une femme.

— Nous sommes amis depuis longtemps, reprit-elle. Et je n'ai pas envie de perdre ton amitié. Si nous étions passés à l'acte la première fois que je t'ai proposé de faire l'amour, si tu avais souri et dit : « Quelle bonne idée, Brenna ! Allons au lit », ça aurait été très bien. On se serait payé du bon temps, tout serait resté simple et naturel, et on se serait séparés bons amis comme avant. Mais maintenant que ça ne peut plus être quelque chose de spontané, c'est devenu terriblement compliqué.

Elle n'allait donc pas s'arrêter de bouger ? En désespoir de cause, Shawn se rapprocha à grandes enjambées et plaqua les deux mains sur le mur, de part et d'autre de la tête de Brenna, qui se retrouva prisonnière.

— Tu as l'habitude de suivre tes impulsions, et moi, j'ai besoin de peser le pour et le contre. Tu fonces, alors que je suis lent.

— Bon sang, Shawn, un glacier se déplace plus vite que toi, marmonna Brenna, qui aurait bien voulu qu'il s'écarte un peu.

— Mais j'arrive à mes fins quand même, non ? Il me semble qu'entre impulsion et réflexion, vitesse et prudence, on pourrait peut-être se rencontrer quelque part, non ?

— C'est trop tard, maintenant.

— Ton cœur bat fort, murmura-t-il en se rapprochant encore un peu plus. Je peux presque l'entendre.

Sans la quitter des yeux, il posa la main entre les seins de Brenna. La surprise la fit ciller et lui coupa le souffle.

— Je le sens, maintenant, ajouta-t-il en écartant les doigts. J'avais très envie de te toucher.

Les genoux de Brenna étaient sur le point de lâcher.

— Tu n'y aurais jamais pensé si je n'en avais pas parlé, dit-elle d'une traite.

— C'est vrai, mais ça ne me gêne pas que tu en aies eu l'idée avant moi.

Il baissa la tête et mordilla la lèvre inférieure de la jeune femme.

— Et depuis, je suis incapable de penser à autre chose, avoua-t-il, tandis que sa bouche remontait le long du visage de Brenna. Lorsque je suis arrivé, tout à l'heure, j'avais simplement l'intention de m'excuser et de clarifier la situation. J'étais pratiquement sûr qu'une fois mes excuses faites, je m'en irais tranquillement et que tout redeviendrait comme avant. Mais voilà, ça ne me suffit plus. Je veux te toucher.

Il se mit à jouer délicatement avec la pointe d'un sein.

— Je veux te goûter.

Et enfin, enfin... il couvrit la bouche de Brenna de la sienne.

Elle agrippa ses hanches et laissa ses lèvres se réchauffer aux siennes. Puis le désir monta en elle, et elle crut mourir de cette douce et surprenante chaleur.

— Attends, chuchota-t-elle.

Quelque chose était en train de se briser à l'intérieur d'elle-même. Quelque chose de vital qui devait absolument rester solidement en place.

— Arrête. Tu crois que j'ai besoin de cette savante préparation ?

Elle tourna la tête, ce qui amena la bouche de Shawn sur son oreille.

Seigneur ! Ce type avait une bouche magique.

— Je n'ai pas besoin de ça.

Elle avait la voix rauque, et la tête lui tournait.

— Moi, j'en ai besoin, répliqua-t-il en lui mordillant le cou.

— Si tu as décidé – et il me semble que oui – de faire l'amour avec moi, prenons une heure ou deux et allons chez toi.

Il éclata de rire, les lèvres contre sa peau douce comme de la soie chauffée au soleil.

— Non, Brenna. Je te l'ai dit, retrouvons-nous quelque part entre nos deux tendances.

Il la sentit frissonner tandis que leurs lèvres se rejoignaient.

— J'ai envie de toi, c'est vrai, mais j'ai l'intention de nous rendre fous de désir avant de t'emmener dans mon lit.

— Pourquoi ?

— Parce que notre plaisir n'en sera que plus intense. Tu aimes quand je fais ça ?

Les doigts de Shawn se glissèrent sous sa chemise et caressèrent la courbe d'un sein. Brenna se mit à haleter.

— Je vois que oui. Ton regard se brouille.

— Évidemment ! Au diable le cottage ! Faisons-le ici, tout de suite.

Elle jeta les bras autour de son cou, mais il se contenta de rire et la fit tournoyer.

— Oh, non, pas question.

— Dis donc, il me semble que nous ne sommes pas à mi-chemin, mais plutôt franchement de ton côté.

— Peut-être, mais quand nous aurons fini, tu me remercieras.

— Ça, c'est bien les hommes, commenta-t-elle, lorsqu'il la reposa sur le sol. Ils croient toujours savoir ce qui est le mieux pour nous, pauvres femelles.

Shawn sourit.

— Brenna chérie, si je n'étais pas un homme, nous n'aurions pas cette conversation.

Elle respira à fond et abaissa la visière de sa casquette.

— Là, je ne peux pas te contredire.

— Tu m'as dit que ça te démangeait. Eh bien, je vais te gratter, à mon rythme et à ma façon. C'est juste, non ?

Elle le regarda et opina de la tête.

— Frustrant, mais juste.

— Et quoi qu'il arrive, nous resterons amis. J'ai beau te désirer ardemment, je ne te toucherai pas si nous ne faisons pas le serment de nous séparer bons amis.

Comment ne pas aimer un type capable de dire une chose pareille ?

— Amis maintenant, pendant et après, dit-elle en tendant la main. Je le jure.

— Moi aussi, je le jure.

Il prit sa main, la garda dans la sienne, puis, juste pour voir sa réaction, il la caressa de ses lèvres.

Brenna en resta bouche bée, ce qui le fit éclater de rire.

— Mary Brenna, je pense que tu peux t'attendre à quelques surprises.

— Peut-être.

Elle dégagea sa main et la cacha dans son dos. Sa peau la picotait étrangement.

— Mais moi aussi, je connais quelques petits trucs.

— J'espère bien.

Il sortit la clé de la chambre de sa poche et ajouta :

— Viens donc au pub, ce soir. Je te préparerai à dîner, et je te montrerai quelques... trucs dans l'arrière-cuisine.

— Dans l'arrière-cuisine ?

Elle allait éclater de rire lorsqu'une pensée lui traversa l'esprit.

— Dis-moi, combien de femmes au juste as-tu entraînées dans l'arrière-cuisine ?

— *Mauverneen*, chérie. Je ne suis pas du genre à tenir des comptes.

Sur un clin d'œil, il quitta la pièce.

9

— Le type de Magee est arrivé, annonça Darcy en surgissant dans la cuisine.

Shawn leva les yeux des énormes sandwiches qu'il était en train de préparer.

— Finkle ?

— Oui. En personne.

Machinalement, elle vérifia son maquillage et sa coiffure dans le petit miroir qu'elle avait suspendu près de la porte.

— Aidan lui a offert une pinte de bière blonde, et il est en train de discuter avec lui au bar.

— Vas-y, décris-le-moi, ordonna Shawn, qui connaissait les talents d'observatrice de sa sœur.

Les yeux mi-clos, Darcy se tapota les lèvres et entreprit de faire son rapport.

— La cinquantaine, un peu chauve. Chatouilleux sur le sujet, car il rabat ses cheveux pour cacher sa calvitie. Gourmand, vu la taille de son ventre. Marié, mais pas aveugle à ce qui l'entoure. Un homme de bureau, un cadre habitué à prendre les ordres et à les transmettre à ses subordonnés. Sérieux et économe car, selon Mary Kate, il a âprement marchandé le prix de sa chambre, bien qu'elle passe en note de frais. Très soigné de sa personne. Je pourrais m'épiler les sourcils en me servant de ses chaussures comme miroir, tellement elles brillent.

— Si je comprends bien, tu n'auras aucun mal à l'embobiner.

Darcy eut un sourire suffisant et examina ses ongles.

— Ça va être du gâteau.

— Attention, Darcy, je ne te demande pas de lui tourner la tête. Seulement de le faire trébucher sur les rives du péché.

— Ne t'inquiète pas. Je t'ai dit qu'il était marié. Je ne suis pas du genre à briser les ménages.

— Excuse-moi, c'est ton expression qui m'a fait peur. Tu es une vraie terreur pour la gent masculine.

Elle sortit son rouge à lèvres de sa poche à pourboires et rafraîchit son maquillage.

— Peut-être, mais les hommes adorent les terreurs dans mon genre, répondit-elle en croisant le regard de son frère dans le miroir.

— Je ne te contredirai pas, car j'en ai vu plus d'un succomber. Bon, je vais t'aider à servir. Comme ça, le Finkle pourra entrevoir le gentil frère un peu benêt.

— Il est impatient de voir le terrain et de discuter de l'affaire, dit-elle en aidant Shawn à poser les sandwiches sur le plateau.

— Eh bien, il va falloir qu'il prenne son mal en patience. Les Gallagher n'aiment pas se dépêcher.

Il s'empara de quelques bols de chips destinés au bar et suivit sa sœur.

— Je ne rêvassais pas, protesta-t-il à haute et intelligible voix, lorsqu'ils pénétrèrent dans la salle. J'étais en train de réfléchir.

Jouant le jeu, Darcy soupira.

— Comment veux-tu préparer les commandes en temps voulu si tu as la tête dans les nuages ? Essaie de rester sur terre au moins pendant le service.

L'air boudeur, Shawn se mit à disposer les bols sur le comptoir.

— Viens là, Shawn, que je te présente. Voici M. Finkle, de New York.

Le jeune homme s'approcha d'Aidan et adressa un sourire amical à l'Américain, un homme aux cheveux clairsemés et au regard sévère.

— Enchanté, monsieur Finkle. Alors, vous êtes de New York, hein ? Nous avons des cousins là-bas, et aussi des amis. À ce qu'ils disent, c'est une ville trépidante où tout va très vite et où les gens n'ont jamais une minute à perdre. Aidan, toi qui as été à New York, c'est-y le souvenir que t'en as gardé ?

Aidan ne put qu'acquiescer de la tête, car il craignait d'éclater de rire. Shawn avait adopté un fort accent irlandais, afin de faire plus couleur locale.

— Aidan, il aime voyager. Faut dire que c'est un truc de famille. Sauf en ce qui me concerne. Moi, mon truc, c'est de rester là où on m'a planté.

— Ah, oui ? grommela Finkle, qui semblait n'avoir qu'une envie : renvoyer Shawn à sa cuisine pour pouvoir revenir aux choses importantes.

— Alors, comme ça, vous êtes venu passer des vacances à Ardmore, monsieur Finkle ? Sûr que c'est un bon coin pour ça. Et vous serez pas embêté par la foule. C'est très tranquille, en cette saison, continua Shawn. Dès la fin mai, les touristes s'agglutinent sur les plages, vu qu'elles sont plutôt belles par ici, et après ils viennent s'entasser au pub, et j'arrive à peine à préparer les commandes. Alors, l'hiver, on mérite bien de souffler un peu.

— Je suis ici pour affaires, répondit Finkle avec un fort accent new-yorkais. Pour le compte de Magee Enterprise.

Devant l'expression hagarde de son frère, Aidan secoua la tête et prit un air excédé.

— Voyons, Shawn, je t'ai parlé de M. Magee. Il voudrait faire affaire avec nous. Il s'agit de construire une salle de spectacle, tu te rappelles ?

— Ben oui, mais je pensais pas que c'était sérieux, fit le jeune homme en se grattant la tête. Un cinéma à Ardmore ? Drôle d'idée, tu trouves pas ?

— Pas un cinéma, intervint Finkle avec une impatience grandissante. Une salle de spectacle, qui pourrait accueillir des concerts et des pièces de théâtre.

— À mon avis, c'est une idée merveilleuse, déclara Darcy en se joignant à eux. Tout simplement brillante. Il faut absolument que vous veniez au pub ce soir, monsieur Finkle. Nous vous offrirons un échantillon des talents locaux.

— Et le type de Londres ? s'écria Shawn, dont le regard perplexe fit deux ou trois allers-retours entre son frère et sa sœur. Celui qui voulait ouvrir un restaurant ?

— On en parlera plus tard, ce n'est pas important, répondit Aidan en décochant à son cadet une petite, mais très visible, bourrade.

Finkle redressa les épaules, et ses sourcils se froncèrent.

— Vous avez un autre investisseur en vue, monsieur Gallagher ?

— Ce n'est pas une affaire sérieuse. Pas du tout. À présent, pourquoi n'irions-nous pas voir le terrain en question ? Vous désirez sûrement y jeter un œil, non ? Vous n'êtes pas homme à acheter les yeux fermés... Shawn, remplace-moi au bar. Merci, vieux, ajouta Aidan en s'empressant de soulever l'abattant du comptoir. Venez, monsieur Finkle. Je vous emmène faire le tour complet de l'emplacement et des alentours.

— J'espère que vous serez là, ce soir ! cria Darcy, qui vit avec satisfaction l'honorable New-Yorkais se retourner vers elle en rougissant. J'aimerais beaucoup chanter pour vous.

Elle attendit que les deux hommes se soient éloignés et reprit à l'intention de Shawn :

— Le type de Londres ! fit-elle en riant. Ça, je dois dire que c'était bien trouvé.

Shawn sourit. Il était enchanté de sa trouvaille et étonné d'avoir pris autant de plaisir à jouer la comédie.

— Ça m'est venu comme ça. Je te parie qu'à la minute où ce type apercevra un téléphone, il appellera Magee pour lui annoncer qu'on a deux fers au feu.

— Mais tu ne crois pas que ça pourrait pousser Magee à chercher ailleurs, justement ?

— Qui ne tente rien n'a rien.

Il tendit la main vers sa sœur et lui tira affectueusement les cheveux.

— La vie est un pari, pas vrai ? Alors, autant s'amuser.

À cet instant, il aperçut Brenna et son père qui se frayaient un chemin entre les tables.

— Bonjour, monsieur O'Toole, dit-il, comme le père et la fille parvenaient au bar. Bonjour, Mary Brenna. Qu'est-ce qu'on peut faire pour vous ?

— J'ai un peu soif, Shawn, répondit Mick avec un clin d'œil à l'adresse de Darcy.

— Alors, on doit pouvoir arranger ça, fit Shawn en glissant une pinte sous le robinet de Guinness. Et toi, Brenna ?

— Je prendrai la soupe que je vois au menu, répondit-elle avec un signe de tête en direction du tableau noir. Mais je ne suis pas pressée.

— Non, on n'est pas du tout pressés, confirma Mick en se hissant sur un tabouret. On a presque fini chez ton frère. Ma petite Brenna aura terminé avant la fin de la journée. Ensuite, on va s'attaquer à la rénovation des chambres de l'hôtel. Sûr que tes plats vont nous manquer, Shawn. C'est pas que la cuisine de l'hôtel soit mauvaise, mais personne n'a ton coup de main.

— Que diriez-vous d'un sandwich et d'un bol de soupe pour accompagner votre bière, monsieur O'Toole ? demanda Darcy en préparant d'office une tasse de thé pour Brenna. Quand un homme travaille autant que vous, il a besoin de carburant.

— Eh bien, volontiers, mon chou. On peut dire que tu sais comment t'occuper d'un homme, toi. Un de ces jours, tu feras la meilleure des épouses.

Avec un petit rire malicieux, Darcy poussa le thé devant Brenna.

— Moi, ce que je cherche, c'est un homme qui s'occupe de moi… À propos, est-ce que Daniel t'a téléphoné, Brenna ?

Du coin de l'œil, cette dernière remarqua le haussement de sourcils de Shawn.

— Daniel ? Oui, oui, il m'a appelée, répondit-elle en s'efforçant de garder son calme.

— Parfait. Matthew m'avait bien dit qu'il allait le faire. Voilà un beau garçon, avec une bonne situation, qui a un œil sur votre fille, monsieur O'Toole.

— Et pourquoi il ne la regarderait pas ? C'est un beau brin de fille.

— Ça va, papa.

— Eh bien, quoi ? C'est vrai, non ? Qu'y a-t-il de mal à le dire ?

Il ponctua ses paroles d'une vigoureuse tape sur l'épaule de sa fille.

— Le garçon qui mettra la main sur ma Brenna aura bien de la chance. Elle n'est pas laide de visage, et c'est une bonne travailleuse. Un peu trop de caractère, peut-être, mais ça ne fait qu'ajouter un peu de piquant au quotidien. Un homme ne cherche pas une femme insipide, pas vrai, Shawn ?

Shawn chassa l'excès de mousse du verre de Guinness qu'il venait de remplir.

— Ça dépend du type en question.

— Eh bien, il ne faudrait pas que le type en question, comme tu dis, ait peur de s'ennuyer... Oh, c'est pas que je sois pressé de voir partir ma Brenna. Mes enfants quittent le nid bien assez vite. D'abord Maureen, et bientôt Patty... Je ne sais pas ce que je ferai sans ma Brenna quand le temps sera venu, ajouta-t-il après un gros soupir.

— Que ce temps vienne ou non, tu n'auras pas à te passer de moi, puisque nous sommes associés. Bon, je vais chercher ta soupe. Ça manque un peu de main-d'œuvre, ici.

C'était une excuse aussi bonne qu'une autre pour quitter le devant de la scène et fuir les sujets épineux. Dès que la porte de la cuisine se referma derrière elle, elle leva les yeux au ciel et poussa un grand soupir.

Son père devenait franchement sentimental ces derniers temps, et si, le plus souvent, elle trouvait cela touchant, cette fois-ci, ce n'était pas le cas. Elle sortit deux bols du placard et faillit sursauter en entendant la porte s'ouvrir derrière elle. Inutile de se retourner, ce ne pouvait être que Shawn.

— Je m'en occupe, dit-elle. Tu as beaucoup à faire.

— Darcy peut tenir le bar aussi bien que moi. D'ailleurs, ton père veut un sandwich, et tu ne te débrouilles pas aussi bien avec du pain et de la viande qu'avec un marteau et des clous.

Il posa les mains sur les hanches de Brenna, qui lui tournait toujours le dos, et lui mordilla la nuque. Elle sentit aussitôt une onde de chaleur envahir tout son corps.

— Qu'est-ce que tu fabriques ? Et ton travail ?

— Tu es un travail suffisant à toi toute seule, répondit-il en la faisant pivoter vers lui.

— J'ai juste le temps de manger un morceau. Il faut que je retourne chez Jude pour terminer le boulot.

— Je ne te laisserai pas repartir le ventre vide, ne t'inquiète pas.

Il glissa les mains sous ses bras, la souleva et l'assit sur le plan de travail.

— Mais d'abord, nourris-moi. J'ai faim de toi.

Elle voulut protester, mais le cœur n'y était pas, et la bouche de Shawn commençait à frôler la sienne.

— Quelqu'un pourrait entrer, parvint-elle à marmonner, tout en plongeant les doigts dans les cheveux de Shawn.

— Et alors ?

Il prit le visage de Brenna entre ses mains, inclina la tête et l'embrassa.

Il avait promis de la rendre folle, et elle devait admettre qu'il était un homme de parole. Depuis des jours, il s'ingéniait à exacerber son désir. C'était à la fois frustrant et merveilleux. Cela n'allait jamais plus loin qu'un baiser. Un baiser parfois long, lent et profond ; parfois rapide, ferme et ardent. Parfois encore, elle avait droit à une simple caresse du bout des doigts ou du dos de la main. Et, parfois, son seul regard la faisait chavirer.

Il avait faim d'elle, avait-il dit. Ce devait être vrai, car il était en train de la goûter, de la picorer, de la savourer tranquillement. Lorsqu'elle se mit à trembler, il émit un grognement satisfait.

— Shawn… fit-elle. Je ne peux pas continuer comme ça.

— Moi, si. Je pourrais continuer pendant des années.

— C'est bien ce qui me fait peur.

Shawn gloussa et recula d'un pas, ce qui lui permit de constater que Brenna avait les yeux embrumés de désir.

— Qu'est-ce que tu as dit à ce Daniel ?

— Daniel qui ?

Le petit sourire de Shawn l'aida à reprendre ses esprits. Elle le repoussa et sauta à terre.

— Va te faire voir, Shawn. Voilà à quoi tu voulais en venir, hein ? Me brouiller la tête, uniquement pour satisfaire ton orgueil de mâle.

— Disons que ça, c'était en plus, admit-il en s'attelant à la préparation du sandwich de Mick O'Toole. Mais le fait est, Brenna, que j'aimerais savoir si tu comptes sortir de nouveau avec ce type de Dublin.

— Je devrais le faire, juste pour te rendre la monnaie de ta pièce, riposta-t-elle en enfonçant les mains dans ses poches. C'est ce que ferait Darcy.

— Certainement. Mais tu n'es pas Darcy, n'est-ce pas, ma chérie ?

— Non, je ne suis pas Darcy. Je n'ai ni le talent ni l'énergie nécessaires pour jongler avec les hommes comme avec des pommes. J'ai dit au Dublinois que je sortais déjà avec quelqu'un.

Shawn la regarda dans les yeux.

— Merci.

— Ce que je voudrais savoir, c'est quand je coucherai avec ce quelqu'un.

Connaissant les goûts du père de Brenna, Shawn badigeonna l'intérieur du sandwich de moutarde forte.

— J'ai beau te fréquenter depuis des années, je ne m'étais jamais rendu compte que tu étais une obsédée sexuelle.

— Je ne serais pas obsédée si je faisais l'amour.

— Comment peux-tu en être si sûre, puisque tu ne l'as jamais fait avec moi ?

Brenna feignit de s'arracher les cheveux.

— Bon sang, Shawn, tu serais capable de pousser une femme à la boisson !

— Va donc demander à Darcy de te tirer une pinte sur mon compte…

Il se tut soudain et releva la tête, alerté par un bruit de voix derrière la porte.

— Non, attends. Reste là.

— Pourquoi ?

— Sers la soupe, dit-il en désignant les bols. Et écoute sans intervenir.

La porte s'ouvrit, et Aidan s'effaça pour laisser passer Finkle.

— La cuisine, c'est le territoire de Shawn… annonça-t-il. Oh, bonjour, Brenna. Brenna O'Toole est à la fois une amie et une employée occasionnelle. Brenna, je te présente M. Finkle, de New York.

— Enchantée.

Ignorant ce qui se tramait, Brenna afficha un sourire poli et continua à servir la soupe.

— M. Finkle voudrait adjoindre un restaurant au pub… commença Shawn.

— Une salle de spectacle, rectifia Aidan, d'un ton si sec que Brenna faillit lâcher sa louche. Je te l'ai déjà dit, Shawn.

— C'est vrai, une salle de spectacle. Ah, là là, cette tête ! ajouta-t-il en se tapotant la tempe. Je n'ai vraiment pas de mémoire, surtout pour ce qui concerne les affaires.

— Mais tu fais une très bonne soupe, dit Brenna avec le genre de sourire indulgent qu'elle aurait adressé à un enfant de douze ans un peu attardé. Voudriez-vous la goûter, monsieur Finkle ? À moins que vous n'ayez déjà déjeuné ?

— Non, pas encore.

Les effluves qui embaumaient la pièce lui mettaient l'eau à la bouche. Il avait l'impression de se trouver dans la cuisine de la grand-mère idéale.

— Ça sent très bon, ajouta-t-il.

— Et c'est encore meilleur, je vous assure. À quelle sorte de salle de spectacle pensez-vous, monsieur ?

— Nous voudrions créer un lieu relativement intime, où l'on donnerait des concerts de musique traditionnelle.

— Les gens aiment bien manger un morceau et boire un verre avant ou après le spectacle, n'est-ce pas ? intervint Shawn, qui décorait un sandwich d'une branche de persil et d'un radis.

— Oui, en général.

Finkle examina la pièce, les casseroles astiquées, les placards briqués, le plan de travail impeccable. L'énorme fourneau avait l'air d'être une antiquité, mais il semblait en bon état de marche.

Ça ferait l'affaire, décida-t-il. Il le noterait dans son rapport.

— Dans ce cas, ils ne trouveront rien de mieux que le *Gallagher's*, assura Brenna. Voulez-vous déjeuner ici, dans la cuisine, monsieur, ou préférez-vous une table dans la salle ?

— Je préférerais m'installer dans la salle, si cela ne vous dérange pas.

Cela lui permettrait de voir comment marchaient les affaires.

— Je vais vous conduire à une table, dit Aidan en lui désignant la porte. Darcy va prendre votre commande. La maison vous offre le repas, bien sûr.

Avant de sortir de la cuisine, Aidan jeta à son frère un regard triomphant.

— Qu'est-ce que c'est que cette histoire de salle de spectacle ? s'écria Brenna, lorsque les deux hommes eurent disparu. Et pourquoi t'es-tu comporté comme si tu avais perdu la moitié de ton cerveau ?

— Je vais t'expliquer. Apporte son déjeuner à ton père et reviens manger ta soupe ici. Je te raconterai toute l'histoire.

Quand Shawn eut achevé son récit, Brenna se laissa aller contre le dossier de sa chaise et se mordilla les lèvres, signe qu'elle réfléchissait ardemment.

— Je connais ce Magee.

— Tu le connais ?

— Enfin, pas personnellement, mais j'ai entendu parler de lui. D'eux, en fait. L'entreprise appartient au père et au fils, mais aujourd'hui, c'est probablement le fils qui la dirige.

— Une affaire familiale, commenta Shawn. Voilà qui me plaît.

— Et solide, avec ça. Il construit de très jolies choses, ce Magee. Des salles de spectacle, des théâtres, ce genre de chose. C'est une grosse société, qui a d'ailleurs une succursale en Angleterre. Le neveu du cousin de ma mère, Brian Cagney, travaille dans l'une des équipes de Magee, à New York. Il y a un an ou deux, il m'a écrit pour me dire que si j'y allais, j'aurais du travail sur-le-champ.

— Tu penses aller à New York ?

L'idée le bouleversait tant qu'il eut du mal à empêcher sa voix de trembler.

— Non, répondit Brenna, sans remarquer le trouble du jeune homme. Je ne laisserai jamais tomber papa. Mon boulot et ma vie sont ici. Mais Brian m'écrit de temps en temps. Il dit que Magee traite bien son personnel, qu'il donne plutôt de bons salaires et qu'on l'a vu manier le marteau lui-même. Mais il ne supporte pas les imbéciles, et si tu fous la merde, tu te fais virer. Je vais demander à Brian de se renseigner sur cette affaire.

Ses yeux se firent plus perçants.

— Est-ce qu'il compte amener ses propres équipes ou embaucher sur place ?

— Je n'en sais rien.

— Il faut qu'il embauche sur place. C'est comme ça que ça doit se passer. Tu veux construire en Irlande, tu emploies de la main-d'œuvre irlandaise. Tu construis à Ardmore, tu prends des gens du village et de Old Parish. Papa et moi pourrions en profiter.

— Où vas-tu ? demanda Shawn en la voyant se lever.

— Parler à M. Finkle.

— Attends, attends. Seigneur, Brenna, tu ne laisseras donc jamais à une mouche le temps de se poser sur ton nez ? Il est trop tôt pour lui en parler.

— Pourquoi ? Si je veux faire partie de l'aventure, mieux vaut monter à bord du navire dès le début, non ?

— Laisse à Aidan le soin de conclure l'affaire, insista-t-il en la retenant par la main. On n'en est même pas à la phase des négociations. Une fois que tout sera réglé, tu pourras t'en mêler et exposer ton point de vue.

Brenna détestait attendre, mais elle devait reconnaître que l'argument de Shawn était pertinent.

— D'accord. Mais dès que l'affaire est conclue, tu me le dis. Promis ?

— Promis.

— Je vais te montrer à quoi devrait ressembler cette salle de spectacle, déclara-t-elle en tirant un crayon de sa poche.

Elle s'apprêtait à dessiner sur le mur quand il lui fourra un bloc de papier sous le nez.

— Ça, c'est votre mur nord. Tu le perces pour faire une grande porte, expliqua-t-elle en traçant des lignes nettes. Et ici, tu aménages un passage couvert pour que les gens puissent aller et venir entre la salle et le pub. Il faut que la décoration rappelle autant que possible le pub : mêmes boiseries, même sol, etc., afin d'obtenir... une symétrie, une correspondance. Ça serait encore mieux si le passage s'élargissait en allant vers la salle de spectacle, afin que le hall apparaisse comme une partie du pub.

Elle hocha la tête, l'air satisfait, puis leva les yeux et fronça les sourcils.

— Qu'est-ce qui te fait sourire ?

— C'est instructif de te regarder travailler.

— Si on me confie ce boulot, tu auras tout loisir de me regarder travailler, et papa pourra venir déjeuner tous les jours au pub. Bon, il faut que j'y aille, maintenant.

Elle commença à s'éloigner, mais il la rattrapa et la prit par la main.

— Tu pourrais te libérer une heure, cet après-midi ?

— Pourquoi pas ? Ça ne devrait pas me prendre plus de temps que ça de te déshabiller et de te faire un sort.

— J'avais autre chose en tête. Quant à ce que tu viens d'évoquer, je ne veux ni emploi du temps ni heure limite.

Il porta la main de Brenna à ses lèvres et embrassa ses phalanges.

— J'aimerais faire un tour avec toi sur la plage.

Ça lui ressemblait tellement, songea-t-elle. Une balade sur la plage en plein hiver, avec le vent qui soufflait sur la mer.

— Viens me chercher chez Jude et Aidan. Si tu arrives à te libérer, je me libérerai aussi.

— Alors, embrasse-moi pour me dire au revoir.

Elle se hissa sur la pointe des pieds. Leurs lèvres se rejoignaient lorsque la porte s'ouvrit toute grande.

— Finkle dit qu'il reprendrait volontiers de cette soupe et un peu de…

À la vue de sa meilleure amie en train d'embrasser son frère, Darcy s'arrêta net.

— Pour l'amour du ciel, qu'est-ce que c'est que ça ?

— C'est exactement ce dont ça avait l'air avant que tu ne nous interrompes… On n'a pas fini, ajouta Shawn en cherchant à reprendre Brenna dans ses bras.

— J'ai fini, répondit celle-ci. Et j'ai du travail.

Sur ce, elle s'enfuit par la porte de derrière.

— De la soupe, tu as dit ? demanda Shawn d'un ton désinvolte, en retournant à ses casseroles.

— Shawn, tu étais en train d'embrasser Brenna.

— On ne peut rien te cacher.

— Qu'est-ce qui te prend d'embrasser Brenna ?

Il lui jeta un coup d'œil narquois.

— Je suis sûr que maman t'a expliqué ces choses, mais si tu as besoin qu'on rafraîchisse tes connaissances, je ferai tout ce que je peux pour parfaire ton éducation.

— Ne joue pas au plus malin avec moi, répliqua Darcy, plus bouleversée que furieuse. Brenna est comme une sœur pour moi, et je ne veux pas que tu te moques d'elle.

— Peut-être que tu devrais lui en toucher un mot avant de me tomber dessus, répondit Shawn en versant une généreuse louche de soupe dans un bol.

— Pour ça, tu peux compter sur moi, affirma sa sœur en lui arrachant le bol des mains. Je sais comment tu te comportes avec les femmes, Shawn Gallagher.

Il pencha la tête sur le côté.

— Vraiment ?

— Absolument, rétorqua-t-elle, avant de tourner les talons.

Darcy apporta à Finkle son bol de soupe et resta à s'affairer auprès de lui jusqu'à ce que les joues du pauvre homme s'enflamment. Puis, satisfaite, elle annonça à Aidan qu'elle prenait une pause d'un quart d'heure et sortit sans lui laisser le temps de protester. Ce ne fut qu'une fois dehors qu'elle réalisa qu'elle avait oublié d'ôter son tablier, et sa course vers la maison familiale se fit au son des pourboires qui tintaient allégrement dans sa poche.

À bout de souffle, les joues roses, elle franchit la porte d'entrée, monta directement au premier étage et ne s'arrêta que sur le seuil de la chambre d'enfant.

Brenna était en train de vernir le parquet fraîchement poncé.

— Tu peux m'expliquer ce que tu fabriques ? demanda-t-elle.

— Eh bien, là, j'étale une première couche qui mettra un jour ou deux à sécher. Ensuite, je passerai une seconde couche, et ce sera fini.

— Je parlais de toi et de Shawn. Merde, Brenna, tu ne dois pas le laisser t'embrasser comme ça. Les gens vont se faire des idées.

Brenna continua à vernir le parquet, en évitant soigneusement de lever les yeux vers son amie.

— En fait, ils auront raison. J'aurais dû te le dire, Darcy, mais je ne savais pas comment m'y prendre.

Darcy sentit le sang se retirer de son visage et se retint d'une main au chambranle de la porte.

— Me dire… me dire quoi ?

— Pas grand-chose, en réalité.

Il était temps d'affronter l'orage, songea Brenna en tournant la tête vers son amie.

— J'ai envie de coucher avec lui. C'est tout.

— Tu as envie…

Darcy dut s'interrompre et se frotter le cou pour faire descendre la boule qui lui obstruait la gorge.

— Tu as envie de coucher avec Shawn ? Mais pourquoi ?

— Les raisons habituelles.

Darcy leva la main pour prier Brenna de se taire, le temps qu'elle rassemble ses idées.

— Attends, je réfléchis… Voyons, côté sexe, tu as subi une période de pénurie, dernièrement. Je peux donc comprendre que… Non, non, je ne comprends pas ! Il s'agit de Shawn, bon sang ! Du garçon qui n'a pas cessé de nous embêter depuis notre plus tendre enfance !

— Je reconnais que c'est bizarre. Mais la vérité, Darcy, c'est que j'ai… j'ai le béguin pour lui depuis… eh bien, depuis cette tendre enfance, justement. Bref, comme je n'avais pas envie de continuer à soupirer après lui toute ma vie, je me suis dit qu'il était temps que je m'en occupe sérieusement.

— Il faut que je m'assoie, annonça Darcy en se laissant tomber sur le seuil. Donc, cette réflexion faite, tu es passée à l'action ?

— Oui. Ça l'a autant surpris que toi, du moins au début. Sa première réaction n'a pas été très flatteuse, mais maintenant, l'idée a l'air de l'intéresser. Le problème, c'est que, pour ça non plus, on ne peut pas le faire accélérer. Et c'est tout juste si ça ne me tue pas.

Tout en parlant, Brenna enduisait méticuleusement son rouleau de vernis et passait sur le sol une couche mince et lisse.

— Je suis désolée que ça te tracasse. J'espérais qu'on pourrait faire ça… comment dire… sans que personne ne le sache.

— Mais alors, tu ne l'aimes pas ?

— Bien sûr que si, protesta Brenna en relevant la tête. Bien sûr que je l'aime, Darcy. Nous sommes comme frère et sœur. Avec seulement… une légère différence.

— Il y a une différence, effectivement…

Darcy chercha le mot juste, ne le trouva pas et se contenta de soupirer.

— Et moi qui voulais te protéger ! reprit-elle. Les femmes perdent la tête pour Shawn, et lui, la plupart du temps, il ne s'en rend même pas compte. Mais, maintenant que tu m'as dit tout ça, il faut que je change de cible.

Sincèrement surprise, Brenna posa son rouleau sur le bord de la cuvette.

— Tu veux le protéger de moi ? Darcy, je n'ai pas vraiment l'allure d'une femme fatale.

Sachant très bien de quoi elle avait l'air dans ses vêtements de travail crasseux et ses bottes usées, elle écarta les bras.

— Regarde ! Shawn ne risque rien avec une fille comme moi.

— Alors, c'est que tu ne le comprends pas. Shawn est un romantique, un rêveur qui construit des châteaux en Espagne, un être extrêmement sensible. Il préférerait se couper un bras plutôt que de blesser quelqu'un. Il se couperait les deux s'il avait fait de la peine à un être cher. Or, il tient à toi. Et, entre tenir à quelqu'un et l'aimer, il n'y a qu'un pas. Que feras-tu s'il tombe amoureux de toi ?

À cette idée, Brenna faillit chanceler.

— Il ne tombera pas amoureux de moi, protesta-t-elle. C'est impossible.

— Ne lui fais pas de mal, supplia Darcy en se relevant. S'il te plaît, ne lui fais pas de mal.

— Je…

Brenna s'élança derrière son amie, qui s'éloignait déjà.

— Darcy, tu ne dois pas t'inquiéter comme ça, cria-t-elle en la suivant dans l'escalier. Nous savons très bien ce que nous faisons, je te le jure. Nous avons fait le serment de rester amis même quand ce sera fini.

— Tâche de tenir ta promesse. Je vous aime tous les deux, et je ne voudrais pas que l'un de vous souffre.

En voyant l'air troublé de Brenna, Darcy s'efforça de lui sourire et reprit le ton acerbe qui lui était coutumier.

— Coucher avec Shawn ! On se demande où va le monde.

10

Après la fermeture du pub, à l'heure où le village était si calme qu'on n'entendait plus que le battement sourd de la mer, les Gallagher se réunirent dans la cuisine de la maison familiale, autour d'une théière pleine et d'une bouteille de whisky.

— Voilà où nous en sommes, déclara Aidan en posant la main sur celle de Jude.

Elle enlaça ses doigts aux siens, et il revit soudain ses parents, assis en bout de table, main dans la main, lors des réunions de famille. La tradition Gallagher, songea-t-il. Une tradition qui se poursuivait de génération en génération.

— Alors, où en sommes-nous ? fit Darcy avec impatience.

— Excuse-moi. Mes pensées s'étaient égarées. Commençons par le début. Finkle est peut-être un Yankee, mais comme maquignon, il se pose là. Je ne pense pas, d'ailleurs, qu'un homme d'affaires de la réputation de Magee irait confier ses intérêts à un imbécile.

— Possible, dit Shawn, mais il a gobé l'histoire du type de Londres.

— C'est vrai, acquiesça Aidan avec un sourire. Nous ne sommes pas des imbéciles non plus. Et les Irlandais étaient maquignons avant même que l'Amérique ne soit découverte. Mais ce n'est pas le sujet.

Il s'apprêta à lancer un biscuit à Finn, qui le suppliait du regard, mais se rappela la présence de sa femme et remit la main sur la table.

— Le terrain a plu à Finkle, reprit-il. J'en suis sûr, même s'il s'est contenté de grognements indistincts. Il m'a répété que Magee tenait à acheter. Moi, je lui ai répété que je comprenais parfaitement qu'un homme désire posséder entièrement son entreprise, mais que nous, on préférait louer.

— Si nous vendons, nous aurons tout de suite un tas d'argent, que nous pourrons faire travailler à notre place, objecta Darcy.

— C'est vrai, approuva Aidan.

— Mais si nous nous en tenons à la location, intervint Shawn, nous garderons le contrôle des opérations et nous recevrons une partie des bénéfices de la salle de spectacle. Regarde plus loin, Darcy. Projette-toi dans dix ans. Dans vingt ans, même. Pense à l'avenir et à l'héritage que nous laisserons à nos enfants.

— Qui dit que j'aurai des enfants ? fit-elle en haussant les épaules. Mais je comprends ton point de vue. Il se trouve simplement que j'ai du mal à résister au parfum de l'argent.

— Un bail de cent ans, voilà notre offre, annonça Aidan, avec un coup d'œil en direction de sa femme.

— Cent ans ? répéta Darcy, abasourdie.

— Cent, c'est un nombre magique.

— Il s'agit d'affaires, pas de contes de fées.

— Les contes de fées ne sont pas dénués de bon sens, dit Shawn, tout en se versant un verre de whisky. Il n'est pas impossible que cette idée d'un bail de cent ans plaise à Magee. Brenna a entendu parler de sa société…

Du coin de l'œil, il vit sa sœur sursauter à l'énoncé du nom de son amie.

— D'après ce qu'elle dit, poursuivit-il, c'est loin d'être un imbécile. Voilà pourquoi je le crois capable de penser au siècle suivant.

— Nous devons en faire autant, renchérit Aidan. Une livre par an pendant cent ans.

— Une livre ? répéta Darcy en levant les bras au ciel. Pourquoi ne pas lui donner carrément le terrain, tant qu'on y est ?

— On le louera une livre. Mais on demandera cinquante pour cent des bénéfices.

Darcy se ressaisit et plissa les paupières.

— Et on transigera à combien ?

— Vingt pour cent. Et, à l'échéance du bail, le terrain et la salle de spectacle deviendront propriété commune, cinquante-cinquante. Gallagher et Magee.

— Si les spectacles marchent bien, ce sera tout à notre avantage, approuva Darcy.

— Ils feront un tabac, affirma Aidan. Grâce à la chance des Gallagher et à l'argent de Magee.

— Je n'en doute pas. Mais pourquoi Magee accepterait-il un contrat qui nous favorise autant ?

— Je... commença Jude, qui s'interrompit aussitôt.

— Vas-y, dit Aidan en lui pressant la main. Tu fais partie de la famille, tu as ton mot à dire dans cette affaire.

— Eh bien, je pense qu'il sera d'accord. Après quelques négociations et simagrées, et peut-être deux ou trois ajustements. Vous devrez sans doute revoir un peu vos prétentions à la baisse, mais finalement vous obtiendrez à peu près ce que vous voulez, parce que, en réalité, les deux parties désirent la même chose.

— Ce que désire Magee, c'est une salle de spectacle, remarqua Darcy.

D'un geste preste, Jude saisit la main de Shawn, qui s'apprêtait à lancer un biscuit à Finn.

— Plus que ça. Il a une raison particulière pour choisir cet emplacement, et un homme aussi fortuné que lui peut se permettre une fantaisie de temps en temps. Sa famille vient d'ici. Son grand-oncle était le fiancé de ma grand-tante.

Le visage de Shawn s'éclaira.

— Bien sûr ! s'écria-t-il. C'est le John Magee qui a disparu pendant la Première Guerre mondiale. Son jeune frère – Dennis, je crois – est parti faire fortune en Amérique. Je n'avais pas rassemblé les morceaux du puzzle.

— Je ne sais pas à quel point ses sentiments ont influencé son choix, reprit Jude, mais il est clair qu'il n'a pas jeté son dévolu sur Ardmore par hasard. Si ce Magee a reçu une éducation un tant soit peu semblable à la mienne, il a été bercé par des histoires sur l'Irlande, et surtout sur cette région. Maintenant, il a envie d'établir un lien plus tangible avec le lieu d'où vient sa famille. C'est compréhensible.

— Je n'arriverai jamais à comprendre pourquoi les Yankees se montrent si sentimentaux quand il s'agit de leurs ancêtres et de leurs origines, commenta Darcy en versant du whisky dans sa tasse. Mais si cela peut faire aboutir l'affaire, ça me va tout à fait.

— Magee ne se laissera pas aveugler par ses émotions, précisa Jude. Il veillera aussi à ses intérêts. S'il n'en était pas capable, il ne serait pas à la tête d'une des plus grandes entreprises des États-Unis. Et, pour la même raison, il tiendra à être à la hauteur de sa réputation.

— Nous aussi, dit Shawn en portant son verre à ses lèvres.

— Toi, ta réputation est déjà bien établie, non ? lança Darcy en lui adressant un sourire acide.

— Peut-être, mais elle n'est pas aussi sulfureuse que la tienne, chérie.

— Au moins, moi, je ne passe pas mon temps à séduire mes amis d'enfance.

Une lueur menaçante dans les yeux, Shawn reposa lentement son verre. Craignant une bagarre, Aidan tendit le bras entre eux.

— Arrêtez ! De quoi s'agit-il ?

— Darcy est furieuse parce que j'ai embrassé Brenna.

— Il n'y a pas de quoi en faire toute une hist... Brenna O'Toole ?

La main d'Aidan retomba lourdement sur la table.

— Oui, bien sûr, Brenna O'Toole.

— Qu'est-ce qui t'a pris d'embrasser notre Brenna ?

— Aidan, ça ne regarde que Shawn, intervint Jude en tirant son mari par la manche.

— Ça nous regarde aussi, puisqu'il s'agit de Brenna.

— Sainte Mère de Dieu, soupira Shawn. Ce n'est tout de même pas comme si je l'avais attrapée par les cheveux et traînée sur le carrelage de la cuisine pour la violer sauvagement !

— Vous étiez sur le carrelage de la cuisine ?

— Mais non ! C'était une image !

Excédé, Shawn pressa les doigts sur ses paupières.

— Décidément, un homme n'a pas le droit de vivre normalement dans cette famille. J'ai embrassé Brenna tout à l'heure, et ce n'était pas la première fois. Et j'ai l'intention de recommencer. Je ne vois pas ce que ça a d'extraordinaire ou de choquant.

Darcy croisa les bras. En l'asticotant, elle avait appris ce qu'elle voulait. Il n'avait pas dit que c'était Brenna qui avait pris l'initiative. Chez un autre homme, elle aurait attribué cette omission à un mouvement d'orgueil mâle. Mais elle se doutait que Shawn s'était tu par respect pour la jeune femme. Ce qui lui semblait aussi chevaleresque qu'inquiétant.

— C'est… surprenant, commenta Aidan.

— Je ne suis pas choquée, dit Darcy, juste étonnée. Après tout, Brenna t'a déjà vu tout nu… il y a quelques années, c'est vrai, mais ce genre de spectacle laisse des traces dans l'esprit d'une fille. Cela dit, vu comme tu étais équipé, je n'arrive pas à comprendre comment elle peut être le moins du monde intéressée par toi.

— Ça, c'est une question que tu vas devoir lui poser, répondit-il dignement.

Il tergiversa un instant, mais ne put s'empêcher d'ajouter :

— J'avais à peine quinze ans, et la mer était glaciale. Un homme n'est pas au mieux de sa forme quand il sort d'un bain d'eau froide, tu sais.

— Ça, c'est ta version, mon vieux.

— D'abord, tu n'aurais jamais dû regarder. Tu as toujours été perverse.

— Et pourquoi n'aurais-je pas regardé ? Tout le monde regardait. Il a perdu son maillot dans la mer, expliqua-t-elle à Jude, et il ne s'en est aperçu qu'une fois sorti de l'eau. Dommage que je n'aie pas eu d'appareil photo, ce jour-là.

Jude jeta à Shawn un regard compatissant.

— J'ai souvent regretté d'être fille unique, mais il y a certaines circonstances où… Oh !

— Qu'est-ce qui se passe ? s'écria Aidan en bondissant sur ses pieds, prêt à prendre sa femme dans ses bras. Vous voyez, vous l'avez bouleversée avec vos chamailleries.

— Non, non, dit Jude en désignant son ventre. C'est le bébé qui bouge.

Ravie, elle attrapa la main de son mari et la posa sur son ventre.

— Tu le sens ?

Sur le visage d'Aidan, la panique céda le pas à l'émerveillement, et ses yeux s'emplirent de larmes.

— Il est bien vivant.

— Après tout, c'est une réunion de famille. Pourquoi ne se manifesterait-il pas ? remarqua Shawn en levant son verre. *Slainte*. Je bois à sa santé.

Le lendemain, Shawn se rendit sur la tombe de Maud. Lorsqu'elle vivait, il avait l'habitude de passer chez elle une ou deux fois par semaine, et il avait décidé de reprendre ses visites. En outre, l'endroit où elle reposait incitait à la réflexion.

Autre avantage : le chemin du cimetière le faisait passer près de l'hôtel de la falaise. Il était peu probable qu'il rencontre Brenna, mais le hasard se montrait parfois accommodant… Il se rappelait Maud Fitzgerald comme une femme à l'imagination romantique, et il pensait qu'elle aurait apprécié ce raisonnement.

L'hôtel se dressait majestueusement sur la falaise et dominait la mer. La matinée avait beau être fraîche, de nombreux clients étaient sortis pour jouir de la vue. Shawn s'offrit aussi ce petit plaisir, et tout en regardant les bateaux danser sur l'eau, il remercia ses ancêtres de s'être lancés dans la restauration plutôt que dans la pêche.

Il reconnut l'embarcation de Tim Riley. Balancé par la mer houleuse, l'équipage remontait les filets. Le pied de Shawn se mit à battre au rythme des vagues, et dans sa tête, un violon et une cornemuse imaginaires entreprirent bientôt une sorte de duel musical.

Les touristes ne voyaient là qu'un spectacle pittoresque, une aventure excitante, une tradition poursuivie par des générations et des générations de pêcheurs. Mais ils se trompaient, se dit Shawn, tandis que le vent ébouriffait ses cheveux et s'infiltrait sous sa veste. Les pêcheurs menaient une vie dure et assujettie aux caprices des éléments.

Quant à lui, il préférait de beaucoup un pub animé et une cuisine bien chaude, songea-t-il, sans se douter que, à quelques mètres de lui, une jeune fille l'observait depuis une des fenêtres de l'hôtel.

Quand Mary Kate l'aperçut, des images folles se bousculèrent dans sa tête, et son émotion fut telle qu'elle dut presser une main sur son cœur.

Shawn, debout sur la falaise, les yeux fixés sur l'horizon, lui rappelait, pêle-mêle, Heathcliff, Rhett Butler, Lancelot et tous les héros susceptibles de peupler les rêves d'une jeune fille amoureuse.

Elle se félicita d'avoir emprunté le nouveau chemisier bleu de sa sœur Patty. Celle-ci lui ferait sûrement une scène, mais tant pis ! se dit la jeune fille en sortant de l'hôtel.

— Shawn ? appela-t-elle, en se passant une main dans les cheveux pour tenter de les discipliner.

Il se retourna et se traita de tous les noms. Pas une seconde il n'avait songé qu'il risquait de rencontrer Mary Kate.

« Sois prudent, Gallagher », se dit-il.

— Bonjour, Mary Kate. J'avais oublié que l'hôtel regorgeait de O'Toole, en ce moment.

Fascinée, la jeune fille resta muette un instant. La lumière rendait les yeux de Shawn encore plus clairs que d'habitude, à tel point qu'elle y distinguait son propre reflet. Que pouvait-il y avoir de plus séduisant ?

— Tu devrais entrer te mettre à l'abri du vent, dit-elle enfin. C'est justement l'heure de ma pause. Je t'offrirai du thé.

— C'est gentil à toi, mais je vais rendre visite à Maud. Je ne me suis arrêté que pour regarder Tim Riley remonter ses filets. Ils avaient l'air pleins de poissons. Il faudra que j'aille le voir tout à l'heure pour lui en acheter quelques-uns.

— Passe donc à l'hôtel sur le chemin du retour.

Elle rejeta ses cheveux en arrière et plissa légèrement les yeux pour lui décocher le regard en coin qu'elle avait mis au point devant son miroir.

— On déjeunera ensemble, ajouta-t-elle.

Elle était plus douée pour le flirt qu'il ne le pensait. C'était même assez effrayant.

— Euh… désolé, mais on m'attend au pub, répondit-il.

— J'aurais tant aimé m'asseoir avec toi et discuter un peu… dit-elle en posant une main sur son bras. Un autre jour, alors ?

— C'est une idée. Bon, il faut que j'y aille. Rentre. Tu ne devrais pas rester dehors en chemisier. Tu vas attraper froid. Passe le bonjour à ta famille.

Il avait remarqué le chemisier, se dit Mary Kate en le suivant des yeux.

De son côté, Shawn songeait qu'il ne s'en était pas trop mal tiré. Il s'était montré amical, tel un grand frère avec sa petite sœur. À présent, Mary Kate ne pouvait plus se faire d'illusions. Il avait mis un terme à cet embrouillamini sans blesser personne.

Toutefois, un peu d'aide ne pouvait faire de mal, se dit-il en plongeant la main dans la fontaine dédiée à saint Declan.

— Vous êtes bien superstitieux, pour un homme moderne.

Shawn releva la tête, et ses yeux croisèrent le regard bleu et intelligent de Carrick, le prince des fées.

— Un homme moderne sait qu'il y a du vrai dans les superstitions, surtout quand il se retrouve en train de discuter avec quelqu'un comme vous.

Shawn se dirigea vers la tombe de Maud et s'assit sur la pierre.

— Dites-moi, reprit-il, vous vous promenez toujours dans le cimetière ? Je suis déjà venu ici des centaines de fois, mais je ne vous y avais jamais vu avant l'autre jour.

— Jusqu'à présent, il n'y avait pas de raison particulière pour que tu me voies. J'ai une question à te poser, Shawn Gallagher, et j'espère bien que tu vas y répondre.

— Posez-la.

— Voilà, dit Carrick en s'asseyant à côté de la tombe, les yeux dans ceux de Shawn. Par tous les démons de l'enfer, qu'est-ce que tu attends ?

Shawn haussa les sourcils et posa les mains bien à plat sur ses genoux.

— Toutes sortes de choses.

— Ça, c'est bien de toi ! s'exclama Carrick d'un ton impatient. Je te parle de Brenna O'Toole. Pourquoi ne l'as-tu pas emmenée dans ton lit ?

— Ça ne regarde que Brenna et moi. Pas vous.

— Bien sûr que si, ça me regarde !

Carrick se releva, mais trop vite pour qu'un œil humain puisse percevoir son mouvement. Sa bague brillait d'un bleu profond, et le sac en argent qui pendait à sa ceinture scintillait.

— Je pensais que toi, tu comprendrais, mais tu es encore plus buté que ton frère.

— Vous n'êtes pas le premier à le dire, admit Shawn.

— Tout est en place, jeune Gallagher.

Carrick se retrouva soudain à côté de Shawn, qui bondit sur ses pieds.

— Qu'est-ce que ça veut dire ?

— Je parle de ton rôle, de ton destin, de tes choix. Comment se fait-il que tu écoutes ton cœur quand tu composes de la musique, mais que tu refuses de l'entendre lorsqu'il s'agit de changer ta vie ?

— J'aime ma vie telle qu'elle est.

— Quelle tête de mule ! gémit Carrick. Que Finn me protège de la folie des mortels !

Il leva les bras, et un coup de tonnerre gronda dans le ciel clair.

— Si vous croyez m'impressionner avec vos trucs de prestidigitateur mondain, vous vous trompez. Vous avez peut-être du caractère, mais j'en ai aussi.

— C'est la bagarre que tu cherches ?

À titre de démonstration, Carrick claqua des doigts, et un rai de lumière aveuglante jaillit, qui vint se ficher dans la terre aux pieds de Shawn.

Le jeune homme dut faire appel à tout son sang-froid pour ne pas sauter en arrière.

— Ce genre de tactique est indigne de vous.

La fureur envahit Carrick, rendant ses yeux presque noirs et faisant crépiter au bout de ses mains de petites flammèches rouges et frémissantes. Puis il rejeta la tête en arrière avec un grand éclat de rire, et le phénomène cessa instantanément.

— J'avoue que tu es plus courageux que je ne le pensais. À moins que tu ne sois complètement stupide.

— Jouez-moi tous les tours que vous voulez, Carrick, je sais que vous ne me ferez pas de mal. Je n'ai pas peur de vous.

— Je pourrais t'obliger à te mettre à genoux devant moi et à coasser comme un crapaud-buffle.

— Cela blesserait mon amour-propre, mais c'est tout.

« Toutefois, acheva Shawn en son for intérieur, je préférerais que vous n'essayiez pas. »

— À quoi ça rime, tout ça ? reprit-il. Vos menaces ne me convaincront pas.

— J'ai attendu, la durée de six existences humaines, quelque chose que tu pourrais obtenir en un instant, en te contentant de tendre la main, dit Carrick avec un soupir. Un jour, j'ai recueilli les larmes de la lune et j'ai déversé aux pieds de Gwen les perles qu'elles étaient devenues. Et elle n'y a vu que des bijoux.

Il prit la bourse en argent qui pendait à sa ceinture et la retourna, faisant couler une pluie de perles immaculées sur la tombe de Maud.

— Elles brillaient dans l'herbe à la lumière de la lune, aussi blanches et lisses que la peau de Gwen. Mais elle n'y a pas vu le cri de mon cœur – empli de désir, certes, mais aussi d'amour sincère. J'ignorais qu'elle avait besoin que je le lui dise. Peut-être était-il déjà trop tard, d'ailleurs, car je ne lui avais pas, dès le début, offert ce qu'elle attendait de moi.

Le ton désespéré de Carrick émut Shawn, qui lui effleura le bras.

— Qu'attendait-elle ?

— Des mots d'amour. Rien que des mots. Et moi, je lui avais donné des diamants arrachés au soleil, puis ces perles, et enfin les pierres que vous appelez saphirs et que j'avais cueillies dans le cœur de la mer.

— Je connais cette histoire.

— Oui, j'imagine. Ta nouvelle sœur, Jude, l'a mise dans son livre de contes et de légendes. Tu sais donc que, poussé par la colère et la douleur, j'ai jeté un sort à la femme que j'aimais : ma Gwen et moi ne serions libres de nous rejoindre que quand, par trois fois, l'amour aurait rencontré l'amour, qu'un cœur en aurait accepté un autre avec tous ses défauts et ses faiblesses. Durant trois fois cent ans, j'ai attendu, et ma patience a été mise à rude épreuve.

Tout en déambulant autour de Shawn et de la tombe, Carrick poursuivit :

— Je connais ton talent pour manier les mots. Tu sais les faire chanter dans tes chansons – des chansons que d'autres devraient entendre, mais ceci est un autre problème. Celui qui a un tel talent comprend ce qui se passe dans le cœur de ses amis, parfois même avant que ceux-ci ne s'en soient rendu compte. Ce don que tu as reçu, je te demande seulement de t'en servir.

D'un geste large, il agita la main au-dessus de la tombe, et les perles se changèrent en fleurs.

— Les bijoux que j'ai donnés à Gwen sont devenus des fleurs. Jude Frances te dira que ce sont ces mêmes fleurs qui entourent le cottage aujourd'hui. Bref, certaines femmes aiment les choses simples, Gallagher, voilà ce que j'ai fini par comprendre.

Il tendit un doigt, au bout duquel reposait une seule perle parfaite. Puis, avec un léger sourire, il la jeta vers Shawn, qui l'attrapa au vol. Carrick approuva d'un hochement de tête, l'air satisfait.

— Garde-la jusqu'à ce que tu comprennes à qui tu dois la donner. Et quand tu le feras, prononce les mots que je n'ai pas su offrir à Gwen. Leur pouvoir est plus puissant que tous les joyaux du monde.

L'air se mit alors à trembler et engloutit Carrick.

— Ce type est épuisant, murmura Shawn en se rasseyant sur la tombe. C'est un compagnon tout à fait étrange que vous avez là, Maud.

Shawn s'accorda un instant de repos et de silence. Le soleil brillait, mais les fleurs de lune ouvertes chatoyaient sur la tombe. Il frotta la perle et l'examina, puis il la mit dans sa poche et cueillit une fleur.

— Je pense que vous n'y verrez pas d'inconvénient, c'est pour Jude, expliqua-t-il à Maud, à qui il tint compagnie encore vingt minutes avant de prendre le chemin de la demeure familiale.

Il avait vécu trop longtemps dans cette maison pour penser à frapper. Mais à peine eut-il refermé la porte qu'il s'arrêta. Jude était probablement en train de travailler, il allait la déranger.

Il s'apprêtait à ressortir lorsqu'elle surgit en haut des marches.

— Tu dois être en plein travail, dit-il avec un sourire contrit. Je reviendrai un peu plus tard.

— Non, ça va, je ferai volontiers une pause. Tu veux du thé ?

— Avec plaisir, mais tu me laisses le préparer.

— D'accord.

Avec un sourire intrigué, elle prit la fleur de lune qu'il lui tendait.

— Merci. Est-ce qu'elle ne devrait pas être fermée, à cette heure-ci ?

— Si. C'est l'une des choses dont je voudrais te parler, répondit-il en la suivant dans la cuisine. Comment te sens-tu, aujourd'hui ?

— Très bien. Les nausées matinales sont en train de passer et, crois-moi, je ne les regrette pas.

— Et ton travail, ça va ?

Cela ne ressemblait pas à Shawn de tourner ainsi autour du pot, songea Jude en mettant la fleur dans un flacon, tandis qu'il remplissait la bouilloire d'eau et la posait sur le feu.

— Oui, ça marche. Je n'en reviens toujours pas de faire ça, tu sais. Il y a exactement un an, j'étais professeur et je détestais mon travail. Maintenant, mon premier livre est sur le point d'être publié, et j'en écris un autre qui prend vie un peu plus tous les jours. Ce qui m'inquiète, c'est que celui-ci, c'est une histoire sortie de mon imagination, et non un recueil de contes qu'on m'a racontés.

— Si tu es inquiète, c'est bon signe, non ? Je veux dire, tu vas te donner plus de mal.

Il prit une boîte de biscuits dans un placard et la vida à moitié dans une assiette.

— J'espère que tu as raison. Est-ce que tu te sens nerveux quand tu écris une chanson ?

Shawn réfléchit un instant, puis répondit :

— Composer la mélodie ne me rend pas nerveux, mais j'ai parfois du mal à trouver les bonnes paroles. Certains jours, ça me frustre terriblement de ne pas pouvoir exprimer ce que la musique m'inspire.

— Et que fais-tu, dans ces cas-là ?

— Je me creuse la tête un moment. Puis, si je n'arrive à rien, je vais me promener et j'essaie de penser à quelque chose de complètement différent. La plupart du temps, ça marche. Je trouve les mots d'un coup, comme s'ils avaient attendu que je les cueille.

Il ébouillanta la théière.

— Moi, j'ai peur de sortir, quand je suis en panne d'inspiration. Je crains de ne plus être capable d'écrire au retour. Ta méthode est plus saine.

— Oui, mais c'est toi qu'on publie.

Pendant que le thé infusait, il sortit les tasses à thé et les cuillères.

— Tu aimerais faire publier ta musique, Shawn ?

— Peut-être, un jour. Il n'y a pas le feu.

« C'est ce que tu dis depuis des années », lui souffla une petite voix. Mais il l'ignora.

— Je compose pour mon plaisir, et pour l'instant, ça me suffit.

— Mon agent connaît peut-être quelqu'un dans le milieu de la musique. Ça ne me dérangerait pas de lui poser la question…

L'estomac de Shawn bondit comme un lapin au son d'un coup de fusil.

— Oh ! Non, merci, ce n'est pas la peine. En fait, Jude, je suis venu te parler de tout autre chose.

Elle attendit en silence, tandis qu'il apportait la théière et s'asseyait. Il versa le thé, et une vapeur odorante se répandit entre eux.

— Shawn, dis-moi ce que tu as en tête, dit-elle enfin, comme il restait muet.

— Ce n'est pas facile à expliquer... Bon, je crois que le mieux est de te montrer ça.

Il sortit la perle de sa poche et la posa à côté de la tasse de Jude.

— Une perle ?

Sidérée, elle tendit la main pour la toucher, mais reposa finalement les doigts à un cheveu du joyau blanc et rond.

— Tu as vu Carrick !

— Il m'a dit beaucoup de bien de toi.

— C'est tellement... étrange.

Elle prit enfin la perle et l'examina pensivement.

— Et les autres perles se sont transformées en fleurs de lune, murmura-t-elle d'une voix émue.

— Oui, sur la tombe de ta tante Maud. Qu'en penses-tu ?

Jude fit rouler la perle dans le creux de sa paume.

— Que peut penser une femme moderne, cultivée et pas trop sotte de l'existence des esprits ? dit-elle en secouant la tête. Il y a un an, je t'aurais ri au nez, mais aujourd'hui... Carrick est un personnage plutôt arrogant et impatient. Il plastronne un peu, mais ma rencontre avec lui a contribué à changer ma vie.

— J'ai l'impression qu'il a décidé de changer la mienne aussi. Sinon, il ne m'aurait pas donné ça.

Jude acquiesça et lui rendit la perle, tandis qu'il poursuivait :

— Mais il a encore un bon bout de temps à attendre, parce que la vie que je mène actuellement me convient parfaitement.

— Est-ce que tu...

Jude s'interrompit et but une gorgée de thé.

— Je n'ai eu ni frère ni sœur, reprit-elle d'une voix hésitante. Du coup, je ne sais pas si ma question est déplacée... Brenna a-t-elle quelque chose à voir là-dedans ?

— Je suppose, puisque Carrick considère notre mariage comme la prochaine étape de sa libération.

J'avoue d'ailleurs que j'ai beaucoup pensé à la O'Toole, dernièrement.

— Et ?

Shawn prit un biscuit et mordit dedans

— Eh bien, je répète qu'il a longtemps à attendre.

Jude baissa les yeux avec une fraction de seconde de retard. Il fit la moue.

— Serait-ce la lueur de l'entremetteuse que j'ai entrevue dans ton regard, Jude Frances ?

— Je ne vois pas de quoi tu veux parler.

— Je parle d'une jeune femme heureusement mariée, qui examine son célibataire de beau-frère et qui se dit : « Voyons, ne serait-ce pas une bonne chose que notre gentil Shawn trouve l'âme sœur et se range des voitures ? Et pourquoi ne donnerais-je pas un coup de pouce au destin ? »

— Je n'oserais jamais me mêler de tes affaires de cœur.

Shawn l'observa avec attention. Son ton était guindé, mais ses yeux pétillaient.

— Je te fais confiance, dit-il en remettant la perle dans sa poche. Si jamais quelque chose s'instaure entre la O'Toole et moi, ce sera parce que nous l'aurons décidé, elle et moi, et non pour obéir aux ordres d'un aristocrate tyrannique ou pour faire plaisir à ma nouvelle sœur, bien que je l'aime tendrement.

— Je ne désire que ton bonheur.

— Je suis heureux comme ça, assura Shawn. Bon, il faut que je te laisse. Sinon, je vais encore être en retard, et Aidan se sentira obligé de me passer un savon.

11

Il ne s'agissait pas d'espionnage, et Brenna aurait défié quiconque aurait osé l'en accuser. Il se trouvait simplement que Finkle s'était plaint de ce que sa douche s'écoulait trop lentement et que la direction de l'hôtel avait prié O'Toole et O'Toole de s'en occuper.

Était-ce sa faute s'il était en train de téléphoner à son employeur quand elle était entrée ? Certainement pas. Et ce n'était pas non plus sa faute si ce type n'était pas du genre à faire attention aux domestiques. Sauf si le domestique en question ressemblait à Darcy, bien sûr, se dit Brenna. Il aurait fallu qu'un homme soit aveugle et sourd, voire mort depuis un an ou deux, pour ne pas remarquer une femme dotée du physique de son amie.

Bref, Finkle l'avait fait entrer et lui avait désigné la salle de bains d'un geste impatient de la main, avant de reprendre le téléphone. Un tel traitement n'avait pas offusqué Brenna. Après tout, elle était là pour s'occuper de plomberie.

Mais elle avait des oreilles, et pourquoi ne s'en serait-elle pas servie ?

Une fois dans la salle de bains, elle l'entendit dire :

— Excusez-moi pour l'interruption, monsieur Magee. Un jeune homme est venu réparer ma douche.

Un jeune homme ? Brenna se mordit la langue et leva les yeux au ciel.

— Je vous faxerai mon rapport dès que je l'aurai rédigé. Ça tombera peut-être après les heures ouvrables à New York, aussi en enverrai-je un double à votre domicile.

Brenna fit s'entrechoquer ses outils. De l'endroit où elle se trouvait, elle ne pouvait voir que les chaussures rutilantes de Finkle et une bande de chaussette gris tourterelle.

— Non, je n'ai pas réussi à apprendre le nom de la société londonienne qui s'intéresse au terrain. L'aîné, Aidan, s'est empressé d'écarter le sujet, en prétendant que son frère mélangeait tout. Ce qui n'est pas du tout impossible. Ce garçon est très aimable, mais il ne semble pas particulièrement brillant.

Agacée, Brenna fronça les sourcils, mais elle enfonça le furet dans le conduit d'évacuation le plus doucement possible.

— Cependant, à en juger par la hâte avec laquelle l'aîné a couvert le lapsus, je pense qu'il y a eu des discussions à ce sujet.

Finkle resta silencieux un moment. Brenna tendit l'oreille et perçut le léger tapotement d'un doigt sur le bois de la commode.

— Oui, l'endroit est ravissant. Pittoresque, pas abîmé du tout. Presque sauvage, pourrait-on dire. Mais le village est très isolé. Je dois donc dire que je vois mal ce projet devenir un succès financier. Dublin serait un choix plus logique. Ou, à défaut…

Un nouveau silence suivit, puis Finkle poussa un léger soupir.

— Oui, bien sûr. Vous avez vos raisons, je le comprends. Si vous tenez à Ardmore, je peux vous assurer que nous ne trouverons pas mieux que le terrain des Gallagher. Quant au pub, il correspond à ce que vous imaginiez. Il y a des clients en permanence, des gens du coin, et l'aîné des frères gère l'établissement avec sagacité. La cuisine est excellente, ce qui, je l'avoue, m'a surpris. Pas du tout le genre de plats médiocres qu'on vous sert d'ordinaire dans les pubs. La sœur ? Eh bien, elle est… elle est…

Brenna dut se mordre la joue pour retenir un immense éclat de rire. Les hommes étaient si prévisibles !

— Elle a l'air très efficace. En fait, je suis passé au pub hier soir, à leur demande. Darcy… Mlle Gallagher, je veux dire, chante divinement bien. D'ailleurs, tous trois sont d'excellents musiciens, ce qui pourrait être un avantage pour nous. Si vous êtes décidé à construire votre salle de spectacle à Ardmore, je pense qu'il serait judicieux de l'associer au pub des Gallagher, d'une façon ou d'une autre.

Si Brenna n'avait pas eu les mains occupées, elle aurait brandi un poing victorieux.

— Oh, vous pouvez me faire confiance. Ils n'auront pas le pourcentage qu'ils demandent. Je sais que vous préféreriez acheter le terrain, mais ils s'y refusent absolument. En fait, avec une location, vous prendrez moins de risques et, à long terme, cela vous donnera un lien plus étroit avec le pub. Je pense qu'il est dans votre intérêt d'utiliser le *Gallagher's* et la réputation qu'il a acquise pour lancer votre salle de spectacle.

Le tapotement du doigt se fit entendre de nouveau, et Brenna vit les chevilles de Finkle se croiser, puis se décroiser.

— D'accord, j'ai compris. Pas plus de vingt-cinq pour cent. Comptez sur moi. J'espère conclure dans les prochaines vingt-quatre heures. Je suis sûr que j'arriverai à convaincre l'aîné des Gallagher qu'il n'aura pas de meilleure offre, que ce soit de la part de cette société londonienne ou d'une autre.

La conversation semblait sur le point de s'achever. Brenna ouvrit les robinets à fond et, tout en fredonnant, regarda l'eau couler un moment. Puis, satisfaite, elle ferma les robinets, fit de nouveau s'entrechoquer ses instruments, ramassa sa boîte à outils et regagna la chambre.

— Ça marche super bien, maintenant. Désolée pour le dérangement.

Sans même tourner les yeux vers elle, Finkle lui fit signe de s'en aller et se pencha sur son ordinateur portable.

— Bonne journée à vous, monsieur, lança-t-elle joyeusement.

Seul le bruit du clavier lui répondit. Une fois dehors, elle se mit à courir. Finkle n'était pas le seul à savoir faire un rapport.

— Tu as été bien inspiré d'inventer ce type de Londres, dit Aidan en tapotant l'épaule de son frère. Ça leur a mis le feu aux fesses.

— Il y a des gens qui ont besoin de se battre pour ce qu'ils désirent, déclara Shawn d'un ton sentencieux. Ils ne résistent pas à l'attrait de la compétition.

Il se retourna et sortit quatre bouteilles de bière du réfrigérateur.

— Il faut boire à la santé de cette O'Toole, ajouta-t-il.

— J'étais là tout à fait par hasard, protesta modestement Brenna, ce qui ne l'empêcha pas de prendre une bouteille.

— Sergent O'Toole, vous vous êtes brillamment comportée sur le champ de bataille, proclama Aidan en trinquant successivement avec Brenna, Shawn et Darcy. Vingt-cinq pour cent ! Heureusement que Finkle ne savait pas qu'on était prêts à transiger à vingt.

— Magee tient absolument à construire sa salle de spectacle ici, expliqua Brenna. Finkle désapprouve, mais il apprécie la cuisine de Shawn, la beauté de Darcy et tes talents de manager. Oh, j'allais oublier... Il trouve que tu es très gentil, Shawn, mais un peu niais. Et quand il parle de Darcy, il se met à bredouiller.

Ravie, celle-ci éclata de rire.

— Donne-moi encore un jour ou deux, et quand il parlera de moi, il ne sera plus capable de prononcer un mot correctement et nous accordera trente pour cent.

Aidan passa un bras autour des épaules de sa sœur.

— On acceptera les vingt-cinq pour cent, et le marché sera conclu. Je vais laisser Finkle croire qu'il a gagné de haute lutte, parce que... Pourquoi le priver de ce plaisir, après tout ? Papa m'a appelé ce matin et m'a dit que Magee lui avait plu. Il ne reste donc plus qu'à régler les détails de l'affaire.

— Alors, laissons Finkle se bagarrer avec le contrat, dit Shawn en levant sa bouteille. De toute façon, il finira par nous donner ce que nous voulons.

— Exactement. Bon, maintenant, on retourne au boulot. Brenna, mon chou, est-ce que tu pourrais te faire un peu plus rare au pub, jusqu'à ce qu'on ait signé ?

— Si tu veux, mais pour les gens de l'espèce de Finkle, je suis complètement transparente. Ils ne voient que ma boîte à outils. À vrai dire, Finkle m'a prise pour un homme.

— Alors, c'est qu'il a besoin de lunettes, s'exclama Aidan en lui relevant le menton pour l'embrasser. Je te suis très reconnaissant.

— Je t'assure que je pourrais obtenir trente pour cent sans effort, insista Darcy en suivant son frère dans la salle du pub.

— Elle y arriverait probablement, commenta Brenna.

— Inutile d'être trop gourmand, dit Shawn. Moi aussi, je te remercie, Mary Brenna.

Elle se tourna vers lui, et un petit sourire retroussa le coin de ses lèvres, expression qu'il aimait tout particulièrement.

— Tu vas m'embrasser aussi, comme Aidan ?

— J'y pense.

— Et tu penses longtemps avant de te lancer.

— Pas plus que nécessaire.

Il prit le visage de Brenna entre ses mains et savoura son sourire, avant de pencher la tête vers elle et de poser la bouche sur la sienne, lentement, nonchalamment, comme une brise tiède un matin d'été. Brenna s'abandonna contre lui et entrouvrit les lèvres. Aussitôt, le baiser de Shawn se fit plus ardent, et elle se sentit perdre la tête.

Elle émit un son qui tenait à la fois du soupir et du gémissement. Le cœur battant, elle remonta les mains le long du dos de Shawn et agrippa ses épaules. Au moment précis où tous ses sens s'éveillaient, il s'écarta.

Ce type la rendait folle, bon sang !

— Tu l'as fait exprès !

— Bien sûr que je l'ai fait exprès.

— Espèce de salaud ! Je retourne travailler.

Elle se baissa pour ramasser sa boîte à outils et, dans son trouble, se cogna contre la table. Shawn eut la sagesse de garder un air neutre.

Avec un petit reniflement de dédain, elle ouvrit en grand la porte de derrière.

— Tu sais, quand tu cesses de penser, tu te débrouilles pas mal.

Shawn attendit que la porte se soit refermée pour sourire.

— Ça tombe bien, je crois que j'ai à peu près fini de penser, murmura-t-il.

Lorsque Finkle revint, le soir même, Shawn resta à l'écart, mais il lui prépara un festin de roi : une plie cuite au four, nappée d'un beurre aux fines herbes et accompagnée de pommes de terre en robe des champs et de chou frisé.

Lorsque Darcy lui dit que le type aurait léché son assiette s'il n'y avait eu personne pour le regarder, Shawn estima qu'il avait accompli sa mission.

Du coup, ce fut plus par malice que par sens des affaires qu'il alla en personne apporter à Finkle une part de tarte au citron.

Adouci par le repas et par les attentions de Darcy, Finkle offrit à Shawn ce qui pouvait passer pour un sourire.

— Je ne me rappelle pas avoir jamais mangé un aussi bon poisson. Vous faites une cuisine très créative, monsieur Gallagher.

— C'est très gentil à vous de me dire ça, m'sieur. J'espère que vous allez apprécier ceci. C'est une recette que j'ai inventée en m'inspirant de celle de ma chère grand-mère. Je ne pense pas que vous puissiez trouver mieux quand vous rentrerez à Londres.

Finkle, qui s'apprêtait à avaler une première bouchée de son dessert, s'arrêta, la fourchette en l'air.

— New York, corrigea-t-il.

Shawn cligna des yeux.

— New York, oui, bien sûr. C'est New York que je voulais dire. Le type de Londres était plat comme une limande, et il avait des petites lunettes rondes. C'est bizarre que j'embrouille toujours tout, non ?

Les traits crispés en une expression résolument aimable, Finkle porta la fourchette à sa bouche.

— Alors, comme ça, fit-il ensuite d'un ton qui se voulait désinvolte, vous avez parlé à un type de Londres à propos d'un restaurant ?

— C'est Aidan qui lui a parlé, pas moi. J'ai pas un cerveau fait pour les affaires. La tarte vous plaît ?

— Elle est excellente.

Ce pauvre garçon n'avait pas inventé la poudre, songea Finkle, mais personne ne pouvait critiquer ses talents de cuisinier.

— Vous ne vous souviendriez pas du nom de ce type de Londres, par hasard ? insista-t-il. J'ai un certain nombre d'amis, là-bas.

Shawn leva les yeux au plafond, tout en se frottant rêveusement le menton.

— C'était pas Finkle ? Ah, non. Finkle, c'est vous.

Il ouvrit les mains et prit un air d'impuissance.

— J'ai la mauvaise habitude d'oublier les noms. Mais c'était un type très sympathique, comme vous, m'sieur. Et si vous pensez que vous avez la place pour un autre morceau de tarte, n'hésitez pas à le dire à Darcy.

Sur le chemin de la cuisine, il décocha un clin d'œil à Aidan.

Dix minutes plus tard, Darcy passa la tête par la porte de la cuisine.

— Finkle a demandé à Aidan de lui accorder un moment. Ils sont dans l'arrière-salle.

— Très bien. Tu as besoin d'aide, au bar ?

— Eh bien, Franck Malloy vient d'arriver avec ses frères...

— Il s'est encore disputé avec sa femme ?

— Il fait une tête d'enterrement, alors je suppose que oui. Je ne réussirai pas à m'occuper des Malloy et des autres clients en même temps.

— Je te rejoins tout de suite.

Il était en train de tirer une deuxième série de pintes pour les Malloy, des gaillards aux cheveux couleur paille qui vivaient de la mer, lorsque Aidan sortit de l'arrière-salle en compagnie de Finkle. Celui-ci salua les deux frères d'un signe de tête, puis il chercha Darcy du regard, et son visage sévère prit un air aussi doux et plein d'espoir que celui d'un jeune chiot.

— Vous partez déjà, monsieur Finkle ? s'écria la jeune femme en posant son plateau sur le comptoir.

Elle décocha au pauvre homme un sourire qui aurait fait fondre une tablette de chocolat à vingt mètres.

— Je...

La gorge nouée, Finkle tira sur son nœud de cravate.

— Je crains que oui, reprit-il. Il faut que j'attrape un avion tôt demain matin.

— Oh ? Vous nous quittez pour de bon ? fit-elle en lui tendant la main. Je suis vraiment navrée que vous ne puissiez rester plus longtemps. J'espère que vous reviendrez bientôt.

— Je reviendrai, c'est sûr.

Alors, Finkle fit quelque chose qu'il n'aurait jamais pensé faire, même à son épouse légitime. Il baisa la main de Darcy.

— Ça a été un grand plaisir.

Les joues roses, il quitta le pub.

— Alors ? s'enquit Darcy en tournant autour d'Aidan.

— Attendons une minute, au cas où Finkle rebrousserait chemin pour venir te supplier de t'enfuir avec lui à Tahiti.

Darcy pouffa de rire.

— Ne t'inquiète pas. Il adore sa femme. Il n'est pas exclu qu'il se permette de rêver à ce que nous pourrions faire, lui et moi, sur cette île de rêve. Mais ça n'ira pas plus loin.

— Bon, je vais tout vous dire, annonça Aidan en posant une main sur l'épaule de sa sœur et l'autre sur celle de son frère. Finkle a accepté toutes nos conditions. Il rentre à New York, et les papiers seront rédigés dès que possible.

— Vingt-cinq pour cent ?

— Vingt-cinq pour cent, et un droit de regard sur la construction et la programmation de la salle de spectacle. Les autres détails, nous les mettrons au point plus tard avec Magee et les hommes de loi.

— Alors, l'affaire est conclue ? demanda Shawn, en lâchant le torchon avec lequel il essuyait le comptoir.

— Apparemment, puisque j'ai donné ma parole.

— Parfait. Va prévenir Jude. Je m'occupe du bar.

— Ça peut attendre, protesta Aidan.

— Les bonnes nouvelles sont d'autant plus agréables à entendre qu'elles sont fraîches. Je me charge du bar et je fermerai. En échange, essaie de voir si Kathy Duffy peut prendre ma place en cuisine, demain soir. Ça fait longtemps que je n'ai pas eu de soirée de libre.

— C'est de bonne guerre, reconnut Aidan en soulevant l'abattant du comptoir. Je vais appeler papa. À moins que vous ne préfériez que j'attende demain matin, pour qu'on puisse tous lui parler.

— Vas-y, appelle-le, il sera content d'apprendre tout de suite la nouvelle, dit Darcy en lui faisant signe de partir.

Lorsque Aidan eut disparu, elle se tourna vers Shawn et planta les poings sur ses hanches.

— Ce garçon était sur un petit nuage, et il n'a rien remarqué. Pas moi. Tu as des projets avec Brenna, demain soir ?

Shawn rassembla des verres sales et les plongea dans l'évier.

— Tu as des clients, mon chou, et moi aussi. Et il s'agit de ma vie privée. Ça ne te regarde pas.

— Je me fiche pas mal de ta vie privée, grommela-t-elle. Mais je ne me fiche pas de Brenna. C'est mon amie. Toi, tu n'es qu'un sacré enquiquineur.

Mais elle n'insista pas. Elle connaissait son frère. Si Shawn Gallagher avait décidé de se taire, elle n'en tirerait rien, même avec de la dynamite.

Shawn avait un plan. Faire des plans était l'une de ses spécialités. Il adorait les élaborer, même si ça ne marchait pas toujours.

En l'occurrence, le plan qu'il avait imaginé lui donnait un premier avantage : la cuisine. Il comptait préparer quelque chose de simple, un plat qui mijoterait tout seul. Des spaghettis avec une sauce tomate bien relevée, par exemple.

Ce plan exigeait aussi une mise en scène. Cela lui donnerait un autre avantage, et à son avis, avec Brenna O'Toole, un homme avait le droit de faire feu de tout bois.

Première étape : un coup de téléphone, qu'il passa du pub à la fin du déjeuner, au moment où il était sûr que Brenna serait plongée jusqu'au cou dans le travail. Telle qu'il la connaissait, elle viendrait en fin de journée jeter un coup d'œil au lave-linge prétendument détraqué.

Quand il rentra chez lui, il prépara la sauce. Puis il sortit cueillir quelques-uns des pétunias et des pensées qui avaient survécu au froid de l'hiver et les disposa dans la chambre à coucher, en compagnie des bougies qu'il avait achetées au marché. Il avait déjà changé les draps – ce qui lui avait donné l'idée du lave-linge.

Ensuite, la musique. Il choisit les CD qu'il préférait, les glissa dans l'astucieux petit lecteur qu'il s'était offert quelques mois auparavant et les laissa tourner tandis qu'il retournait à ses fourneaux. Une fois dans la cuisine, il fit sortir le chat, car Buth, énervé par cette agitation inhabituelle, ne cessait de se mettre dans ses pieds.

Brenna n'arriverait sûrement pas avant 18 heures. Il avait donc le temps de préparer un plateau de canapés. Il lava des verres à vin, puis ouvrit une bouteille qu'il avait apportée du pub et la posa sur le buffet afin de chambrer le vin.

Après avoir mis la dernière main à sa sauce, il jeta un regard à la ronde et hocha la tête. C'était parfait. La pendule indiquait 17 h 50 lorsqu'il entendit la camionnette s'engager dans l'allée.

— Elle est ponctuelle, murmura-t-il, surpris de sentir son ventre se crisper. Calme-toi, bon sang ! Ce n'est que Brenna. Tu la connais depuis toujours.

Mais pas de cette façon-là, songea-t-il. Il eut soudain envie de se précipiter dans la buanderie, d'arracher une pièce du lave-linge, puis d'oublier le reste.

Et depuis quand un Gallagher se comportait-il comme un lâche ? se sermonna-t-il en se dirigeant vers la porte.

Brenna était déjà dans l'entrée, sa boîte à outils à la main. Son jean arborait un nouveau trou, juste sous le genou droit, et une traînée noire lui balafrait la joue.

Elle referma la porte, fit deux pas, puis elle le vit et faillit bondir hors de ses bottes.

— Seigneur, pourquoi ne m'as-tu pas flanqué un grand coup sur la tête, tant qu'à faire ? Tu m'as fichu la peur de ma vie. Qu'est-ce que tu fabriques ici ?

— Je ne travaille pas, ce soir. Mais je ne vois pas pourquoi ça te surprend de me trouver ici. Tu t'es garée derrière ma voiture, non ?

Tout en attendant que son cœur reprenne un rythme normal, Brenna huma l'air.

— À en juger par l'odeur, on ne dirait pas que tu es en congé. Qu'est-ce que tu prépares ?

— Une sauce pour des spaghettis. Je voulais l'essayer avant de la servir au pub. Tu as déjà mangé ? demanda-t-il, bien qu'il connût la réponse.

— Non, mais maman m'attend.

Erreur. Shawn avait appelé Mollie pour lui annoncer qu'il inviterait Brenna à partager son repas, une fois que la jeune femme aurait réparé le lave-linge.

— Reste plutôt dîner, dit-il en l'entraînant dans la cuisine. Tu me donneras ton avis sur la sauce.

— Pourquoi pas ? Mais allons d'abord jeter un coup d'œil à ta machine.

— Ma machine va très bien.

Il lui prit sa boîte à outils des mains et la posa dans un coin.

— Qu'est-ce que tu veux dire, ta machine va très bien ? Tu n'as pas appelé l'hôtel pour signaler qu'elle était en panne ?

— J'ai menti. Goûte ça, ajouta-t-il en lui mettant une olive fourrée dans la bouche.

— Tu as menti ?

— Oui. L'avenir me dira si j'ai eu raison de commettre un tel péché.

— Mais pourquoi…

Brenna comprit enfin ce qui se passait.

— Je vois, fit-elle, un peu mal à l'aise. Ainsi, c'étaient le lieu et l'heure qui te convenaient.

— Oui. J'ai prévenu ta mère que tu resterais un moment, ne t'inquiète pas.

— Mmm…

Elle balaya la cuisine du regard : une sauce qui mijotait sur le feu, un joli plateau d'amuse-gueule, une bouteille de vin.

— Moi aussi, tu aurais pu me prévenir. Me laisser le temps de m'habituer à l'idée.

— Tu as le temps, maintenant, dit-il en lui servant un verre. Je sais que le vin a tendance à te donner mal à la tête, mais un verre ou deux ne devraient pas te faire de mal.

Elle aurait bien bu toute la bouteille d'une traite, si le vin avait pu lui rafraîchir la gorge.

— Tu sais, tu n'avais pas à faire tout ce tralala pour moi. Je t'ai dit dès le début que je n'en avais pas besoin.

— Moi, j'en ai besoin, et il va falloir que tu le tolères.

Le malaise de Brenna était perceptible. Du coup, il se sentit plus détendu et s'approcha d'elle.

— Enlève ta...

Les yeux de la jeune femme s'écarquillèrent.

— Enlève ta casquette, reprit-il, au bord du fou rire.

Voyant qu'elle restait immobile, il s'en chargea lui-même, puis passa la main dans ses cheveux et les laissa retomber sur ses épaules.

— Assieds-toi, ajouta-t-il en la débarrassant de son verre.

Il la poussa sur une chaise et s'assit en face d'elle.

— Pourquoi n'enlèves-tu pas tes bottes ?

Elle se pencha en avant, défit ses lacets, puis se redressa.

— Arrête de me regarder. Je me sens complètement idiote.

— Si tu te sens idiote quand je te regarde enlever tes bottes, qu'est-ce que ça va être tout à l'heure ? Allez, Brenna, enlève ces satanées bottes, insista-t-il, avec un calme qui la fit frémir. À moins que tu n'aies changé d'avis.

— Je n'ai pas changé d'avis.

Gênée, elle se pencha de nouveau.

— Quand je commence quelque chose, je le finis, marmonna-t-elle.

Mais ce n'était pas du tout ce qu'elle s'était imaginé. Elle s'était simplement vue avec Shawn, nue dans un lit. Elle n'avait pas envisagé les étapes précédentes.

Elle se débarrassa de ses bottes et les repoussa sous la table d'un coup de pied, puis elle s'obligea à soutenir le regard de Shawn.

— Tu as faim ?
— Non.
Elle se sentait incapable d'avaler quoi que ce soit.
— Papa et moi, on a déjeuné tard.
— Tant mieux. On mangera tout à l'heure. Emportons le vin là-haut.
« Là-haut… » D'accord, ils montaient dans la chambre. Après tout, c'était elle qui lui avait offert ses charmes. Mais lorsqu'il lui prit la main, elle eut du mal à ne pas s'enfuir.
— Ça ne va pas, Shawn. Je rentre d'une journée de travail, et je n'ai même pas eu le temps de me laver.
— Tu veux prendre une douche ?
Tout en montant l'escalier, il essuya la traînée noire qui maculait la joue de Brenna.
— Je te frotterai le dos avec plaisir.
— Oh… Je disais ça comme ça.
Seigneur, pas question qu'elle prenne une douche avec lui ! Non, non, non. Les nerfs à vif, elle pénétra dans la chambre à coucher, vit le feu de tourbe qui rougeoyait dans la cheminée, les fleurs, les chandelles, le lit et avala son vin d'une seule gorgée.
Doucement, il lui reprit son verre.
— Je ne veux pas que tu sois ivre.
— Je tiens la boisson, répliqua-t-elle.
Elle frotta ses mains moites sur ses cuisses.
— On n'a pas besoin de bougies, protesta-t-elle. Il ne fait pas complètement nuit.
— Ça ne va pas tarder. Je t'ai déjà vue à la lueur des chandelles, ajouta-t-il en approchant une allumette des chandeliers, mais je n'ai jamais pris le temps d'apprécier le spectacle. Or, je compte bien prendre mon temps, ce soir.
— Je ne comprends pas pourquoi tu essaies de rendre romantique une situation somme toute très banale.
— Une once de romantisme te ferait-elle peur, Mary Brenna ?
— Non, mais…

Il se retourna, et les flammes tremblantes des bougies dansèrent sur son visage, derrière lui, autour de lui. Dans cette lumière, il ressemblait à un de ces princes de contes de fées que dessinait Jude.

— Il y a quelque chose chez toi qui me met l'eau à la bouche, déclara-t-elle. Je n'aime pas ça, à dire vrai, et je préférerais de beaucoup me débarrasser de cette envie.

— D'accord, dit-il d'une voix aussi douce que celle de Brenna était hargneuse. Voyons si l'on peut y remédier.

Les yeux plongés dans ceux de la jeune femme, il s'approcha d'elle.

12

Ce n'était que Shawn, un garçon que Brenna connaissait et appréciait depuis toujours. Mais, si ridicule que cela puisse paraître, elle avait envie de lui.

Sa nervosité lui semblait aussi déplacée que les chandelles et le chant de la harpe qui montait du rez-de-chaussée. Aussi, lorsqu'il posa les mains sur ses épaules et qu'il les fit glisser doucement le long de ses bras, releva-t-elle la tête pour lui dire :

— Ce n'est pas toi qui me fais rire, dit-elle. C'est seulement ce tralala qui m'amuse.

— Très bien.

Comme il restait immobile et paraissait attendre Dieu sait quoi, elle se hissa sur la pointe des pieds et s'empara de sa bouche. Sachant qu'il n'aimait pas se faire bousculer, elle avait décidé de ne pas se hâter, mais dès qu'elle sentit ses lèvres sous les siennes, elle en voulut plus. Et vite.

— J'ai tellement envie de toi, murmura-t-elle en saisissant ses mains. Je ne peux pas m'en empêcher.

— Qui te demande de t'en empêcher ?

S'accorder au rythme de Brenna était extrêmement tentant. Son petit corps fascinant vibrait déjà contre le sien, et sa bouche palpitait fiévreusement. Mais il savait qu'il serait encore plus délicieux de prolonger cet instant et d'exacerber leur désir jusqu'au point de non-retour.

Il lâcha les mains de Brenna, empoigna ses hanches et la souleva. Aussitôt, elle enroula les jambes autour de sa taille, comme elle l'avait fait quelques jours plus tôt.

— Embrasse-moi encore. J'aime ça.

Elle rit, et toute sa nervosité se dissipa.

— Tu sais, la première fois que je t'ai embrassé…

Elle approcha la bouche de la sienne, puis se recula. Une fois, deux fois.

— Tu avais l'air d'avoir reçu un coup de marteau sur la tête.

— C'est parce que tu m'avais surpris et mis le cerveau sens dessus dessous, dit-il en lui pressant affectueusement les fesses. Mais tu n'arriveras plus à me faire tourner la tête comme ça.

— Tu paries ?

Une lueur de défi dans les yeux, elle enfouit les mains dans les cheveux de Shawn.

— Tu vas perdre, annonça-t-elle.

Il fallait admettre qu'elle mettait du cœur à l'ouvrage, songea Shawn. Lorsque sa bouche le prit d'assaut, il sentit ses yeux se révulser. La défaite n'était pas forcément une expérience humiliante, découvrit-il. La langue de Brenna avait gardé un léger goût de vin, chaud et riche, qui, mélangé à sa propre saveur, l'enivrait.

Le chant d'une harpe, la lumière des chandelles, une femme au sang chaud enroulée autour de lui… Il laissa la passion le submerger. C'était délicieux. Excitant. Son désir se fit plus aigu.

Brenna sentit les doigts de Shawn s'enfoncer dans la chair de ses hanches et entendit sa respiration s'accélérer, comme s'il montait une côte en courant. Lorsqu'il se tourna vers le lit, elle crut qu'elle avait gagné.

Ils allaient faire l'amour sur-le-champ. À sa façon à elle, rapide et furieuse. Et la pression terrible qui s'exerçait sur sa poitrine, dans son ventre, dans sa tête se volatiliserait. Ouf !

Lorsqu'il la renversa sur le lit et se jeta sur elle, son corps aux muscles tendus étreignant le sien, elle émit un petit rire.

— Bon, d'accord, tu as réussi, murmura-t-il.

Les yeux de Brenna étincelèrent. Il lui prit les mains et les maintint au-dessus de sa tête, ses doigts encerclant les poignets de la jeune femme.

— À mon tour, maintenant, reprit-il. Si je me rappelle bien, la première fois que je t'ai embrassée, tes yeux sont devenus troubles, presque aveugles. Et tu t'es mise à trembler.

Délibérément, elle se cambra et se pressa contre lui.

— Je parie que tu n'arriveras pas à me remettre dans cet état, souffla-t-elle.

Un homme aussi excité ne pouvait tergiverser, elle en était sûre. Elle demeura immobile et tenta de se maîtriser. En vain. Dès que les lèvres de Shawn vinrent caresser les siennes, son corps la trahit et fut pris de frissons. Ses bras se firent mous, ses pensées s'embrouillèrent.

Éperdue de désir, elle ne vit pas le premier rayon de la lune montante pénétrer dans la chambre, jetant sur la scène un rayon argenté qui contrastait avec la flamme dorée des chandelles.

Shawn s'empara de ses seins à pleines mains, les palpa à travers sa chemise de travail, puis défit les boutons et lança le vêtement au pied du lit. Alors, il put admirer, fasciné, les petits seins qui pointaient sous le coton blanc du tee-shirt.

— J'ai toujours aimé tes mains, murmura Brenna, les yeux fermés pour mieux savourer les multiples sensations qui s'éveillaient en elle. Je les aime encore plus maintenant.

Lorsqu'il embrassa ses seins à travers son tee-shirt, elle ouvrit grands les yeux.

— Ô Seigneur…

Shawn aurait éclaté de rire, s'il avait eu assez de souffle. Mais ses poumons semblaient refuser de fonctionner, et la tête lui tournait. Comment avait-il pu être aveugle à ces merveilles, durant toutes ces années ? Qu'avait-il laissé échapper d'autre ?

Il la fit asseoir, et elle lui enleva son pull. Haletants, bouleversés, ils se regardèrent longuement, puis Shawn marmonna, en lui ôtant son tee-shirt :

— Je ne peux plus attendre.

— Dieu soit loué.

Alors, ils se ruèrent l'un sur l'autre. Les mains de Shawn parcoururent le corps de Brenna, ardentes, parfois même brutales. Ses baisers se firent plus impatients, mais cela ne l'empêcha pas de rester attentif. Il désirait se repaître de chaque parcelle du corps de Brenna. Toute sa vie, il se souviendrait du goût de sa chair, de la douceur de sa peau sous ses seins, du creux de sa taille, de tous ces trésors qui s'offraient à ses lèvres et à ses doigts.

Le petit corps de Brenna était vigoureux. Il pouvait sentir la tension de ses muscles, tandis qu'ils roulaient l'un sur l'autre. Et son excitation croissait encore lorsqu'il faisait vaciller cette force sous ses caresses.

D'en bas montait le chant d'une flûte, mélodieux et féerique, sur fond de cornemuses. Le clair de lune inondait de sa lumière blanche la pièce parfumée par les fleurs et l'odeur de la cire des chandelles.

À bout de souffle, Brenna enfouit son visage dans le cou de Shawn.

— Pitié, supplia-t-elle. Maintenant.

— Pas encore, pas encore, pas encore, répéta-t-il, comme une incantation.

Il aurait voulu que les petites mains nerveuses de la jeune femme ne cessent jamais de parcourir son corps et que les siennes la découvrent toujours plus. Ces jambes ravissantes ne méritaient-elles pas toute son attention, maintenant qu'il avait fait glisser le pantalon et l'avait jeté au loin ? Et cette épaule n'était-elle pas un endroit merveilleux où s'attarder ?

— Pour une si petite personne, tu recèles une infinité de délices.

Désespérée, elle le mordit à pleine bouche.

— Je vais mourir dans la seconde.

— Voilà, voilà.

Ses lèvres s'emparèrent de celles de Brenna, tandis qu'il glissait les doigts entre ses cuisses. Elle réagit aussitôt et se cambra contre lui en poussant un cri qu'il étouffa d'un baiser. Puis elle devint souple, malléable comme la cire qui s'accumulait au pied des chandelles, et il fut libre de se délecter de sa bouche, de son cou, de ses seins.

— Laisse-moi profiter de toi un moment.

L'espace d'un instant, Brenna crut qu'elle avait perdu connaissance, puis le désir revint et la submergea, toujours plus fort. Comment pouvait-il supporter cela ? se demanda-t-elle. Il était prêt, son corps ruisselait de sueur, son cœur bondissait aussi haut et aussi vite que le sien. Comment faisait-il pour se retenir ?

Une fois de plus, elle se cambra et entoura la taille de Shawn de ses jambes. Leurs yeux se rencontrèrent dans la lumière changeante.

— Maintenant, murmura-t-il en se glissant en elle, aussi aisément que s'il l'avait fait un millier de fois.

Leurs doigts s'enlacèrent et, sans se quitter des yeux, ils entamèrent une danse lascive, allèrent à la rencontre l'un de l'autre. Puis, comme pour s'accorder à la musique, ils accélérèrent le rythme. Les yeux de Shawn s'assombrirent soudain. Tandis que les bras de Brenna l'étreignaient sauvagement et qu'elle gémissait, les paupières closes et frémissantes, il s'efforça de se retenir, jusqu'à ce qu'il n'en puisse plus. Alors, il enfouit son visage dans les cheveux roux étalés sur l'oreiller et explosa en elle.

Il allait lui falloir une minute, se dit Brenna. Peut-être même une heure, voire un jour ou deux. Ensuite, elle pourrait de nouveau bouger ou, du moins, songer à bouger. Mais, pour l'instant, la meilleure solution était de rester comme elle était, en travers du lit, écrasée sous le poids de Shawn.

Elle avait l'impression que son corps s'était transformé en or pur. Si elle avait eu la force d'ouvrir les yeux, elle l'aurait sûrement vu scintiller dans l'obscurité.

Elle ne s'était pas trompée : lorsque ce type arrêtait de penser, il faisait du bon boulot.

— Tu n'as pas froid, chérie ? marmonna-t-il d'une voix étouffée.

— Je crois que, même si nous étions allongés tout nus sur la banquise, je n'aurais pas froid.

— Bien, dit-il en se hissant sur elle. Restons comme ça encore un moment.

— Fais attention à ne pas t'endormir sur moi.

Avec un petit grognement de plaisir, il plongea le nez dans la chevelure de Brenna.

— J'aime l'odeur de tes cheveux.

— L'odeur de la sciure ?

— Il y a de ça. Avec une pointe de citron.

— Ça doit venir du shampooing que j'ai piqué à Patty.

Comme son corps sortait peu à peu de sa torpeur, elle prit conscience de celui de Shawn, de la façon dont il se pressait contre le sien et dont leurs jambes s'emmêlaient.

— Tu es plus lourd que tu n'en as l'air.

— Désolé.

Il glissa un bras sous elle et la fit basculer sur le dos.

— C'est mieux ?

— Ce n'était pas si mal que ça avant.

Même si, finalement, c'était agréable de pouvoir croiser les bras sur la poitrine de Shawn et admirer son beau visage.

— Il faut que je t'avoue quelque chose, Shawn. Je ne m'attendais pas que tu sois aussi bon dans ce domaine.

Il rouvrit les paupières. Ses yeux s'étaient de nouveau teintés d'une brume rêveuse.

— J'admets que j'ai eu l'occasion de m'entraîner, au fil des ans.

— Je ne m'en plaindrai pas. Mais il y a quand même un problème.

— Un problème ? répéta-t-il en enroulant une mèche rousse autour de son doigt. Quel problème ?

— Eh bien, au début, mon idée était qu'on couche ensemble.

— Je dois dire que c'était une excellente idée, commenta-t-il.

Il laissa la boucle se dérouler et en prit une autre.

— Ça, c'était la première partie. J'ai dit aussi que mon objectif était de purger mon organisme de l'envie que j'avais de toi.

— Oui, je me rappelle. Ça te démangeait, si je me souviens bien, précisa-t-il en caressant lentement le dos de Brenna. J'ai fait de mon mieux pour te soulager, non ?

— Oh, oui, je ne le nie pas. D'ailleurs, c'est une des causes du problème.

Sans le quitter des yeux, elle passa un doigt sur sa clavicule et remonta le long de son cou. Il battit des cils et plissa les paupières.

— Alors, quel est ton problème, O'Toole ? reprit-il.

— Eh bien, ça n'a pas marché. Ça me démange toujours. On va devoir recommencer.

— Quand il faut, il faut.

Il se redressa, la forçant à s'asseoir.

— Mais allons d'abord prendre une douche et dîner. Ensuite, on verra ce qu'on peut faire.

Brenna posa les mains sur les joues de Shawn.

— On est toujours amis, n'est-ce pas ? demanda-t-elle avec un petit rire.

— On est toujours amis.

Il la prit dans ses bras pour lui donner un baiser léger et affectueux. Mais il fut incapable de s'arrêter là.

Lorsqu'il la renversa sur le lit, Brenna n'avait déjà plus les idées claires.

— Et qu'est-ce qu'on fait de la douche et du dîner ? balbutia-t-elle.

— Plus tard.

Ce fut beaucoup plus tard, et ils se jetèrent sur les spaghettis comme s'ils n'avaient rien mangé depuis huit jours. Ils avaient déjà partagé des centaines de repas, aussi n'eurent-ils aucun mal à retomber dans l'amitié.

— Il paraît que les enfants de Betsy Clooney sont tous au lit avec la varicelle, disait l'un d'eux.

Ou encore :

— Tu as remarqué comment Jack Brennan regarde Theresa Fitzgerald, depuis qu'elle et Colin Riley ont rompu ?

Entre deux bouchées, Brenna lui raconta la dernière crise de larmes de sa sœur Patty à propos de la couleur des roses de son bouquet de mariée. Rose ou jaune ? Puis ils levèrent leurs verres au futur partenariat entre les Gallagher et Magee.

— Tu crois qu'il va envoyer quelqu'un pour faire le relevé du terrain et dessiner le plan de la salle de spectacle ? demanda Brenna.

Elle se leva et alla ouvrir à Buth, qui grattait à la porte.

— Si c'est son idée, on ne me l'a pas encore dit, répondit-il, tout en regardant le chat se glisser contre la jeune femme et se frotter contre sa jambe.

Brenna revint à table et envisagea un instant de se resservir. Puis elle songea qu'il serait vraiment déraisonnable de céder ainsi à tous ses appétits, alimentaires et sexuels. Aussi repoussa-t-elle son assiette avec un léger soupir.

— Comment pourrait-il dessiner ce qui doit être construit ici, à Ardmore, en restant assis dans son somptueux bureau de New York ?

— D'où tiens-tu qu'il a un bureau somptueux ?

— Les gens riches aiment ce qui est somptueux, décréta-t-elle. Demande à Darcy. En tout cas, il ne faut pas qu'il impose un bâtiment qui ne correspondrait pas du tout à l'architecture générale d'Ardmore.

— Je suis tout à fait d'accord avec toi.

Shawn se leva et commença à débarrasser la table.

— J'ai bien aimé ton dessin, ajouta-t-il. Tu devrais le mettre au propre pour que je le montre à Aidan. Si ça lui plaît et s'il est d'accord, nous pourrions le présenter à Magee.

Brenna resta immobile un moment.

— Tu ferais ça ? demanda-t-elle enfin.

Il la regarda par-dessus son épaule, tandis que l'évier se remplissait d'eau chaude.

— Et pourquoi ne le ferais-je pas ?

— Ce serait formidable. Même si Magee éclate de rire et le déchire en mille morceaux, cela représenterait beaucoup pour moi. Je ne suis pas architecte, ni ingénieur, ajouta-t-elle en se levant à son tour, mais j'ai toujours aimé dessiner et construire. Mon rêve, c'est de bâtir un jour une maison du rez-de-chaussée jusqu'au faîte du toit.

— Tu n'as même pas besoin de papier pour établir un plan, n'est-ce pas ? Tu vois déjà tout dans ta tête. D'abord, il n'y a qu'un espace vide. Ensuite, tu le combles en posant les pierres, les unes après les autres, et tu imagines chaque étape de l'ouvrage, jusqu'aux finitions.

— C'est exactement ça. Comment le sais-tu ?

— Composer une chanson n'est guère différent.

Les sourcils froncés, Brenna fixa le dos de Shawn. Jamais elle n'aurait pensé que leurs activités préférées pouvaient avoir un point commun.

— Je suppose que tu as raison. Je vais mettre mon dessin au propre. Ensuite, advienne que pourra !

Elle l'aida à faire la vaisselle. Une fois la cuisine rangée, elle s'aperçut qu'il était près de minuit et annonça qu'elle devait partir.

Shawn proposa de la raccompagner à sa camionnette, et ils étaient au milieu du couloir lorsqu'il eut une autre idée. Idée qu'il exprima de façon très simple et dépourvue de toute ambiguïté, en hissant Brenna sur son épaule et en l'entraînant dans la chambre.

Résultat, il était plus de 1 h 30 lorsqu'elle rampa dans la maison familiale. Ramper était d'ailleurs le mot juste, car elle n'avait pas la force de se déplacer autrement. Qui aurait cru que cet homme l'épuiserait à ce point ?

Elle éteignit la lampe de l'entrée, que sa mère avait laissée allumée pour elle, et poursuivit son chemin dans l'obscurité. Elle connaissait sa maison par cœur, aussi réussit-elle à éviter les lattes et les marches qui grinçaient et à gagner sa chambre sans faire de bruit.

Elle ne se douta pas un instant que sa mère l'avait entendue en dépit de ses précautions.

Une fois au lit, elle poussa un profond soupir, ferma les yeux et s'endormit aussitôt.

Elle rêva d'un palais d'argent bâti sur une colline verdoyante. Le parc fleuri et boisé qui l'entourait était traversé par une rivière. Mille petits diamants scintillaient à la surface de l'eau.

Elle emprunta le pont qui enjambait la rivière et entendit ses bottes marteler le marbre blanc, l'eau bouillonner sous les arches et son cœur battre précipitamment, non de peur, mais d'excitation.

Les arbres étaient couverts de pommes d'or et de poires d'argent. Elle aurait bien voulu cueillir un fruit, mordre dans sa chair pulpeuse et en goûter la saveur. Mais elle avait beau rêver, elle savait que si l'on s'aventurait dans le pays des fées, on ne devait rien manger et ne boire que de l'eau, sinon les esprits vous gardaient prisonnier durant cent ans. Aussi se contenta-t-elle de regarder étinceler les fruits.

Elle se dirigea ensuite vers le grand portail d'argent du palais. Le chemin qui y menait était rouge comme une mer de rubis. Le portail s'ouvrit devant elle, laissant échapper des échos de cornemuses et de flûtes.

Elle entra dans le palais et fut aussitôt envoûtée par la musique enchanteresse et l'atmosphère parfumée qui y régnaient. Le long des murs se dressaient d'immenses torches aux flammes hautes et claires. Le vestibule était empli de fleurs et meublé de fauteuils dont les coussins arboraient toutes les couleurs des pierres précieuses. Mais elle ne vit personne.

Attirée par la musique, elle monta l'escalier, sa main glissant sur une rampe douce et brillante comme un long saphir effilé.

Il n'y avait toujours pas d'autre bruit que cette musique étrange, pas d'autre mouvement que les siens.

En haut des marches s'ouvrait un long corridor, aussi large que deux hommes allongés l'un à la suite de l'autre. Elle fit quelques pas et regarda autour d'elle. Sur sa gauche se trouvait une porte recouverte de topazes. Sur sa droite, elle en vit une autre, sur laquelle scintillait un tapis d'émeraudes. Et droit devant elle brillait une troisième porte ornée de perles blanches.

C'était de là que venait la musique.

Elle ouvrit la porte et entra.

Des fleurs dégoulinaient le long des murs. Des tables aussi vastes que des lacs gémissaient sous le poids de plats remplis de victuailles. Mille parfums capiteux embaumaient l'air. Une mosaïque de pierres précieuses, disposées selon des motifs divers, recouvrait le sol.

D'innombrables fauteuils, coussins et canapés capitonnés meublaient la salle immense, mais tous étaient vides. Tous, sauf un : le trône sur lequel était assis un homme vêtu d'un pourpoint d'argent, droit et majestueux.

— Tu n'as pas hésité, dit-il. Pas une fois tu n'as songé à faire demi-tour. Au contraire, tu as pénétré hardiment dans un territoire qui t'était inconnu. Je m'incline devant ton courage.

Il lui sourit et tendit la main. Une pomme apparut aussitôt sur sa paume.

— Tu aimerais y goûter ?

— J'aimerais bien, oui, mais je n'ai pas un siècle à vous consacrer.

Il rit et, d'une chiquenaude, fit disparaître le fruit.

— Je ne t'aurais pas laissée mordre dedans, de toute façon, car j'ai plus besoin de toi dans ton monde que dans le mien.

Curieuse, elle balaya la pièce du regard.

— Vous êtes seul ?

— Non, je ne suis pas seul. Mais les fées aussi aiment dormir. La lumière n'était là que pour te guider. En ce moment, il fait nuit ici, comme chez toi. Mais je voulais te parler seul à seule.

— Très bien, fit-elle en écartant les bras. Me voilà.

— J'ai une question à te poser, Mary Brenna O'Toole.

— J'essaierai d'y répondre, Carrick, prince des fées.

Il eut un petit sourire approbateur, puis il se pencha vers elle et recouvra son sérieux.

— Accepterais-tu une perle de la part de ton amant ?

Drôle de question, se dit-elle. Mais, après tout, c'était un rêve, et elle en avait déjà fait de plus bizarres.

— Oui, je l'accepterais, si elle m'était donnée sans arrière-pensée.

Avec un soupir impatient, Carrick frappa l'accoudoir de son trône, et sa bague lança des éclairs argentés et bleutés.

— Pourquoi les mortels posent-ils toujours des conditions ?

— Et pourquoi les esprits ne sont-ils jamais satisfaits quand on leur répond franchement ?

Les yeux de Carrick s'éclairèrent d'une lueur amusée.

— Tu es une fille audacieuse. Heureusement pour toi, j'ai un faible pour les mortels.

— Je suis au courant, dit-elle en s'approchant de lui. J'ai vu Lady Gwen, à propos. Elle se languit de vous. J'ignore si cela vous réconforte, mais c'est un fait.

— Je sais ce qu'il y a dans son cœur, mais je ne peux rien faire d'autre qu'attendre. Faut-il nécessairement souffrir avant d'être heureux en amour ?

— Je n'ai pas la réponse à cette question.

— Mais tu en fais partie, murmura-t-il en se redressant. Tu fais partie de la réponse. Dis-moi, qu'éprouves-tu pour Shawn Gallagher ?

Avant qu'elle ait pu répondre, il leva la main en signe d'avertissement. La colère qui avait empourpré les joues de Brenna ne lui avait pas échappé.

— Prends garde. Ici, tu es chez moi, et c'est un jeu d'enfant pour moi de te faire dire la vérité. Rien que la vérité. Alors, réponds avec sincérité.

— J'ignore ce que j'éprouve pour lui. C'est la vérité, il faut que vous l'admettiez, car je n'ai rien de plus à vous offrir.

— Alors, il est grand temps que tu examines ton cœur et que tu saches ce qu'il recèle, tu ne crois pas ?

Il poussa un long soupir de dédain.

— Mais ça, bien sûr, tu ne pourras le faire que le jour où tu seras prête. En attendant, retourne à ton sommeil.

Il agita la main et se retrouva seul avec ses pensées, dans l'éclat chatoyant des joyaux qui l'entouraient. Quant à Brenna, elle plongea dans un sommeil sans rêves.

Brenna ne dormit pas plus de quatre heures cette nuit-là, mais elle se réveilla en pleine forme, et son énergie ne la quitta pas de la journée. D'ordinaire, lorsqu'elle se couchait tard et se levait tôt, elle était fatiguée et grognon quasiment jusqu'au soir. Mais, ce jour-là, elle fit preuve d'une telle bonne humeur que son père l'en félicita à plusieurs reprises.

Pouvait-elle lui dire que cette euphorie était due à une sexualité saine et satisfaisante ? Non, impossible. Père et fille avaient beau être très proches, elle doutait qu'il soit heureux d'apprendre ses exploits de la nuit précédente.

Quant à son rêve, elle s'en souvenait presque aussi nettement que de sa soirée avec Shawn. Mais elle n'avait pas l'intention de laisser cette histoire abracadabrante lui embrouiller l'esprit.

— Ça ira pour aujourd'hui, tu ne trouves pas, Brenna chérie ?

Mick se redressa, s'étira, puis regarda sa fille. Accroupie, elle peignait et repeignait sans relâche les mêmes quinze centimètres de plinthe.

— Brenna ?

— Mmm ?

— Tu ne crois pas que cette petite surface de bois est suffisamment recouverte de peinture, maintenant ?

— Quoi ? Oh ! J'avais l'esprit ailleurs, expliqua-t-elle.

Elle trempa son pinceau dans le pot et s'attaqua à la section suivante.

— Il est temps de s'arrêter, insista Mick.

— Déjà ?

— Qu'est-ce que ta mère a mis dans tes flocons d'avoine, ce matin, pour te donner autant d'énergie ? demanda-t-il en rassemblant leurs outils. Et pourquoi n'y ai-je pas eu droit, moi ?

— Je n'ai pas vu le temps passer, c'est tout.

Brenna se leva, regarda autour d'elle et constata avec surprise qu'elle avait abattu une sacrée quantité de travail. Elle avait l'impression d'être restée branchée toute la journée sur pilote automatique.

— On a presque fini, ici, commenta-t-elle.

— Demain, on commencera la chambre voisine. Je crois que nous avons bien mérité une grosse portion du rôti que ta mère nous a promis.

— Tu es fatigué, papa. Laisse-moi nettoyer, suggéra-t-elle. J'ai envie d'aller voir Darcy. Tu peux dire à maman que je mangerai un sandwich au pub ?

— Tu me lâches, alors ? demanda-t-il, l'air chagriné. Tu sais bien que ta mère et Patty vont me faire tourner en bourrique avec leurs discussions sur les préparatifs du mariage.

Brenna avait complètement oublié ce détail – qui lui donnait d'ailleurs une raison supplémentaire pour ne pas rentrer directement à la maison.

— Tu veux m'accompagner au pub ? proposa-t-elle.

— J'aimerais bien, mais ta mère serait capable de m'arracher la tête pour la servir sur son plus beau plat de porcelaine. Promets-moi au moins que, quand ton tour viendra, tu ne me demanderas pas si je préfère les broderies ou la soie et que tu n'éclateras pas en sanglots si je donne la mauvaise réponse.

— Je t'en fais la promesse solennelle.

Elle l'embrassa sur la joue pour sceller son serment.

— Tu as intérêt à tenir parole, ma fille, dit-il en boutonnant sa veste. Et si les choses se gâtent à la maison, il n'est pas exclu que tu me voies débouler au *Gallagher's*.

— Dans ce cas, je te paierai une pinte.

Lorsqu'il fut parti, Brenna nettoya la pièce avec un soin tout particulier. Elle avait beau se dire qu'il n'y avait rien de répréhensible dans le fait de passer la soirée avec Darcy, cette tâche l'aidait à se sentir moins coupable. Et puis, si elle voyait Shawn au pub, ce ne serait pas sa faute. Il travaillait là-bas, non ?

Dès son arrivée au pub, Brenna mit un point d'honneur à chercher Darcy et ne tarda pas à la repérer. Son amie était postée au bout du comptoir et se faisait courtiser par M. Riley. Brenna s'assit à côté du vieil homme et se pencha pour embrasser sa joue parcheminée.

— Dites donc, je vous surprends en train de faire de l'œil à une autre femme, alors que vous n'arrêtez pas de répéter que vous n'aimez que moi.

— Voyons, chérie, il faut bien qu'un homme regarde du côté où sa tête est tournée. Mais je t'attendais. Viens donc t'asseoir sur mes genoux.

Vu sa maigreur, toute tentative de cet ordre risquait de lui briser les os en mille morceaux.

— Vous savez, cher monsieur Riley, les femmes O'Toole sont des créatures jalouses. Maintenant, je vais prendre cette fille à part et lui dire son fait pour avoir essayé de me piquer ma place dans votre cœur.

Tandis qu'il s'esclaffait, elle fit signe à Darcy de la suivre à une table.

— Je crève d'envie de boire une pinte de bière, et mon estomac crie famine. Qu'est-ce que Shawn a préparé, ce soir ?

Les sourcils froncés, Darcy planta un poing sur sa hanche.

— Alors, ça y est, hein ? Tu as couché avec lui ?

— Qu'est-ce que tu racontes ?

Darcy avait chuchoté, mais Brenna jeta tout de même un coup d'œil paniqué autour d'elle, pour vérifier que personne ne l'avait entendue.

— Tu crois que je peux regarder une fille que je connais depuis qu'elle est née et ne pas voir qu'elle s'est payé une partie de jambes en l'air la nuit précédente ? Avec Shawn, on ne peut jamais être sûr, parce qu'il a quasiment tout le temps les yeux rêveurs. Mais avec toi, c'est différent.

— Et alors ? grommela Brenna en s'asseyant. Je t'avais dit que je le ferais... Et puis, zut ! s'écria-t-elle en croisant le regard malicieux de son amie. Je ne te raconterai rien.

— Qui t'a dit que ça m'intéressait ?

Mais, bien évidemment, cela l'intéressait. Darcy s'assit en face de son amie et se pencha en avant.

— Juste une chose.

— Non.

— S'il te plaît... Il y a un sujet précis sur lequel, toi et moi, on s'est toujours dit la vérité, quel que soit le partenaire, quelles que soient les circonstances.

— Ah, flûte !

C'était vrai, et rompre la tradition aurait été aussi grave que manquer à sa parole.

— Quatre fois la nuit dernière.

— Quatre ?

Les yeux écarquillés, Darcy se tourna vers la cuisine et fixa la porte, comme si son regard avait pu la traverser et épingler son frère sur le mur opposé.

— Eh bien, il remonte dans mon estime. Pas étonnant que tu aies l'air aussi détendue.

— Je me sens merveilleusement bien. Ça se voit vraiment ?

— Ne t'inquiète pas, il faut y regarder de près. Bon, j'ai des clients, dit Darcy en se levant. Je t'apporte une pinte tout de suite… Et, à ta place, j'essaierais la poule au pot. Elle a du succès.

— D'accord. Mais je vais voir si je peux dîner à la cuisine.

— Très bien. Dans ce cas, prends ta pinte au passage. Tu restes avec moi, ce soir ? Je parie que j'arriverai à t'extorquer un peu plus de renseignements.

— Tu y arriverais probablement, parce que tu es une fille rusée, mais il faut que je rentre de bonne heure. Je n'ai pas beaucoup dormi, la nuit dernière.

— Vantarde, fit Darcy en riant.

Sur ce, elle s'élança dans la salle, son carnet à la main, pour prendre la commande du client qui venait de lui faire signe.

— Comment vas-tu, Brenna ? demanda Aidan, lorsque celle-ci le rejoignit derrière le comptoir.

— Pourquoi ? Je n'ai pas l'air bien ?

Il lui jeta un coup d'œil surpris.

— Euh… si, si. Tu as l'air en forme.

— C'est le cas, merci.

Tout en se traitant d'idiote, Brenna se tira une bière.

— Je suis fatiguée, reprit-elle sur un ton d'excuse. Je pensais manger rapidement quelque chose à la cuisine, puis rentrer me coucher.

— Tu es la bienvenue, comme toujours.

— Tu auras besoin d'un coup de main, cette semaine ?

— Oui, vendredi et samedi soir, si tu n'as rien de prévu.

— Compte sur moi.

Avec désinvolture, du moins l'espérait-elle, Brenna poussa la porte de la cuisine.

— Aurais-tu un repas chaud pour une femme affamée ?

Shawn se détourna de l'évier rempli d'eau chaude, et ses yeux s'éclairèrent. Brenna porta sa pinte à ses lèvres.

— J'ai là quelque chose qui devrait te plaire, répondit-il. Je me demandais si tu viendrais me voir ce soir.

Brenna eut un petit rire.

— Je suis passée dire bonjour à Darcy, dit-elle en s'asseyant. Mais ça ne m'ennuie pas de te voir aussi.

Elle le regarda fermer le robinet et s'essuyer les mains sur le torchon qui pendait à sa ceinture.

— Comment va ton organisme, aujourd'hui ? demanda-t-il.

— Mon organisme va très bien, merci. Bien qu'il me semble que ça me démange encore un peu.

— Faut-il que j'intervienne ?

— Si tu veux.

Il se glissa derrière la chaise de Brenna et fit frétiller l'organisme en question en lui mordillant l'oreille.

— Viens chez moi, ce soir.

Elle frissonna. Entendre Shawn murmurer alors qu'elle ne pouvait voir son visage lui semblait d'un érotisme indescriptible.

— Ce n'est pas possible. Comment expliquerai-je cela à ma famille ?

— Je ne sais pas quand j'aurai une autre soirée de libre.

La vue de Brenna se troubla, tandis qu'il lui léchait le pourtour de l'oreille.

— Et les matins ? suggéra-t-elle.

— Il se trouve qu'en ce moment, tous mes matins sont libres, répondit-il en lui ôtant sa casquette.

— Je viendrai dès que possible.

Il plongea les mains dans ses cheveux, et elle eut envie de s'étirer et de ronronner comme un chat.

— La porte est toujours ouverte, ajouta-t-il.

13

La matinée était douce. Une pluie fine arrosait les premières fleurs printanières. Au-dessus du sol flottait une légère couche de brouillard, que dissiperaient bientôt les rayons du soleil.

Un grand silence régnait dans le cottage de la colline aux fées lorsque Brenna y pénétra. Les fées aimaient dormir, se rappela-t-elle. Les fantômes aussi, sans doute. Peut-être profitaient-ils des aubes pluvieuses pour prolonger leurs rêves.

Quant à elle, elle était pleine d'énergie et savait fort bien comment la dépenser.

Elle s'assit sur la première marche de l'escalier pour ôter ses bottes. Puis, l'endroit s'y prêtant aussi bien qu'un autre, elle se débarrassa de sa veste et de sa casquette. Elle suspendit celle-ci au pommeau de la rampe et tapota la broche qui l'ornait, la petite fée en argent qui avait survécu à un grand nombre de couvre-chefs.

Qui d'autre que Shawn aurait pu lui faire un tel cadeau ? La plupart des gens ne lui offraient que des objets pratiques : un outil, un livre, des chaussettes chaudes ou une chemise de travail indéchirable. Ils la voyaient comme une personne pragmatique, qui n'avait pas de temps à perdre en raffinements inutiles. Et c'était ainsi qu'elle se voyait elle-même, en fait.

Mais, de la part de Shawn, elle avait un jour reçu une petite fée en argent aux ailes déployées.

Et, se demanda-t-elle encore, si quelqu'un d'autre la lui avait offerte, l'aurait-elle portée jour après jour sans se poser de questions ?

Elle l'ignorait. De même qu'elle ignorait si cela avait une signification quelconque. Aussi haussa-t-elle les épaules et écarta-t-elle cette pensée. Entre Shawn et elle, c'était comme ça, et voilà tout.

Il dormait, enfoui sous les couvertures et allongé en travers du matelas, en homme habitué à avoir le lit pour lui seul. Buth, lové au bout du lit, ouvrit un œil placide lorsque Brenna entra dans la chambre.

— Tu montes la garde ? chuchota-t-elle au chat noir. Eh bien, je viens te relever et, à ta place, j'irais voir ailleurs, sauf si tu n'as pas peur de rougir ou de crever de jalousie.

Buth commença par faire le dos rond, puis, comme pris d'une envie subite, il sauta à terre et vint se frotter contre la jambe de Brenna. Elle se pencha et lui accorda une caresse.

— Désolée, mon vieux, mais ce n'est pas avec toi que j'ai l'intention de jouer, ce matin.

Le type avec qui elle avait l'intention de jouer accaparait chaque centimètre du lit. Eh bien, il allait devoir partager, se dit-elle en déboutonnant sa chemise.

Il ne restait que des cendres dans la cheminée, et la chambre était froide, mais Brenna décida de ne pas rallumer le feu. Elle préférait utiliser d'autres moyens, plus plaisants, pour réveiller Shawn.

C'était un dormeur paisible, remarqua-t-elle en se déshabillant, du genre à se blottir dans ses rêves sans s'agiter dans tous les sens. Elle savait qu'il avait le sommeil profond – n'avait-elle pas entendu des douzaines de fois Mme Gallagher lui crier de se réveiller, le matin, après qu'elle avait passé la nuit dans la chambre de Darcy, comme cela lui était arrivé si souvent ?

C'était émouvant de le regarder à son insu, alors qu'il ignorait ce qu'elle mijotait. Dans le sommeil, ses traits respiraient la force et l'innocence. Ce qui n'avait rien d'étonnant, car elle l'avait toujours trouvé beaucoup plus innocent qu'elle-même.

Il croyait au destin. Il était persuadé que les choses arrivaient d'elles-mêmes, en temps voulu, sans qu'on ait à intervenir. Cette nonchalance et cette passivité exaspéraient Brenna, qui ne supportait pas de le voir gâcher son talent. Croyait-il vraiment qu'un beau matin, un inconnu pousserait sa porte, s'aventurerait dans son salon, feuilletterait les partitions éparpillées sur son piano et pousserait des cris d'admiration en sortant un contrat prêt à être signé ?

Il ne suffisait pas d'écrire des chansons, il fallait aussi les montrer au monde. Pourquoi ne s'en rendait-il pas compte ? La vérité, c'était qu'il était trop paresseux pour prendre les choses en main. Mais mieux valait ne plus y penser, sinon elle ne serait plus d'humeur à faire ce qu'elle avait prévu, et elle aurait perdu sa matinée.

Nue, elle se glissa sous les draps, se hissa aussitôt sur le dormeur et l'embrassa à pleine bouche. Son objectif était de jouer une version inversée de *La Belle au bois dormant*. Mais sans s'arrêter au baiser.

Shawn naviguait au sein de rêves délicieux, dans lesquels surgirent soudain des sensations inattendues. Il y eut tout d'abord la saveur d'une femme, qui éveilla ses sens endormis. Puis son parfum, subtil et familier, qui fit battre son pouls plus vite. Enfin, des formes douces et le contact d'une peau qui glissait sur la sienne.

Sa main se perdit dans une merveilleuse masse de cheveux, et il marmonna son nom. Elle se mit à onduler, l'enveloppa, et le premier élan de plaisir se manifesta alors qu'il était encore à moitié assoupi.

Il s'enfonça en elle, et pour la première fois de sa vie, le contrôle de son propre corps lui échappa. Il ne pouvait que la laisser faire.

Lorsqu'il ouvrit enfin les yeux, il la vit dressée sur lui dans la douce lumière grise de l'aube. Ses cheveux flamboyaient, ses yeux verts étincelaient. Elle se pencha soudain vers son visage et accéléra le rythme, l'amenant jusqu'à l'extase.

— Sainte Mère de Dieu, souffla-t-il.

Aucun autre commentaire n'aurait fait plus plaisir à Brenna.

— Bonjour, répondit-elle d'un ton allègre. C'est tout ce que je peux t'accorder. Il faut que je m'en aille.

— Quoi, déjà ? Pourquoi ? s'écria-t-il en la rattrapant par la main.

Elle se dégagea aussitôt et s'éloigna.

— Eh bien, j'en ai fini avec toi, mon gars, et j'ai du boulot.

— Reviens.

Il roula sur le flanc et tendit la main vers elle.

— Je m'occuperai mieux de toi, maintenant que je suis réveillé.

— J'ai fait en sorte que nous soyons tous les deux satisfaits, répliqua-t-elle en enfilant son tee-shirt. On m'attend à l'hôtel, et avant de partir, il faut que je jette un coup d'œil à ta voiture, puisque c'est l'excuse que j'ai donnée à papa pour m'arrêter chez toi.

— À ce soir, alors.

Le chat sauta sur les fesses de Shawn et y enfonça ses griffes, arrachant un grognement à son maître.

— Trouve un moyen de rester là toute la nuit, insista-t-il.

Sans cesser de s'habiller, Brenna se tourna vers lui. Il la regardait, les yeux mi-clos.

— Plutôt demain. Je travaille au pub, le soir. Je n'aurai qu'à dire que je passe la nuit chez Darcy.

— Pourquoi es-tu obligée de mentir ?

— Je n'ai pas envie que les gens se mettent à cancaner sur notre compte.

— Pourquoi ? Ça n'a pas d'importance.

— Bien sûr que si.

Lorsqu'elle croisa de nouveau son regard, il avait les yeux grands ouverts et la dévisageait fixement.

— Tu as honte, Brenna ?

— Non. Mais ça ne les regarde pas. Bon, je vais jeter un coup d'œil à ta voiture, et à la première occasion, elle aura droit à une bonne révision.

Elle se pencha pour l'embrasser et se redressa promptement.

— Je reviendrai dès que je pourrai, promit-elle en quittant la pièce.

Shawn bascula sur le dos. Agacé, Buth se réfugia plus loin. En bas, la porte d'entrée se referma.

Depuis quand avait-il cessé d'être satisfait de ce que Brenna lui offrait ? se demanda-t-il. Pourquoi en voulait-il plus ? Quel était ce besoin qui grandissait en lui ? Avait-il toujours été là ?

Des questions, toujours des questions, se dit-il en se levant, et pas le début d'une seule réponse.

Il s'apprêtait à aller bouder sous la douche lorsque le bruit du moteur de sa propre voiture l'attira à la fenêtre.

Il vit Brenna sortir du véhicule et s'approcher du capot. Elle l'ouvrit et plongea la tête dessous. Elle devait probablement le maudire parce qu'il avait oublié de faire ceci ou laissé s'encrasser cela. Inutile de lui expliquer que, pour lui, tout ce qui se trouvait dans cette machine était sale et mystérieux et que cela ne l'intéressait aucunement. Tout ce qu'il voulait, c'était que le moteur démarre lorsqu'il tournait la clé. Le reste, il s'en moquait.

Mais c'était justement le genre de chose qui passionnait Brenna. C'était une bricoleuse dans l'âme. Elle n'était jamais aussi heureuse que lorsqu'elle avait démonté une machine et que toutes les pièces étaient étalées sous ses yeux, livrées à son examen attentif. Il faudrait d'ailleurs qu'il lui montre son grille-pain. Ce fichu instrument carbonisait tout ce qu'on y glissait, mais d'un côté seulement.

Finalement, elle sortit la tête du moteur, referma le capot, leva les yeux vers la fenêtre derrière laquelle il se tenait et lui adressa un regard exaspéré, auquel il répondit par un sourire espiègle. Après quoi, elle s'éloigna à grands pas sous la pluie. Vu la façon dont ses lèvres remuaient, il devina qu'elle l'envoyait au diable.

Brenna se hissa dans sa camionnette, claqua la portière et, avec son énergie et son insouciance habituelles, recula vivement sur la route. Véhicule et conductrice s'éloignèrent en cahotant sur la chaussée inégale.

Derrière la fenêtre, Shawn ne souriait plus. Son amusement avait disparu, laissant place à un étonnement horrifié. Une des questions qui le harcelaient venait de trouver sa réponse, laquelle ne lui plaisait pas du tout.

Il était amoureux de Brenna.

— Nom de Dieu ! Qu'est-ce que je suis censé faire, maintenant ?

Il voulut fourrer les mains dans ses poches, puis se rappela qu'il était nu. Une bonne douche parviendrait peut-être à dissiper ce sentiment stupide, se dit-il.

Il se retourna et, l'espace d'une seconde, resta pétrifié. Les mains croisées devant elle, Lady Gwen le regardait depuis le seuil de la chambre.

— Doux Jésus, souffla-t-il en attrapant une couverture, qu'il drapa vivement autour de ses hanches. Un homme a droit à un peu d'intimité quand il est chez lui, non ?

Rouge de confusion, il la regarda de nouveau. Elle avait l'air aussi réelle que le chat qui tournait autour d'elle en grognant férocement, et elle était aussi jolie que le disait la légende. La compassion qu'il lut dans ses yeux lui noua le ventre.

Pas de doute, elle était bien là.

— Alors, c'est ce que vous attendiez pour vous montrer enfin à moi ? Que je souffre ? On dit que le malheur aime la compagnie, mais il se trouve que moi, je préfère soigner mes blessures tout seul.

Elle fit quelques pas vers lui, d'une démarche à la fois digne et gracieuse. Puis elle leva la main, et bien qu'il ne sentît pas le contact de sa peau sur la sienne, une caresse réconfortante lui réchauffa la joue.

Sur ce, elle disparut.

Il fit ce qu'il avait l'habitude de faire lorsque survenait un incident préoccupant. Il le remisa dans un coin de sa tête, en espérant qu'une solution finirait par surgir, et il se mit à composer.

La musique était indispensable à son équilibre et nourrissait son cœur. Il avait beau être très proche de sa famille, il n'avait jamais pu leur expliquer ce qu'il éprouvait lorsqu'un air prenait forme dans sa tête, se développait, phrase après phrase, pour devenir finalement une mélodie cohérente et harmonieuse.

C'était la seule chose qu'il avait jamais possédée, la seule chose qu'il avait jamais redouté de perdre.

Jusqu'à Brenna.

Elle avait toujours été là, comme sa musique et, sans le savoir, il avait toujours eu besoin d'elle. Et maintenant qu'il en avait pris conscience, il craignait de la perdre, elle aussi.

Tout à ses pensées, il ouvrit une petite boîte posée sur le piano. Elle contenait la perle que Carrick lui avait donnée sur la tombe de Maud. Il comprenait enfin ce que le prince des fées attendait de lui. Mais il n'était pas prêt à offrir ce joyau à Brenna.

Quoi que les autres aient prévu pour lui, il agirait en son heure et à sa façon. Il avait promis à Brenna de rester son ami. Il ne reprendrait pas sa parole, mais il commençait à comprendre ce qu'il lui en coûterait de tenir cette promesse, s'il ne parvenait pas à gagner son cœur.

La femme qui s'était glissée dans son lit ce matin ne recherchait pas une histoire d'amour, seulement des instants de plaisir. Lui-même s'était comporté comme elle, en d'autres temps et avec d'autres femmes. Se retrouver dans la peau de celui qui languit n'était pas confortable. Or il tenait à son confort, et il n'avait pas l'intention de languir longtemps.

Il lui suffisait d'imaginer un plan. Comme il s'agissait de Brenna, il savait qu'il atteindrait son objectif plus vite et sans heurt s'il réussissait à lui faire croire que l'initiative venait d'elle.

« Voyons, voyons, réfléchissons », se dit-il en laissant ses doigts courir sur les touches du piano. Eh bien, voilà, c'était tout simple : il devait s'arranger pour que Brenna O'Toole lui fasse la cour.

L'idée l'amusa tant que ses doigts s'emballèrent et que le morceau devint plus vif. Il s'interrompit, le temps d'écrire les notes et, aussitôt, les paroles surgirent dans sa tête.

Attrape-moi. Je te ferai languir aussi longtemps qu'il le faudra,

Mais hâte-toi, ma ravissante rouquine, car tu es la seule que je peux aimer.

Alors, embrasse-moi vite, dis que tu m'aimeras aussi longtemps que les oiseaux chanteront dans les arbres et ordonne-moi de me jeter à tes pieds.

Il se détendit et sourit. Qui les aurait imaginés ensemble ?

Elle, les pieds sur terre. Lui, la tête dans les étoiles. Leurs personnalités étaient diamétralement opposées. Mais le cœur se fichait bien de la logique. D'ailleurs, il était assez malin pour savoir qu'il aurait gâché sa vie en choisissant pour compagne une femme aussi rêveuse que lui. De la même façon, si Brenna était tombée dans les bras d'un homme aussi irascible qu'elle – individu que Shawn ne parvenait pas à imaginer –, ils se seraient défoncé le crâne à coups de marteau avant la fin de la première semaine de vie commune.

Aussi, en s'éprenant d'elle et en s'arrangeant pour qu'elle décide de transformer une simple aventure en une union permanente, il ne faisait que la sauver d'une existence violente, et à coup sûr peu durable.

Satisfait de ses réflexions, il referma la petite boîte, cachant la perle à la lueur du jour, laissa ses partitions éparpillées sur le piano et se mit en route pour une nouvelle journée de travail.

Ce fut en pensant à Brenna qu'il prépara des chaussons aux pommes. Cela lui semblait plutôt futé. Comment ne pourrait-elle pas éprouver un faible pour un homme qui savait cuisiner un de ses desserts préférés ? Oui, c'était un premier pas.

À titre de distraction, Shawn s'amusa à énumérer toutes les raisons qui s'opposaient à cet amour inattendu. En tête de liste venait le fait, tout simple mais indéniable, qu'il n'avait pas prévu de tomber amoureux, du moins pas sérieusement, avant des années.

Et lorsqu'il imaginait l'heureuse et lointaine élue, il s'agissait toujours d'une créature douce, féminine et de caractère placide. Une femme paisible, songea-t-il en garnissant la pâte feuilletée de compote de pommes. Brenna O'Toole avait beau être sensationnelle au lit, elle n'avait rien de paisible. Et, bien que cela soit très tentant, un homme ne pouvait passer sa vie au lit avec une femme.

Cette idée lui rappela la façon dont elle l'avait réveillé, quelques heures plus tôt, le chevauchant et l'amenant à l'orgasme alors qu'il était encore à moitié assoupi. Ce souvenir le mit mal à l'aise, et il s'empressa de le refouler.

Il ne s'était pas épris de Brenna à cause du plaisir qu'elle lui donnait, mais ce plaisir lui avait permis de comprendre que c'était elle qu'il attendait. Elle n'avait jamais été une femme de tout repos. Bon Dieu, non ! Depuis sa plus tendre enfance, elle n'avait cessé de l'asticoter, au point qu'il avait souvent eu envie de l'étrangler. Pourquoi cela s'arrêterait-il, d'ailleurs ? Jusqu'à la fin de ses jours, elle chercherait la bagarre.

Mais elle savait aussi le faire rire. Et, la plupart du temps, elle devinait ce qu'il avait en tête avant même qu'il n'ait trouvé les mots pour le dire. Et cela, c'était précieux.

Mais il y avait un point noir, quelque chose qui lui faisait vraiment mal : elle n'appréciait guère sa musique. Il préférait se dire qu'il s'agissait seulement d'incompréhension. Lui-même ignorait tout des mystères qui se cachaient sous le capot d'une voiture, après tout.

De toute façon, cela ne servait à rien de peser le pour et le contre. Son cœur appartenait déjà à Brenna, même s'il devait l'amener à vouloir le conquérir.

Il badigeonna ses chaussons de jaune d'œuf et les glissa dans le four.

Lorsque Darcy entra, il sifflotait en surveillant la cuisson du ragoût.

— Mon garde-manger est aussi nu que la tête de Rory O'Hara, annonça-t-elle. Il faut que je mange un sandwich avant le début du service.

— Je m'en occupe, dit Shawn, avant qu'elle n'ait eu le temps de fourgonner dans le réfrigérateur. Sinon, ce sera à moi de nettoyer tes saletés.

— Au rosbif, s'il t'en reste.

— Il m'en reste.

— Alors, ne sois pas radin.

Darcy s'assit sur une chaise et posa les pieds sur une autre, autant pour admirer ses chaussures neuves que pour reposer ses jambes en prévision du long service qui l'attendait. Puis elle remarqua les plats sales qui jonchaient la table et huma l'air.

— Ce sont des chaussons aux pommes qui cuisent dans le four ?

— C'est possible. Et il est possible qu'il en reste un pour toi, si tu es gentille avec moi.

Elle attira un plat à elle, passa un doigt à l'intérieur et le lécha.

— Il me semble que Brenna adore ça.

Shawn coupa le sandwich en deux, comme l'aimait sa sœur, et déposa l'assiette devant elle.

— Il me semble aussi, dit-il d'un ton neutre.

— Est-ce que vous… Non, je ne veux pas savoir. Ma meilleure amie et mon frère, reprit-elle, après avoir avalé une première bouchée. Je ne pensais pas que je devrais un jour m'efforcer de chasser cette image de ma tête.

— Eh bien, continue à t'efforcer, répliqua-t-il en s'asseyant en face d'elle. Tu es l'amie de Jude, et ça n'a pas eu l'air de te tracasser qu'Aidan et elle…

— Notre amitié était récente, c'était complètement différent. Ce doit être à cause de ta jolie petite gueule, décréta-t-elle en jetant à Shawn un regard sévère. Je ne vois pas d'autre explication. Brenna te connaît comme sa poche, et elle n'est certainement pas tombée en arrêt devant ta personnalité fascinante. Elle a juste été éblouie par ton physique, qui n'est pas vilain, on ne peut le nier.

— Tu dis ça parce que nous nous ressemblons.

Un sourire découvrit les dents de Darcy.

— C'est assez vrai. Mais ce n'est pas notre faute si nous sommes beaux, n'est-ce pas, chéri ?

— Nous ne pouvons que porter de notre mieux ce terrible fardeau. Et en faire profiter autrui, ajouta-t-il.

— C'est un fardeau qui ne me déplaît pas. Et si un homme ne cherche pas à voir au-delà de mon visage, tant pis. Moi, je sais qu'il y a un cerveau derrière, et ça me suffit.

— Ton Dublinois te traite comme un petit chien de salon ?

— Il aime sortir avec moi et il m'invite dans des endroits très chics, répondit Darcy avec un haussement d'épaules.

Elle ne pouvait s'empêcher d'être déçue par cette relation, pourtant riche de potentiel. Aussi profita-t-elle de la question de Shawn pour vider son sac.

— Il passe la moitié du temps à se vanter et à essayer de m'impressionner. Mais il est loin d'être aussi malin qu'il le croit, et ses succès sont plus dus aux relations de sa famille qu'à son intelligence ou à son travail.

— Autrement dit, tu en as marre de lui.

Elle ouvrit la bouche, la referma, puis haussa de nouveau les épaules.

— Oui, admit-elle. Qu'est-ce qui cloche chez moi ?

— Si je te le dis, tu vas me jeter cette assiette à la figure.

— Non, assura-t-elle en repoussant l'objet incriminé. Pas cette fois-ci.

— D'accord, je vais te dire quel est ton problème. Tu n'as aucun respect pour les hommes qui tombent à tes pieds en te promettant de t'offrir le monde sur un plateau. Ces types-là te sous-estiment, tout comme tu le fais. Tu as porté ton propre plateau toute ta vie sans l'aide de personne. Et tu sais que tu peux continuer à le faire.

Des larmes inattendues envahirent les yeux de Darcy.

— Je veux plus, déclara-t-elle. Qu'y a-t-il de mal à vouloir plus ?

— Rien. Rien du tout, répondit-il en posant la main sur celle de sa sœur.

— Je veux voyager, voir le monde. Posséder des choses.

Elle bondit sur ses pieds et se mit à faire les cent pas dans la cuisine, tel un lion en cage.

— Tout serait plus facile si je pouvais être amoureuse de Matthew. Un tout petit peu, ça suffirait. Mais je ne le suis pas, et j'ai beau me donner du mal, je n'y arrive pas. Si bien que je me suis réveillée ce matin avec la certitude que j'allais rompre et, du coup, renoncer à un charmant voyage à Paris.

— C'est la bonne décision.

— Je n'ai pas pris cette décision parce que c'était la bonne, riposta-t-elle, mais parce que je n'avais pas envie que mon premier séjour à Paris soit gâché par un homme qui me fait périr d'ennui.

Elle revint s'asseoir, se pencha en avant et conclut d'un ton grave :

— Je ne suis pas quelqu'un de gentil, Shawn.

Il lui tapota la main.

— Je t'aime quand même, dit-il.

Darcy resta perplexe un instant, puis ses yeux s'éclairèrent.

— J'aurais dû deviner que tu n'énumérerais pas mes qualités. Mais, malgré tout, je me sens mieux.

Rassérénée, elle plongea de nouveau le doigt dans le plat et ramassa un peu de pâte.

— J'aimerais trouver quelqu'un avec qui m'amuser et batifoler, comme tu le fais avec Brenna.

Shawn ne se donna pas la peine de répondre. Il se leva et commença à débarrasser la table comme si de rien n'était, mais Darcy avait remarqué le subtil changement qui s'était produit dans son expression.

— Et merde ! C'est ce que je craignais. Tu es tombé amoureux d'elle, hein ?

— Tu n'as pas à t'inquiéter pour ça.

— Comment veux-tu que je ne m'inquiète pas ? Je vous aime tous les deux. Espèce d'abruti, tu ne pouvais pas te contenter de prendre du bon temps, comme n'importe quel autre mec ?

Shawn imita sa sœur et préleva un peu de pâte dans le plat.

— Du bon temps, je m'en paie, répondit-il, en pensant à la façon dont il avait démarré la journée.

— Combien de temps ça va durer, maintenant que tu es tombé amoureux ?

Il lui jeta un coup d'œil perplexe et se remit au travail.

— Qu'est-ce que ça veut dire ? Qu'on cesse de s'amuser lorsque l'amour survient ?

— Oui, quand il n'entre que par une porte tandis que l'autre reste fermée.

— Tu n'as pas confiance en moi ? Tu ne me crois pas capable d'enfoncer une porte ?

— Je suis désolée d'avoir à te dire ça, Shawn, mais Brenna m'a confié qu'elle avait seulement envie de coucher avec toi.

— C'est aussi ce qu'elle m'a dit, répondit-il en souriant. Mais je suis comme toi, je veux plus. Qu'y a-t-il de mal à ça ?

— Ce n'est pas le moment de me jeter mes propres mots à la figure. Je suis inquiète pour toi.

— Tu as tort, déclara-t-il, tout en lavant le plat à la main pour éviter d'encombrer le lave-vaisselle. Je vais me donner les moyens d'obtenir ce que je veux. Quant à mes sentiments, ils sont ce qu'ils sont, je n'y peux rien.

Il leva la main pour lui ordonner de garder le silence.

— Et, avant que tu ne le dises, je sais qu'elle ne peut rien contre les siens. Mais qu'y a-t-il de mal à essayer de les modifier ?

— À la minute où elle se rendra compte que tu lui fais la cour…

— C'est elle qui me fera la cour, pas moi.

Darcy eut tout d'abord un reniflement de mépris, puis elle fronça les sourcils et réfléchit un instant.

— C'est peut-être toi le plus malin, en fin de compte.

— Disons que je connais assez Brenna pour savoir qu'elle préfère être celle qui prend l'initiative… J'espère que cette conversation restera entre nous, ajouta-t-il, après avoir vérifié la cuisson de ses chaussons.

— Comme si j'allais courir raconter à Brenna tout ce qui tombe de ta bouche !

L'air offensé, elle s'empara de son plateau. Mais, comme Shawn lui jetait un regard entendu, elle dut admettre l'évidence.

— Bon, d'accord, c'est ce que je fais d'habitude, mais là, c'est différent. Tu peux avoir confiance en moi.

Shawn en était convaincu. Darcy était capable de lui briser la mâchoire en lui envoyant une assiette à la figure, mais elle se serait mordu la langue plutôt que de trahir une confidence.

— Cela signifie également, j'imagine, que tu ne me rapporteras pas ce qu'elle pourrait dire sur… certaines choses.

— Exactement. Cherche-toi des espions ailleurs, mon garçon, répondit-elle d'un ton indigné.

Elle s'élança vers la porte, mais s'arrêta juste devant.

— Je te signale tout de même qu'elle ne se trouve pas bâtie d'une façon extrêmement attirante, lâcha-t-elle.

Stupéfait, Shawn écarquilla les yeux.

— Elle ne l'a jamais dit carrément avec ces mots-là, mais je le sais, reprit sa sœur. Son corps lui paraît pratique, c'est-à-dire apte à exécuter un certain nombre de tâches, mais pas assez féminin. Elle est persuadée que les hommes ne la trouvent pas séduisante, et elle s'imagine qu'elle n'est pas du genre à susciter de tendres pensées chez un mec.

Darcy s'interrompit. Brenna aurait-elle apprécié qu'elle en révèle autant sur son compte à Shawn ? Certainement pas. En fait, si cette conversation lui revenait aux oreilles, son amie lui vouerait probablement une rancœur éternelle, mais tant pis.

— Une femme aime qu'on lui dise… Bref, si tu as autre chose que de la bouillie dans le crâne, tu dois savoir ce qu'une femme aime entendre. Il ne s'agit pas seulement de mettre les mains sur tout ce qui t'excite, mais de parler. Maintenant, ferme la bouche, tu as l'air d'un demeuré.

Sur ce, elle laissa la porte battante se refermer derrière elle.

14

— Tu te souviens sûrement de Dennis Magee, celui qui est parti en Amérique – bien qu'aucune de nous ne puisse s'en souvenir avec précision, vu que c'était il y a cinquante ans au moins et que nous n'étions pas nées quand il a quitté Old Parish... Enfin, on n'était pas grandes, en tout cas. Bref, tu as entendu parler de lui, non ? On dit qu'il a fait fortune dans l'immobilier ou le bâtiment, à New York.

Assise dans la cuisine douillette des O'Toole, Kathy Duffy sirotait une tasse de thé et mangeait des gâteaux – dont la pâte, à son avis, eût mérité une goutte supplémentaire de vanille – tout en échangeant nouvelles et ragots avec sa vieille amie Mollie.

Sans remarquer l'air distrait de son interlocutrice, elle continua à disserter sur Dennis Magee – employant, comme à son habitude, dix mots pour dire ce que n'importe qui d'autre exprimait en un seul.

— C'était un malin, le Dennis. Du moins, tout le monde le disait. Il a épousé Deborah Casey, qui avait la réputation d'avoir, elle aussi, la tête sur les épaules. Bref, les voilà partis de l'autre côté de l'océan avec leur premier-né encore en culottes courtes. Ils se sont bien débrouillés en Amérique, ils ont bâti une solide affaire. Tu sais que Maud était fiancée à John Magee, celui qui est mort pendant la Première Guerre mondiale. Eh bien, c'était le frère de ce Dennis. Et jusqu'à la fin de sa vie, poursuivit-elle en se léchant les doigts, Dennis ne s'est plus jamais intéressé à l'Irlande. Mais il a eu un fils, et ce fils en a eu un aussi – tous des Dennis. Et le dernier, m'est avis que c'est un bon garçon, puisqu'il regarde par ici.

Elle attendit une minute, ce qui obligea Mollie à prendre la relève.

— Vraiment ? fit-elle.

— Oui. Il a des vues sur Ardmore. Il projette de construire une salle de spectacle au village.

— Ah, oui, répondit Mollie, en remuant sa cuillère dans le thé qu'elle n'avait pas encore goûté. J'ai entendu Brenna en parler.

Elle avait beau penser à autre chose, l'air dépité de Kathy ne lui échappa pas.

— Tu as des détails ? ajouta-t-elle pour apaiser son amie.

— Eh bien, reprit Kathy avec délices, il y a une affaire en cours entre ce Magee de New York et les Gallagher. En gros, ils ont l'intention de construire cette salle juste à côté du pub. Une sorte de music-hall, si j'ai bien compris. Tu imagines ça, Mollie ? Un music-hall à Ardmore, avec les Gallagher dans le coup !

— Tant qu'à faire, je préfère que l'un des nôtres ait son mot à dire dans cette histoire. Sais-tu si le jeune Magee va venir à Ardmore ?

— Je ne vois pas comment il pourrait ne pas venir.

Kathy s'appuya sur le dossier de sa chaise et se tapota les cheveux. Sa nièce était passée lui faire une permanente à domicile la semaine précédente, et elle était enchantée du résultat. Chaque boucle restait bien sage, tel un petit soldat bordé dans son sac de couchage.

— J'ai un peu flirté avec son père – le Dennis du milieu – lorsque nous étions tous les deux jeunes et un peu sots, reprit-elle, les yeux rêveurs. Il visitait l'Europe et voulait voir le village où ses parents avaient grandi et où lui-même était né et avait passé les premières années de sa vie. C'était un beau garçon, ce Dennis Magee, d'après mes souvenirs.

— D'après les miens, tu as flirté avec tous les beaux garçons du pays avant de mettre le grappin sur celui que tu voulais.

Kathy lui fit un clin d'œil.

— À quoi ça sert d'être jeune si on ne s'amuse pas un peu ?

Ce sujet tracassait tout particulièrement Mollie en ce moment, aussi se contenta-t-elle d'adresser un sourire crispé à son amie, qui revint bientôt à ses commérages.

Mollie était convaincue que sa fille aînée entretenait beaucoup plus qu'un flirt avec Shawn Gallagher. Cela ne la scandalisait pas vraiment. Ce qui la troublait, c'était le silence de Brenna, car elle avait élevé ses filles dans l'idée qu'elles pourraient toujours tout dire à leur mère.

Quand Maureen était tombée amoureuse, Mollie l'avait immédiatement deviné, car la jeune fille s'était soudain mise à rire à propos de tout et de n'importe quoi, tant cette nouvelle expérience l'émerveillait. Et, à la minute où Patty s'était jetée en larmes dans ses bras, Molly avait compris que Kevin l'avait demandée en mariage. Elles étaient comme ça, ces deux gamines. La joie faisait rire l'une et pleurer l'autre.

Mais Brenna, la plus pragmatique de ses enfants, n'avait ni ri ni pleuré. Elle ne s'était pas non plus assise en face de sa mère pour lui raconter ce qui avait changé entre elle et Shawn, contrairement à ce qu'avait espéré Mollie.

Pire encore : ce matin même, elle avait quitté la maison en annonçant qu'elle resterait dormir chez Darcy, et ce, en évitant le regard de sa mère. Découvrir que votre enfant vous mentait, cela faisait très mal.

— Où es-tu ? Tu rêves ?

— Mmm… Pardon, fit Mollie avec un sourire contrit. J'ai la tête à l'envers, en ce moment.

— Ça ne m'étonne pas. Une de tes filles s'est mariée il y a seulement quelques mois, et voilà qu'une autre prépare ses noces. Tu as le cafard ?

— Un peu.

La tasse de Kathy était vide. Mollie se leva pour jeter son thé froid dans l'évier et rapporter la théière.

— Je suis fière d'elles et je me réjouis de leur bonheur, mais…

— Que veux-tu, les enfants grandissent trop vite.

— C'est vrai. Un jour, je débarbouille des visages, et le lendemain, je me retrouve à acheter des robes de mariée.

À sa grande surprise, des larmes se mirent à couler sur ses joues.

— Oh, Kathy… balbutia-t-elle.

— Voyons, chérie, ne t'en fais pas, dit son amie en lui pressant les mains. J'étais dans le même état que toi quand mes petits ont quitté le nid, tu sais.

Mollie sortit un mouchoir de sa poche et se tamponna les yeux.

— C'est la faute de Patty, dit-elle. Elle éclate en sanglots pour un rien, ce doit être contagieux. Pour Maureen, je n'ai pleuré que le jour du mariage. Par contre, les préparatifs ont failli me rendre folle, parce qu'elle voulait que tout soit parfait et que l'idée qu'elle se faisait de la perfection changeait tous les jours. Avec Patty, il suffit de discuter des fleurs pour qu'elle fonde en larmes. J'ai peur qu'elle ne se mette à sangloter en pleine cérémonie. Les gens vont croire que nous avons braqué un fusil sur sa tête pour la forcer à se marier.

— Mais non, voyons ! Patty, c'est la sentimentale de ta nichée. Elle fera une ravissante mariée, avec pleurs, soupirs et tout ce qu'il faut.

— C'est sûr, acquiesça Mollie, qui s'autorisa quelques larmes supplémentaires. Et puis, il y a Mary Kate. Elle passe son temps à rêver – d'un garçon, j'imagine. Elle broie du noir et s'enferme pour écrire son journal en interdisant à Alice Mae d'entrer dans leur chambre.

— Il y a sans doute à l'hôtel un jeune homme dont elle se croit amoureuse. Ça te tracasse ?

— Non, pas trop. Mary Kate a toujours eu des tendances mélancoliques et, à son âge, avoir une petite sœur dans les pattes, c'est éprouvant.

— Je ne peux pas t'empêcher de te ronger les sangs pour tes poussins, mais ça lui passera, crois-moi. Tu as bien élevé tes filles, Mollie. Elles te font honneur, chacune d'entre elles. Et, en tout cas, Brenna ne te cause aucun souci.

Mollie leva précautionneusement sa tasse et but une gorgée de thé.

— Brenna est solide comme un roc, affirma-t-elle.

Certaines choses ne pouvaient être partagées, même avec une amie.

Aidan ferma le pub et passa la tête par la porte de la cuisine.

— Tu peux laisser ça quelques minutes ?

Shawn considéra le désordre dû à la préparation du déjeuner.

— Sans la moindre hésitation. Pourquoi ?

— Il y a quelque chose dont je voudrais te parler, et j'ai envie de marcher.

— Où ? demanda Shawn en dénouant son tablier.

— Sur la plage.

Aidan ouvrit la porte de derrière, s'arrêta sur le seuil et regarda la prairie qui s'élevait en pente douce jusqu'au bosquet d'arbres que le vent du large ébouriffait.

— Tu as changé d'avis ? demanda son frère.

— Pas à ce sujet, répondit Aidan, sans cesser d'examiner les alentours.

Son regard erra vers les boutiques et les cottages qui jouxtaient le pub, les jardins derrière les maisons, le vieux chien qui cherchait un coin tranquille pour faire la sieste. Puis ses yeux se posèrent au loin, à l'autre bout de leur terrain, là où il avait pour la première fois embrassé une fille.

— Ça va faire un gros changement, dit-il.

— C'est sûr. Ça a changé quand Shamus Gallagher a bâti les murs de son pub. Et depuis, chacun des Gallagher a modifié le paysage d'une façon ou d'une autre. Cette fois, c'est ton tour.

— Notre tour, corrigea Aidan. C'est l'une des choses dont nous devons parler. Je n'ai pas eu le temps d'attraper Darcy, elle est partie comme un boulet de canon. Tu te souviens de l'époque où on jouait ici ?

— Je ne risque pas de l'oublier, répondit Shawn en se frottant ostensiblement le nez.

Avec un petit rire, Aidan contourna le flanc du bâtiment.

— C'est vrai. On faisait une partie de base-ball, et Brenna t'a touché en pleine figure. Seigneur, tu pissais le sang comme un cochon !

— La batte était presque aussi grande qu'elle.

— C'est vrai, mais cette gamine a toujours su manier les instruments. Je te revois, allongé sur le sol, couvert de sang. Tu gémissais que tu avais mal, mais quand elle a compris qu'il n'y avait que ton nez de cassé, elle t'a dit d'arrêter de crier et de reprendre ton poste. On s'est bien amusés, sur ce bout de terrain.

— C'est l'imminence de la paternité qui te rend sentimental ?

— Peut-être.

Ils traversèrent la rue, presque déserte en ce milieu d'après-midi.

— Le printemps approche, remarqua Aidan, comme ils descendaient vers la plage. Les touristes ne vont pas tarder. L'hiver est court, à Ardmore.

Shawn enfonça les mains dans ses poches pour les protéger de la morsure du vent.

— Je ne vais pas m'en plaindre, dit-il.

Le sable crissait sous leurs bottes. À l'endroit où la mer rencontrait l'horizon, l'eau était d'un bleu brumeux. Mais lorsqu'elle venait buter contre la terre, le blanc de l'écume se heurtait au vert des prairies, en petites vagues agitées dont la crête étincelait sous les rayons du soleil.

Sans mot dire, les deux frères s'éloignèrent des bateaux de pêche déjà amarrés pour la nuit et marchèrent vers les falaises qui grimpaient à l'assaut du ciel.

— J'ai téléphoné à papa, ce matin, dit soudain Aidan.

— Il va bien ? Maman aussi ?

— Ils vont très bien. Papa a rendez-vous avec les notaires en début de semaine prochaine. Certains des papiers seront prêts à être signés. Il a décidé d'en profiter pour en faire préparer d'autres qui mettront le pub à mon nom, afin que je devienne le propriétaire légal du *Gallagher's*.

— Il était temps. Nous savons depuis longtemps qu'ils ne reviendront pas de Boston.

— Je lui ai dit ce que j'en pensais, et je vais te le répéter. Je trouve que ce serait plus juste qu'il mette le pub à nos trois noms.

Shawn ramassa un coquillage et l'examina.

— Ce n'est pas l'usage chez les Gallagher, répondit-il.

Leur père avait fait la même remarque. Aidan poussa un soupir. Il s'éloigna de quelques pas, puis revint vers son frère.

— Seigneur, tu lui ressembles plus que n'importe lequel d'entre nous !

— Cette phrase ne sonne pas comme un compliment, ni pour notre père ni pour moi.

Intrigué, Shawn resta sur place, tandis qu'Aidan faisait les cent pas autour de lui.

— Ça n'en était pas un. Vous avez la tête aussi dure l'un que l'autre. N'est-ce pas toi qui prétendais tout à l'heure que les changements avaient du bon ? Alors, pourquoi diable ne pourrions-nous pas changer la façon dont le pub passe de génération en génération ?

— Parce qu'il y a des choses qu'on change et d'autres auxquelles il ne faut pas toucher, répondit Shawn en fourrant machinalement le coquillage dans sa poche.

— Et tu peux me dire qui décide de ça ?

— Nous trois. Il se trouve que Darcy et moi, on est du même avis. Tu es en minorité, Aidan, alors laisse les choses telles qu'elles sont. Le *Gallagher's* t'appartient, et tu le transmettras à l'enfant que Jude va te donner. Ce qui ne nous empêchera pas, Darcy et moi, de le considérer comme nôtre.

— Je parle de l'aspect légal.

— J'ai compris. La soirée promet d'être fraîche, poursuivit Shawn, pour qui le sujet était clos. Les affaires devraient être excellentes.

— Et tu as pensé à l'avenir, à tes futurs enfants ? Tu ne veux pas qu'ils aient une part légale du pub ?

— Pourquoi faut-il subitement s'encombrer de la légalité ?

— Parce que tout change, Shawn ! s'écria Aidan, exaspéré, en levant les bras au ciel. La salle de spectacle va changer Ardmore, changer le *Gallagher's*. Elle va nous changer aussi.

— Elle ne changera pas l'essentiel. Il y aura plus de clients, des touristes qui ne viendront pas seulement pour la plage, dit Shawn, qui tentait d'imaginer cet avenir. Un second *bed and breakfast* s'ouvrira sans doute, et quelqu'un aura peut-être l'idée d'installer une autre boutique de souvenirs face à la mer. Mais, de même que les bateaux continueront à sortir et les pêcheurs à jeter leurs filets, le *Gallagher's* continuera à servir à manger et à boire, comme il l'a toujours fait, et à proposer des concerts. L'un de nous tiendra le bar, tandis qu'un autre s'affairera à la cuisine. La vie suit son cours, quoi qu'on fasse, conclut-il.

— Ou quoi qu'on ne fasse pas ?

— Si tu veux. C'est sur tes épaules que repose l'entreprise, Aidan. C'est un fardeau que je ne t'envie pas. Je parle sincèrement. Porter le nom de Gallagher me suffit.

Shawn se tourna vers le pub et regarda son bois sombre, ses pierres rugueuses, ses vitres sur lesquelles jouait le soleil.

— Ça fait un siècle et demi que les Gallagher fonctionnent comme ça, et jusqu'à présent, cette méthode a plutôt bien marché, non? Plus tard, tes enfants, les miens et ceux de Darcy prendront à leur tour les rênes du pub.

— Si ça se trouve, tu épouseras une femme qui aura d'autres ambitions.

Shawn songea à Brenna et secoua la tête.

— Si la femme en question ne comprend pas ce que représente le pub pour moi, je ne l'épouserai pas.

— Tu ne sais pas ce que c'est que d'aimer quelqu'un au-delà de la raison. Je serais parti d'ici, j'aurais lâché le pub et quitté ma famille, si Jude me l'avait demandé ou si elle l'avait simplement souhaité.

— Elle ne te l'a pas demandé et elle ne l'a jamais souhaité. Une femme qui aurait exigé cela, Aidan, tu aurais pu la désirer, mais tu ne lui aurais pas donné ton cœur.

Aidan faillit riposter, mais il se contenta de soupirer et dit :

— Tu as réponse à tout. Et, le plus vexant, c'est que chacune de tes réponses sonne juste.

— Il faut dire qu'il m'arrive de réfléchir, fit Shawn avec un petit sourire. Mais, maintenant, à toi de me répondre. Quand on aime une femme au-delà de la raison, c'est douloureux ou c'est agréable?

— Les deux, et souvent en même temps.

— C'est bien ce que je pensais, commenta Shawn, tandis qu'ils faisaient demi-tour. Mais je te remercie de me le confirmer.

C'était une soirée fraîche, comme l'avait prévu Shawn, et les affaires marchaient bon train. Une partie des clients étaient venus là pour se réchauffer, une autre pour écouter les musiciens qu'Aidan avait engagés. Certains se contentaient de siroter leurs pintes en tapant du pied, d'autres se joignaient à la chanteuse, et quelques-uns se laissaient entraîner à danser.

Malgré les commandes qu'on ne cessait de lui passer, Shawn parvenait de temps à autre à se mêler à la foule et à esquisser quelques pas de danse. Et, tandis qu'il regardait Brenna valser entre les tables dans les bras du vieux M. Riley, une idée lui vint.

Il déposa sur le comptoir deux assiettes de frites et de filets de poisson et se tira une Harp pour étancher sa soif.

— Écoute-moi deux minutes, Aidan, dit-il. Tu vois Brenna qui danse là-bas, avec le vieux Riley ?

— Oui, répondit son frère, tout en ôtant l'excès de mousse qui couronnait deux verres de Guinness. Elle a beau lui en avoir fait cent fois la promesse, je doute qu'elle s'enfuie à Sligo avec lui.

— Les femmes sont nées pour trahir les hommes.

Shawn but sa bière à petites gorgées, sans se presser. Voir Brenna virevolter dans les bras maigres du vieil homme était un régal.

— Quand je les regarde, ainsi que tous ceux qui ne cessent de se lever pour les rejoindre, je me demande si ce ne serait pas une bonne idée de prévoir un espace pour la danse dans le plan de la salle de spectacle.

— C'est à ça que servira la scène, non ?

— Je ne te parle pas de danseurs professionnels, mais de ceux-ci, les clients. Il faudrait une sorte de piste comme on en trouve dans les guinguettes, mais en plus intime.

— Pourquoi pas ? fit Aidan en examinant la salle et les visages réjouis. Nous pourrions soumettre l'idée à Magee.

— À propos, Brenna a dessiné une sorte de plan. J'ai le papier à la cuisine. Tu veux le voir ? Ce n'est qu'une esquisse, mais je lui ai demandé de mettre son dessin au propre.

Intrigué, Aidan se détourna des danseurs et regarda son frère dans les yeux.

— Tu lui as demandé de faire un plan ?

— Oui. À mon avis, elle a compris ce que nous voulons et ce que Magee devrait construire. Ça t'ennuie ?

— Non, pas du tout. Ça me fait penser, Shawn, que tu avais raison de dire qu'un nom sur un contrat ne modifierait jamais l'essentiel. J'aimerais voir ce que notre Brenna a imaginé.

— Très bien. Si ça te plaît, tu n'auras qu'à l'envoyer à Magee.

— Je ne voudrais pas te décevoir, mais il a sûrement ses propres architectes.

— Alors, il faudra qu'on trouve un moyen de l'amener à tenir compte de ce dessin, murmura Shawn, qui regardait toujours Brenna. Ça ne peut pas nuire d'être dans le coup dès le début du projet.

— Ça ne peut pas nuire, effectivement, approuva son frère.

Brenna avait beau danser de façon délicieuse, Aidan avait hâte qu'elle reprenne sa place derrière le comptoir. Lorsqu'il réussit à croiser son regard, il lui fit un signe éloquent. Il la vit lui répondre d'un hochement de tête, mais il vit aussi les yeux de la jeune fille glisser sur lui et se poser sur son frère avec une chaleur surprenante.

— Je te prierai de ne pas distraire ma barmaid. Elle a du boulot, figure-toi.

— Hé, je ne fais rien de mal, protesta Shawn. Je bois ma bière, c'est tout.

— Eh bien, va la boire à la cuisine, sauf si tu veux que la moitié des clients se mettent à vous dévisager.

— Ça ne me dérangerait pas.

Shawn resta immobile un instant, prêt à faire l'expérience, puis il se ravisa.

— Mais elle, ça la gênerait.

Il préféra donc regagner sa cuisine et n'eut aucun mal à s'occuper jusqu'à la fermeture. Encore une heure de nettoyage, et la journée serait finie, se dit-il alors.

Il récurait une casserole lorsque la chanteuse du groupe fit irruption dans la cuisine. C'était une jolie blonde prénommée Eileen, aux cheveux courts et hérissés. Elle avait une belle voix claire et le sang chaud. Shawn avait admiré l'une et profité de l'autre, lors d'une prestation précédente.

— Ça a bien marché, ce soir, dit-elle.

— C'est sûr.

Il rinça la casserole et en prit une autre.

— J'aime bien votre arrangement de *Foggy Dew*.

— C'est la première fois que nous le jouons en public.

Elle alla s'adosser à l'évier pour le regarder travailler.

— J'ai adapté deux autres morceaux. Ça te dirait de les entendre ? demanda-t-elle en passant un doigt sur le bras nu de Shawn. Je ne suis pas obligée de rentrer ce soir. Tu m'invites chez toi, comme l'autre fois ?

L'autre fois en question, ils avaient consacré la première moitié de la nuit à la musique et la seconde aux ébats amoureux. Et si Shawn en croyait ses souvenirs, cette fille n'était pas avare de ses talents. Il lui sourit, tout en cherchant une façon polie de refuser.

Lorsque Brenna apporta le dernier plateau de vaisselle sale, la seule chose qu'elle vit – en dehors d'un brouillard rouge – fut la main de la blonde sur le bras de Shawn. Elle déposa son fardeau sur le plan de travail avec tant d'énergie que les verres s'entrechoquèrent.

— Vous désirez quelque chose ?

Son regard menaçant était dépourvu de toute ambiguïté.

— Non, plus rien, répondit aussitôt Eileen.

Elle tapota amicalement le bras de Shawn et ajouta :

— Je crois que je vais rentrer, finalement. À demain soir.

— Ah… Oui.

Pris au dépourvu, Shawn suivit son instinct et afficha une expression penaude.

— C'est toujours un plaisir de venir au *Gallagher's*, ajouta Eileen, au bord du fou rire.

Cette minuscule rouquine allait en faire baver à Shawn, se dit-elle en sortant.

— Toutes les tables sont débarrassées ? demanda celui-ci, qui récurait sa casserole comme s'il avait consacré sa vie à cette unique tâche.

— Oui. Tu peux me dire ce que vous fabriquiez ?

— Comment ?

— Qu'est-ce que tu faisais avec la chanteuse aux gros nénés et aux cheveux de garçon ?

— Oh ! Eileen ?

Il prit le temps de s'éclaircir la gorge, de mettre la casserole sur l'égouttoir et de déposer trois verres sales dans l'évier avant de répondre :

— Elle était venue me dire bonsoir.

— Tiens donc ! s'exclama Brenna en lui enfonçant un doigt dans le flanc, ce qui le fit sursauter. Si elle avait été un tant soit peu plus près de toi, elle se serait retrouvée sous ta peau.

— Voyons, elle est du genre amical, c'est tout.

— Eh bien, mets-toi ça dans la tête : tant que toi et moi batifolons ensemble, tu as intérêt à garder tes distances avec le genre amical.

Enchanté du tour que prenait la conversation, Shawn se redressa.

— Es-tu en train de me faire des reproches, Brenna ? demanda-t-il, d'un ton où se mêlaient habilement chagrin et indignation. Tu m'accuses de draguer alors que toi et moi... Tu as donc une si piètre opinion de moi ?

— Je sais ce que j'ai vu.

Il la regarda un instant, puis, l'air faussement peiné, se mit à essuyer le plan de travail.

— Elle avait posé la main sur toi.

— Je n'avais pas posé la mienne sur elle, si ?

— Ce n'est pas le...

Brenna croisa les bras, les décroisa, puis enfonça les mains dans ses poches. Elle avait bien failli lui arracher les yeux, à cette pétasse blonde. Et cette envie la tenaillait toujours. Cela ne lui ressemblait pas. Une bagarre ne lui faisait pas peur, mais elle n'était pas du genre à déclencher les hostilités. Et sûrement pas pour les beaux yeux d'un homme.

— Tu lui souriais.

— Je veillerai à ne plus sourire sans ta permission.

— Vous aviez l'air très intimes.

Brenna serra les poings. Si elle ne s'était pas sentie aussi idiote, elle les aurait volontiers écrasés sur la figure de Shawn.

— Si j'ai mal interprété la situation, je m'excuse.

— Bien.

Sans insister, il traversa la pièce, poussa la porte de la cuisine et cria un vigoureux bonsoir. Lorsqu'il se retourna, Brenna semblait si malheureuse qu'il faillit laisser tomber. Mais un homme se devait d'achever ce qu'il avait commencé.

— Tu préfères rester chez Darcy ? demanda-t-il d'un ton froid destiné à lui faire comprendre qu'il n'allait pas se contenter d'aussi piètres excuses.

— Non, non.

— Allons-y, alors.

Il ouvrit la porte de derrière et l'attendit. Elle décrocha sa casquette et sa veste de la patère, les roula en boule sous son bras et sortit dans le froid.

Sans mot dire, ils se dirigèrent vers la voiture de Shawn. Durant une bonne partie du trajet jusqu'au cottage, Brenna garda les yeux fixés sur le pare-brise et broya du noir.

Elle avait eu une réaction parfaitement normale, se répétait-elle. Ce dont elle tenta de convaincre Shawn. Mais celui-ci resta muet, ce qui la mit au supplice.

— Pouvons-nous au moins reconnaître, tous les deux, que nous nous retrouvons en terrain inconnu ?

Bravo, se dit-il avec soulagement, elle partait dans la bonne direction. Il lui jeta un regard placide et hocha la tête.

— Et nous n'avons jamais... comment dire... discuté des limites à ne pas franchir, reprit-elle.

— Tu voulais coucher avec moi. Tu as réussi.

Du coin de l'œil, il la vit blêmir. Parfait.

— C'est vrai. C'est vrai, répéta-t-elle, comme il se garait devant le cottage. Mais je... C'est seulement que...

Elle poussa un juron, sauta de la voiture et rejoignit Shawn sur le perron.

— Tu pourrais au moins m'écouter jusqu'au bout !

— Je t'écoute. Tu veux du thé ? demanda-t-il, d'un ton délibérément trop poli.

— Non, je ne veux pas de thé. Et arrête une minute de prendre cet air guindé. Si tu ne t'es pas rendu compte que cette femme te draguait, c'est que tu es aussi aveugle et aussi bête que six chauves-souris réunies.

— L'essentiel, ce sont mes intentions, répliqua-t-il en commençant à monter l'escalier.

— Elle est très belle.

— Toi aussi. Quel est le rapport ?

Bouche bée, Brenna se figea. Depuis le temps qu'elle connaissait ce garçon, jamais il ne lui avait dit qu'elle était belle. Complètement désarçonnée, elle tenta de reprendre le fil de ses pensées.

— Quoi qu'il en soit, ce n'est pas là que je voulais en venir, déclara-t-elle en le rejoignant dans la chambre.

Shawn vidait ses poches et en déposait le contenu sur la commode.

— Alors, où veux-tu en venir, Brenna ? demanda-t-il.

— Quand nous avons entamé cette histoire – enfin, quand je l'ai entamée –, je n'ai jamais dit ce que j'en attendais.

À cet instant, elle regretta amèrement de ne pas avoir son talent pour manier les mots. Elle se passa la main dans les cheveux, mais cela ne lui fut d'aucune aide.

— Ce que je veux dire, c'est que, tant que nous serons ensemble et jusqu'à ce que l'un d'entre nous décide que cette histoire est finie, il ne me viendra pas à l'idée de fréquenter un autre homme.

Shawn s'assit sur le lit pour ôter ses bottes.

— Tu penses que nous ne devons sortir avec personne d'autre ? C'est ça ?

— Ouais, c'est mon opinion.

Ils seraient fidèles l'un à l'autre, et cela à la demande de Brenna. C'était un premier pas vers une relation stable, estima-t-il. Il prit son temps, afin de lui laisser croire qu'une telle exigence demandait réflexion.

— Ça me va. Mais…

— Mais ?

— Comment saurons-nous que c'est fini ? Et qui le décidera ?

— Je n'ai pas de réponse à cela. Je n'avais pas prévu que ce serait aussi compliqué. Je ne l'ai découvert qu'en voyant cette chanteuse pendue à tes basques. Ça ne m'a pas plu du tout.

— Tant que je serai avec toi, je ne m'approcherai de personne d'autre. Il faut que tu me fasses confiance.

— J'arriverai à te faire confiance, Shawn. Ce sont les blondes aux gros seins qui m'embêtent.

— Récemment, mon goût s'est plutôt orienté vers une rouquine bien foutue.

Soulagée de le voir plaisanter, elle éclata de rire.

— Bien foutue, mon œil. Alors, on est réconciliés ?

— C'est un début, dit-il en tapotant le lit. Enlève tes bottes, et on va se réconcilier encore plus.

Elle s'empressa d'obéir et se pencha pour tirer sur ses lacets.

— Je suis désolée de t'avoir blessé.

— Une prise de bec avec Mary Brenna O'Toole, je n'ai rien contre. Mais que tu me soupçonnes de draguer une autre femme alors que je suis avec toi, ça me hérisse.

— Je ne le ferai plus.

Elle se débarrassa de ses bottes et se redressa. Le regard fixe de Shawn la mit mal à l'aise.

— Qu'est-ce que tu as ?

— Je te regarde.

— Il n'y a rien de nouveau.

— Peut-être est-ce justement ce qui me plaît, dit-il en passant les doigts dans les cheveux de Brenna. Je connais ton visage aussi bien que le mien. Je peux l'évoquer dans ma tête et voir cette courbe, poursuivit-il en lui caressant la joue. Et tes yeux… Il me suffit de croiser ton regard pour deviner ton humeur.

Humeur qui, en cet instant, oscillait entre la surprise et l'embarras.

— J'aime ta bouche, reprit-il en effleurant ses lèvres des siennes. J'aime son dessin et ses expressions. J'aime regarder ton visage, même quand tu n'es pas là.

— En voilà de drôles de choses à…

Shawn l'embrassa pour la faire taire.

— Et puis, il y a tout le reste, ajouta-t-il un peu plus tard.

Ses doigts virevoltaient sur le corps de la jeune femme en une sorte de danse légère.

— Laisse-moi faire, dit-il, comme elle s'apprêtait à se dévêtir.

Il l'obligea à se lever et tira sur son pull, centimètre par centimètre.

— J'aime te déshabiller, me frayer un chemin à travers les couches successives de tes vêtements. Ça me rend fou de savoir que tu caches cet étonnant petit corps.

Brenna aurait crié si elle avait eu assez d'air dans les poumons, mais elle ne put que chuchoter :

— Vraiment ?

— Je n'arrête pas de me dire : « Je sais ce qu'il y a là-dessous. J'ai eu tous ces trésors à ma disposition, sous mes mains, contre moi », poursuivit-il en défaisant la boucle de sa ceinture.

Le pantalon tomba aux pieds de Brenna.

— Sors de là, chérie, murmura-t-il.

Il souleva délicatement le bord du tee-shirt et le passa par-dessus la tête de Brenna, puis ses yeux errèrent sur le torse de la jeune femme.

— J'ai le corps d'un gamin de douze ans.

— Je peux te jurer que ce n'est pas le cas, loin de là. Voilà une peau ferme et de solides épaules.

Il inclina la tête et embrassa lesdites épaules. Ensuite, très lentement, ses mains remontèrent le long du torse de Brenna et se refermèrent sur ses seins. Le souffle de la jeune femme prit un rythme saccadé.

— Doux, fermes et sensibles.

Elle se laissa entraîner par les sensations qu'il éveillait en elle, puis poussa un petit cri lorsqu'il la souleva et l'assit sur la commode.

Ses yeux s'assombrirent quand il referma la bouche sur l'un de ses seins et qu'il en pressa délicatement le bout entre ses dents.

— Ô mon Dieu…

— J'ai envie de te faire jouir.

Il suivit du doigt le bord de sa culotte, puis glissa un doigt sous l'élastique.

— Je veux qu'à ce moment-là, tu cries mon nom.

Le doigt poursuivit son chemin et s'introduisit en elle, indiscret et habile.

Brenna bascula contre Shawn et planta ses ongles dans ses épaules. Le plaisir qui la submergea fut si violent qu'elle crut mourir.

Et elle cria son nom.

Elle avait l'impression qu'elle fondait comme de la glace au soleil, que tout son corps se liquéfiait. Sans lui laisser le temps de se reprendre, Shawn la souleva de nouveau dans ses bras et alla la déposer sur le lit.

— La lumière…

— Nous nous verrons l'un l'autre, cette fois.

Les yeux rivés à ceux de Brenna, il ôta sa chemise.

— Tu n'imagines pas comme c'est excitant de savoir que je peux te faire jouir, encore et encore.

Elle tendit les bras et l'attira à elle.

— Je veux que tu viennes en moi.

— Et moi, je trouve qu'il est encore trop tôt.

Sa bouche et ses mains s'égarèrent sur le corps de la jeune femme.

— Je veux d'abord que tu prononces mon nom en sanglotant.

— Salaud. Tu n'y arriveras pas, marmonna-t-elle.

Défi délicieux qu'il décida de relever.

Ses mains étaient parfois légères comme les ailes d'une fée, parfois presque brutales. Et chaque caresse déclenchait un frisson distinct. Lorsqu'elle avait eu l'idée de coucher avec Shawn, pas une seconde elle n'avait soupçonné qu'il se comporterait ainsi. Aucun des hommes qu'elle avait connus avant lui ne lui avait autant donné, ni autant demandé. Avec Shawn, tout se déroulait dans une sorte de liberté facétieuse, dans un mélange de surprise et de gratitude.

Et puis, il y avait la confiance. La confiance absolue.

Elle s'ouvrit à lui comme une fleur. Sans doute, vu les talents de Shawn, n'aurait-elle pas pu faire autrement, mais s'y ajoutait le désir fou de prendre ce qu'il lui offrait et de lui donner ce qu'il attendait.

Alors, elle capitula et, pour la première fois, elle s'abandonna complètement

Il le perçut, sans doute, et la caressa de nouveau, avec une lenteur torturante. Le corps de Brenna n'était plus qu'une masse de nerfs à vif.

Sa peau chaude et humide mettait Shawn en transe. Brenna ondulait sous lui dans une danse lente et sinueuse. Les yeux brillants, il la maintint le plus longtemps possible au bord de l'extase, jusqu'à ce que, prise de tremblements, elle sanglote et gémisse son nom.

Alors, il plongea en elle, plus violemment qu'il ne l'aurait voulu. Mais elle vint à sa rencontre, l'accueillit et s'accorda au rythme frénétique qu'il lui imposait, tandis que leurs cœurs tonnaient l'un contre l'autre. Puis il souleva ses hanches et, dans un dernier assaut, l'entraîna avec lui dans le plaisir.

— Il n'y a que toi, Brenna.

Le sang qui battait furieusement dans ses veines sonnait comme un roulement de tambour.

— Dis-le-moi. Dis-le-moi.

— Il n'y a que toi.

Comme elle prononçait ces mots, le monde explosa. Submergé par l'amour, Shawn s'abandonna au plaisir.

15

Brenna avait l'habitude de se réveiller de bonne heure. Les rares fois où elle faisait la grasse matinée, la faute en incombait d'ordinaire à un abus d'alcool.

La veille, elle n'avait bu que de l'eau gazeuse, aussi s'étonna-t-elle, en ouvrant les yeux, de voir que le soleil était déjà haut dans le ciel. Elle eut une autre surprise quelques secondes plus tard, lorsqu'elle remarqua que la seule chose qui la retenait de basculer sur le sol était le bras de Shawn.

Lui-même, après l'avoir repoussée jusqu'à l'extrême bord du lit, s'étalait en plein milieu du matelas. Au moins avait-il eu la gentillesse de l'empêcher de tomber sur le nez.

Elle voulut se lever, mais il resserra son étreinte, et elle se retrouva blottie contre lui.

— Tu es peut-être du genre à traîner au lit jusqu'à midi, mais ce n'est pas mon cas.

Elle se tortilla pour se libérer, ce qui lui permit de découvrir qu'une partie intéressante du corps de Shawn n'était pas du tout endormie.

— Prêt dès le réveil ? s'écria-t-elle en riant. Eh bien, pas moi. Il me faut une douche et du café.

Un grognement lui répondit, tandis qu'une main s'emparait d'un de ses seins.

— Enlève ta main de là. Je suis incapable de batifoler tant que je n'ai pas eu mon café.

Il ne répondit rien, se contentant de lui écarter les jambes pour lui prouver qu'elle mentait.

— Tiens, tiens, fit-il d'une voix encore assoupie. Eh bien, ne fais rien, laisse-moi juste me servir de toi.

Plus tard, alors qu'elle pénétrait en titubant dans la salle de bains, Brenna s'avoua qu'il n'était pas désagréable de se laisser utiliser de cette façon. La peau en feu, elle ouvrit les robinets, puis entra dans la baignoire, tira le rideau et entreprit de se laver les cheveux.

Ce ne fut pas une mince affaire, vu la minceur du filet d'eau qui s'écoulait et l'abondance de sa chevelure, mais elle avait presque fini de se rincer lorsque quelqu'un ouvrit le rideau. Elle souleva une paupière et découvrit Shawn.

— Je doute que tu puisses vraiment m'embêter, après ce qui vient de se passer.

— Tu veux parier ? demanda-t-il en la rejoignant dans la baignoire.

Pari perdu.

Les jambes de Brenna flageolaient lorsqu'elle attrapa une serviette.

— Garde tes distances, dit-elle en se séchant. Je n'ai plus une minute à te consacrer. Je dois rentrer chez moi.

— Tu n'as donc pas de temps à accorder à une fournée de crêpes, j'imagine ?

— Tu vas faire des crêpes ?

— J'y pensais, mais puisque tu es pressée et que tu comptes me laisser seul pour le petit déjeuner, je me contenterai d'œufs brouillés.

Il s'était déjà essuyé et se brossait les dents, geste intime que Brenna trouva tout à fait naturel.

— Je ne suis pas si pressée que ça, en fait. Aurais-tu une brosse à dents supplémentaire à me prêter ?

— Non, mais compte tenu des circonstances, tu peux utiliser la mienne.

Brenna laissait une brosse à dents chez Darcy, ainsi que d'autres articles essentiels de ce genre mais, la veille, elle avait été trop perturbée pour penser à les emporter.

— Ça t'ennuierait que j'apporte quelques affaires ici, à tout hasard ?

Shawn se pencha au-dessus du lavabo, en principe pour se rincer la bouche, mais surtout pour cacher son regard triomphant. Une étape de plus venait d'être franchie.

— Pas de problème, il y a assez de place, répondit-il en lui tendant sa brosse à dents. Aujourd'hui, sers-toi de tout ce dont tu as besoin. Je descends préparer le café.

— Merci.

Shawn regagna sa chambre, où il enfila un jean et un pull. Dommage qu'il doive travailler, songea-t-il. Vu la façon dont la matinée avait débuté, il n'aurait pas été difficile de convaincre Brenna de passer la journée avec lui.

Il savait déjà à quoi ressemblerait la vie avec elle. Il y aurait beaucoup de matins comme celui-ci, commencés amoureusement et suivis d'un repas pris ensemble. Ensuite, chacun partirait au travail. Au milieu de la journée, Brenna le rejoindrait dans la cuisine du pub et déjeunerait en le regardant travailler. Le soir, il la retrouverait à la maison.

Il restait quelques pas à faire avant d'en arriver là, se dit-il en descendant l'escalier. Mais quand on était aussi amoureux d'une femme, on devait trouver le moyen de passer sa vie avec elle, non ?

Il leur faudrait une maison bien à eux, avec une grande cuisine et assez de chambres pour accueillir de nombreux enfants. Il avait suffisamment d'économies pour acheter un terrain. Plein d'entrain, il prépara du café pour Brenna et du thé pour lui, puis il rassembla les œufs, la farine et le beurre pour les crêpes. Soudain, quelqu'un frappa à la porte de la cuisine, manquant lui faire lâcher le carton de lait qu'il venait de sortir du réfrigérateur.

Sans attendre d'y être invitée, Mary Kate entra.

— Excuse-moi, je ne voulais pas te faire peur, déclara-t-elle.

La marche avait rosi ses joues, et ses yeux brillaient d'excitation.

— C'est mon jour de congé, aujourd'hui. Je me suis dit que j'allais me balader un peu et en profiter pour m'arrêter un moment chez toi.

Les rouages du cerveau de Shawn se mirent en branle aussi vite qu'ils le purent. Comment la renvoyer, vite, avant que la situation ne vire à la catastrophe ? La seule idée qui lui vint fut de crier : « Au feu ! » mais il n'en eut pas le temps.

— Pourquoi est-ce que je ne sens pas l'odeur du café ? demanda Brenna en descendant l'escalier. Il me semble que je l'ai bien mérité, tout de même, après…

La vue de sa sœur lui cloua le bec.

Le visage de Mary Kate perdit ses belles couleurs, et son regard vert s'assombrit, tel un ciel d'été couvert par de gros nuages noirs. Durant quelques secondes, personne ne bougea. On eût dit les acteurs d'une pièce exécrable, qui attendaient le lever de rideau en sachant que le désastre était inéluctable.

Shawn posa la main sur le bras de la jeune fille.

— Mary Kate…

Son ton compatissant la sortit de son engourdissement. Elle le repoussa et se rua vers la porte.

— Mary Kate, attends ! s'écria Brenna en courant vers sa sœur.

La jeune fille se retourna, et Brenna s'arrêta net. La pâleur de sa sœur avait disparu, laissant place au rouge de la colère et de la honte.

— Tu couches avec lui. Tu es une menteuse et une hypocrite.

Les poings en avant, elle se jeta sur son aînée qui, prise au dépourvu, se retrouva par terre.

— Et une putain, en plus ! ajouta Mary Kate.

— Ça suffit, intervint Shawn en lui empoignant le bras. Tu n'as pas le droit de la frapper, ni de lui parler comme ça.

— Ce n'est pas grave, marmonna Brenna, accablée.

Elle se hissa sur ses genoux, ce qui, vu le poids qui pesait sur sa poitrine, était le mieux qu'elle pût faire.

— Si, c'est grave. Mets-toi en colère si tu veux, mais contre moi, dit-il à Mary Kate. Et si je t'ai fait du mal, sache que je le regrette de tout mon cœur. Mais ce qui se passe ici ne regarde que Brenna et moi. Ça n'a rien à voir avec toi.

Déchirée entre l'envie de pleurer et celle de hurler, Mary Kate s'efforça de recouvrer une miette de dignité et recula.

— Tu n'étais pas obligé de me ridiculiser. Tu savais ce que j'éprouvais pour toi. J'éprouve toujours quelque chose pour toi, sauf que maintenant, c'est de la haine. Je vous déteste tous les deux !

Sur ce, elle poussa la porte et s'enfuit.

— Seigneur ! fit Shawn.

Il aida Brenna à se relever et caressa sa joue meurtrie.

— Je suis désolé, vraiment désolé. Elle ne pensait pas ce qu'elle disait.

— Oh, si. Elle le pensait de toute son âme. Je le sais. Il faut que je la rattrape.

— Je t'accompagne.

— Non, répondit-elle à contrecœur. Il vaut mieux que je sois seule. Nous voir ensemble ne ferait que la blesser davantage. Où avais-je la tête ? gémit-elle en pressant les doigts sur ses paupières. Où avais-je la tête, bon Dieu ?

— Tu n'as pas à te faire de reproches, Brenna. Cette histoire est la nôtre, pas la sienne. Et nous avons le droit de la vivre.

Elle laissa retomber ses mains et rouvrit les yeux.

— Elle croit qu'elle t'aime. Je n'aurais pas dû l'oublier. Il faut que je la rattrape et que j'essaie d'arranger les choses.

— Et moi, je reste ici, les bras ballants ?

— C'est ma sœur, dit Brenna en sortant.

Elle se mit à courir, mais Mary Kate avait une bonne longueur d'avance, et elle avait de plus grandes jambes.

Lorsque Brenna l'aperçut enfin, la jeune fille dévalait le pré en pente situé derrière leur maison, et Betty courait à sa rencontre.

Brenna piqua un sprint.

— Mary Kate, attends !

Elle rattrapa sa sœur au bout du jardin.

— Attends. Laisse-moi t'expliquer.

— M'expliquer quoi ? Que tu as couché avec Shawn Gallagher ? Vu ton entrée triomphale dans sa cuisine, les cheveux encore dégoulinants, c'était assez clair.

— Ce n'est pas ce que tu crois.

Mais n'était-ce pas exactement ce que sa sœur croyait ? se demanda Brenna. Du sexe, et seulement du sexe ? Enfin, au moins au début…

— Vous avez dû bien vous foutre de moi.

— Non, jamais. Je n'ai jamais pensé…

— Tu n'as jamais pensé à moi ? cria Mary Kate, d'une voix si aiguë que la chienne courut se cacher. C'est encore pire, alors ! Tu fais la putain avec l'homme que j'aime, et tu n'as même pas une pensée pour moi !

Un éclair menaçant traversa le regard de Brenna.

— Tu m'as déjà traitée de ce nom, et je l'ai encaissé. Tu m'as jetée par terre, et je l'ai encaissé. Tu as dit ce que tu avais à dire. À mon tour, maintenant.

— Va au diable !

Elle repoussa Brenna, tourna les talons, marcha à grands pas vers la maison… et s'arrêta net lorsque sa sœur l'empoigna à bras-le-corps.

— Tu veux régler ça avec des gifles et des coups de poing ? Bon, d'accord. Ça me va.

Elle agrippa les cheveux de Mary Kate et en avait déjà arraché une bonne poignée quand leur mère jaillit de la maison.

— Que se passe-t-il ici ? Mary Brenna, lâche ta sœur immédiatement !

— Dès qu'elle se sera excusée de m'avoir traitée de putain deux fois de suite !

— Putain ! répéta Mary Kate, les yeux brouillés par la fureur et le chagrin. Et de trois !

Sans une seconde d'hésitation, elles se ruèrent de nouveau l'une sur l'autre. Mollie s'interposa, attrapa chacune de ses filles par ce qu'elle put saisir, les sépara de force et les secoua simultanément d'un coup sec.

— J'ai honte ! Vous me faites honte toutes les deux. Rentrez dans la maison tout de suite. Un mot de plus sans mon autorisation, et ce sera la gifle.

Mary Kate se redressa, brossa ses vêtements et baissa la tête.

— Putain, articula-t-elle, lorsque son regard croisa celui de Brenna.

Elle eut la satisfaction de voir sa sœur lever le poing, ce qui lui valut une claque maternelle.

— Quel âge avez-vous, bon sang ? marmonna Mollie en poussant ses filles dans la maison.

Dans la cuisine, elles retrouvèrent Mick, qui s'efforçait de prendre un air sévère, Alice Mae, qui riboulait des yeux, et Patty, qui regardait par-dessus l'épaule de son père en arborant une expression condescendante, l'air de dire : « Je suis au-dessus de tout ça. »

— Asseyez-vous ! ordonna Mollie.

Elle désigna du doigt les chaises de la cuisine, puis jeta un regard glacial à ses autres filles.

— Patty, Alice Mae, je suis sûre que vous avez des choses à faire. Sinon, je peux trouver de quoi vous occuper.

— On dirait qu'elle t'a fichu un sacré coup, Brenna, fit Alice Mae, qui louchait sur la joue de son aînée.

— Il n'y en aura pas d'autre.

— Silence ! cria Mollie, exaspérée. Dehors, ajouta-t-elle en montrant la porte.

— Viens, Alice, dit Patty. Laissons ces deux barbares régler leurs comptes.

Les deux sœurs quittèrent la pièce, mais s'accroupirent à quelques mètres de la porte et tendirent l'oreille.

Mick fit mine de les suivre, mais un coup d'œil sévère de Mollie le cloua sur place.

— Oh, non, tu restes ici, Michael O'Toole. Ce fardeau est autant le tien que le mien. Alors, reprit-elle, les poings sur les hanches, qui a commencé ? Brenna, je t'écoute.

— C'est un problème personnel qui ne concerne que Mary Kate et moi, répondit Brenna, tout en regardant alternativement sa mère et son père, qui s'était réfugié dans un coin de la pièce et se servait une tasse de thé.

— Quand l'une de vous traite l'autre de noms orduriers et que vous vous battez comme des chats de gouttière, ça cesse d'être un problème personnel. Tu as beau avoir presque vingt-cinq ans, Mary Brenna Catherine O'Toole, tu vis sous ce toit, et je ne tolérerai pas une conduite pareille.

— Pardon.

Brenna posa les mains sur la table et baissa la tête.

— Mary Kate, qu'as-tu à dire ?

— Que je refuse de continuer à vivre sous le même toit qu'elle.

— À toi de décider, répliqua froidement Mollie. Mais sache que tu seras toujours la bienvenue ici, comme mes autres filles.

— Même les putains ?

— Tiens ta langue, fillette, intervint Mick. Envoyer des gifles et des coups, c'est une chose. Mais tu as intérêt à parler poliment à ta mère, et je t'interdis d'utiliser ce vocabulaire au sujet de ta sœur.

— Qu'elle nie en être une !

— Mary Kate… murmura Brenna, d'une voix qui sonnait plus comme une prière que comme une menace.

Les lèvres tremblantes, le regard brûlant de rage, Mary Kate s'écria alors :

— Qu'elle nie avoir passé la nuit dans le lit de Shawn Gallagher !

La tasse de Mick heurta brutalement le bord du plan de travail. Submergée par la honte et le chagrin, Brenna ferma les yeux.

— Je ne le nierai pas. Cela s'était déjà produit, et chaque fois, c'était de mon plein gré. Je regrette que cela te fasse de la peine, Mary Kate.

Incapable de rester assise plus longtemps, elle repoussa sa chaise et se leva.

— L'aimer ne fait pas de moi une putain, ajouta-t-elle à l'intention de sa sœur. Mais si tu me demandes de choisir entre toi et lui, c'est à lui que je renoncerai.

Elle rassembla ses dernières miettes de courage pour se tourner vers ses parents. Le regard compréhensif de sa mère l'aurait réconfortée, si son père n'avait pas paru si choqué.

— Je regrette cet incident. Je regrette tout. Pardonnez-moi d'avoir manqué de franchise envers vous. Je ne peux plus parler de ça maintenant. Je ne peux plus.

Elle sortit à grandes enjambées, décidée à se réfugier dans sa chambre, mais trouva Patty sur son chemin.

— Ne t'inquiète pas, ma chérie, murmura celle-ci en l'étreignant brièvement.

Ce geste de compassion libéra le chagrin qui brûlait la gorge de Brenna. Aveuglée par les larmes, elle grimpa l'escalier quatre à quatre.

Dans la cuisine, Mollie gardait les yeux fixés sur Mary Kate. Son cœur saignait pour ses deux filles, mais elle savait qu'elle devait garder son sang-froid.

Le seul bruit perceptible à présent était le souffle saccadé de Mary Kate. Mollie s'assit sur la chaise que venait de quitter Brenna.

Quant à Mick, il avait déserté le champ de bataille sans se faire remarquer.

— Je sais ce que c'est que d'aimer quelqu'un, commença Mollie d'un ton posé, de voir dans ce sentiment la plus vive des lumières, d'espérer qu'il résoudra tous les problèmes et comblera tous les manques. Je ne mets pas en doute ce qu'il y a dans ton cœur, Mary Kate.

— Je l'aime.

Elle avait parlé sur un ton de défi, mais deux grosses larmes s'échappèrent de ses yeux et roulèrent sur ses joues.

— Brenna le savait, reprit-elle.

— C'est douloureux d'éprouver un tel sentiment pour quelqu'un qui ne vous rend pas la pareille.

— Il aurait pu, mais elle s'est jetée sur lui.

— Katie chérie…

Il y avait des quantités de choses que Mollie aurait pu dire. Entre autres : « Ce garçon est trop vieux pour toi, ce n'est qu'un béguin, tu tomberas amoureuse une douzaine de fois avant de rencontrer l'homme qu'il te faut. » Au lieu de quoi, elle serra la main de Mary Kate et reprit d'une voix douce :

— Shawn avait des sentiments pour Brenna depuis longtemps. Et elle avait des sentiments pour lui. Quant au reste, tu sais bien qu'aucun d'eux ne ferait délibérément du mal à quelqu'un.

— Ils ne se sont pas souciés de moi.

— Ils avaient les yeux fixés l'un sur l'autre et ne te voyaient pas.

La compassion et la gentillesse de sa mère ne faisaient qu'ajouter à l'humiliation de Mary Kate, qui répliqua avec colère :

— À t'entendre, on dirait que tu les approuves d'avoir couché ensemble.

Attention, songea Mollie. Terrain miné.

— Je ne dis pas cela, car c'est un sujet qui ne regarde que Brenna. Ce n'est pas à toi de la juger, Mary Kate, ni à moi. Dans cette maison, nous ne jetons pas de pierres.

— Tu prends son parti, alors, fit la jeune fille, dont les larmes coulaient de plus en plus vite.

— Tu te trompes, car j'ai deux filles qui souffrent et que j'aime autant l'une que l'autre. Si quelqu'un a pris parti ici, c'est Brenna, et elle vient de prendre le tien. Nous ignorons quels sont ses sentiments pour Shawn et s'ils sont profonds, mais elle est prête à le quitter pour toi. C'est ce que tu veux, Mary Kate ? Est-ce que cela apaiserait ton cœur et ton amour-propre ?

C'en était trop pour Mary Kate. Elle posa la tête sur la table et sanglota comme une enfant.

En tant que père, il n'avait pas le choix. Mick aurait préféré se casser tous les doigts de la main plutôt que de les utiliser pour frapper à la porte du cottage de la colline aux fées, mais c'était la seule chose à faire.

Sa fille s'était donnée à un homme. Elle s'était laissé séduire. Les confortables illusions qu'il nourrissait sur son aînée venaient de voler en éclats. Bien sûr, il savait que les femmes, les jeunes et les vieilles, et aussi celles qui se trouvaient au milieu, éprouvaient certains besoins. Il n'était pas idiot. Mais lorsqu'il s'agissait de sa fille, il n'aimait pas qu'on lui jette ces besoins à la figure.

De même, il savait que les hommes avaient certaines pulsions. Mais il avait beau aimer Shawn Gallagher depuis toujours, cela n'enlevait rien au fait que ce salopard avait posé les mains sur le bébé de Michael O'Toole.

Aussi, lorsqu'il frappa à la porte du cottage, était-il prêt à régler cette affaire de façon franche et civilisée.

La porte s'ouvrit, et le poing de Mick s'écrasa sur le visage de Shawn.

Sous le choc, le jeune homme sentit sa tête basculer en arrière. Il recula de deux pas, mais parvint à rester debout. Ce garçon était plus robuste qu'il n'en avait l'air, jugea Mick en levant le poing de nouveau.

— Allons, défends-toi, espèce de salaud ! Je suis venu te corriger.

— Non, monsieur

Shawn sentait sa tête bourdonner, et il aurait bien voulu tâter sa mâchoire pour s'assurer qu'elle n'était pas cassée, mais il resta immobile, les bras ballants. Michael O'Toole était deux fois plus petit et plus vieux que lui.

— Vous pouvez me rouer de coups, mais je ne me battrai pas avec vous.

— Alors, c'est que tu es un lâche.

Mick entra en sautillant comme un boxeur qui se prépare au round suivant. Il frappa Shawn à la poitrine, puis feignit de le viser au visage. Mais le garçon ne cilla même pas, et Mick dut reconnaître qu'il avait du cran.

— Vous défendez l'honneur de votre fille. Je ne peux pas vous le reprocher. C'est ce que je ferais à votre place.

Une pensée horrible lui traversa soudain l'esprit, et il serra les poings.

— Vous avez levé la main sur elle ?

Mick blêmit d'indignation.

— Sacré nom de Dieu, mon garçon, je n'ai jamais touché à un cheveu de mes filles. Je laisse ça à leur mère quand c'est nécessaire.

— Elle va bien ? Dites-moi seulement si elle va bien, je vous en prie.

— Non, on l'a assommée à coups de batte de base-ball.

Mick soupira et baissa les mains. Il n'avait plus le cœur à se battre. Mais l'affaire n'était pas réglée pour autant.

— Tu as des choses à m'expliquer, jeune Gallagher.

— Oui, fit Shawn avec un hochement de tête. Vous voulez qu'on discute ici, dans l'entrée, ou dans la cuisine, devant un verre de whisky ?

Mick se frotta pensivement le menton, tout en examinant son adversaire.

— Va pour le whisky, grommela-t-il.

La colère bouillonnait toujours en lui, mais cela ne l'empêcha pas de suivre Shawn et de regarder avec satisfaction le jeune homme sortir une bouteille de Jameson du placard et remplir deux petits verres.

— Asseyez-vous, monsieur O'Toole, je vous en prie.

— En voilà des manières chichiteuses dans de telles circonstances.

L'air méprisant, Mick s'assit, leva son verre et défia Shawn du regard.

— Tu as touché à ma fille.

— C'est vrai.

Mick serra sa main libre, prêt à se battre de nouveau.

— Et quelles sont tes intentions envers ma Mary Brenna ?

— Je l'aime et je veux l'épouser.

Mick poussa un soupir qui tenait du sifflement. Il se passa la main dans les cheveux et vida son verre d'une seule lampée, puis le tendit vers Shawn pour se faire resservir.

— Eh bien, pourquoi diable ne l'as-tu pas dit ?

— Ah…

Shawn palpa prudemment sa mâchoire. Elle ne semblait pas cassée, mais il allait avoir un bel hématome.

— Il y a un problème, dit-il enfin.

— Quoi donc ?

— Je n'en ai pas encore parlé à Brenna. Si je lui demande de m'épouser, vous comprenez, elle s'empressera de refuser. J'essaie de faire en sorte que l'idée vienne d'elle, qu'elle me rende la vie infernale jusqu'à ce que j'accepte.

Mick écarquilla les yeux et reposa son verre.

— Seigneur ! Tu la connais bien, on dirait.

— Oui. Et je l'aime de tout mon cœur. Je veux passer ma vie avec elle. Il n'y a rien que je désire plus. Alors…

Ces confidences avaient éprouvé Shawn, qui avala son whisky cul sec.

— Voilà, vous savez tout, acheva-t-il.

— Si je m'attendais à ça… fit Mick, après avoir vidé son deuxième verre. J'aime mes filles, Shawn. Pour moi, chacune d'elles est un trésor inestimable. Lorsque j'ai conduit Maureen à l'autel et que je l'ai donnée à un autre homme, j'étais fier, mais en même temps, mon cœur saignait. Tu sauras un jour quel effet ça fait. Et bientôt, il faudra que je recommence avec Patty. Ces deux-là ont choisi des époux que je suis heureux de considérer comme mes fils.

Il tendit son verre et attendit que Shawn l'ait rempli pour conclure :

— Ma Brenna a aussi bon goût que ses sœurs, sinon plus.

— Je vous remercie.

Soulagé, Shawn s'octroya un deuxième whisky.

— J'espère qu'elle finira par partager votre opinion, reprit-il, mais elle a la tête dure comme du bois, cela dit sans offense.

— Ça ne m'offense pas, car c'est vrai et j'en suis fier.

Mick se laissa aller contre le dossier de sa chaise et fronça les sourcils.

— Ce qui m'embête, c'est ce qui se passe entre vous en ce moment.

Il remarqua que Shawn avait le courage de le regarder dans les yeux et la sagesse de ne pas protester. Seigneur, qui aurait cru que Brenna tomberait un jour dans les bras de ce garçon ?

— Mais elle a l'âge de faire ce qu'elle veut, poursuivit Mick. Et toi aussi. De toute façon, quoi que j'en pense, ça ne vous empêchera pas de… Bref, oublions ça.

Ils burent dans un silence prudent.

— Monsieur O'Toole ?

— Vu les circonstances, je crois que tu devrais m'appeler Mick.

— Mick, je suis désolé pour Mary Kate. Je vous le jure, jamais je n'ai…

Mick leva une main pour l'interrompre.

— Je n'ai rien à te reprocher sur ce point. Notre Mary Kate se fait facilement des illusions, et elle a le cœur tendre. Ça me désole qu'elle ait du chagrin, mais tu n'y es pour rien.

— Le problème, c'est que Brenna va se sentir coupable et m'éviter. Si je ne l'aimais pas, je pourrais renoncer à elle. Mais voilà, je l'aime.

— Avec un peu de temps, les choses s'arrangeront.

Mick termina son whisky et décida que, par une belle matinée comme celle-ci, une cuite ne serait pas malvenue.

— Quand tu seras plus vieux, tu finiras par faire confiance au temps, reprit-il. Attention, comprends-moi bien. Je ne te conseille pas non plus de rester les bras croisés.

— Je cherche un terrain, annonça soudain Shawn, qui commençait à éprouver une délicieuse euphorie éthylique.

— Pourquoi ?

— Pour l'acheter. Pour Brenna. Elle aura envie de construire sa propre maison, vous ne pensez pas ?

Des larmes d'attendrissement montèrent aux yeux de Mick.

— C'est son rêve depuis des années.

— Je sais qu'elle rêve de bâtir quelque chose des fondations jusqu'au toit, et j'espère qu'elle en aura l'occasion avec la salle de spectacle.

— Ah, oui… Je l'ai aidée à mettre le plan au propre.

— Pourriez-vous me le confier pour que je le montre à Aidan ? Après ce qui vient de se passer, je ne sais pas quand je la reverrai.

— Tu l'auras demain.

— Très bien. La salle de spectacle, c'est important pour nous tous, pour Ardmore. Mais une maison, c'est encore plus important.

— Ça l'est. Surtout pour toi et ma fille.

— Si vous entendez parler d'un terrain à vendre, faites-le-moi savoir, d'accord ?

Très ému, Mick sortit son mouchoir de sa poche et se moucha énergiquement. Il se réjouit de voir Shawn remplir son verre sans qu'il le lui ait demandé.

— Compte sur moi.

Les joues enflammées par l'alcool, il plissa les paupières et scruta le visage de Shawn.

— Comment va ta mâchoire ?

— Ça me fait un mal de chien.

Mick éclata de rire et trinqua avec le jeune homme.

— Eh bien, tant mieux !

Tandis que Mick et Shawn devenaient les meilleurs amis du monde grâce, en partie, au Jameson, Mollie avait fort à faire. Il lui fallut près d'une heure de caresses et de paroles réconfortantes pour convaincre Mary Kate d'aller s'allonger et de faire une sieste. Elle y gagna une bonne migraine et dut s'arrêter dans le couloir pour appuyer les doigts sur ses tempes, avant d'aller poursuivre sa tâche auprès de Brenna.

Elle avait voulu des enfants, se rappela-t-elle. Elle avait été exaucée et en était reconnaissante. Mais, Seigneur, que c'était fatigant !

Les yeux fermés, Brenna était roulée en boule sur son lit. Assise à côté d'elle, Alice Mae lui caressait les cheveux, tandis que Patty lui tamponnait les paupières.

Spectacle charmant, songea Mollie en observant ses trois filles. Patty était une incurable romantique, qui ne pouvait que prendre le parti de Brenna dans cette histoire. Quant à Alice Mae, que Dieu la bénisse, elle ne supportait pas de voir quelqu'un souffrir.

Mollie leur fit signe de se lever.

— Je veux parler à Brenna en privé.

Elle les poussa dehors avant que ne fusent les questions et referma la porte, puis elle alla s'asseoir sur le lit. Le corps de son aînée se crispa.

— Je suis désolée, déclara Brenna d'une voix tendue, sans ouvrir les yeux. Je ne sais pas quoi dire d'autre. Je suis vraiment désolée. Ne me déteste pas.

— En voilà une ânerie ! s'écria Mollie, d'un ton plus brusque que celui qu'elle avait employé avec Mary Kate. Pourquoi est-ce que je te détesterais ? ajouta-t-elle en secouant l'épaule de sa fille. Tu me crois incapable de comprendre les émotions qui tourbillonnent dans le cœur d'une femme ?

— Non, non.

Brenna se recroquevilla un peu plus, tout en s'arrangeant pour poser la tête sur les genoux de sa mère.

— Oh, maman, c'est entièrement ma faute. C'est moi qui ai commencé. Je voulais coucher avec Shawn. Je suis allée le voir et je le lui ai dit. Je l'ai harcelé jusqu'à ce que… Ce n'est qu'un homme, après tout.

— C'est tout ce qu'il y a entre vous ? Une attirance physique ?

Brenna s'enfouit un peu plus dans le giron maternel.

— Oui. Non, marmonna-t-elle. Je ne sais pas. De toute manière, ça n'a plus d'importance, maintenant.

— Au contraire. C'est ça, le plus important.

— Il ne faut plus que je le voie. Enfin, pas de cette façon. Si tu savais comme Mary Kate m'a regardée ! C'est vrai, je n'ai pas pensé à elle.

Elle bascula sur le dos, ouvrit les yeux et fixa le plafond.

— Je n'ai pensé qu'à moi et à ce qui se passait en moi quand j'étais avec Shawn. À cause de cela, je vous ai menti, à toi et à papa. Comment pourras-tu avoir confiance en moi, désormais ?

— Je ne dis pas que tu as eu raison de nous mentir, mais je n'ai pas été dupe, répliqua Mollie, qui réprima un sourire devant le regard effaré de Brenna. Crois-tu que je mettais ma vieille maman au courant quand je me faufilais dehors, lors des belles nuits d'été, pour retrouver ton père, qui me faisait tourner la tête sous ses baisers ?

À ce souvenir, ses yeux s'éclairèrent.

— Cela fait vingt-six ans que nous sommes mariés, et nous avons eu cinq enfants. Et, encore aujourd'hui, ma mère croit que je suis restée chastement dans mon lit jusqu'à mon mariage.

Avec un long soupir, Brenna se redressa. Elle enlaça sa mère et posa la tête sur son épaule.

— J'ai envie de lui, maman. C'est tellement fort ! Je pensais qu'après avoir couché avec lui une ou deux fois, ça se dissiperait et que tout redeviendrait comme avant. Mais ça ne s'arrange pas du tout. Et j'ai tout bousillé parce que je n'ai pas dit à Katie : « Celui-ci, il est pour moi. Trouve-t'en un autre. » Maintenant, tout est fini.

Mollie la repoussa et la regarda dans les yeux.

— Réponds-moi franchement, dit-elle. Est-ce que Shawn se serait intéressé à Mary Kate si tu n'avais pas été là ?

— Mais ce n'est pas…

— Réponds, Brenna.

— Non. Mais elle aurait moins souffert.

— Tu as commis des erreurs, inutile de le nier. Mais Mary Kate est la seule responsable de ses malheurs. Te sacrifier n'y changera rien. Repose-toi, maintenant, dit-elle en déposant un baiser sur le front de Brenna. Tu réfléchiras mieux après. Veux-tu que je t'apporte du thé et des toasts ?

— Non, merci. Je t'aime tant, maman…

— Allons, ne te remets pas à pleurer. Une larme de plus aujourd'hui, et il me faudra des avirons. Enlève tes bottes et couche-toi.

Elle se dirigea vers la porte, mais s'arrêta net, revint en arrière et se planta devant la fenêtre. Non, elle ne s'était pas trompée. C'était bien son mari qui titubait sur la route.

— Par tous les saints, cet homme est ivre et il n'est même pas midi… Quelle famille ! acheva-t-elle en se prenant la tête dans les mains.

16

Shawn eut toutes les peines du monde à finir de se préparer. Heureusement, il était déjà habillé. Quant à se raser, mieux valait ne pas y penser. Son menton meurtri aurait peut-être supporté le passage d'un rasoir, mais il lui restait juste assez de lucidité pour se douter qu'il risquait de se découper le visage en lambeaux. Il renonça donc à ce raffinement.

Il venait de se prendre les pieds dans ses chaussures et de s'affaler par terre, lorsqu'il songea que ce serait peut-être une bonne idée de les mettre avant de sortir. Buth, cette créature perverse, en profita pour ramper sur lui. Comme Shawn le repoussait, le chat lui griffa la main. L'un et l'autre se lancèrent des regards haineux.

— Espèce de salaud, grommela Shawn. J'ai pris une volée bien méritée de la part de Michael O'Toole, mais toi, tu n'as aucun droit de me corriger, fils de Satan au cœur perfide.

Il se jeta en avant, loupa le chat qui s'enfuyait et atterrit sur sa mâchoire douloureuse.

— Et merde ! Ça suffit comme ça.

La tête lui tournait, mais il parvint à se mettre à quatre pattes. Ce monstre félin ne perdait rien pour attendre. Il lui laisserait croire qu'il avait gagné, mais il prendrait sa revanche dès que ce suppôt de Satan ne serait plus sur ses gardes.

Sans cesser de fulminer, Shawn sortit de la maison et se dirigea machinalement vers sa voiture. Soudain, il s'arrêta, oscilla et se cramponna au portail.

Il était parfaitement capable de conduire, il en était sûr. Il tenait l'alcool, non ? Il ne s'appelait pas Gallagher pour rien. Mais on n'était jamais à l'abri d'une embardée, et il préférait éviter de se casser toutes les dents sur le volant.

D'ailleurs, la marche lui éclaircirait les idées. Il se mit donc en route, le cœur joyeux, et entreprit de chanter pour se distraire durant le voyage.

Il trébucha à deux reprises, mais ne tomba qu'une fois. Bien sûr, lors de cette seule fois, son genou heurta l'unique caillou pointu de toute la route. Il se relevait péniblement lorsque Betsy Clooney arrêta sa voiture pleine d'enfants à côté de lui.

— Que t'est-il arrivé ? Tu as eu un accident ?

Il sourit. Betsy avait une belle nichée de gamins blonds aux yeux bleus. Les deux aînés se chamaillaient sur la banquette arrière, mais la plus jeune, ficelée dans son siège auto, l'examinait avec des yeux ronds de petite chouette, tout en léchant une sucette rouge.

— Hé, bonjour, Betsy. Comment ça va ?

— Tu as eu un accident de voiture ? répéta-t-elle, de plus en plus inquiète.

Elle ouvrit sa portière et se précipita vers le jeune homme qui souriait à son bébé et chancelait comme un boxeur au sortir d'un match avec le champion du monde en titre.

— Non, non. Je n'ai pas pris ma voiture.

— Tu as du sang sur la main et des bleus sur la figure. Et ton pantalon est déchiré.

— Ah, bon ?

Shawn baissa les yeux et découvrit son genou nu et taché de boue.

— Merde, regarde ça… Oh, pardon, ajouta-t-il, se souvenant des enfants.

Betsy était à présent assez près de lui pour deviner que son état n'avait rien à voir avec un accident de voiture.

— Shawn Gallagher, tu es ivre.

— Un peu, je crois.

Betsy et lui étaient allés à l'école ensemble, se rappela-t-il avec attendrissement. Aussi lui tapota-t-il amicalement l'épaule.

— Tu as des enfants charmants, Betsy, mais ta fille aînée essaie d'étrangler son frère, et j'ai l'impression qu'elle est sur le point de réussir.

Betsy se contenta de se retourner et d'aboyer une menace parfaitement explicite. Les deux enfants se séparèrent aussitôt.

— Ma mère faisait la même chose, approuva Shawn avec un sourire admiratif. La plupart du temps, il lui suffisait de nous jeter un regard pour que le sang se fige dans nos veines. Bon, faut que j'y aille.

— Monte dans la voiture, pour l'amour de Dieu. Je vais te ramener chez toi.

— Merci, mais je vais travailler.

Elle leva les yeux au ciel et ouvrit la portière.

— Monte quand même, je te déposerai au pub.

« Et que les Gallagher se débrouillent entre eux », ajouta-t-elle en son for intérieur.

La compagnie d'un M. Gallagher en état d'ivresse amusa tellement les enfants qu'ils restèrent tranquilles jusqu'à ce que leur mère s'arrête derrière le pub.

Shawn agita joyeusement la main pour leur dire au revoir, ouvrit la porte de la cuisine, chancela sur le seuil et faillit tomber pour la seconde fois de la journée. Il se rattrapa au plan de travail et attendit que la cuisine cesse de tourner.

Puis, de la démarche précautionneuse des ivrognes conscients de leurs excès, il traversa la pièce, les yeux fixés sur le placard, d'où il sortit tant bien que mal une poêle à frire et une casserole.

Il vacillait devant le réfrigérateur en se demandant ce qu'il était censé faire de son contenu, bon sang de bonsoir, lorsque Darcy entra dans la cuisine. Ses yeux brillaient de colère.

— Tu as près d'une heure de retard, Shawn. Je te signale que deux cars pleins de touristes vont arriver et que nous n'avons que des chips et des cacahuètes à leur mettre sous la dent.

— Je vais m'occuper de ça tout de suite.

— Et j'aimerais savoir ce qu'il faut marquer au menu…

Elle s'interrompit et l'observa attentivement. Les yeux de Shawn tournaient dans tous les sens, sans réussir à se fixer sur un point.

— Regarde-toi, Shawn Gallagher. Tu as bu.

— J'ai bu, acquiesça-t-il, en lui adressant le charmant sourire béat de celui qui se sait complètement ivre. Énormément, même.

— Espèce d'idiot ! Assieds-toi avant de tomber.

— Ça va très bien. Je pensais faire des croquettes de poisson.

Darcy s'esclaffa.

— Tu parles ! dit-elle en le poussant sur une chaise.

Elle examina sa main ensanglantée et décida qu'elle avait vu pire.

— Ne bouge pas, ordonna-t-elle, avant de quitter la pièce.

— Ivre ? Qu'est-ce que tu veux dire ? demanda Aidan, après qu'elle lui eut chuchoté la nouvelle à l'oreille.

— Je crois que le terme ne t'est pas inconnu, mais si tu tiens à te rafraîchir la mémoire, il te suffit d'aller jeter un coup d'œil à ton frère.

— Seigneur, je n'ai pas de temps à perdre avec ça !

Il n'y avait que quelques clients dans le pub, mais d'ici trente minutes, soixante touristes débarqueraient, affamés et assoiffés après leur voyage en bus depuis Waterford.

— Occupe-toi du bar, ordonna-t-il en se dirigeant vers la cuisine.

— Oh, non ! Pour rien au monde je ne voudrais manquer ça, s'écria Darcy en lui emboîtant le pas.

D'une voix déchirante, Shawn chantait une mélopée dont le thème était la froideur d'une certaine Peggy Gordon. Un œil fermé, l'autre entrouvert, le corps oscillant doucement, il versait lentement du jus de citron dans un bol.

— Bon sang, Shawn, tu es à moitié bourré.

— Plus qu'à moitié, pour être franc.

Il s'emmêla dans ses comptes et ajouta quelques gouttes supplémentaires de jus de citron, à tout hasard.

— Comment vas-tu ce matin, Aidan chéri ?

— Sors d'ici avant d'empoisonner quelqu'un.

Vexé, Shawn se retourna trop vivement et dut se rattraper au plan de travail pour éviter la chute.

— Je suis ivre, mais je ne suis pas un meurtrier. Je suis capable de faire de bonnes croquettes même en dormant. C'est ma cuisine, je te prie de t'en souvenir, car ici, c'est moi le chef.

Il ponctua cette affirmation d'un coup de pouce sur sa poitrine, qui manqua de peu l'envoyer à terre. Rassemblant ce qui lui restait de dignité, il redressa le menton.

— Occupe-toi de tes affaires et laisse-moi travailler.

— Qu'est-ce que tu t'es fait ?

— C'est ce chat satanique qui m'a griffé.

Il leva sa main écorchée jusqu'à ses yeux et l'examina.

— Mais je me vengerai. Il ne perd rien pour attendre.

— Pour l'instant, je parierais sur le chat, fit Aidan. Tu saurais préparer des croquettes de poisson ? demanda-t-il à Darcy.

— Pas du tout, répondit-elle avec un sourire quasi pervers.

— Alors, appelle Kathy Duffy et supplie-la de nous accorder une heure ou deux, car nous avons une urgence.

— Une urgence ? répéta Shawn en balayant la cuisine d'un regard vitreux. Où ça ?

— Viens avec moi, mon gars.

— Où ? demanda de nouveau Shawn, tandis qu'Aidan le prenait fermement par la taille.

— On va te dégriser.

— Si tu comptes le dégriser chez moi, dit Darcy, je te serai reconnaissante de nettoyer le fouillis et les saletés que cet exploit ne manquera pas d'occasionner.

— Appelle Kathy Duffy et occupe-toi du bar, répliqua Aidan en tirant son frère en direction de l'escalier.

— Je suis tout à fait capable de cuisiner, que je sois ivre ou sobre, insista Shawn. Je ne comprends pas pourquoi tu en fais toute une histoire. Il s'agit seulement de satanées croquettes de rien du tout !

Sur ce, il plaqua un gros baiser bruyant sur la joue de son aîné.

— L'alcool t'a toujours rendu joyeux, commenta Aidan.

— Heureusement.

Shawn passa son bras sous celui d'Aidan et chancela.

— Ma vie est foutue, et vue à travers le whisky, elle a l'air moins triste.

Tout en émettant des onomatopées compatissantes, Aidan poussa son frère dans la salle de bains impeccable de Darcy.

— Tu t'es disputé avec Brenna ?

— Pas avec elle, mais avec toutes les autres créatures du bon Dieu. J'ai passé la nuit à faire l'amour à la femme que je veux épouser. Je te le dis, Aidan : on n'éprouve pas du tout la même chose quand on couche avec la femme qu'on aime. Qui l'eût cru ?

Aidan réfléchit une seconde. Déshabiller Shawn ne serait pas une mince affaire, mais mieux valait le faire s'il voulait limiter les dégâts. Sa décision prise, il appuya son frère contre le mur.

— Tâche de rester comme ça deux minutes, dit-il.

— Très bien, répondit Shawn, qui s'arc-bouta de tout son poids contre la cloison. Elle pense qu'il s'agit seulement de sexe, tu vois.

— Ah, oui…

Aidan s'accroupit et entreprit de dénouer les lacets de Shawn, qu'une multitude de petits nœuds maintenaient très serrés.

— Les femmes sont d'étranges créatures, commenta-t-il.

— Moi, je les ai toujours bien aimées. Il y a tant de variétés différentes. Mais, cette fois-ci, c'est comme si j'avais été frappé par la foudre. Mon cœur est tout brûlant et brillant et sens dessus dessous. Celle-là, pas question que je la lâche !

— Je comprends.

Après avoir réussi à lui enlever ses chaussures, Aidan déboutonna le jean de Shawn et, avec l'habileté d'un homme habitué à ce genre d'aventure, dévêtit complètement son frère en un tournemain.

À titre de précaution, il se débarrassa lui-même de sa chemise et de son pantalon.

— Vas-y.

— Je ne peux aller nulle part. Je suis tout nu. On va m'arrêter.

— Je paierai ta caution, ne t'inquiète pas.

Sur ce, Aidan ouvrit à fond le robinet d'eau froide et poussa son frère bien-aimé sous le jet impitoyable.

Le hurlement de Shawn et les jurons qui suivirent lui déchirèrent les oreilles. Mais il tint bon, esquiva les coups de poing et maintint sans pitié son cadet sous la douche.

— Tu es en train de me noyer, espèce de salaud.

— Mais non.

D'un geste vif, Aidan empoigna la tignasse de Shawn et lui tira la tête en arrière, afin d'offrir son visage au jet d'eau glacée.

— Ferme la bouche et retiens ton souffle si tu veux survivre, imbécile.

— Quand je sortirai de là, je te tuerai.

— Tu crois que ça m'amuse de faire ça ?

Il réprima un fou rire et repoussa la tête de Shawn sous la douche.

— Eh bien, tu as raison. Tu commences à avoir les idées plus claires ?

La réponse se limita à des borborygmes. Aidan attendit encore une minute, puis il ferma le robinet. Prudent, il recula précipitamment et lança à son frère une des serviettes brodées de Darcy.

— Tu es dans un triste état, mais ton regard est plus vif. Tu as envie de vomir ?

Bien qu'il se sentît aussi faible qu'un nouveau-né, Shawn enroula la serviette autour de ses hanches et s'efforça de recouvrer un peu de dignité.

— Me noyer, c'est une chose. M'insulter, c'en est une autre. Tu mériterais que je te casse la figure.

La crise était passée, estima Aidan.

— On dirait que quelqu'un s'en est pris à la tienne, de figure. C'est Brenna qui t'a fait ce bleu au menton ?

— Non. C'est son père.

— Son père ? s'étonna Aidan en s'essuyant la poitrine. Mick O'Toole t'a envoyé un coup de poing ?

— Oui. Mais nous nous sommes réconciliés.

Shawn sortit de la douche. Maintenant que l'eau froide avait balayé le cocon douillet de l'ivresse, il avait mal partout – au visage, à la main, aux jambes. Et au cœur.

— J'imagine que vous vous êtes soûlés ensemble.

— Ça a fait partie du processus de réconciliation, admit Shawn.

Il baissa le couvercle des toilettes et s'assit. Puis il raconta ses aventures à Aidan.

— Tu as eu une dure matinée, commenta celui-ci en posant la main sur l'épaule de son cadet. Je vais demander à Kathy Duffy de rester jusqu'à la fin du service.

— Non, je peux travailler. Cela m'occupera les mains pendant que je réfléchirai à ce que je dois faire… Je la veux, Aidan. Coûte que coûte.

— Un jour, tu m'as donné un conseil, dans une affaire à peu près semblable. À mon tour de jouer les sages.

Trouve les mots, les bons mots, et dis-les-lui. J'imagine qu'il y en a de différents selon les femmes, mais ils ont la même signification.

Avant de redescendre, Shawn s'arrangea du mieux qu'il put et nettoya la salle de bains de Darcy. Il n'avait aucune envie de subir le sermon hargneux que celle-ci ne manquerait pas de lui assener s'il laissait la pièce en désordre. Une sévère gueule de bois s'annonçait. Il se rendit donc dans la cuisine de sa sœur, prépara le remède que sa famille appelait la potion Gallagher et s'en servit un grand verre.

Bien qu'il ne se sentît pas au mieux de sa forme, il s'estima alors capable de survivre jusqu'à la fin de cette journée.

Le regard de compassion que lui décocha Kathy Duffy lorsqu'il entra dans la cuisine lui apprit que, malgré ses efforts, son apparence correspondait à ce qu'il éprouvait.

— Tiens, mon garçon, dit-elle en lui tendant une tasse de thé. Bois ça et reprends tes esprits. Pour le moment, je contrôle la situation.

— Je vous suis très reconnaissant. Je sais que j'ai tout laissé sens dessus dessous.

— Si on ne peut pas faire de bêtises de temps en temps, à quoi bon vivre ? commenta-t-elle. Les croquettes de poisson seront bientôt prêtes. J'ai vu que tu avais des coques, alors j'ai préparé une soupe qui n'attend plus que des amateurs. La plupart des clients veulent des frites, mais j'ai prévu aussi une poêlée de légumes.

— Vous êtes merveilleuse, madame Duffy.

Elle rougit et écarta le compliment d'un geste de la main.

— Oh, voyons. Ta mère aurait fait la même chose pour mes enfants.

Elle déposa des croquettes sur les assiettes prévues à cet effet, y ajouta des frites déjà égouttées, du persil haché et des cubes de betterave.

Darcy arriva à point nommé pour emporter les commandes.

— Le mort est ressuscité, on dirait, dit-elle, après avoir jeté un bref coup d'œil à son frère. Mais tu as l'air d'un zombie, maintenant.

— Oh, il est juste un peu fatigué. Ne l'asticote pas, Darcy. Sois une gentille fille.

À l'insu de Kathy, Shawn adressa une grimace à sa sœur, qui était en train de charger son plateau.

— Il nous faut encore deux soupes, madame Duffy, ainsi qu'une assiette de croquettes avec des légumes et une autre avec des frites. Et, pour tous, un peu de la salade verte que vous avez eu la gentillesse de préparer pendant que mon frère était souffrant.

— Tout de suite, chérie.

Darcy prit son plateau, lança un dernier regard moqueur à Shawn et sortit en chantant *Whiskey for Breakfast*.

— Je vais faire frire les croquettes, madame Duffy, si ça ne vous ennuie pas de vous occuper des salades.

— Tu te sens assez bien pour ça, mon garçon ?

— Oui, merci.

— Mieux vaut travailler que rester les bras croisés, mais fais attention à ta main. Ce sont de vilaines égratignures que tu as là, dit-elle en lui tapotant l'épaule au passage. Et ne t'en fais pas. Brenna et toi allez vous réconcilier, crois-moi.

Si Kathy Duffy lui avait assené un coup de rouleau à pâtisserie sur le crâne, Shawn aurait été moins sonné.

— Comment vous savez, pour Brenna ?

— Vous avez eu une petite prise de bec, tous les deux, poursuivit Kathy, tout en disposant des feuilles de salade dans des coupelles. Les tourtereaux ne chantent pas que de jolies chansons.

Shawn darda un regard noir sur la porte qui menait à la salle.

— Darcy, gronda-t-il avec amertume.

— Darcy ? répéta Kathy Duffy en s'esclaffant bruyamment. Je n'ai pas besoin que Darcy m'apprenne une chose que je peux voir de mes propres yeux. J'étais là hier soir, tu sais.

— Hier soir, j'ai à peine parlé avec Brenna, protesta Shawn en jetant les croquettes dans la poêle. Nous étions tous les deux très occupés.

— J'accepterais ce genre de réponse de la part de n'importe quel autre homme, mais tu es un poète et tu sais très bien ce qu'on peut dire avec les yeux. Tu cherchais son regard chaque fois que tu sortais de la cuisine. Il y a des années que j'attendais ça.

— Bon Dieu de bon Dieu…

Il avait murmuré, mais Kathy Duffy avait l'ouïe fine.

— Quel est le problème ? C'est agréable de vous voir enfin regarder dans la même direction.

— Le problème, madame Duffy – et j'espère que vous ne prendrez pas ça mal –, c'est que si Brenna entend dire que… que nous regardons dans la même direction, elle fera demi-tour aussi sec.

Kathy vérifia que les croquettes n'avaient pas besoin d'elle et sortit les bols.

— Et depuis quand Mary Brenna O'Toole entend-elle ce qu'elle ne veut pas entendre ? Les oreilles de cette fille sont aussi têtues que le reste de sa personne. À ce propos, je te souhaite bonne chance, mon garçon.

Shawn préleva une portion de frites et entreprit de les égoutter.

— Merci. Je vais en avoir besoin.

— Je vous connais depuis le temps où vous n'étiez que de gentilles petites bosses sous les robes de vos mères, reprit Kathy, tout en remplissant généreusement les bols de soupe. Et il y a dix ans – oui, dix ans, c'était l'été où mon Patrick s'est cassé le bras en tombant du toit de la cabane, alors qu'il n'avait rien à y faire –, un soir où nous étions au pub et que Brenna se trouvait avec sa famille à une table voisine…

Elle s'interrompit, le temps de mettre les bols de côté pour Darcy.

— Bref, tu jouais un de tes morceaux au violon, et j'ai vu qu'elle te regardait et que, de temps à autre, tes yeux se portaient dans sa direction, alors j'ai dit à M. Duffy qu'il y aurait quelque chose entre vous deux lorsque le moment serait venu.

— À ce moment-là, je ne pensais pas à elle de cette façon, protesta Shawn.

— Bien sûr que si, répondit Kathy d'un ton apaisant. Mais tu ne le savais pas.

Le service du soir approchait. Darcy guettait Brenna, mais elle faillit la manquer, car son amie entra par la grande porte, et non par celle de derrière.

— Il y a eu foule à midi, dit Darcy en la rejoignant.

D'un mouvement stratégique de tout le corps, elle parvint à coincer son amie contre les portemanteaux.

— Shawn est arrivé en retard, poursuivit-elle dans un murmure. Et, en plus, il était ivre. Que se passe-t-il ?

— Je ne veux pas en parler maintenant. J'ai foutu la merde, c'est tout ce que je peux dire.

Darcy posa la main sur l'épaule de Brenna et l'y laissa, le temps de l'examiner.

— Tu as une sale tête. C'était une grosse bagarre ou une petite ?

— Je ne me suis pas disputée avec Shawn.

Brenna jeta un coup d'œil vers la porte de la cuisine. Comment diable allaient-ils gérer cette histoire et se comporter l'un avec l'autre, à présent ?

— Il s'est soûlé, tu dis ? Eh bien, je regrette de ne pas y avoir pensé moi-même. Laisse-moi me mettre au travail, Darcy. La soirée va être longue, et plus tôt elle commencera, plus tôt elle finira.

Si Brenna croyait que Darcy allait se contenter de si peu, elle se fourrait le doigt dans l'œil. À la première occasion, celle-ci se rua dans la cuisine. Bien qu'encore un peu bougon, son frère semblait sobre et relativement stable sur ses jambes.

— Brenna est arrivée, annonça-t-elle.

Elle eut le plaisir de constater que le mouvement régulier du rouleau à pâtisserie s'était interrompu.

— Elle a l'air malheureuse, reprit-elle. Et toi aussi.

Shawn se remit à étaler la pâte destinée aux tourtes à la viande.

— Ça ira.

— Je veux t'aider.

Il releva la tête et la regarda.

— Pourquoi ?

— Parce que Brenna est ma meilleure et ma plus vieille amie et que tu es mon frère.

Le visage de Shawn s'éclaira brièvement.

— Ça ira, Darcy, répéta-t-il. C'est à nous de régler ce problème.

— Tu repousses l'aide d'une experte ?

Il commença à couper la pâte en carrés bien nets.

— Disons que je te garde en réserve, comme mon dernier atout. D'accord ?

— Eh bien, c'est toi qui décides, après tout.

Elle s'élança vers la salle, mais s'arrêta brusquement et se retourna vers lui.

— Tu tiens à elle ?

Shawn baissa la tête, de peur que sa sœur ne lise la réponse sur son visage.

— Tu crois que j'ignore que tout ce qui sort de ma bouche parvient à son oreille par ton intermédiaire ?

— Si tu me le demandes, tout ce que tu me diras restera entre nous.

Shawn l'observa. La loyauté était le plus beau trait de caractère de Darcy, il le savait. Elle se serait cassé un bras plutôt que de manquer à sa parole.

— Alors, je te le demande. J'ai l'impression de marcher sur un chemin fin et glissant. Si je fais un pas à droite, ça va, le terrain est solide. Mais un pas à gauche, et je m'enfonce dans un marais.

— Alors, regarde où tu mets les pieds, conseilla Darcy en poussant la porte battante.

Dans le pub, le niveau sonore s'élevait déjà. D'ici peu, un véritable brouhaha envahirait la salle, qui ne s'interromprait que lorsque les musiciens se mettraient à jouer, mais reprendrait de plus belle pendant les pauses.

Brenna tirait des bières des deux mains, tout en écoutant Jack Brennan lui raconter une plaisanterie au sujet d'une princesse et d'un crapaud. Bien qu'elle ne fût pas d'humeur à rire, elle s'esclaffa gentiment à la fin.

Lorsque le groupe s'installa, elle ne put empêcher son regard de se fixer sur la chanteuse blonde.

Exactement le genre de pétasse vers qui Shawn se hâterait de revenir, se dit-elle. Combien de temps lui faudrait-il avant de sauter sur une autre femme ? Un mois ? Une semaine ? Une nuit ?

— J'ai presque peur de le demander, dit Jude en se hissant sur un tabouret, mais puis-je avoir de l'eau minérale ?

— Bien sûr, répondit Brenna. Pourquoi aurais-tu peur de le demander ?

Elle remplit le verre de Jude de glaçons, car celle-ci n'avait pas encore abandonné cette coutume yankee.

— Parce que tu as l'air de vouloir cogner sur quelqu'un. Je préférerais que ce ne soit pas sur moi.

— Ça risque plutôt de tomber sur la blondasse, là-bas.

— Eileen ? Pourquoi ?

— D'abord, elle a des seins.

Brenna déposa le verre devant Jude et décida de s'arrêter là dans ses explications.

— Tu as l'air en forme, ce soir, Jude Frances, reprit-elle. En forme et heureuse.

— Je le suis. J'ai encore grossi, et je ne peux plus fermer mon pantalon.

Brenna ramassa la monnaie d'un client, prit d'autres commandes et tira deux bières.

— Tu vas enfin pouvoir mettre les vêtements de femme enceinte que Darcy t'a fait acheter. Pourquoi n'irais-tu pas t'asseoir à une table ? Ce serait plus confortable pour ton dos.

— Non, ça va. Je ne compte pas rester longtemps, juste le temps d'écouter un peu de musique et d'avaler un bol de soupe.

— Tu veux dîner ? s'écria Brenna d'un ton accusateur qui fit sursauter Jude.

— Eh bien, j'y pensais.

— Il te faut une table.

Si Jude s'asseyait à une table, ce serait à Darcy d'aller dans la cuisine.

— Non, non, je suis très bien ici. Brenna, j'ai entendu dire que tu avais des problèmes avec Shawn. Si tu n'arrives même pas à ouvrir cette porte et à commander une soupe, tu ne les régleras pas.

— Peut-être que je ne veux rien régler du tout.

Jude croisa les mains sur le comptoir, apparemment décidée à ne pas bouger. Brenna poussa un soupir exaspéré.

— Tu sais, je trouve de plus en plus que les femmes mariées sont des emmerdeuses.

Elle prépara une Guinness, une pinte et un verre de bière blonde, puis échangea le tout contre un billet.

— Tu as trop entendu de contes de fées, reprit-elle. Ce n'est pas comme ça que les choses se passent sur cette terre.

— Je suis d'accord avec toi, sauf sur un point. Enfin, deux : Carrick et Lady Gwen.

Brenna eut un reniflement de mépris et mit en route une autre paire de pintes.

— Ma vie n'a rien à voir avec un conte de fées, poursuivit-elle.

Puis elle se rappela la plaisanterie de Jack et ajouta :

— Je vais te dire comment finirait l'histoire avec moi : la princesse n'embrasserait pas le crapaud, mais dégusterait ses cuisses à la fin de la journée. Bon, je vais te chercher ta soupe.

Prête à la bagarre, elle s'éloigna en direction de la cuisine. Lorsqu'elle poussa la porte, Shawn se tenait devant le fourneau, une cuillère en bois dans une main, une spatule dans l'autre. La chaleur faisait boucler ses cheveux, qui auraient eu besoin d'une bonne coupe. Fait rare, il ne s'était pas donné la peine de se raser. Mais sa barbe naissante ne cachait pas l'énorme bleu qu'il avait au menton.

Avant que Brenna ait pu parler, la voix chaude de la chanteuse blonde s'éleva dans la salle. Et elle avait beau savoir que c'était absurde, ce son mélodieux ajouta encore à sa colère.

— Une soupe, s'il te plaît.

— Je suis un peu occupé, là, répondit Shawn d'un ton délibérément posé. Tu peux te servir toute seule ?

— Tout le monde est occupé, qu'est-ce que tu crois ? marmonna-t-elle en sortant un bol. Qu'est-il arrivé à ta figure ? ajouta-t-elle à voix haute.

— Je n'ai pas regardé où je mettais les pieds.

— Ah ? J'ai entendu dire que tu t'étais soûlé. Ce n'est pas très malin.

Elle semblait décidée à lui lancer des piques, songea Shawn, qui estima que c'était une bonne chose. Mieux valait la rage que le chagrin.

— Sur le moment, ça a été efficace.

— Et maintenant ? demanda-t-elle en remplissant le bol.

Il eut très envie de profiter de ce qu'ils avaient chacun les mains occupées pour se pencher vers elle et l'embrasser à pleine bouche. Mais il se ravisa et se contenta de hausser les épaules.

— Maintenant, j'ai dessoûlé et j'ai décidé d'être plus prudent.

Et, pour tout arranger, il se mit à chanter en chœur avec Eileen.

— Tu crois peut-être que tu vas t'en tirer aussi facilement ? grommela-t-elle. Eh bien, tu te trompes. Il faut qu'on se parle, après la fermeture.

Il ne discuta pas, car c'était précisément ce qu'il avait eu l'intention de lui dire. Lorsqu'elle sortit de la cuisine, l'air furieux, il se remit au travail, le cœur plus léger.

Deux jeunes gens de Cleveland avaient fait des excès. Aidan confisqua leurs vélos et, avec l'aide de Brenna, il les envoya en direction du *bed and breakfast*.

Shawn choisit ce moment pour les rejoindre.

— Ah, bien. Vous avez réussi à les faire partir. Je me demandais si vous aviez besoin d'un coup de main.

— Non, ils devraient être capables de retrouver le chemin de leurs lits.

Aidan regardait les deux amis tituber dans la rue en chantant à tue-tête *Whiskey, You're the Devil*.

— Une paire de Yankees tout droit sortis du lycée, commenta-t-il. Mais à quoi bon s'offrir le tour de l'Europe si on ne se paie pas une nuit d'ivresse dans un pub irlandais ?

Comme Shawn lui jetait un regard entendu, il ajouta :

— La journée a été longue. Je vais rentrer. Merci de ton aide, Brenna.

— De rien. Bonne nuit, Aidan.

— La journée a été encore plus longue pour nous deux, dit Shawn, lorsque Brenna et lui se retrouvèrent seuls dans la rue.

— Oui, mais elle n'est pas finie. J'aimerais bien me balader sur la plage, si ça te va.

— Volontiers.

Il enfonça les mains dans ses poches tandis qu'ils se mettaient en route, côte à côte.

— C'est une belle nuit, fraîche et claire. Et la lune est pleine.

— Tant mieux. Au moins, nous ne nous casserons pas la figure.

Il ne put s'empêcher de rire.

— Décidément, tu es follement romantique, Mary Brenna.

— Folle, oui, je le suis. Je me suis conduite comme une folle avec toi, car je connaissais les sentiments de ma sœur.

— Avec ou sans toi, je ne pourrai jamais lui donner ce qu'elle croit vouloir de moi. C'est comme ça. Je suis désolé qu'elle soit malheureuse et encore plus désolé qu'elle s'en soit prise à toi, mais à la réflexion je ne vois pas comment on aurait pu éviter ça.

— J'aurais dû attendre que ses sentiments se dissipent, ce qu'ils feront forcément.

— Suis-je donc de ceux qu'on oublie ?

Elle lui jeta un coup d'œil, puis se détourna.

— Navrée que ça blesse ton amour-propre, mais c'est une évidence. Mary Kate a à peine vingt ans, et elle est incapable de voir au-delà des étoiles qui brillent dans ses yeux.

— Il n'y en a pas dans les tiens.

— Je vois clair. C'est moi qui ai commencé cette histoire et c'est moi qui y mets un point final. Ça devait se terminer un jour ou l'autre, de toute façon. Je sais bien que cela ne règle pas le problème de Mary Kate, qu'il ne suffit pas que je te laisse tomber pour qu'elle oublie et me pardonne. Mais, pour devenir adulte, il lui faut apprendre à surmonter les obstacles qui se dressent sur son chemin.

— Ainsi, tu as déjà tout décidé, remarqua-t-il en s'arrêtant.

Elle se tourna vers lui. À la lumière du clair de lune, qui inondait le sable et la mer de perles blanches, les yeux de Shawn n'étaient ni aimables ni sereins, mais bien proches de la fureur.

— Il faut bien que quelqu'un le fasse.

— Et ça ne peut être que toi ? Peut-être que j'en ai marre de toi. Peut-être que je préfère vivre en paix plutôt que de me retrouver entre deux bonnes femmes toujours prêtes à mordre et à griffer.

Blessée, Brenna s'écria :

— Je ne mords pas et je ne griffe pas. Je ne tenais pas à me battre avec Mary Kate, surtout pour un type de ton genre. C'est arrivé, voilà tout. Et pour ce qui est d'en avoir marre de moi, ajouta-t-elle, tu m'as chanté un air bien différent, ce matin.

— Je connais une grande variété d'airs. Et puisque tu sembles avoir une si piètre opinion de moi, je suppose que notre séparation te soulage. Quant au sexe, chacun de nous est capable de se trouver un autre partenaire s'il en éprouve le besoin.

— Il ne s'agit pas seulement de sexe.

Tiens, tiens, se dit-il. Enfin !

— Ah, bon ? fit-il en s'approchant d'elle, ce qui l'obligea à reculer vers la mer. Tu disais pourtant que c'était ce que tu voulais de moi.

— C'est vrai.

Que se passait-il dans les yeux de Shawn ? se demandait Brenna. Ils étaient devenus sombres comme la nuit, lourds de pensées et de sentiments qu'elle ne parvenait pas à déchiffrer.

— Il existe une véritable affection entre nous, reprit-elle. Je ne te laisserai pas abîmer notre amitié.

— Alors, comme ça, tu décides de ce que je dois faire, hein ?

Avant qu'elle ait eu le temps de reculer, il l'enlaça fermement.

— J'ai une mauvaise nouvelle pour toi, Brenna : je ne suis pas aussi docile que tu le crois.

— Shawn…

Il la souleva et la maintint en l'air, les pieds ballants à quelques centimètres du sol.

— Repose-moi.

— Tu as envie de moi. Même maintenant, tu désires sentir mes mains sur ton corps.

— Il n'y a pas de quoi être fière.

Il la souleva un peu plus haut.

— Foutue fierté.

La bouche de Shawn s'écrasa brutalement sur celle de Brenna. Elle aurait pu résister, se débattre, le repousser, mais elle n'en fit rien. Elle céda, parce qu'il était rare qu'il exige quoi que ce soit. Elle céda parce qu'elle en avait besoin. Le corps tremblant, elle murmura son nom.

— Je pourrais te prendre, ici, maintenant, dit-il en la reposant sans ménagement sur le sable. Demande-toi pourquoi je m'abstiens. Réfléchis. Moi, je l'ai fait.

Mais Brenna se sentait incapable de réfléchir. Trop d'émotions tourbillonnaient en elle, et le sang cognait dans sa tête aussi fort que la mer derrière elle.

— Je rentre chez moi.

— Vas-y. Je ne te retiens pas.

À titre de preuve, il enfonça les mains dans ses poches.

— Mais je ne viendrai pas te chercher, Brenna. Quand tu sauras ce que tu veux, on en reparlera.

Brenna s'éloigna sans rien dire et ne s'autorisa à courir que quand elle se retrouva dans la rue.

— C'est comme ça que tu séduis les femmes ?

Carrick se tenait au bord de l'eau. Il porta à sa bouche une flûte en argent et joua quelques notes aiguës.

— Vous vous y prenez bizarrement, vous autres mortels, commenta-t-il.

— Je sais ce que je fais.

— C'est ce que tu crois, mais ton cerveau a la taille d'un pois chiche. Si tu aimes cette femme, pourquoi ne la rattrapes-tu pas ?

— Parce que je l'aime, justement.

Shawn laissa enfin exploser la fureur qu'il avait difficilement contenue.

— Vous-même, vous ne vous en êtes pas si bien tiré que ça, autrefois, avec celle que vous aimiez. Je me trompe ?

Les yeux de Carrick étincelèrent de rage. Au même moment, un éclair déchira le ciel constellé d'étoiles.

— C'est à moi que tu t'en prends, maintenant, jeune Gallagher ? s'écria-t-il en s'avançant sur le sable, les bottes aussi sèches que s'il n'avait jamais mis les pieds dans l'eau. Ta chère mère ne t'a-t-elle pas appris qu'il ne fallait pas provoquer le prince des fées ?

— Vous ne me faites pas peur, Carrick. Vous avez besoin de moi. Malgré votre pouvoir et tous vos tours de magie, vous êtes à la merci d'un être humain. Alors, oubliez vos menaces et vos jeux de lumière. Ils ne m'impressionnent pas.

— Tiens, tiens ! fit Carrick, dont la colère se calmait. Cette femme croit te connaître, mais il lui reste encore beaucoup à découvrir de ta vraie personnalité. Un conseil, jeune Gallagher : ne lui en montre pas trop. Elle risquerait de prendre peur et de s'enfuir.

— Allez au diable !

Carrick sourit et reprit sa flûte.

— Le diable ne veut pas de moi, répondit-il, avant de disparaître au son aigrelet de son instrument.

17

Brenna se rendit à la première messe du matin. La petite église, qu'éclairait la lumière froide du matin, sentait la cire des cierges et l'eau bénite. Elle avait toujours trouvé que l'eau bénite avait une faible odeur métallique. Lorsqu'elle était enfant, Mollie lui avait dit que cette odeur était due aux bénédictions qu'elle recelait. Brenna n'avait pas oublié cette explication, et encore aujourd'hui, plonger les doigts dans le bassin placé à l'entrée dans l'église ou dans la fontaine dédiée à saint Declan la réconfortait.

Sur un des bancs du fond, un bébé s'agitait dans les bras de sa mère, qui tentait de le calmer à force de baisers et de caresses. Mais les geignements de l'enfant ne gênaient pas Brenna. Elle avait l'habitude des messes où les bébés pleuraient, tandis que leurs frères et sœurs aînés se tortillaient, leurs vêtements amidonnés crissant contre le bois rugueux des bancs.

Elle aimait cette ambiance, qui lui était aussi familière que le rituel de la messe. C'était un bon moment et un bon endroit pour réfléchir, à défaut de prier.

Elle avait des décisions à prendre. Or, si elle voulait réparer les dégâts qu'elle avait elle-même causés, elle devait agir vite. Quand on découvrait une fissure quelque part, il fallait la combler rapidement, avant qu'elle ne s'élargisse. Sinon, la fissure devenait crevasse, et on se retrouvait avec un sale boulot sur les bras.

Une fissure s'était produite dans ses rapports avec Mary Kate, fissure dont Brenna se sentait en partie responsable. Si elle ne se hâtait pas de la réparer, les fondations de sa famille risquaient de s'écrouler.

Il en allait de même avec Shawn. Des années de camaraderie et d'affectueuses disputes avaient tissé entre eux une réelle amitié, et elle n'avait pas l'intention de regarder ce bien précieux s'effriter sans rien faire.

Par quelle tâche allait-elle commencer ses réparations ? se demanda-t-elle. Mary Kate, songea-t-elle après un instant de réflexion. Ce choix fait, elle décida de mettre tout de suite son plan à exécution.

Elle se faufila dehors quelques minutes avant la fin de la messe, de façon à éviter les personnes bien intentionnées qui auraient voulu bavarder, cancaner ou lui demander des nouvelles de sa famille. Elle rentra chez elle l'estomac un peu noué, mais déterminée à reboucher une première fissure.

Mollie, habillée pour l'église, l'accueillit au rez-de-chaussée.

— Tiens, te voilà. Je t'ai entendue partir de bonne heure.

— Je suis allée à la messe.

— Oh, bien. Nous sommes sur le point d'en faire autant.

— Mary Kate ira plus tard, décréta Brenna en montant l'escalier. Elle n'aura qu'à prendre ma camionnette.

— Brenna, je ne veux pas de bagarre dans cette maison le jour du Seigneur.

— Il n'y en aura pas, promit sa fille.

Si cela se révélait nécessaire, elles iraient se battre ailleurs.

Elle atteignit le palier au moment où son père sortait de sa chambre. À la vue de son visage rouge et irrité par le rasoir, de ses cheveux où le peigne avait laissé des traces aussi nettes que des sillons dans un champ sablonneux, elle sentit son cœur fondre d'amour filial.

— Papa…

Ils se regardèrent avec embarras, et Mick comprit qu'il en irait ainsi pendant quelque temps encore. Autant en prendre son parti. Ce qu'il ne supportait pas, c'étaient les larmes qui brillaient dans les yeux de Brenna.

— Ta mère vient de nous appeler pour la messe.

— J'y suis déjà allée.

— Ah ? Bien, dit-il en faisant gauchement quelques pas. À propos, je compte démarrer de bonne heure demain matin. L'escalier des O'Leary a fini par s'écrouler, comme nous l'avions prévu. Bien sûr, O'Leary est tombé avec, ce qui est bien fait pour lui, vu qu'il a laissé pourrir le bois malgré nos avertissements. Nous commencerons par ça.

Brenna savait que ce travail pouvait être effectué par une seule personne. Apprendre que son père voulait le faire avec elle combla d'un coup une des plus grandes fissures.

— Je serai prête de bonne heure. Papa…

— Nous allons arriver en retard si vous ne vous dépêchez pas, cria Mollie depuis le rez-de-chaussée.

— Quoi que tu aies à dire, ça devra attendre demain, dit Mick.

Il se dirigea vers l'escalier et effleura le bras de sa fille au passage.

Brenna inspira un grand coup.

— Ça, peut-être, mais pas tout, marmonna-t-elle, avant d'entrer dans la chambre de ses deux plus jeunes sœurs.

Assise sur son lit, Alice Mae attendait patiemment. Ses chaussures du dimanche avaient été cirées, et ses cheveux bien brossés lançaient des éclats dorés. Mary Kate, qui était en train de se pomponner devant la glace, ajoutait une couche de mascara à ses cils. Ses yeux étaient encore un peu gonflés, conséquence des flots de larmes qu'elle avait versées la veille. Lorsqu'elle vit entrer Brenna, sa bouche se pinça.

— Alice chérie, maman t'appelle, dit celle-ci. Vas-y.

Mary Kate donna un dernier coup de brosse à ses cheveux.

— Je descends avec toi, Alice Mae.

— Non, pas toi, répliqua Brenna en se plantant devant la porte. Tu iras à la messe plus tard.

— Je n'ai pas à t'obéir.

— Tu as le choix : me suivre et régler ça dehors, car j'ai promis à maman qu'il n'y aurait pas de bagarre dans cette maison, ou bien bouder nuit et jour comme une gamine. Je t'attends dans ma camionnette. À toi de voir si tu veux devenir adulte.

Moins de cinq minutes plus tard, Mary Kate sortit de la maison et grimpa dans la camionnette. Elle s'était mis du rouge à lèvres, remarqua Brenna, tout en reculant sur la route. Pourquoi tant de femmes considéraient-elles le maquillage comme une sorte d'arme ? se demanda-t-elle pour la centième fois. Puis elle se rappela que ses ancêtres se peignaient le visage en bleu, avant de se ruer en hurlant sur leurs ennemis.

Elle roula jusqu'à l'hôtel de la falaise. Après s'être garée dans le parking, elle descendit de voiture et se mit à marcher sans mot dire, certaine que sa sœur la suivrait.

— Où comptes-tu aller ? demanda celle-ci. Au bord de l'abîme, pour me pousser dans le vide ?

— Je t'emmène dans un endroit que nous respectons trop toutes les deux pour nous arracher les cheveux ou nous cogner dessus.

L'hiver touchait à sa fin, mais un vent encore mordant balayait le sentier. Le printemps ne semblait pas près de se montrer, malgré les fleurs sauvages qui commençaient à pointer leurs corolles dans les prés.

Les deux sœurs passèrent devant les ruines de la cathédrale bâtie jadis en l'honneur de saint Declan, puis devant la fontaine et les trois croix en pierre qui l'entouraient, avant de parvenir au vieux cimetière, où reposaient des défunts depuis longtemps oubliés.

— C'est une terre sacrée, déclara Brenna. Et c'est en ce lieu que je reconnais t'avoir causé du tort. Tu es ma sœur, le même sang coule dans nos veines, et je n'ai pas tenu compte de tes sentiments, alors que c'était mon devoir. Je le regrette.

Déconcertée par cette déclaration solennelle, Mary Kate se réfugia dans la colère.

— Tu crois que ces belles paroles vont effacer ce que tu as fait ?

— Que veux-tu que je te dise d'autre ?

— Tu vas renoncer à lui ?

— Je pensais le faire, répondit lentement Brenna. En partie parce que je me sentais coupable de t'avoir fait souffrir. Quitter Shawn aurait été ma punition. Et en partie par fierté. Je me disais : « Je renoncerai à lui pour montrer à ma sœur de quel sacrifice je suis capable pour elle. »

— Je trouve que la façon dont tu t'es conduite devrait t'inspirer plus de remords que de fierté.

Une vague de colère envahit Brenna, mais elle la refoula aussitôt. Elle connaissait la tactique de Mary Kate. Celle-ci avait toujours su anéantir les arguments de ses adversaires en les poussant à s'emporter.

— Ce n'est pas ce que nous avons fait, Shawn et moi, qui m'inspire des remords, mais ton chagrin, répliqua-t-elle d'un ton froid. Parce que tu étais malheureuse, j'ai envisagé de renoncer à mon aventure avec Shawn, voire à notre amitié. Puis, en y réfléchissant, j'ai compris que cela reviendrait à céder à un caprice de gamine et que, du coup, je te manquerais de respect.

— Tu tritures les faits de façon à obtenir ce que tu veux tout en gardant bonne conscience.

Soudain, Brenna eut l'impression que les quatre années qui la séparaient de sa sœur en pesaient quarante, et elle se sentit accablée de fatigue. Il y avait des larmes dans la voix de Mary Kate, des larmes brûlantes et rancunières, qui rappelèrent à son aînée le temps où elles se chamaillaient pour un jouet ou pour le dernier biscuit de la boîte.

— Je veux Shawn. Je n'ai pas encore réfléchi à tout ce que cela impliquait, mais c'est un fait, je le veux. Je te parle de femme à femme, et je te dis qu'il me veut, lui aussi. Je suis désolée que cela te cause de la peine, Mary Kate, mais il n'éprouve aucune attirance pour toi.

Sa cadette releva le menton, comme pour la défier, et Brenna songea qu'à sa place, elle aurait eu le même geste.

— Il pourrait, si tu sortais de son lit.

Brenna secoua lentement la tête.

— Eh bien, ça, c'est encore un fait : je suis dans son lit. Et je n'en sortirai pas pour te céder la place. Hier, j'aurais pu le faire, parce que je ne supportais pas de savoir que j'étais en partie responsable de ton chagrin. Mais maintenant que j'ai les idées claires, je vois que ce n'est pas du chagrin que tu éprouves, mais de la colère.

— Tu ne sais pas ce que j'éprouve pour lui.

— Alors, dis-le-moi.

Mary Kate rejeta la tête en arrière, et le vent vif agita ses cheveux.

— Je l'aime.

Elle avait prononcé cette déclaration passionnée d'une voix magnifiquement mélodramatique, que Brenna ne put s'empêcher d'admirer.

— Pourquoi ?

— Parce qu'il est beau, sensible et gentil.

— C'est vrai, il a toutes ces qualités… comme le chien des Clooney. Et ses défauts ?

— Il n'en a aucun.

— Bien sûr que si, protesta Brenna. Il est entêté, lent à se décider, distrait, ajouta-t-elle, soudain attendrie par cette énumération. Parfois, ça ne sert à rien de lui parler, car il est perdu dans ses pensées. Il manque d'ambition et il a besoin qu'on l'asticote pour faire le moindre mouvement, sinon il se contente de rester au même endroit.

— C'est comme ça que tu le vois, toi.

— Je le vois tel qu'il est, pas comme une gravure de mode, répliqua Brenna.

Elle fit quelques pas vers sa sœur, puis, estimant qu'il était encore trop tôt pour la toucher, elle s'arrêta.

— Parlons franchement, reprit-elle. Il y a quelque chose chez lui, dans ses attitudes, dans ses expressions, qui attire les femmes. Je comprends que cela t'ait émue. Moi-même, je désire ce garçon depuis l'époque où je n'étais pas plus âgée qu'Alice Mae.

Une lueur amusée brilla brièvement dans les yeux de Mary Kate.

— Je ne te crois pas.

— J'étais persuadée que je réussirais à surmonter ce désir. Je me disais qu'en le lui avouant, je me ridiculiserais. Alors, j'ai attendu, poursuivit Brenna.

Ses cheveux volaient dans tous les sens, et elle regretta de ne pas avoir pensé à les attacher avant de grimper sur la colline.

— Mais, avec le temps, ce désir est devenu un véritable besoin.

— Tu ne l'aimes pas.

— Peut-être que si.

Les mots qu'elle venait de prononcer résonnèrent dans sa tête, et elle eut soudain l'impression d'avoir reçu un coup en plein cœur.

— Peut-être que si, répéta-t-elle en tombant à genoux. Ô mon Dieu, qu'est-ce que je dois faire ?

Mary Kate en resta bouche bée. Livide, sa sœur se balançait d'avant en arrière, les mains pressées sur sa poitrine comme si elle avait une attaque.

— Arrête ! Tu joues la comédie.

— Non. Je ne peux plus respirer.

— Tiens, ça va aller mieux, dit Mary Kate en s'approchant d'elle et en lui décochant un grand coup de poing dans le dos.

L'air jaillit en sifflant de la bouche de Brenna.

— Merci, fit-elle en s'asseyant sur ses talons. Je ne peux pas affronter ça, pas maintenant. Je ne peux pas. Je ne devrais pas y être obligée. Les choses étaient déjà assez compliquées comme ça, mais là, c'est le bouquet. Ça ne règle rien, ça ne fait que déplacer le problème. Merde !

Comme Brenna ne semblait pas vouloir se relever, Mary Kate s'assit à côté d'elle.

— Je crois que je pourrais te pardonner, si j'étais sûre que tu es amoureuse de lui. Tu fais semblant de l'être pour obtenir mon pardon ?

— Non. Et je n'ai pas dit que j'étais amoureuse de lui, seulement que ce n'était pas impossible.

Désespérée, Brenna agrippa la main de sa sœur.

— Ne le dis à personne. Je veux que tu me donnes ta parole que tu n'en parleras pas, sinon je t'étrangle en plein sommeil. Jure-le-moi.

— Oh, pour l'amour de Dieu, pourquoi irais-je raconter ça à tout le monde ? Pour me ridiculiser un peu plus ?

— Ça va probablement me passer.

— Mais pourquoi cela te perturbe-t-il autant ? Je n'y comprends rien.

— Amoureuse de Shawn Gallagher ! gémit Brenna en se frottant le visage des deux mains. Quelle catastrophe ! Nous nous rendrions fous en moins d'un an ! Tu nous imagines ensemble ? Moi qui veux toujours que les choses soient faites vite et bien, et lui qui rêvasse sans voir le temps filer. Il n'est même pas capable de brancher une prise, encore moins d'en réparer une.

— Quelle importance ? Tu saurais la réparer, toi. Et s'il ne rêvait pas, comment pourrait-il composer de la musique ?

— À quoi cela sert-il de composer de la musique, si on n'en fait rien ? s'écria Brenna.

Elle écarta l'argument d'un geste de la main.

— Oh, c'est sans importance. Ce n'est pas ce que nous recherchions quand nous avons commencé à coucher ensemble. Je me comporte comme toutes les femelles, c'est tout, et ça m'exaspère. Pourquoi les femmes doivent-elles automatiquement transformer une attirance physique en sentiment amoureux ?

— Peut-être l'amour se cachait-il sous cette attirance depuis le début.

Brenna releva la tête.

— Et toi, pourquoi dois-tu devenir soudain très sensée ?

— Peut-être parce que tu ne me traites plus comme une gamine stupide. Et peut-être parce que en te regardant en ce moment, je doute d'aimer vraiment Shawn. Je n'ai jamais pâli, ni tremblé à cause de lui. Et…

Elle sourit avec malice, avant d'enchaîner :

— Et peut-être parce que c'est agréable de te voir enfin faible et terrifiée. Tu as bien failli me scalper, hier.

— Et toi, il s'en est fallu d'un cheveu que tu ne m'assommes.

— Normal, c'est toi qui m'as appris à me battre.

Au souvenir des leçons de bagarre données par Brenna durant leur enfance, des larmes d'attendrissement emplirent les yeux de Mary Kate.

— Je regrette de t'avoir traitée de putain. C'est la colère qui m'a poussée à t'insulter. Et je regrette les choses que j'ai écrites sur toi dans mon journal… Enfin, certaines d'entre elles, corrigea-t-elle en se tamponnant les yeux.

— Oublions ça, fit Brenna.

Elle prit la main de sa sœur et enlaça ses doigts aux siens.

— Je ne veux pas que Shawn, ou n'importe qui d'autre, nous sépare, toi et moi. Mais je te demande de ne pas m'obliger à le repousser.

— D'accord, répondit Mary Kate avec l'esquisse d'un sourire. Je ne crois pas qu'il soit l'homme de ma vie, mais… il y a une chose que je voudrais savoir.

— Laquelle ?

— Est-ce qu'il embrasse aussi bien qu'il en a l'air ?

— Lorsqu'il s'en donne la peine, il est capable de rendre chaque os de ton corps aussi mou que de la guimauve.

— C'est bien ce que je pensais, dit Mary Kate dans un soupir.

Brenna laissa sa camionnette à sa sœur et marcha jusqu'au cottage, dans l'espoir vain que cette promenade lui éclaircirait les idées. Lorsqu'elle arriva chez Shawn, son humeur était aussi sombre que le ciel au-dessus d'elle. Des nuages cachaient le soleil, annonçant la pluie.

C'était une journée idéale pour se blottir au coin du feu. Mais, bien sûr, aucune fumée ne s'échappait de la cheminée du cottage. Shawn oubliait souvent ce genre de chose.

Sa voiture n'était pas là. Sans doute était-il allé à la messe, songea Brenna. Tant pis, elle attendrait. En franchissant le portail, elle leva les yeux et chercha le regard vert de Lady Gwen. Mais rien ne frémit derrière la fenêtre, ni être humain ni fantôme.

Elle entra et se prit les pieds dans les bottes boueuses que Shawn avait laissées là la veille. Elle les repoussa et alla dans le petit salon pour y allumer un feu.

Ses partitions étaient éparpillées sur le piano. Une tasse vide traînait sur la table, en compagnie d'un flacon dans lequel se dressait un bouquet de fleurs. Ce genre de chose, il y pensait, songea-t-elle. Il oubliait de nettoyer ses bottes – comme elle-même, d'ailleurs – mais il prenait le temps de fleurir sa maison.

Pourquoi n'y pensait-elle jamais, elle ? Elle aimait pourtant les fleurs et les chandelles, ainsi que le mélange délicieux de leurs parfums. Nettoyer l'âtre et y disposer de la tourbe ou des bûches, elle le faisait d'instinct, mais Shawn, lui, savait apporter les petites touches personnelles qui transformaient une maison en foyer.

Une fois le feu allumé, elle déambula dans la pièce. S'était-il mis au piano pour composer, la nuit dernière, après leur dispute sur la plage ? se demanda-t-elle. Trouvait-il dans la musique un moyen d'évacuer sa colère ?

« Son cœur est dans sa chanson », avait dit Lady Gwen. Les sourcils froncés, Brenna feuilleta les pages couvertes de notes et de paroles. Si Lady Gwen avait raison, pourquoi diable laissait-il ses compositions dans un tel désordre ? Pourquoi n'en faisait-il rien ? Elle prit une partition et lut :

Ces perles que je déverse à tes pieds ne sont que des larmes de la lune.
Chaque battement de mon cœur est un cri qui t'appelle.
Hélas, nuit après nuit, le sortilège tient bon,
Jusqu'au jour où l'amour le brisera, effaçant le passé.

« Il s'inspire des légendes, constata Brenna. Mais lui, qu'attend-il ? » À cet instant, elle entendit la voiture de Shawn et reposa la partition.

En voyant la cheminée fumer, Shawn comprit que Brenna était là. Qu'allait-il faire ? Eh bien, ce qu'il faisait d'habitude lorsqu'il était pris de court : il suivrait son instinct.

Il trouva Brenna sur le seuil du salon.

— Les matins sont encore frais. J'ai allumé un feu.

Il la remercia d'un hochement de tête.

— Tu veux du thé ?

— Non.

— Tu étais fâché contre moi hier soir, reprit-elle, un peu déconcertée. Tu l'es toujours ?

— Moins.

— Tant mieux.

Brenna se sentait horriblement gauche, impression inhabituelle et désagréable.

— J'ai discuté avec Mary Kate, ce matin, annonça-t-elle. En privé.

— Vous vous êtes réconciliées ?

— Oui.

— Je suis content. Avec le temps, j'espère qu'elle se sentira de nouveau à l'aise avec moi.

— Elle sera embarrassée pendant un moment, mais ça passera vite. Je lui ai énuméré tous tes défauts. Du coup, elle s'est dit qu'elle n'était peut-être pas amoureuse de toi, finalement.

Il haussa les sourcils.

— Tu as eu une bonne idée.

— Shawn…

Il s'apprêta à entrer dans la pièce, mais elle posa la main sur son bras, et ils restèrent tous les deux sur le seuil.

— Je regrette la façon dont nous nous sommes séparés hier soir.

« Je regrette » n'était pas une expression qui sortait facilement de la bouche de Brenna, il le savait.

— Moi aussi, je suis désolé.

— Et tes défauts – la plupart d'entre eux, du moins – ne m'embêtent pas trop.

Elle sentait bon le shampooing et le savon, et son regard contrit exprimait ses remords mieux que n'importe quel mot.

— Alors, entre nous aussi, ça va mieux ?

— C'est ce que je veux.

Il fit quelques pas dans le salon et s'installa dans le seul fauteuil que n'encombraient pas des partitions.

— Pourquoi ne viens-tu pas t'asseoir un peu avec moi, Mary Brenna ?

Soulagée, elle sourit. Elle pensait connaître ses intentions, lesquelles lui semblaient être la meilleure façon de se réconcilier. Elle le rejoignit, s'assit sur ses genoux et pencha la tête sur le côté pour le regarder.

— Nous sommes de nouveau amis, alors ?

— Nous l'avons toujours été.

— J'ai très mal dormi. J'avais peur que nous ne soyons plus jamais à l'aise ensemble, malgré notre promesse de rester amis.

— Nous serons toujours amis. Mais là, maintenant, tu ne veux que de l'amitié ?

Pour toute réponse, elle rapprocha son visage du sien et l'embrassa. En sentant son petit soupir s'insinuer dans sa bouche, Shawn l'étreignit, puis il prolongea le baiser, doucement, lentement, avant de promener ses lèvres sur le front de Brenna.

Ensuite, il posa la main sur sa tête pour qu'elle la niche dans le creux de son épaule et referma confortablement les bras autour d'elle. Intriguée, Brenna resta tranquille, tout en se demandant quand les mains de Shawn allaient se décider à s'aventurer là où elle les attendait. Mais il se contenta de la tenir dans ses bras, tandis que le feu crépitait et que la pluie ruisselait sur les vitres.

Peu à peu, elle se détendit contre lui et se laissa aller à cette intimité douillette et silencieuse. C'était la première fois qu'elle avait un amant comme lui, un homme qui la comprenait et était heureux de passer ainsi une matinée pluvieuse. Était-ce pour cela qu'elle s'était éprise de lui ? Il faudrait qu'elle y réfléchisse sérieusement, un jour.

Finalement, elle brisa le silence.

— Je me demandais si, lors de ta prochaine soirée de congé, tu aimerais m'accompagner à Waterford. Je t'inviterais à dîner.

Le nez dans les cheveux de Brenna, Shawn sourit. Elle avait pris son temps pour se décider à lui faire la cour, mais ça, c'était un bon début.

— Tu porterais la robe que tu avais mise pour sortir avec ton Dublinois ?

— Si tu veux.

— Elle te va très bien.

— Si je porte une robe, on prendra ta voiture. Je vais lui faire une bonne révision aujourd'hui, d'ailleurs. Ton moteur a des ratés, et il faut remettre de l'huile. Lorsque j'ai jeté un coup d'œil sous le capot, l'autre jour, j'ai eu l'impression que les contacts de la batterie n'avaient pas été nettoyés depuis la dernière fois que je m'en suis occupée.

— Je préfère laisser ce genre de chose aux experts.

— C'est de la paresse, voilà tout.

— Il y a de ça aussi, admit-il. Est-ce l'un des défauts qui ont fait réfléchir Mary Kate ?

— Oui. Tu es un irresponsable, Shawn Gallagher.

— Oh, voyons ! « Irresponsable », c'est plutôt agressif.

— Si tu te sens insulté, je m'excuse, dit-elle, bien qu'elle n'eût pas du tout l'air désolée. Mais tu dois reconnaître que l'ambition n'est pas ton fort.

— J'ai suffisamment d'ambition pour les choses qui comptent.

— Ta musique ne compte pas ?

Il pencha la tête pour lui mordiller l'oreille, mais elle l'avait désarçonné, et il ne put s'empêcher de répliquer :

— Qu'est-ce que ma musique a à voir là-dedans ?

« Prudence, Brenna », se dit-elle.

— Tu t'assois ici, tu composes, puis tu laisses toutes tes partitions en désordre.

— Je sais où chacune se trouve.

— Ma question est la suivante : qu'en fais-tu ?

— J'en tire du plaisir.

Brenna vit que son visage s'était fermé. Mais il en aurait fallu bien plus pour qu'elle lâche prise.

— C'est très bien, mais est-ce que ça te suffit ? Tu n'as pas envie que d'autres gens en tirent du plaisir ?

— Tu n'aimes pas ma musique.

— Quand est-ce que j'ai dit ça ?

Il la fixa d'un œil sévère. Gênée, elle haussa les épaules.

— Bon, si j'ai dit ça, c'était seulement pour t'agacer. J'aime beaucoup ta musique. Et quand tu joues l'une de tes compositions au pub, tout le monde l'apprécie.

— « Tout le monde », ce sont mes amis et ma famille.

— Parfaitement. Et je suis ton amie, non ?

— Certes.

— Quand me donneras-tu une de tes chansons ?

Il la regarda avec méfiance.

— Que veux-tu dire par là ?

— Exactement ce que j'ai dit. Donne-moi l'une de tes chansons. En échange de la révision de ta voiture.

Elle se leva brusquement et désigna le piano.

— Tu en as des douzaines qui traînent ici. J'aimerais en avoir une.

Shawn n'en croyait pas un mot. Il était persuadé que Brenna était en train de lui tendre un piège, mais il n'arrivait pas à mettre le doigt dessus.

— En voilà une lubie, O'Toole ! Mais si tu y tiens, je vais t'en donner une.

Il se leva à son tour et commença à fouiller dans ses papiers.

— Non, c'est à moi de choisir, décréta-t-elle en écartant sa main.

Elle feuilleta la masse de partitions et trouva celle qu'elle avait lue un peu plus tôt.

— Je voudrais celle-ci.

— Elle n'est pas finie, protesta Shawn, pris d'une soudaine et inexplicable panique. Elle a besoin d'être retravaillée.

— C'est celle que je veux. Tu ne vas pas reprendre ta parole, quand même ?

— Non, mais…

— Bien.

Elle plia les feuilles avec une désinvolture qui le fit frémir et les fourra dans sa poche.

— Cette chanson est à moi, maintenant. Je te remercie.

Elle se hissa sur la pointe des pieds et l'embrassa.

— Je vais te déposer au pub et je ramènerai ta voiture chez moi pour la dépiauter. Je te la rendrai en parfait état.

— J'ai encore un peu de temps.

— Eh bien, pas moi. J'ai des tas de choses à faire, aujourd'hui. Si je te rapporte ta voiture avant la fermeture, tu pourras me raccompagner ?

Shawn s'efforçait de ne pas s'inquiéter pour sa chanson. Brenna l'oublierait vite, se disait-il.

— Te raccompagner où ?

— Ici, par exemple, répondit-elle avec un sourire.

Il lui restait une chose à faire avant de rentrer chez elle et de se mettre au travail. Après avoir déposé Shawn au pub, elle roula jusqu'à la maison de Jude.

Son amie était en train de dessiner, accroupie dans le jardin. Lorsque Brenna approcha, elle s'assit sur ses talons et releva le chapeau de paille qui la protégeait de la pluie.

— Ta camionnette est en panne ?

— Non. Je dois réviser la voiture de Shawn. Il préférerait se faire bouffer par des millions de fourmis plutôt que de soulever un capot… Tes dessins vont être tout mouillés, ajouta-t-elle.

— Je sais. Il faut que j'arrête.

— Ah… Tu as dessiné ton jardin tel que tu le veux. C'est une bonne idée.

— Ça m'aide à imaginer ce qu'il faut planter. Rentrons nous mettre à l'abri.

Jude se redressa péniblement et tituba une seconde.

— Mon centre de gravité a changé.

— Encore quelques mois, et il faudra une corde et une poulie pour te mettre debout. Je prends tes affaires, dit Brenna en ramassant les dessins et le panier de Jude.

— J'ai vu Colleen Ryan au marché, l'autre jour. Elle avait la démarche d'un canard. C'est charmant, mais moi, j'ai l'intention de vivre une grossesse à la Madonna. Je resterai élégante jusqu'au bout.

— C'est ce qu'on verra, chérie.

Brenna déposa le panier dans le débarras derrière la cuisine et mit les dessins à sécher sur le plan de travail. Ensuite, elle alluma la bouilloire et sortit une boîte de biscuits.

— J'ai promis à Aidan de venir déjeuner au pub, dit Jude qui, l'air penaud, croquait dans un gâteau au chocolat. Mais j'ai toujours faim, en ce moment. Rien ne me coupe l'appétit.

— Ça te va bien d'être enceinte, Jude. Je me rappelle la première fois que je t'ai vue, il y a un an, debout sous la pluie, devant la porte du cottage de la colline aux fées. Tu avais l'air perdue. Tu t'es trouvée, à présent.

— C'est une jolie façon de le dire. Oui, je me suis trouvée. Il m'est arrivé des tas de choses que je désirais sans oser me l'avouer.

— Tu as fait en sorte qu'elles arrivent, affirma Brenna, qui marchait de long en large dans la cuisine.

— Certaines, oui, dit Jude en continuant à grignoter. Mais d'autres devaient arriver. C'était mon destin, en quelque sorte.

— Quand tu as découvert que tu aimais Aidan, tu le lui as dit carrément ?

— Non. J'avais peur de le faire. Je n'avais pas assez confiance en moi.

Brenna scruta son regard.

— Pas assez confiance en toi ou en lui ?

— Peut-être un peu des deux, admit Jude. Avant mon arrivée ici, je vivais dans la peur et la passivité. Je n'osais pas m'écarter du chemin qui me semblait tracé pour moi. J'ai dû apprendre à me charger de certaines choses et à me fier au destin pour que d'autres se mettent en place.

— Mais il a bien fallu que tu prennes des initiatives, n'est-ce pas ?

— Oui. Tu es amoureuse de Shawn ?

Brenna s'assit, l'air soucieux.

— J'ai l'impression que oui. Et je n'ai pas honte d'avouer que ça me fiche par terre.

— L'amour te va bien, Brenna.

Celle-ci eut un petit rire.

— En tout cas, ce n'est pas agréable. Mais je suppose que je m'y habituerai… Je m'occupe du thé, dit-elle, comme la bouilloire se mettait à siffler.

— Non, reste assise. Tu le lui as dit ?

— Ah, non, alors !

Elle jeta soudain un coup d'œil suspicieux à son amie.

— Je sais que les couples mariés ont tendance à tout se raconter, mais…

— Tu ne veux pas que j'en parle à Aidan.

— Exactement.

— Alors, je ne le ferai pas.

— Merci, fit Brenna en poussant un soupir. Maintenant, c'est mon tour de prendre des initiatives. Mais je ne sais pas par où commencer. J'ai beau connaître Shawn depuis toujours, il n'est pas aussi prévisible que je le pensais avant que nos… rapports changent de style.

— On ne se comporte pas de la même façon selon qu'on est amants ou amis. Même si les amants en question sont des amis de toujours.

— Tu as bien raison, approuva Brenna avec un nouveau soupir. Une chose est sûre : ce type a besoin d'un coup de pied aux fesses. Je vais donc commencer par m'attaquer à ce qui compte le plus pour lui.

Elle tira de sa poche la partition pliée en quatre.

— C'est l'une de ses chansons ? devina Jude.

— Je l'ai harcelé jusqu'à ce qu'il me la donne. Il a du talent, tu ne trouves pas ?

— Oui, énormément.

— Alors, pourquoi le cache-t-il ? Toi qui comprends comment fonctionne le cerveau humain, as-tu une explication ?

— C'est un médiocre ex-professeur de psychologie que tu interroges, dit Jude en posant la théière sur la table. Mais, à mon avis, il a peur.

— De quoi ?

— D'échouer dans ce qui compte le plus pour lui. Et si sa musique n'était pas aussi bonne qu'il le pensait ? Et s'il n'était pas plus doué que n'importe quel amateur ? Ces questions sont comme un gouffre devant lequel il piétine. Il n'est pas le seul. Il y a des tas de gens qui sont dans la même situation que lui, poursuivit-elle en versant le thé. Tu n'en fais pas partie, Brenna. Toi, tu remontes tes manches et tu construis un pont pour franchir l'abîme.

— Exactement. Et je veux lui construire un pont. Il m'a donné cette chanson, et je peux en faire ce qui me plaît. J'ai l'intention de l'envoyer à quelqu'un de compétent.

— Sans le dire à Shawn.

— Oui, mais je ne me sens pas coupable, protesta Brenna. Si ça ne marche pas, il ne l'apprendra jamais. Et si ça marche, il ne pourra que s'en réjouir, non ? Le problème, c'est que je ne sais pas comment procéder, ni à qui l'envoyer. Je pensais que tu aurais peut-être une idée.

— Je suppose qu'il est inutile que j'essaie de te dissuader ?

— Effectivement.

Jude hocha la tête.

— Bon, alors, je ne vais pas perdre mon temps. Je ne connais personne dans le milieu de la musique. Je pourrais demander à mon agent, bien que je doute qu'elle...

Elle s'interrompit et réfléchit une seconde.

— Et Magee ? Il construit des salles de concert. Il connaît forcément des gens, des producteurs, des compositeurs... Peut-être est-il lui-même compétent dans ce domaine.

— C'est une piste intéressante.

— Je peux te trouver son adresse, et tu lui écriras.

Brenna tapota avec impatience la partition.

— Ça prendrait trop de temps. Tu n'as pas son numéro de téléphone ?

18

Le crachin se transforma en pluie battante, puis en déluge. Un vent violent se déchaîna, balayant la côte et secouant les bateaux amarrés au quai. Durant la plus grande partie de la semaine, aucun pêcheur ne se risqua en mer. Du rivage à l'horizon tourbillonnait une masse grise que déchiraient des coups de vent parfaitement capables de mettre en pièces la coque la plus solide. Ceux qui vivaient de la mer attendaient patiemment qu'elle se calme et prenaient la chose avec philosophie.

Le vent hurlait contre les fenêtres et les portes des maisons et s'infiltrait par chaque fissure pour geler jusqu'aux os les habitants d'Ardmore. Les cheminées refoulaient la fumée en tourbillons sales. Des bourrasques arrachèrent des bardeaux du marché couvert, qui s'élevèrent dans le ciel puis tombèrent à terre comme des oiseaux ivres. L'un d'eux entailla le crâne du jeune Davey O'Leary, qui rapportait à vélo un litre de lait et une douzaine d'œufs. Le crâne eut besoin de sept points de suture, et les œufs furent perdus.

Les fleurs qui avaient survécu au froid et celles qui avaient commencé à montrer leurs pétales printaniers furent déchiquetées par les derniers coups de dents de l'hiver. Les jardins des cottages se transformèrent en marais boueux.

Les touristes déguerpirent, et d'autres annulèrent leurs réservations, tandis que la tempête se déchaînait sur Ardmore. Les lignes téléphoniques et électriques cédèrent le troisième jour.

Le village se recroquevilla sur lui-même, comme il l'avait fait en d'autres occasions par le passé. Sous plus d'un toit, l'humeur devint aigre. De jeunes enfants qui s'ennuyaient s'appliquèrent à rendre la vie infernale à leurs mères. Larmes et derrières meurtris devinrent des événements quotidiens.

Ce jour-là, Brenna et son père, vêtus de cirés et de cuissardes, pataugeaient jusqu'aux genoux dans la boue, et pire que ça, à la recherche d'une fuite dans la fosse septique des Duffy.

— Sale boulot, marmonna Mick, qui se reposait un instant, appuyé sur sa pelle.

— D'autres habitants du quartier vont se retrouver les pieds dans la merde, si ça continue.

— Si ces salauds de Waterford ne s'étaient pas défilés, on aurait au moins pu vidanger la fosse.

— Si jamais ils arrivent avec leur camion, je propose qu'on les jette la tête la première dans ce purin.

— Bien dit, ma fille.

— Seigneur Jésus, ce que ça pue ! Mais je crois que j'ai trouvé, papa.

Ils se penchèrent tous les deux, sans se soucier de la pluie qui crépitait sur leur dos, et examinèrent le vieux tuyau fissuré avec l'expression du chercheur d'or qui vient de tomber sur une grosse pépite.

— C'est ce que tu pensais, papa. Le tuyau a cédé sous la pression. Il court de la fosse au champ, là-bas, et en éclatant, il a transformé le joli jardin de Mme Duffy en tas de fumier.

— Eh bien, après ça, Kathy aura un potager très fertile.

La puanteur était telle que Mick s'efforçait de respirer par la bouche.

— Tu as eu une bonne idée d'apporter un tuyau en PVC. Allons le chercher, qu'on remplace le vieux.

Avec un grognement, Brenna se redressa. Ils pataugèrent ensemble jusqu'à la camionnette et en revinrent avec le tuyau neuf. Le travail était peu agréable, mais ils formaient une bonne équipe.

Tout en travaillant, Brenna jeta à son père de brefs coups d'œil. Depuis ce fameux dimanche où il s'était soûlé, Mick n'avait pas parlé de Shawn. Et, bien qu'elle comprît son embarras, elle ne supportait plus ce silence.

— Papa… commença-t-elle.

— Ah, je l'ai presque. Il a beau être fendu, ce vieux machin, il tient encore bien.

— Papa, tu sais que je vois toujours Shawn.

Mick se cogna les doigts contre le tuyau, et son outil lui glissa des mains comme un morceau de savon mouillé. Il le ramassa et l'essuya sur son pantalon crasseux.

— J'imagine que je le sais, répondit-il, sans regarder sa fille.

Il travailla un instant en silence.

— Jamais tu ne m'as fait honte, Brenna, reprit-il enfin. Mais le fait est que tu as mis les pieds sur un terrain plus bourbeux que celui dans lequel nous nous trouvons en ce moment. D'un côté, je travaille avec toi, je respecte et j'admire ton habileté. De l'autre, tu es ma fille. Ce n'est pas facile pour un homme de discuter de ces choses-là avec sa fille.

— Discuter de sexe ?

— Bon sang, Brenna !

Sous la crasse qui les recouvrait, les joues de Mick étaient devenues écarlates.

— C'est bien de ça que tu parlais, non ?

Le tuyau fissuré une fois dégagé, Brenna le jeta de côté.

— Oui, mais je n'ai pas envie de m'attarder sur le sujet. Ta mère et moi, nous t'avons élevée du mieux qu'on a pu, et tu es la seule responsable de tes faits et gestes de femme adulte. Tu ne peux pas me demander ma bénédiction pour ce genre de chose, Brenna, mais je ne te juge pas non plus.

— C'est un type bien, papa.

— Ai-je dit le contraire ?

Mick se sentait à la fois exaspéré et embarrassé, et il avait hâte que cette discussion se termine. Il s'accroupit pour mettre en place le nouveau tuyau.

— Si j'insiste, reprit Brenna, c'est à cause de… de ce que Mary Kate a dit, la semaine dernière. Elle était folle furieuse, et depuis nous nous sommes réconciliées. Mais je ne veux pas que tu penses que Shawn et moi faisons quelque chose de moche.

« Cette fille est comme un chien qui ronge son os », songea Mick. Elle ne lâcherait pas le sujet tant qu'elle ne l'aurait pas épuisé.

— Le mot que Mary Kate a prononcé est complètement déplacé entre sœurs, et je suis content que vous vous soyez réconciliées. Quant à Shawn… il te plaît ?

— Oui, bien sûr.

— Tu le respectes ? demanda-t-il en lui jetant un regard hésitant.

— Oui, je le respecte. Il n'est pas bête, il a du cœur et le sens de l'humour. Mais ça ne m'empêche pas de voir ses défauts. Je sais qu'il est paresseux et insouciant. Surtout en ce qui concerne ses propres talents, qu'il laisse en friche.

— Sur ce point, j'ai quelque chose à te dire, même si je me doute que, de toute façon, tu n'en feras qu'à ta tête. On ne répare pas un homme comme un tuyau fissuré. On le prend tel qu'il est, Mary Brenna, ou on ne le prend pas du tout.

Elle fronça les sourcils.

— Je ne veux pas le changer, juste le tourner dans la bonne direction.

— Bonne pour qui ?

Il lui tapota le bras.

— Les ajustements ne doivent pas venir d'un seul côté, sinon la balance est déséquilibrée, et tout ce qu'on a déjà construit tombe par terre.

Quand, en plein milieu du service de midi, Brenna poussa la porte de derrière, Shawn resta bouche bée. Elle était d'une saleté répugnante et, même de loin, répandait une puanteur telle qu'il sentit ses yeux s'emplir de larmes.

— Sainte Mère de Dieu, d'où viens-tu ?

— D'une fosse septique, répondit-elle d'un ton enjoué. Mais je me suis un peu récurée. Je crois que j'ai enlevé le pire.

— Eh bien, je peux te dire que tu as oublié quelques endroits.

— C'est qu'on a dû aussi remettre à peu près en état le jardin de Mme Duffy, si bien qu'on n'a eu le temps d'ôter que le plus gros. En tout cas, on meurt de faim, papa et moi.

Il leva la main pour l'empêcher d'avancer.

— Si tu penses que je vais te laisser entrer ici, O'Toole, tu te trompes.

— Je n'entre pas. J'ai dit à papa que j'allais chercher deux sandwiches pour nous aider à finir la journée. Il me faut aussi deux bouteilles de bière, s'il te plaît.

— Sors de là et ferme la porte.

— Pourquoi ? fit-elle en s'adossant au chambranle de la porte. Je ne salis rien en restant là. Donne-moi ce que tu as de prêt. Nous ne sommes pas difficiles.

— Ça me paraît évident.

Shawn repoussa les commandes qu'il était en train de préparer et prit du pain et de la viande. La célérité inhabituelle avec laquelle il se mit au travail fit sourire Brenna.

— On en a encore pour deux heures. Après quoi, j'ai encore deux ou trois choses à faire.

— J'espère que tu envisages aussi de prendre un bain.

— C'est dans mes intentions. Dis donc, vu l'aspect de ta cuisine, le mauvais temps ne nuit pas aux affaires.

— La moitié du village se retrouve ici, de jour comme de nuit. Les gens ont besoin de compagnie et de voir autre chose que les quatre murs de leur maison.

Il garnit généreusement les sandwiches de viande et de fromage.

— La plupart du temps, il y a un *seisiun*, et maintenant que le groupe électrogène fonctionne, les matches que diffuse la télé suscitent des discussions animées.

— Nous non plus, on n'a pas le temps de s'embêter. Je ne crois pas que nous ayons eu une heure de libre, papa et moi, depuis le début de la tempête.

— J'ai hâte que ça s'arrête. Cela fait une semaine que je n'ai vu ni le soleil ni les étoiles. Mais Tim Riley dit qu'il n'y en a plus pour longtemps.

Ce bavardage anodin sur la météo et le travail, elle aurait pu l'avoir avec n'importe qui. Mais c'était avec Shawn qu'elle y prenait le plus plaisir. Elle avait l'impression de redécouvrir un trésor dont elle n'avait pas su apprécier la valeur jusque-là.

— Que M. Riley ait raison ou tort, je me disais que je pourrais bien m'aventurer du côté du cottage de la colline aux fées, ce soir. Vers minuit, ça t'irait ?

— La porte est ouverte, mais j'aimerais que tu nettoies d'abord tes cuissardes.

Il mit les sandwiches dans un sac et y ajouta deux sachets de chips, ainsi que deux bouteilles de Harp. Lorsque Brenna fit mine de vouloir le payer, il secoua la tête.

— Cadeau de la maison. Je n'ai pas envie de toucher l'argent qui se trouve dans tes poches.

— Merci, fit-elle en prenant le sac, qu'il lui tendait du bout des doigts. Tu ne m'embrasses pas ?

— Non. Mais je me rattraperai plus tard.

— Tâche de ne pas oublier.

Avec un sourire qui aurait pu être aguicheur si elle n'avait pas senti si mauvais, elle s'éloigna d'un pas guilleret. Shawn referma aussitôt la porte.

En femme de parole, Brenna ouvrit la porte du cottage sur les coups de minuit. Elle savait qu'il était trop tôt pour que Shawn soit rentré, mais elle aimait se trouver seule dans cette maison.

Suivant l'exemple de Shawn, elle se déchaussa dès qu'elle eut franchi la porte. Ensuite, elle alla allumer toutes les chandelles et les lampes à huile du cottage, avec le vague espoir de provoquer une nouvelle rencontre avec Lady Gwen.

Les circonstances – une nuit de tempête et un petit cottage que n'éclairaient que des bougies et un feu de cheminée – ne se prêtaient-elles pas parfaitement à l'apparition d'un fantôme ?

— Je sais que vous êtes là, dit-elle à voix haute, et je suis seule.

Elle attendit, en vain. L'air autour d'elle ne frémit pas, et les seuls bruits qu'elle entendit furent les craquements de la maison et le hurlement incessant du vent à l'extérieur.

— Je crois avoir compris ce que vous m'avez dit la première fois, Lady Gwen. J'ai écouté sa chanson, comme vous me l'avez conseillé. J'espère avoir fait ce qu'il fallait.

Elle se tut, mais seul le silence lui répondit.

— Eh bien, on ne peut pas dire que vous soyez d'une grande aide, marmonna-t-elle en montant l'escalier.

De toute façon, elle n'avait aucunement besoin d'apparitions ou de messages de l'au-delà pour la guider. Elle savait ce qu'elle voulait : garder son homme. Cette décision prise, il ne lui restait plus qu'à veiller aux détails.

Elle empila assez de tourbe dans la cheminée de la chambre pour que le feu dure toute la nuit, puis elle alluma la paire de chandelles. Ensuite, elle s'allongea sur le lit et, adossée aux oreillers, se prépara à attendre. Mais la fatigue de la journée eut bientôt raison d'elle.

Il n'y avait ni vent ni pluie. Le ciel nocturne était constellé d'étoiles qui étincelaient comme autant de joyaux. La lune, pleine et blanche, répandait sa lumière sur une mer lisse et calme.

Brenna chevauchait un cheval blanc dont les ailes battaient sans répit. Devant elle était assis un homme vêtu d'argent. Il se tenait très droit, et sa chevelure noire volait derrière lui comme une cape.

— Ce n'était pas la richesse, ni un statut prestigieux ni même l'immortalité qu'elle attendait de moi.

Survoler l'Irlande en compagnie du prince des fées ne semblait pas du tout étrange.

— Qu'attendait-elle de vous ?

— Des promesses, des serments, des mots qui viennent du cœur. Pourquoi est-il si difficile de dire : « Je t'aime » ?

— Parce que quand on le dit, on baisse sa garde.

Il tourna la tête vers elle. Une lueur amère brillait dans ses yeux.

— Exactement. Prononcer ces mots demande du courage, n'est-ce pas, Mary Brenna O'Toole ?

— Ou de la folie.

— Mais il y a de la folie dans l'amour, non ?

Le cheval plongea soudain, si vite que le cœur de Brenna s'emballa. Elle aperçut les fenêtres éclairées du cottage, dont l'ombre se projetait sur la colline.

Lorsque le cheval toucha terre, ses sabots firent jaillir des étincelles.

— Quel lieu modeste pour un tel drame ! murmura Carrick. Mais ce portail de jardin pourrait aussi bien être le mur d'une forteresse, puisqu'il m'est impossible de le franchir, comme je l'ai fait jadis.

— Votre bien-aimée se promène parfois sur la falaise.

— On me l'a dit, mais nous ne pouvons pas nous voir, même si nous nous tenons l'un en face de l'autre.

Dans les yeux de Carrick, l'amertume avait laissé la place au chagrin.

— Parfois, je devine qu'elle est là, je sens le parfum de ses cheveux ou de sa peau. Mais pas une fois en trois cents ans je n'ai pu la voir, la toucher ou lui parler.

— Le sort que vous avez jeté a des conséquences terribles pour vous deux, commenta Brenna.

— Oui. Je paie cher ce moment de colère irréfléchie. La colère, tu sais ce que c'est.

— C'est vrai, mais heureusement, je n'ai pas le pouvoir de jeter des sorts.

L'amusement adoucit l'expression de Carrick.

— Vous autres, pauvres mortels, vous ignorez complètement les pouvoirs dont vous êtes dotés, et vous les utilisez n'importe comment.

— C'est l'hôpital qui se moque de la charité.

— Si tu veux, fit-il avec un hochement de tête. Mais il n'y a pas eu de sortilège entre moi et Gwen. Je n'ai usé d'aucun stratagème pour l'attirer à moi, contrairement à ce que certains prétendent. Elle est venue à moi d'elle-même, et nous aurions vécu heureux si son père ne l'avait pas promise à un autre pour l'éloigner de moi.

— À l'époque, une jeune fille n'avait pas son mot à dire, observa Brenna en posant une main réconfortante sur le bras de son compagnon. On choisissait à sa place. Aujourd'hui, c'est différent.

Carrick passa une jambe par-dessus l'encolure de son cheval et glissa à terre.

— Alors, fais ton choix.

— Je l'ai fait, répondit-elle en descendant de cheval à son tour. Mais je procéderai à ma façon.

— Écoute.

Une mélodie se répandait dans l'air, douce et enveloppante.

— C'est Shawn qui joue. Je reconnais la chanson qu'il m'a donnée. Elle comble mon cœur de joie. Dans votre palais, il n'y a rien d'aussi beau.

Elle s'approcha du portail et voulut l'ouvrir, mais elle eut beau tirer et pousser, il ne bougea pas.

— Je ne peux pas entrer.

Prise de panique, elle se retourna, mais le cheval et son cavalier avaient disparu. Elle revint vers le portail, l'agrippa des deux mains et pesa dessus de tout son poids.

— Shawn !

— Voilà, voilà.

Elle était dans ses bras, et il réprimait visiblement un fou rire.

— Tu rêvais.

— Un rêve, répéta-t-elle, la tête emplie de brume, d'étoiles et de musique. Je n'arrivais pas à ouvrir le portail. Je ne pouvais pas entrer.

— Tu es au cottage.

— Au cottage… Mon Dieu ! Je nage en plein brouillard. Donne-moi une minute pour me réveiller, dit-elle en repoussant les cheveux qui lui tombaient dans les yeux.

— J'ai des nouvelles qui devraient t'aider à te réveiller.

— De quoi s'agit-il ?

— Aidan aime beaucoup ton plan de la salle de spectacle.

Comme il l'avait prévu, les yeux de Brenna s'éclaircirent immédiatement.

— Vraiment ? Ça lui plaît ?

— Oui, beaucoup. Au point qu'il en a déjà parlé à Magee.

— Qu'a-t-il dit ?

— Qui ?

— L'un puis l'autre.

Elle lui secoua le bras.

— Ne joue pas avec mes nerfs, Shawn, sinon je vais devoir te faire mal.

— Je meurs de peur, alors je vais tout te dire. Je ne peux pas te répéter exactement ce qu'a dit Magee, puisque c'est Aidan qui lui a parlé, mais en gros, il a demandé à voir ton dessin. Maintenant, advienne que pourra, conclut Shawn en jouant avec une boucle rousse, geste dont il ne se lassait pas.

— C'est un bon projet.

— Il m'a paru bon, en effet.

— Ça a intérêt à lui plaire, ajouta-t-elle en se mordant nerveusement les lèvres. N'importe quel imbécile peut voir que mon bâtiment se fond dans le décor.

Magee n'obtiendra rien de mieux de ses architectes snobinards.

— Il faut que tu t'efforces d'être plus sûre de toi, Brenna. Tu es bien trop modeste.

Elle ne se donna pas la peine de répliquer, se contentant d'un ricanement de mépris.

— Mais comment Magee va-t-il se rendre compte que mon plan est bon, s'il ne vient pas lui-même voir le site, les environs et le village ?

— Il a des photos, lui rappela Shawn. Finkle en a pris des douzaines durant son séjour.

— Ce n'est pas pareil. Il faut que je discute avec Magee, d'une façon ou d'une autre.

— Tu as peut-être raison, mais ne serait-il pas préférable de laisser passer un peu de temps, de voir ce qu'il en pense, avant de sauter dans tes bottes et de courir le bousculer ?

— Certaines personnes ont besoin d'être bousculées, déclara-t-elle avec un sourire narquois. Tu en es un parfait exemple. Quand Aidan compte-t-il envoyer mon dessin ? Peut-être devrais-je y jeter encore un coup d'œil avant ?

— Trop tard. Ton plan est parti hier. Et Aidan l'a posté en exprès, à la demande de Magee.

— Bon, eh bien, tant pis.

Son dessin se débrouillerait tout seul, songea-t-elle, comme la chanson de Shawn. Elle faillit lui avouer qu'elle avait déjà téléphoné à Magee et qu'à eux deux, ils occupaient cet homme à plein temps avec leurs œuvres.

Non, il valait mieux attendre et ne transmettre à Shawn que le résultat – s'il était positif.

— À quoi penses-tu avec tant de gravité ?

— À l'étape suivante. À ce qui va se passer si Magee aime mon dessin. Quand une chose change, on dirait que tout change en même temps.

— J'ai la même impression, moi aussi.

« Regarde-nous », ajouta-t-il en lui-même, tout en caressant les cheveux de Brenna.

Elle sentit son pouls s'affoler. Ça aussi, c'était un changement. Il suffisait qu'il la touche pour qu'elle tressaille et que tous ses sens s'éveillent.

— Puisque ça a l'air de t'inquiéter, je vais t'emmener de nouveau au pays des rêves.

Les lèvres de Shawn se posèrent sur les siennes, et il s'allongea avec elle sur le lit.

— Accroche-toi à moi, que nous partions ensemble.

— Je veux être avec toi. Il n'y a que toi.

Jamais elle n'avait autant baissé sa garde.

Il l'entraîna avec lui, dans la lumière frémissante des chandelles et du feu de tourbe. Elle se découvrit des trésors inconnus de tendresse et un besoin grandissant de donner tout ce qu'il lui demandait.

Ils se dévêtirent l'un l'autre, lentement. Les doigts glissaient sur la peau, suivis des lèvres qui s'attardaient, si bien que chaque caresse, chaque baiser semblait un don précieux. Les soupirs répondaient aux murmures. Les souffles se mélangeaient.

Le désir qui les poussait l'un vers l'autre était empli de confiance et de tendresse. Ils se regardèrent dans les yeux lorsqu'il plongea en elle. C'était comme rentrer à la maison.

Les lèvres de Shawn se posèrent sur celles de Brenna, et elle prit son visage entre ses mains. Elle avait les larmes aux yeux.

— Viens avec moi, murmura-t-elle contre sa bouche. Laissons-nous emporter.

Puis le souffle lui manqua. Elle bascula dans l'extase et saisit la main de Shawn pour l'entraîner avec elle.

Il reprit sa bouche avant que la brume du plaisir ne se dissipe.

— Reste, murmura-t-il.

Tandis qu'il l'étreignait, elle pensa qu'elle aurait mieux fait de se sauver et de regagner son propre lit.

— D'accord, dit-elle en nichant la tête dans le creux de l'épaule de Shawn.

Puis le sommeil la happa.

Bien sûr, quelques heures plus tard, il l'avait repoussée à l'extrême bord du lit. C'était un détail qu'ils devraient mettre au point, se dit Brenna en se levant dans la lumière grise de l'aube. Pas question qu'elle passe toutes les nuits de sa vie à lutter pour garder une place sur le matelas. S'il le fallait, elle lui enfoncerait son coude dans les côtes plusieurs fois par nuit, jusqu'à ce qu'il apprenne à partager.

Mais ce fut avec amour qu'elle le contempla pendant qu'elle s'habillait. Et le baiser qu'elle lui donna avant de partir fut d'une grande tendresse.

— Nous achèterons un lit plus large, murmura-t-elle.

Elle dévala l'escalier et se hâta de rentrer chez elle avant que sa mère ne descende préparer le petit déjeuner.

Une heure plus tard, Shawn se réveilla, vaguement déçu. Brenna aurait pu lui dire au revoir, quand même. Il fallait que ça change. En fait, tout allait changer, et plus vite qu'elle ne s'y attendait. Il la voulait dans sa vie à chaque seconde. Ces quelques moments au lit ne lui suffisaient plus. Il se leva, regarda l'heure à son réveil et estima qu'il avait le temps d'aller jeter un coup d'œil au terrain qu'il comptait acheter.

19

Le prix était aussi élevé que le terrain, mais Shawn trouva ce dernier à son goût. Debout sous ce qui n'était plus qu'un crachin, il contemplait la mer. La tempête s'était calmée durant la nuit, mais la plage était couverte de coquillages, d'algues et de débris arrachés aux fonds marins.

Leur maison serait tournée dans cette direction, décida-t-il, avec au moins une grande baie vitrée dans la pièce de devant, afin qu'ils puissent observer les humeurs de l'océan.

Sur sa gauche, les montagnes se détachaient dans le lointain sur le ciel nuageux. Tout autour de lui, des collines et des champs d'un vert tendre ondulaient, nappés d'une fine couche de brume.

Brenna pouvait construire une maison dans sa tête, la dessiner sur du papier, rassembler les matériaux et les outils nécessaires, puis la bâtir. Lui, il n'avait pas ce talent. Mais il arrivait, surtout s'il y portait un intérêt personnel, à l'évoquer vaguement.

Il voulait une salle de musique – enfin, pas seulement destinée à la musique, rectifia-t-il, en s'éloignant de l'emplacement qui lui semblait le plus approprié pour planter une maison. Cette pièce devrait être confortable et accueillante, de façon que ses amis aient envie d'y passer un moment. Mais il faudrait que ce soit une grande pièce, pas un cagibi minuscule et encombré. Son piano et son violon se sentiraient à l'aise. Il aurait aussi besoin d'une sorte d'armoire pour ses partitions – peut-être Brenna pourrait-elle la fabriquer – et d'un meuble pour ranger un bon magnétophone et des cassettes.

Il avait toujours eu envie d'enregistrer ses compositions. S'il voulait passer à l'étape suivante, c'est-à-dire peaufiner quelques morceaux, un magnétophone était indispensable. Ensuite, il choisirait deux ou trois chansons et s'attaquerait à la partie commerciale.

Un peu affolé par cette perspective, il secoua la tête. Il ferait tout cela, certes, mais pas tout de suite. Il avait d'autres tâches à accomplir avant, et rien ne pressait.

Tout d'abord, il fallait que Brenna et lui parviennent à un accord. Ensuite viendrait la construction de la maison. Puis ils devraient s'installer et s'habituer à la vie commune. Le reste suivrait en son temps.

La route qui menait au terrain était dans un état pire que celle qui allait d'Ardmore au cottage de la colline aux fées. Tant pis. Si cela ne convenait pas à Brenna, ils pourraient toujours l'aplanir ou l'élargir. À elle de décider.

Sans être immense, le terrain avait des dimensions suffisantes pour accueillir une maison de taille respectable et un jardin. Il y avait assez de place, estima Shawn, pour ajouter un appentis où Brenna rangerait ses outils, et peut-être même aussi un atelier. Ils seraient heureux comme ça, elle avec son atelier, lui avec sa salle de musique, se dit-il en se réjouissant qu'ils ne soient ni l'un ni l'autre du genre collant. Chacun avait sa propre passion, et cela faisait une bonne combinaison.

Au bout du terrain coulait un ruisseau maigrelet, bordé par trois gros arbres qui lui rappelaient les croix en pierre de la fontaine de saint Declan. Le vendeur lui avait également signalé la présence d'une tourbière, dans laquelle personne ne s'était donné le mal de puiser depuis des années. La dernière fois que Shawn avait coupé de la tourbe, c'était avec son grand-père maternel. Les Fitzgerald avaient toujours été des gens de la campagne, tandis que les Gallagher étaient des citadins.

Shawn se surprit à penser qu'il pourrait prendre plaisir à ce travail, de temps à autre.

Il revint vers ce qui portait pompeusement le nom de route. Les haies qui l'entouraient se couvraient des premières fleurs printanières. Trois pies s'élancèrent soudain vers le ciel, comme trois balles tirées l'une après l'autre du même fusil.

Trois pies, un bon signe pour le mariage.

Lorsqu'il repartit vers le village, il pouvait se considérer comme propriétaire du terrain, une poignée de main ayant conclu l'affaire.

Brenna travailla chez elle pendant la plus grande partie de la matinée. Le vent avait arraché quelques bardeaux du toit, laissant le champ libre à la pluie. Ce travail, plutôt simple, qui consistait à remplacer les éléments manquants, lui donna l'occasion de profiter du soleil et de regarder la mer.

Lorsqu'elle se construirait une maison, se dit-elle, elle choisirait un terrain plus élevé, afin d'avoir cette vue sous les yeux même du rez-de-chaussée. Il était agréable de voir les bateaux sortir de nouveau et la vie reprendre son rythme normal.

Peut-être prévoirait-elle aussi quelques vasistas, pour pouvoir admirer le soleil, la pluie ou la course des étoiles. Les bruits et les odeurs de sa famille lui manqueraient, bien sûr, mais elle savait qu'il était temps qu'elle ait sa propre maison.

Son intuition lui disait que le moment était venu de passer à l'étape suivante. La nuit précédente, il y avait eu quelque chose de différent entre Shawn et elle. Simultanément, une sorte de révolution s'était produite à l'intérieur d'elle-même, à la suite de quoi sa tête et son cœur s'étaient retrouvés en une seule et même place. C'était une impression apaisante.

Il était temps de parler sérieusement avec Shawn, de lui poser la question essentielle. De le rudoyer, si nécessaire. En tout cas, quoi qu'il en coûte, les O'Toole allaient devoir se lancer de nouveau dans des préparatifs de mariage.

Que Dieu leur vienne en aide, à tous, songea-t-elle en redescendant du toit

Elle laissa sa boîte à outils près de la porte de la cuisine et entra dans la maison pour signaler à sa mère que le travail était fini et qu'elle s'en allait.

Lorsque le téléphone sonna, elle décrocha et coinça l'écouteur sous son menton pour essuyer ses mains sales sur son jean.

— Allô ?

— Mademoiselle O'Toole ?

— C'est l'une d'elles.

— Mademoiselle Brenna O'Toole ?

— Ah, vous avez mis dans le mille, répondit-elle en se penchant pour inspecter le contenu du réfrigérateur. Que puis-je pour vous ?

— Restez en ligne, s'il vous plaît. M. Magee voudrait vous parler.

— Oh !

Elle se redressa, se cogna au réfrigérateur et referma la porte sur sa main.

— Oui, oui, fit-elle. Merde, ajouta-t-elle en suçant ses doigts meurtris.

Un déclic se fit entendre à l'autre bout du fil.

— Mademoiselle O'Toole ? Trevor Magee à l'appareil.

Elle reconnut la voix profonde de l'homme avec qui elle s'était déjà entretenue une première fois, après avoir réussi à franchir le barrage d'une armée d'assistants.

— Vous m'appelez de New York ?

— Non. Je suis en route pour Londres.

L'espace d'un dixième de seconde, elle fut dépitée de ne pas discuter avec New York, mais l'émerveillement prit aussitôt le pas sur la déception.

— Vous m'appelez de l'avion ?

— Exactement.

Brenna faillit crier à sa mère de venir, mais elle se retint, de peur de passer pour une péquenaude.

— C'est gentil à vous de prendre le temps de m'appeler, alors que vous êtes si occupé.

— Je trouve toujours du temps pour ce qui m'intéresse.

Il semblait sincère.

— Eh bien, peut-être avez-vous eu une minute pour regarder ce qu'Aidan Gallagher vous a envoyé.

— Oui. Et j'ai apprécié votre dessin. Votre père et vous formez une bonne équipe.

Des élancements douloureux lui traversaient la main, aussi sortit-elle quelques glaçons du congélateur.

— C'est exact. Et je dois ajouter, monsieur Magee, que je connais Ardmore et que je sais ce qui lui convient.

— Je n'en doute pas, mademoiselle O'Toole.

Elle perçut une pointe d'amusement dans sa voix, ce qui lui donna le courage d'insister.

— Dans ce cas, peut-être pourriez-vous me dire ce que vous pensez de mon dessin ?

— Il faut que je l'examine plus attentivement, mais il m'intéresse. Où avez-vous appris l'architecture ? Gallagher ne me l'a pas dit

Brenna fronça les sourcils et se dit que, s'il s'agissait d'un piège, mieux valait tomber dedans maintenant que plus tard.

— J'ai appris sur le tas, monsieur. Mon père a exercé ce métier toute sa vie, et c'est lui qui m'a formée. Sans doute avez-vous eu le même genre d'expérience avec votre propre père.

— On peut dire ça.

— Alors, vous savez qu'on apprend beaucoup de choses de cette façon. Mon père et moi, nous assurons à nous deux la plus grande partie de la construction, de la réparation et de l'entretien des maisons du coin. Et quand quelque chose sort de nos compétences, nous savons à quel artisan faire appel. Nous pourrions beaucoup vous aider dans la réalisation de votre projet. Vous ne trouverez pas mieux que O'Toole et O'Toole dans la région. Vous voulez construire à Ardmore, monsieur

Magee, et le plus efficace, je suis sûre que vous en conviendrez, c'est d'utiliser les compétences locales chaque fois que c'est possible. Nous serons heureux de vous faire parvenir nos références.

— Et je serai heureux de les examiner. En tout cas, vous avez bien défendu votre cause.

— Je peux vous assurer que je me débrouille mieux avec du bois, des briques et des outils qu'avec des mots.

— Je viendrai m'en rendre compte par moi-même, car j'ai l'intention de consacrer un jour ou deux à la visite du site.

— C'est une excellente idée. Et… euh… je ne voudrais pas vous ennuyer, monsieur Magee, mais je me demandais si vous aviez eu un moment pour regarder la partition que je vous ai envoyée.

— Oui. Mais je ne suis pas sûr d'avoir bien compris. Est-ce vous qui représentez Shawn Gallagher ?

— Non… Euh… c'est un peu compliqué.

— Il n'a pas d'agent ?

— Non, pas pour l'instant.

Comment ces choses-là marchaient-elles, bon sang de bonsoir ?

— Disons que j'agis pour son compte, reprit-elle, mais sur un plan amical.

— Mmm…

Ce petit marmonnement dubitatif la fit frémir.

— Pouvez-vous me dire ce que vous en pensez ?

— Je suis prêt à acheter cette chanson si Gallagher est vendeur, et j'aimerais négocier avec lui, car j'imagine qu'il a d'autres choses à proposer.

— Oui, oui. Des tas.

Sous le coup de l'émotion, Brenna oublia sa main meurtrie et lâcha les glaçons dans l'évier. Ses pieds frétillaient sur place. Elle tenta cependant de garder une voix calme et professionnelle.

— Vous dites que vous êtes prêt à acheter cette chanson. Mais pour en faire quoi ?

— Pour l'enregistrer.

— Je croyais que vous étiez dans le bâtiment.

— Parmi les choses que j'ai bâties, il y a une maison de disques, Celtic Records.

Il y eut un silence, puis il reprit d'une voix amusée :

— Peut-être vous faut-il des références, mademoiselle O'Toole ?

— Euh… est-ce qu'on pourrait en reparler ? Je dois en discuter avec Shawn.

— Bien sûr. Appelez mes collaborateurs à New York, ils savent comment me joindre.

— Merci de m'avoir accordé un peu de votre temps, monsieur Magee. J'espère vous rencontrer bientôt. Je… Merci, répéta-t-elle, à court de mots.

Dès qu'elle eut raccroché, elle poussa un hurlement de triomphe et traversa la maison en courant.

— Maman, il faut que je parte ! Je ne sais pas quand je reviendrai.

— Quoi ?

Mollie surgit dans la cuisine juste à temps pour voir par la fenêtre la camionnette de Brenna s'élancer comme une flèche sur la route.

— Cette fille ! Elle ne tient pas en place. Partir où, j'aimerais bien le savoir. Et j'aimerais aussi savoir si mon toit est réparé ou non. Gare à elle si j'entends la pluie goutter une nuit de plus dans les bassines.

Avant qu'elle ait pu se remettre au travail, la voiture de Shawn s'arrêta devant la maison.

— Toutes ces allées et venues, ça me donne le vertige, marmonna-t-elle en allant ouvrir la porte. Bonjour, Shawn. Malheureusement, tu viens de manquer Brenna. Elle s'est sauvée comme si son pantalon était en feu.

— Ce n'est pas Brenna que je suis venu voir.

— Ah, bon ? fit Mollie.

Elle le regarda attentivement. Tel qu'elle le connaissait, il était capable d'attendre la moitié de la journée avant de s'expliquer. Mieux valait s'asseoir.

— Eh bien, il n'y a plus que moi ici. Entre, et nous prendrons une tasse de thé.

— Avec plaisir, dit-il en la suivant dans la cuisine. Mais je ne voudrais pas vous faire perdre votre temps.

— Mon garçon, depuis que tu sais marcher, tu n'as pas arrêté d'entrer dans cette maison. Je ne t'ai jamais poussé dehors, et ce n'est pas maintenant que je vais commencer.

Elle lui indiqua une chaise et mit la bouilloire à chauffer.

— Voilà, dit-il, après s'être éclairci la gorge. J'ai décidé de venir vous voir afin que… pour m'assurer que vous…

Elle eut pitié de lui.

— Tu as peur que je ne t'aime plus, mon garçon ?

Le regard soucieux de Shawn s'effaça lorsqu'elle se pencha pour lui ébouriffer les cheveux, geste affectueux qu'elle avait toujours eu pour lui.

— Je t'aime presque autant que mes propres enfants, et il n'y a pas de raison pour que ça change, ajouta-t-elle. Mais si tu t'en étais pris à ma Katie, je t'aurais arraché les oreilles.

— Je n'ai jamais voulu donner à Mary Kate le moindre… euh…

— Encouragement ? Tu as perdu ta langue aujourd'hui, ce qui est étonnant, car d'ordinaire, tu sais t'en servir. Tiens, j'ai un petit pain à la cannelle qui reste du petit déjeuner. Je vais te le réchauffer, et tu vas me dire ce qui t'amène.

— Vous me faites regretter ma mère, madame O'Toole.

— Je la remplace comme je peux, et je suppose qu'elle agirait de même avec mes filles s'il le fallait.

Elle s'affaira dans la cuisine, sachant que cela le mettrait à l'aise.

— C'est Brenna qui te donne des migraines, alors ?

— J'y suis habitué, et ça ne me gêne pas trop. J'imagine que je lui en donne autant. Je… ah… je ne pense pas que M. O'Toole vous ait fait part de notre discussion d'il y a deux semaines.

Elle lui décocha un regard sévère.

— Si tu parles du jour où il est rentré ivre, non. J'ai compris qu'il avait eu son whisky chez toi, car je ne vois pas où il aurait pu aller, sinon au cottage, pour partir de la maison et revenir dans cet état en si peu de temps.

— Il ne vous en a pas parlé.

— Il est resté fermé comme une huître.

— Eh bien, vous voyez, il était très fâché – et avec raison – jusqu'à ce que je lui dise ce qu'il en était.

— Et qu'en est-il, Shawn ? demanda Mollie en apportant la théière sur la table.

— Je suis amoureux de Brenna, madame O'Toole, et je veux l'épouser.

Elle resta immobile un instant, puis posa la joue sur le crâne du jeune homme.

— Bien sûr que tu l'aimes, et bien sûr que tu veux l'épouser. Ne fais pas attention à moi. Je suis un peu émue.

— Je la traiterai bien.

— Oh, je n'en doute pas une minute.

Elle se redressa et se tamponna les yeux, puis sortit du four le petit pain chaud.

— Tu la traiteras bien, et elle te traitera bien. Ça, c'est sûr.

— Il y a encore une chose que vous devez savoir… Voilà. J'essayais de faire en sorte que l'idée vienne d'elle. Vous savez comme elle est quand elle se met une idée en tête…

— Elle ne lâche pas le morceau avant d'avoir obtenu ce qu'elle veut, à moins que, tout à coup, elle n'en ait plus envie. J'ai toujours dit que tu étais un garçon intelligent, Shawn.

— Ce n'est pas l'avis de tout le monde, répondit-il avec un sourire. Je m'étais dit que je pouvais attendre, vous voyez. D'ordinaire, je ne suis pas du genre à me presser. Mais, apparemment, je ne peux plus attendre. J'ai acheté un terrain aujourd'hui.

Mollie parut moins surprise qu'il ne s'y attendait, mais beaucoup plus contente.

— Mon Dieu, mon garçon, quand tu décides de te dépêcher, tu ne fais pas les choses à moitié.

— Elle aura la maison qu'elle désire. Je ne suis pas compliqué dans ce domaine.

Mollie ouvrit la bouche, mais la referma sans rien dire. Les hommes, elle le savait fort bien, disaient toujours ce genre de chose. Et ils étaient sincères, d'ailleurs. Puis, lorsqu'on en venait aux détails, ils étaient parfaitement capables de rendre les femmes folles. Mais c'était à Shawn et à Brenna de le découvrir.

— Elle a toujours eu envie de construire sa propre maison, dit-elle enfin.

— C'est normal. Elle a du talent et elle aime ce travail. Moi, les marteaux et les scies, ça ne m'intéresse pas. Mais je gagne bien ma vie, et je la gagnerai encore mieux quand la salle de spectacle fonctionnera. Bref, je suis parfaitement capable d'entretenir un ménage.

— Shawn, es-tu en train de me demander la permission de proposer le mariage à Brenna ?

— C'est votre bénédiction que je désire. Ça compte beaucoup pour moi.

— Tu as ma bénédiction, assura Mollie en lui prenant les mains. Et, malgré tout l'amour que je porte à ma Brenna, tu as aussi toute ma sympathie. Cette fille va t'épuiser.

Brenna surgit dans le pub au moment où Aidan ôtait les chaises des tables et les disposait sur le sol.

— J'ai besoin que tu me rendes un service, dit-elle, hors d'haleine.

Il y avait urgence, car Shawn allait arriver d'une minute à l'autre.

— Toi, tu m'as tout l'air d'avoir un secret, fit Aidan en posant une chaise devant une table. Quel service ?

Machinalement, elle se mit à l'aider.

— D'abord, le secret, je ne peux pas te le dire. Il faut que tu me rendes ce service en aveugle.

Il l'examina attentivement. Ces joues rouges, ces yeux brillants, ce sourire un peu niais… Oui, il avait déjà vu cette expression. Sur le visage de sa femme, quelques mois plus tôt.

— Grands dieux, Brenna, ne me dis pas que tu es enceinte !

— Enceinte ?

La chaise qu'elle venait d'empoigner faillit lui glisser des mains.

— Mais non ! s'écria-t-elle en riant.

À sa grande surprise, elle réalisa alors que cela ne lui aurait pas vraiment déplu, d'avoir à annoncer une grossesse.

— Ce n'est pas ça du tout. Aidan, pourrais-tu t'arranger pour donner sa soirée à Shawn ?

— La soirée complète ? dit-il avec effroi.

— Je sais que c'est beaucoup demander, surtout à la dernière minute. Mais c'est important. En échange, je travaillerai gratuitement ce week-end. Je vais voir si Mme Duffy peut remplacer Shawn.

— Pourquoi diable mon frère ne me le demande-t-il pas lui-même, au lieu de t'envoyer m'attendrir avec ces grands yeux suppliants ?

— Il n'est pas au courant.

Elle s'approcha et posa une main sur le bras d'Aidan.

— Il ne faut surtout pas qu'il sache que l'idée vient de moi. Est-ce que tu ne pourrais pas simplement le renvoyer chez lui dès le début du service ?

— Il va se demander pourquoi, non ?

— Je n'ai pas eu le temps de réfléchir à tout, gémit-elle. Oh, tu auras bien une idée, Aidan. Je t'en prie.

— C'est une affaire de cœur, je suppose… Bon, d'accord, je vais faire ça pour toi, dit-il avec un soupir.

— Oh ! Tu es le plus beau et le plus gentil de tous les hommes !

Elle sauta dans ses bras et lui planta un baiser sonore sur la bouche.

— Regardez-moi ça ! Quand elle ne court pas après un frère, elle se jette au cou de l'autre, commenta Darcy, qui entrait en étouffant un bâillement. Je te rappelle que celui-ci est marié, espèce de gourgandine.

— J'en ai autant à ton service.

Avant que Darcy ait pu s'enfuir, Brenna se rua sur elle et lui fit subir le même traitement qu'à Aidan.

— Doux Jésus, elle s'en prend aussi aux filles !

Le gloussement de Darcy s'interrompit brusquement. Elle agrippa les bras de son amie.

— Brenna, tu es enceinte ?

— Oh, pour l'amour de Dieu, non ! On ne peut pas être heureuse sans avoir un bébé dans le ventre ? Bon, il faut que je parte, il va arriver. Ne lui dites pas que je suis passée, s'il vous plaît. J'emporte une des bouteilles de ce champagne français que tu gardes au frais, Aidan. Mets-la sur mon compte, d'accord ?

Sur ce, elle s'enfuit aussi vite qu'elle avait surgi.

— Qu'est-ce qui lui prend ? demanda Darcy en se frottant la bouche.

— Je n'en ai aucune idée. Mais elle prépare quelque chose, et Shawn ne doit pas le savoir.

— Un secret ? J'aurais pu le lui extirper en cinq minutes.

— Je n'en doute pas. Mais laissons-lui le plaisir de faire sa surprise.

Darcy se glissa derrière le comptoir pour prendre un tablier propre et commenta :

— Elle est amoureuse de lui.

— Ça t'ennuie ?

— Non, sauf que, depuis quelque temps, les Gallagher tombent de l'arbre comme des fruits mûrs.

Aidan la rejoignit derrière le bar.

— Tu as peur de la contagion, chérie ?

— Je pourrais, si je n'étais pas immunisée contre de telles faiblesses… Tiens, quand on parle du loup, il sort du bois, ajouta-t-elle en entendant s'ouvrir la porte de derrière.

Décidée à lutter contre la mélancolie qui l'envahissait, Darcy se dirigea vers la cuisine pour asticoter son frère.

— Comment ça, je peux partir ? Où donc veux-tu que j'aille ? demanda Shawn, les bras plongés jusqu'aux coudes dans l'évier rempli de pommes de terre.

— Où ça te chante. Kathy Duffy va arriver d'une minute à l'autre.

— Mais… pourquoi ?

— Pour te remplacer.

Après réflexion, Aidan avait décidé de profiter du petit secret de Brenna pour s'amuser un peu aux dépens de son frère.

— Tu as ta soirée, comme tu me l'avais demandé. Bien que ça tombe plutôt mal, crois-moi.

Shawn jeta des épluchures dans la poubelle.

— Je ne t'ai jamais demandé ma soirée.

— Alors, ce doit être ton jumeau. À moins que je n'aie entendu des voix.

L'air sévère, Aidan ouvrit le réfrigérateur et en sortit une carafe d'eau.

— Quand tu m'as posé la question, il y a deux jours, je t'ai promis de m'arranger.

— Mais… tu as dû rêver ! J'ai cinq kilos de pommes de terre sur les bras. Pourquoi me serais-je lancé dans un plat de pommes de terre au four si je comptais prendre ma soirée ?

— C'est une question à laquelle je ne peux pas répondre. Mais Kathy Duffy sera là d'une minute à l'autre, et je n'ai pas besoin de vous deux ce soir.

— Je n'ai pas d'autre projet que de travailler ici. Tu as dû te tromper.

Darcy surgit à point nommé. Aidan se tourna vers elle.

— Est-ce que Shawn m'a demandé sa soirée, oui ou non ?

— Oui, il y a deux jours. Quel sale égoïste !

Elle jeta un regard de défi à son aîné. Elle n'allait quand même pas laisser passer une telle occasion.

— Et puisque tu es si accommodant avec notre frère, je veux mon samedi après-midi.

— Ton samedi après-midi ? répéta Aidan, qui faillit s'étouffer avec une gorgée d'eau. Avec le printemps qui arrive, tu ne peux pas prendre un jour de congé le week-end.

— Alors, pour lui, il n'y a pas de problème, dit-elle en désignant du doigt un Shawn ahuri. Mais, pour moi, c'est complètement différent.

— Je n'ai pas besoin de ma soirée, intervint Shawn.

— Tu l'as, riposta Aidan.

Il se tourna vers Darcy, les bras croisés sur sa poitrine.

— Un soir de semaine, ça n'a rien à voir avec un samedi après-midi.

— Très bien. Dans ce cas, je prendrai la soirée de lundi prochain. À moins que, en tant que femme, je ne jouisse pas de la même considération que cet individu.

Satisfaite, Darcy ressortit.

— Je ne me rappelle pas avoir demandé ma soirée, répéta Shawn, l'air hagard.

— Ça ne m'étonne pas. La moitié du temps, tu oublies de nouer tes lacets… Allez, dehors, espèce d'emmerdeur !

Aidan remonta ses manches et partit dire son fait à sa traîtresse de sœur.

Elle avait tout préparé, et ça avait été un sacré boulot. Tout devait être exceptionnel et aussi proche de la perfection que possible. Shawn Gallagher verrait qu'il n'était pas le seul à pouvoir élaborer un dîner un peu raffiné.

Elle était allée au marché acheter les ingrédients nécessaires à un bon repas. Et, pendant que Shawn cuisinait au pub, elle faisait de même au cottage. Peut-être n'était-elle pas aussi douée que lui dans ce domaine, mais elle n'était pas totalement incompétente non plus.

Elle avait mis le vin au frais et déniché un seau en étain qui, une fois bien astiqué, pouvait passer pour un seau à glace. Les élégants verres à champagne, elle les avait empruntés à Jude, qui leur donnait le nom de flûtes.

Elle avait dressé une jolie table : deux ravissantes assiettes avec des serviettes en tissu, des fleurs cueillies chez sa mère et dans le jardin du cottage, ainsi que des bougies. Bref, tout était en place pour passer une soirée romantique et fêter une grande nouvelle.

Oh, elle avait hâte de voir sa tête lorsqu'elle lui dirait que sa chanson était vendue ! Elle avait dû faire appel à toute sa volonté pour ne pas l'annoncer à tous les gens qu'elle avait rencontrés durant la journée, mais elle avait tenu bon. Shawn devait être le premier à l'apprendre.

Lorsqu'ils se seraient réjouis, exclamés, embrassés et qu'ils auraient bu un verre ou deux à l'avenir brillant qui attendait Shawn, elle s'attaquerait au reste. Il ne faudrait pas qu'elle bafouille. Non, elle ne bafouillerait pas. N'avait-elle pas répété les mots dans sa tête pendant des heures ?

— Je t'aime, dit-elle à haute voix. Je crois que je t'ai toujours aimé, et je sais maintenant que je t'aimerai toujours. Veux-tu m'épouser ?

Voilà. Elle posa la main sur son cœur, qui galopait comme un cheval sauvage. Mais, bon, ce n'était pas si difficile que ça. Elle avait réussi à faire sa petite déclaration d'une traite, et sans bredouiller.

Et si jamais il refusait, elle n'aurait plus qu'à le tuer.

Elle tendit l'oreille et reconnut le bruit de sa voiture, qui approchait sur la route. « Courage, Brenna », se dit-elle. Elle ferma les yeux et se campa solidement sur ses jambes.

Il était temps de se jeter à l'eau.

Qu'il soit pendu s'il avait demandé sa soirée ! Sans cesser de fulminer, Shawn poussa le portail. Il s'en serait souvenu, quand même ! Et il aurait prévu quelque chose, non ? Il savait ce qu'il faisait, nom de Dieu !

Maintenant, il ne lui restait plus qu'à trouver un moyen d'occuper ce congé inattendu. Ce qui n'était pas bien difficile. Il appellerait Brenna et lui proposerait de le rejoindre. Puis il préparerait à manger, à moins qu'il ne l'emmène au restaurant de l'hôtel.

Quelque chose lui disait qu'Aidan et Darcy s'étaient payé sa tête, bien qu'il ne comprît pas pourquoi.

Dès qu'il pénétra dans la maison, il sentit l'odeur d'un plat qui mijotait. Puis il vit que la cuisine était éclairée. « Qu'est-ce qui se passe, maintenant ? » se demanda-t-il, abasourdi. Lady Gwen avait-elle décidé de se mettre aux fourneaux pendant son absence ?

Le spectacle qui l'attendait dans la cuisine le surprit autant que l'apparition d'un fantôme.

Brenna portait une robe, ce qui était déjà étrange, et elle souriait d'une façon un peu gauche. Des bougies étaient allumées. Un ragoût répandait une odeur délicieuse, et le goulot d'une bouteille de champagne dépassait d'un vieux seau posé sur le plan de travail.

— Qu'est-ce que c'est que tout ça ?

— Le dîner. Un ragoût de bœuf à la Guinness, la seule chose digeste que je sache préparer.

— Tu as fait la cuisine ?

Il sentit une migraine s'annoncer et se frotta le front.

— Oui, pour une fois.

— Mais est-ce que nous… Eh bien, sans doute que oui, dit-il en regardant la table joliment décorée. Ceci dépasse la banale étourderie. Je crois qu'il y a quelque chose qui cloche chez moi.

— Tu m'as l'air très bien.

Shawn semblait figé sur place, aussi s'approcha-t-elle de lui pour l'embrasser.

— Plus que bien, murmura-t-elle.

Les mains de Brenna glissèrent sur son visage, et son baiser se fit langoureux.

— Je suis contente de te voir, Shawn.

Il voulut l'interroger de nouveau, mais la bouche de Brenna s'attardait sur la sienne, et il jugea absurde de continuer à se tracasser.

— Et moi, je suis content de te trouver là en rentrant du boulot.

« C'est une chose à laquelle tu vas devoir t'habituer », commenta-t-elle en son for intérieur, tout en reculant d'un pas.

— Je t'attendais avec impatience. J'ai des choses à te dire, déclara-t-elle.

— Quoi donc ?

Elle faillit tout lui révéler d'un coup, mais se retint.

— Ouvrons la bouteille d'abord.

— Laisse-moi faire.

À la vue de l'étiquette, Shawn haussa les sourcils.

— Le champagne le plus cher. Nous fêtons quelque chose ?

— Oui.

Il lui jeta un coup d'œil, et ses mains s'immobilisèrent sur le goulot.

— Ne me demande pas si je suis enceinte, ou je t'assomme... Non, je ne le suis pas, ajouta-t-elle en riant.

Il parvint à dénouer le fil de fer sans la quitter des yeux.

— Tu m'as l'air particulièrement euphorique, ce soir.

— Je le suis. Il y a des choses qui n'arrivent pas tous les jours, et lorsqu'elles se produisent, cela vous rend euphorique.

De plus en plus perplexe, il remplit les flûtes.

— Je bois à toi, Shawn, dit-elle en levant son verre.

— À moi ? Qu'est-ce que j'ai fait ?

— Nous devrions nous asseoir. Non, j'en suis incapable. Restons debout... Shawn, tu as vendu ta première chanson.

20

Le sourire intrigué du jeune homme s'effaça.

— J'ai fait quoi ?

— Tu as vendu une chanson. Il y en aura d'autres, mais c'est pour la première que c'est le plus émouvant, non ?

Il reposa son verre très lentement.

— Je n'ai mis aucune chanson en vente, Brenna.

— Moi, si. Celle que tu m'as donnée, je l'ai envoyée au Magee de New York. Il m'a appelée ce matin pour me dire qu'il voulait l'acheter et qu'il désirait voir ce que tu avais écrit d'autre.

Brenna tournoyait sur place, trop excitée pour remarquer le regard glacial de Shawn.

— J'ai cru que je n'arriverais jamais à garder le secret toute la journée.

— De quel droit as-tu fait ça ?

Toujours rayonnante, elle but une gorgée de champagne.

— Fait quoi ?

— Envoyer ma musique sans me le dire, prendre sur toi de montrer à un inconnu ce qui m'appartient ?

— Shawn, il veut l'acheter, répéta-t-elle en lui secouant doucement le bras.

— Je te l'ai donnée parce que tu me l'as demandé. Parce que je pensais que ça représentait quelque chose pour toi et que tu l'aimais. Mais tu prévoyais depuis le début de l'envoyer au bout du monde pour que quelqu'un en chiffre la valeur.

Quelque chose clochait, mais quoi ? Elle n'y comprenait rien. Et elle ne connaissait qu'une façon d'affronter les problèmes : la colère.

— Et alors ? Ça a marché, non ? À quoi ça sert de composer des chansons, si on n'en fait rien ?

Cette explosion de rage sembla ajouter encore à la froideur de Shawn.

— Et c'est à toi de décider que je dois vendre ma musique ?

— Tu n'en faisais rien du tout.

— Comment peux-tu savoir ce que je fais ou ce que je projette de faire ?

— Ne t'ai-je pas entendu dire un millier de fois que tu n'étais pas prêt à montrer tes chansons pour les vendre ?

À l'instant où ces mots sortirent de sa bouche, Brenna comprit son erreur. Mais Shawn ne lui laissa pas le temps de corriger le tir.

— C'est vrai, j'ai dit ça. Et ça t'a déplu, parce que ça ne collait pas avec la façon dont tu aimes que les choses soient faites. À quoi ça sert de composer des chansons, si on n'en tire pas des sous qu'on peut compter à la fin de la journée, hein ?

— Ce n'est pas l'argent…

— Ma musique est ce que j'ai de plus intime, coupa-t-il. Qu'elle me rapporte de l'argent ou non, ça m'est égal. Tu ne comprends pas ça, Brenna. Tu ne respectes pas mon point de vue. Et moi non plus, tu ne me respectes pas.

— C'est faux.

Sa colère disparaissait peu à peu, remplacée par le désarroi.

— Je voulais seulement que tu en tires quelque chose.

— C'est déjà le cas.

Elle ne l'avait jamais vu en proie à une rage aussi froide, aussi contrôlée. Ce visage figé, ces yeux durs lui donnaient l'impression de n'être qu'un insecte, indigne même d'être écrasé.

— Allons, Shawn, tu devrais danser de joie au lieu de m'engueuler. Ce type veut acheter ta chanson. Il la trouve digne d'être enregistrée.

— Son opinion compte plus que la mienne ?

— Oh, tu emmêles tout. Une occasion se présente, mais tu es trop têtu pour la saisir.

— Alors, c'est comme ça que tu envisages les choses entre nous ? Tu prends les décisions, tu réfléchis, tu organises, et il ne me reste plus qu'à suivre, à me soumettre et à te remercier de veiller sur mes intérêts que je suis trop bête pour défendre ?

— Pourquoi est-ce que tu en fais un drame ? protesta-t-elle en passant une main tremblante dans ses cheveux. Tu t'es bien arrangé pour que cet homme examine mon dessin, non ?

Elle s'aperçut soudain qu'elle avait oublié ce que Magee lui avait dit de son propre travail. À l'instant où il avait offert d'acheter la chanson de Shawn, elle n'avait plus pensé qu'à ça.

— Oui, je l'ai fait, répliqua Shawn. Et tu ne vois pas la différence, Brenna ? Je t'ai prévenue que j'allais le lui montrer. Je ne l'ai pas fait dans ton dos. Je ne t'ai pas menti pour arriver à mes fins.

— Je ne t'ai pas menti. Du moins, je n'en avais pas l'intention.

Mais elle commençait à percevoir les choses du point de vue de Shawn.

— Tu n'as jamais dit que tu ne voulais rien faire de ta musique, seulement que tu n'étais pas prêt, reprit-elle, au bord de la nausée.

— Je ne l'étais pas.

— Eh bien, si, tu l'étais, riposta-t-elle, d'un ton que la peur rendait hargneux. Et c'est aussi l'avis d'un homme qui semble être une sorte d'expert dans ce domaine. Merde ! Tu m'as donné cette chanson, et j'en ai fait ce que je voulais. Je pensais que tu serais content, mais tu peux être sûr que je ne commettrai plus jamais cette erreur.

Il lui jeta un regard méprisant et se réjouit méchamment de la voir trembler.

— Moi non plus.

Sur ce, il tourna les talons et sortit de la maison.

— Pauvre mec ! cria-t-elle en refermant la porte de la cuisine d'un coup de pied. Tu n'es qu'un abruti, un ingrat, un salaud ! J'ai essayé de t'aider, et c'est comme ça que tu me remercies ? Si tu crois que je vais te courir après, tu attendras longtemps.

Elle prit son verre et le vida d'un coup. Les bulles explosèrent dans sa gorge et lui mirent les larmes aux yeux.

Elle s'était donné du mal pour lui, et il réagissait comme si elle était une mégère ou un tyran. Eh bien, elle n'allait pas pleurer pour ça, ni pour lui, d'ailleurs.

Les mains agrippées au plan de travail, elle s'inclina en avant en respirant lentement, pour tenter d'atténuer la pression de l'étau qui lui enserrait la poitrine.

Seigneur, qu'avait-elle fait ? Elle n'arrivait pas à comprendre à quel moment elle s'était trompée. La méthode qu'elle avait employée n'était peut-être pas la meilleure, d'accord. Mais c'était le résultat qui comptait, non ?

Elle s'apprêtait à s'asseoir, le temps de se ressaisir et de se sentir un peu plus solide sur ses jambes, lorsqu'elle aperçut Lady Gwen.

— Ah, vous voilà enfin ! Vous m'avez été d'une grande aide, vraiment ! Vous disiez que son cœur était dans sa chanson et que je devais l'écouter. Eh bien, n'est-ce pas ce que j'ai fait ?

— Pas assez attentivement, lui répondit le fantôme.

Et Brenna se retrouva seule.

Une longue promenade le calmerait sans doute. Shawn avait déjà eu recours à cette méthode pour évacuer sa colère, avec succès. Guidé par le clair de lune, il traversa champ après champ. Il avait besoin de marcher, de bouger, de se fatiguer.

Il grimpa sur la falaise et laissa le vent et la vue de la mer lui vider la tête. Mais sa colère refusait de se dissiper. Il avait donné son cœur à une femme qui le méprisait.

Elle avait envoyé sa chanson à un inconnu, à un homme qu'aucun d'eux n'avait rencontré ! Et elle l'avait fait sans lui en dire un mot, en s'imaginant qu'il allait docilement approuver sa démarche.

Eh bien, pas question.

Il savait parfaitement ce qu'elle pensait de lui. Shawn Gallagher était un benêt. Un gentil garçon, pas trop bête mais incapable de se bouger si on ne lui flanquait pas un coup de pied aux fesses. « Si ce garçon compte passer la moitié de son temps assis à composer de la musique, autant voir si on ne pourrait pas en tirer quelque profit. » Voilà ce qu'elle s'était dit.

Mais c'était sa musique, pas celle de Brenna, laquelle ne s'était jamais donné la peine de prétendre qu'elle la comprenait et l'appréciait.

Et qu'est-ce que ce Magee y connaissait, d'ailleurs ?

« Celtic Records, lui murmura une petite voix. Voyons, tu en as déjà entendu parler. Tu sais que Magee et ses acolytes sont compétents. Pourquoi prétendre le contraire ? »

Ne s'était-il pas dit à plusieurs reprises qu'une fois qu'il aurait rencontré Magee et qu'il l'aurait jaugé, il envisagerait de lui montrer l'une de ses compositions ?

Une chanson qu'il choisirait, lui, qu'il trouverait bonne. Parce que, nom de Dieu, c'était son œuvre, pas celle de quelqu'un d'autre.

Mais y avait-il un morceau qui lui semblât bon, terminé et prêt à être montré ?

Il devait admettre que non. Furieux, il lança une pierre dans le vide.

Magee voulait acheter sa chanson.

— Eh bien, merde !

La colère l'empêchait de réfléchir. Exaspéré, il s'assit sur la corniche.

Ce qu'il éprouvait lorsqu'il faisait jaillir de lui des notes et des mots était inexplicable. Cela seul lui procurait une joie pure et paisible. Mais à l'idée de se séparer de ses chansons, de les vendre, il avait l'impression de se tenir sur l'extrême bord de la falaise. Il ne se sentait pas prêt à s'élancer dans le vide.

Mais voilà que Brenna l'avait poussé à sauter, et il était furieux. Peu importait que le résultat lui fît plaisir, il trouvait sa méthode – le coup de pied aux fesses – inadmissible. Et c'était ce qu'elle ne comprendrait jamais.

Alors, où allaient-ils, s'ils se comprenaient aussi mal l'un l'autre ?

— Pour un homme, la fierté est une chose essentielle, commenta Carrick, debout sur un rocher.

Shawn lui jeta un bref coup d'œil.

— C'est un problème qui ne regarde que moi, et j'aimerais être seul, si ça ne vous ennuie pas.

— Elle a donné un coup de couteau dans ton amour-propre, et je ne peux te reprocher ta réaction. Une femme doit savoir rester à sa place. Il faut lui faire comprendre clairement son erreur.

— Ce n'est pas une question de place, espèce d'imbécile arrogant.

— Ne t'en prends pas à moi, mon gars, répliqua Carrick d'un ton guilleret. Je suis de ton côté, dans cette affaire. Elle a dépassé les bornes, c'est évident. À quoi pensait-elle, bon sang, en s'emparant d'une chose qui t'appartenait pour en faire ce qui lui passait par la tête ? Peu importe que tu la lui aies offerte. Ce n'est qu'un détail technique.

— Ouais.

— Et quand on pense qu'en plus, elle a comploté pour qu'on te donne ta soirée…

— Elle a comploté ?

Ne trouvant rien de mieux pour se défouler, Shawn jeta une autre pierre dans le vide.

— Je savais que je n'étais pas fou. Merde !

— Elle cherchait à te tourner la tête, c'est évident.

Carrick leva la main et fit tomber la petite étoile qui s'accrochait à ses doigts. Elle jeta sur la mer un éclat argenté.

— Te préparer un bon repas, décorer la maison, se pomponner… Je n'ai jamais vu de femelle aussi rusée. Tu as bien fait de t'en débarrasser. Peut-être devrais-tu regarder de nouveau sa sœur, après tout. Elle est jeune, mais elle n'en sera que plus malléable, non ?

— Ah, fermez-la !

Shawn se releva et s'éloigna, mais le rire de Carrick le poursuivit.

— Te voilà pris au piège, jeune Gallagher, décréta le prince des fées en jetant une seconde étoile dans la mer. Tu n'as pas encore accepté ton sort, pourtant. Pourquoi les mortels préfèrent-ils la souffrance au bonheur ?

Cette fois-ci, lorsqu'il tourna le poignet d'un coup sec et qu'il ouvrit les doigts, un morceau de cristal apparut, aussi lisse et limpide qu'un miroir. Il le caressa, et une image frémissante se dessina sur le cristal. C'était un beau visage aux yeux vert tendre comme une herbe couverte de rosée et aux cheveux clairs comme le soleil hivernal.

— Tu me manques, Gwen.

Serrant le morceau de verre sur son cœur, il se hissa sur son cheval et s'en alla galoper à travers le ciel, comme il le faisait nuit après nuit. Seul.

La maison était vide lorsque Shawn rentra. Eh bien, tant mieux. Un peu de solitude ne lui ferait pas de mal.

Il fut surpris par l'état de la cuisine. Brenna avait mis le ragoût au frais et débarrassé la table. Vu l'état de fureur dans lequel il l'avait laissée, il s'était attendu à trouver par terre casserole, poêle et vaisselle. Mais la pièce était aussi propre et rangée qu'une église, impression qu'accentuait la légère odeur de cire fondue. Déconcerté et même un peu vexé, il sortit une bière du réfrigérateur et alla au salon.

Il avait d'abord eu l'intention de s'asseoir devant le feu éteint et de réfléchir, mais, bon sang, puisqu'on l'obligeait à prendre une soirée de congé, autant faire quelque chose qui lui plaisait.

Il s'installa au piano, posa les doigts sur les touches et se mit à jouer pour son propre plaisir.

Lorsque Brenna approcha du portail, elle entendit la chanson qu'il lui avait offerte. Elle fut soulagée d'avoir retrouvé Shawn, mais son soulagement fut de courte durée. À la façon dont Shawn jouait, comme s'il mettait toute son âme dans sa chanson, elle comprit combien il avait été blessé.

Eh bien, elle allait faire de son mieux pour réparer les dégâts, une fois de plus. Elle posa la main sur le portail, mais il ne bougea pas. Elle poussa, tira violemment le loquet, puis, comme il ne cédait pas, elle recula, paniquée.

— Oh, souffla-t-elle dans un sanglot. Shawn, tu as verrouillé ?

La musique s'arrêta, et les larmes affluèrent de plus belle. Elle les refoula résolument. Elle ne voulait pas l'affronter en pleurant. Mais lorsque la porte d'entrée s'ouvrit, elle dut croiser les bras et les serrer fort, en enfonçant les ongles dans sa chair, pour retenir ses larmes.

Shawn avait entendu un murmure suppliant dans sa tête et avait tout de suite su que Brenna était dehors. Peu importait que ce fût irrationnel, car elle était bel et bien là, debout dans le clair de lune, les yeux humides, le menton redressé.

— Tu entres ?

— Je ne peux pas…

Les sanglots faillirent l'emporter. Elle les ravala vaillamment.

— Je ne peux pas ouvrir le portail.

Ahuri, il s'élança dans l'allée, mais elle agrippa le haut du portail, comme pour l'empêcher de bouger.

— Non, je vais rester de ce côté. C'est probablement mieux. Je t'ai cherché partout, puis je me suis dit que tu reviendrais chez toi tôt ou tard. Alors, je… Il fallait que je réfléchisse un peu, ce que je ne fais peut-être pas assez souvent. Je…

Allait-il se décider à parler, oui ou non ? se demandait-elle désespérément. Comptait-il rester muet jusqu'à la fin des temps, les yeux fixés sur elle ?

— Je suis désolée. Je suis vraiment désolée de t'avoir blessé, Shawn. Je ne l'ai pas fait dans cette intention, il faut que tu le saches. Mais, dans ce que tu as dit tout à l'heure, il y a un peu de vrai. Et ça aussi, je le regrette. Oh, je ne sais pas comment je vais y arriver.

Sa voix avait pris un ton dépité. Elle lui tourna le dos.

— Arriver à quoi, Brenna ?

Elle regarda droit devant elle, dans le noir.

— À te demander de ne pas me rejeter à cause d'une erreur, même une grosse erreur comme celle-ci. Je voudrais que tu me donnes une seconde chance. Ou, s'il ne peut plus y avoir autre chose entre nous, que tu restes mon ami.

Il faillit lui ouvrir le portail, puis jugea préférable d'attendre encore un peu.

— Je t'ai promis de rester ton ami, comme tu me l'as promis. Je ne reviendrai pas sur ma parole.

Brenna pressa une main sur ses lèvres et l'y laissa jusqu'à ce qu'elle se sente capable de parler de nouveau.

— Tu comptes beaucoup pour moi, et je tiens à ce que les choses soient claires entre nous, dit-elle en se retournant vers lui. Parmi tes accusations, certaines sont vraies, mais d'autres sont fausses. Les plus graves sont fausses.

— Et tu vas me dire lesquelles, je suppose ?

Son ton sarcastique la fit frémir, mais elle ne put trouver de repartie acerbe.

— Tu sais lancer des piques, toi aussi, remarqua-t-elle. C'est d'autant plus efficace que tu le fais rarement.

— Très bien, je suis désolé.

Il l'était sincèrement, car jamais il ne l'avait vue aussi peinée.

— Je suis toujours en colère, ajouta-t-il pour s'excuser.

— Et moi, je suis trop autoritaire.

Elle inspira à fond, expira, mais en vain. La douleur était toujours aussi poignante.

— Et je suis têtue, reprit-elle. Je suis capable de blesser même les gens que j'aime, parce que je ne réfléchis pas assez. Je me suis dit : « Ce garçon ne fait rien de sa musique, je vais m'en occuper à sa place. » J'avais tort – j'avais tort de m'y prendre à ma façon, alors qu'il s'agissait de ta musique. J'aurais dû t'en parler d'abord, comme tu l'as fait avec moi.

— Sur ce point, nous sommes d'accord.

— Mais ce n'était pas de l'égoïsme. Je voulais te faire un cadeau, t'offrir quelque chose qui te rendrait heureux. Ce n'était pas pour l'argent, je te le jure. C'était pour la gloire.

— Je ne recherche pas la gloire.

— Je la voulais pour toi.

— En quoi ça t'intéresse, Brenna ? Tu n'aimes pas ma musique.

— C'est faux.

Sa colère se réveilla soudain.

— Alors, je suis sourde et stupide, en plus d'être tyrannique ? J'aime ta musique. Elle est belle. Tu ne t'es jamais soucié de ce que je pensais, de toute façon. J'ai eu beau t'asticoter durant des années à ce sujet, tu ne t'es jamais donné la peine de me prouver que j'avais tort. Tu gâches ton talent, et c'est ça qui me rend furieuse.

Tout en le fusillant du regard, elle essuya les larmes qui ruisselaient à présent sur ses joues.

— C'est plus fort que moi, mais ça ne signifie pas que je te méprise, espèce d'imbécile ! Au contraire, c'est parce que je pense beaucoup de bien de toi. Et puis, tu as écrit cette chanson qui m'est allée droit au cœur. Elle m'a fait cet effet-là avant même qu'elle ne soit terminée, il y a des jours et des jours, alors qu'elle traînait là, sur le piano, jetée n'importe comment, à croire que tu n'es pas capable de reconnaître un diamant même quand on te le fourre sous le nez. Je l'ai tout de suite aimée. Je devais faire quelque chose. J'étais si fière de ton talent que je ne pouvais pas voir au-delà. Et va au diable si tu ne comprends pas !

La tirade de Brenna bouleversa Shawn, qui poussa un soupir ahuri.

— Toi, quand tu t'excuses, tu n'y vas pas avec le dos de la cuillère.

— Oh, et puis, merde ! Je retire toutes les excuses que j'ai eu la sottise de faire.

Enfin, il retrouvait la Brenna qu'il connaissait. Il posa les mains sur le portail et lui jeta un regard malicieux.

— C'est trop tard. Je les ai prises et je les garde. À moi de parler, maintenant. Je me suis toujours soucié de ce que tu pensais de ma musique et de moi. Ton avis compte plus pour moi que celui de n'importe qui d'autre. Qu'as-tu à répondre à ça ?

— Tu profites de ma colère pour essayer de m'embobiner.

— J'ai toujours réussi à t'embobiner, chérie, que tu sois fâchée ou non.

Il donna un petit coup au loquet, et le portail céda aisément.

— Viens.

— Je n'en ai pas envie, dit-elle en reniflant, faute de mouchoir.

— Tu vas venir quand même.

Il lui prit la main et la tira vers l'allée.

— J'ai des choses à te dire, ajouta-t-il.

— Ça ne m'intéresse pas.

Elle voulut refermer le portail, mais il résista.

— Tu vas m'écouter, dit Shawn, tandis qu'elle jurait.

Il emprisonna ses mains dans les siennes avant qu'elle ait eu l'idée de serrer les poings.

— Je n'aime pas ce que tu as fait, ni la façon dont tu t'y es prise. Mais tes motifs constituent des circonstances atténuantes.

— Je m'en fiche.

— Cesse de faire l'idiote.

Brenna en resta bouche bée. Il la souleva à quelques centimètres du sol.

— Je peux te rudoyer, si c'est nécessaire. Ça ne te déplaît pas, je le sais.

— Voyons, tu…

Elle s'interrompit, et il hocha la tête.

— Ah, te voilà muette, à présent. C'est un changement agréable. Je n'ai pas besoin de quelqu'un qui dirige ma vie, mais d'une associée. Je ne me laisserai ni harceler ni manipuler et, si tu essaies, tu le regretteras.

— Je le regretterai ? parvint-elle à bredouiller. Je regrette déjà d'avoir…

— Brenna !

Il la secoua légèrement, histoire de la faire taire de nouveau.

— Ferme ta grande gueule et écoute, pour changer. Donc, poursuivit-il, tandis qu'elle le regardait avec ahurissement, il y a une différence entre se faire rouler dans la farine et se faire surprendre. Et je pense que, somme toute, tu as voulu me faire une surprise et que je t'ai jeté ton cadeau à la figure. Pour cela, Brenna, je te demande pardon.

La peur et le chagrin s'éloignaient, mais Brenna avait besoin d'un peu plus de temps pour les oublier.

— Moi non plus, tes excuses ne m'épatent pas.

— C'est à prendre ou à laisser.

— Te voilà soudain terriblement tyrannique, toi aussi.

— Ma patience a des limites, et avec le temps, tu finiras par les connaître. Alors… combien Magee est-il prêt à payer pour la chanson ?

— Je n'ai pas posé la question, répondit-elle avec raideur.

— Ah, mais tu y as pensé, hein ?

— Tu es odieux. Je t'ai dit que ce n'était pas pour l'argent.

Elle se dégagea de son étreinte et s'éloigna à grands pas furieux.

— Je ne comprends pas comment j'ai pu me croire amoureuse de toi, lança-t-elle. La seule idée de vivre avec quelqu'un de ton genre me répugne.

Shawn ne put retenir un sourire. C'était délicieux de voir la vie reprendre un aspect et un ton normaux.

— Nous aborderons ce sujet dans une minute. En attendant, je suis soulagé d'apprendre que ce n'était pas pour l'argent, Brenna, que tu ne te disais pas : « Si je dois rester avec ce type, il s'agirait de savoir s'il peut vivre de son talent. Je vais donc voir si sa musique vaut quelque chose. »

— Je me fiche complètement de la façon dont tu gagnes ta vie.

— C'est ce que je viens de comprendre. Tu te disais plutôt : « Je veux vivre avec ce type, et vu ce que j'éprouve pour lui, j'ai envie de l'aider en m'occupant de ce qui compte pour lui. » C'était une gentille pensée, mais c'était aussi une erreur.

— Tu peux être sûr qu'à l'avenir, je te laisserai te démerder tout seul.

— Si tu tiens parole une semaine, je veux bien manger ta casquette. Et, au cas où tu te poserais la question dans ton petit cerveau calculateur, je prendrai moi-même contact avec Magee, et si ce qu'il me dit me convainc, je lui enverrai des partitions – ce que j'avais l'intention de faire après l'avoir jaugé, lors de son passage ici.

Elle lui jeta un regard soupçonneux.

— Tu comptais lui montrer ton travail ?

— Oui, très probablement. J'admets que, par le passé, j'ai failli une douzaine de fois envoyer des chansons à une maison de disques et que, chaque fois, je me suis ravisé. Mes morceaux de musique viennent du plus profond de moi, c'est pourquoi ils me sont si précieux. J'avais peur que les autres ne les trouvent inintéressants, alors j'ai préféré ne pas prendre ce risque. Est-ce que ça me rabaisse à tes yeux, Brenna ?

— Non. Pas du tout, bien sûr. Mais, comme dit mon père : « Si on ne pose jamais la question, la réponse est toujours non. »

— Je ne remets pas en cause tes intentions, seulement ta méthode. Maintenant, sois franche. Si Magee t'avait dit : « Pourquoi m'avez-vous envoyé ce travail d'amateur ? Celui qui a pondu ça n'a aucun talent », m'aurais-tu méprisé ?

— Bien sûr que non, abruti. J'en aurais déduit que Magee n'avait pas de goût et qu'il n'y connaissait rien.

— Ah, bien, voilà qui arrange tout. Maintenant, pouvons-nous en revenir au paragraphe où tu es amoureuse de moi ?

— Non, parce que je ne le suis plus. J'ai recouvré la raison.

— C'est sacrément dommage. Attends ici une minute. Je vais chercher quelque chose dans la maison.

— Je ne reste pas là. Je rentre chez moi.

— Je te suivrai là-bas, Brenna, cria-t-il en s'élançant vers le perron.

Elle envisagea d'escalader le portail capricieux, juste pour se venger de Shawn, mais toutes ces émotions l'avaient fatiguée. Mieux valait en finir une fois pour toutes.

Aussi attendit-elle, les bras croisés sur sa poitrine. Lorsqu'elle le vit ressortir, les mains vides, elle eut un sourire méprisant.

— La lune est pleine, dit-il en la rejoignant. Le destin l'a voulu ainsi. Cela devait se passer au clair de lune et ici même.

Il glissa une main dans sa poche.

— À un moment donné, j'avais décidé de te laisser me draguer et me convaincre que je n'avais pas d'autre choix que de renoncer au célibat et de t'épouser.

Les yeux de Brenna s'écarquillèrent.

— Comment ?

— Crois-tu vraiment que tu me tirais comme un chiot au bout d'une laisse ? C'est ce genre d'homme que tu aimerais retrouver en fin de journée, O'Toole ? Celui aux côtés de qui tu voudrais passer ta vie, celui qui engendrerait tes enfants ?

— Tu as joué avec moi ?

— Un peu. Mais le jeu est fini, et je me rends compte que j'ai envie que ceci soit fait de façon plus traditionnelle.

Il prit la main de la jeune femme et découvrit avec plaisir qu'elle tremblait.

— Je t'aime. Je ne sais pas quand ça a commencé, il y a des années ou bien des semaines. Mais je sais que mon cœur t'appartient, et je ne souhaite pas qu'il en soit autrement. C'est toi que je désire, toi tout entière. Tu veux bien passer ta vie avec moi ? Tu veux bien m'épouser ?

Brenna ne pouvait détacher les yeux de son visage. Il lui semblait que le monde entier s'y était réfugié. Rien d'autre n'existait.

— J'ai mal à la tête, bredouilla-t-elle.

— Dieu te bénisse, dit-il en portant sa main à ses lèvres pour l'embrasser. Comment pourrais-je ne pas aimer une telle femme ?

Sans lui lâcher la main, il sortit la bague de sa poche.

Montée sur un anneau d'or très simple, la perle, blanche et pure, scintillait comme la lune.

— C'est une larme de la lune, expliqua-t-il, qu'on m'a donnée pour que je te l'offre. Je sais qu'habituellement, tu ne mets pas de bagues…

— Je… Elles… Quand je travaille, elles se coincent ou s'abîment.

— C'est pourquoi j'ai aussi prévu une chaîne, pour que tu puisses la porter au cou.

C'était bien de lui de penser à ce genre de chose, se dit-elle. Un si petit et si charmant détail.

— Pour le moment, je ne travaille pas.

Shawn glissa la bague à son doigt et sentit la main de Brenna cesser de trembler dans la sienne.

— Elle me convient parfaitement, tout comme tu me conviens, dit-elle. Tout en toi me plaît. Mais tu ne me feras pas pleurer.

— Si, si, répliqua-t-il.

Il effleura des lèvres le front de Brenna, puis sa tempe.

— Attends la suite : aujourd'hui, j'ai acheté un terrain.

— Quoi ?

La vue brouillée par les larmes, elle recula d'un pas.

— Quoi ? Un terrain ? Tu as acheté un terrain ? Sans m'en parler ? Sans que j'aie pu le voir ?

— S'il ne te plaît pas, je t'autorise à m'y enterrer.

— C'est une possibilité. Tu as acheté un terrain, répéta-t-elle d'une voix rêveuse.

— Pour que tu y construises une maison et qu'à nous deux, nous en fassions un foyer.

— Merde ! Ça y est, tu m'as fait pleurer.

Elle jeta les bras autour du cou de Shawn.

— Attends une minute. Je ne sais plus où j'en suis.

La tête posée sur l'épaule de Shawn, elle murmura :

— Je croyais n'éprouver que du désir, et je pensais que quelques parties de jambes en l'air nous satisferaient tous les deux. Je te désire, c'est vrai, mais ça ne suffit pas et ce n'est pas tout. C'est dans tes bras que je veux être. Toujours.

Elle s'écarta juste assez pour approcher ses lèvres de celles de Shawn.

— J'avais bien répété dans ma tête ce que je comptais te dire ce soir, et maintenant, je ne me rappelle rien. Sinon que je t'aime. Je t'aime tel que tu es, Shawn. Il n'y a rien que je voudrais changer.

— Alors, tout va bien. Rentrons, à présent. Je vais réchauffer le dîner.

— C'est le moins que tu puisses faire, après l'avoir laissé refroidir.

Elle noua ses doigts à ceux du jeune homme.

— Tu n'insisteras pas pour avoir un grand mariage pompeux, n'est-ce pas ?

— Même si je le voulais, je ne vois pas comment ce serait possible, puisque je désire qu'il ait lieu le plus tôt possible.

— Ouf, tant mieux ! fit-elle en s'appuyant contre lui. Je t'aime vraiment, Shawn Gallagher. Il y a autre chose, ajouta-t-elle, comme ils se dirigeaient vers le cottage. Tu n'as pas besoin d'un nom pour ta chanson, celle que Magee veut enregistrer ?

— Je l'ai déjà, répondit-il. C'est *La Chanson de Brenna*. Elle s'est toujours appelée comme ça.

6232

Composition
CHESTEROC LtD

Achevé d'imprimer en Espagne (Barcelone)
par BLACK PRINT CPI
le 6 février 2013

Dépôt légal février 2013
EAN 9782290069240
OTP L21EPLN001415N001

Éditions J'ai lu
87, quai Panhard-et-Levassor, 75013 Paris
Diffusion France et étranger : Flammarion